骆驼草丛书

王占君作品精选

王占君 ◎ 著

华夏出版社
HUAXIA PUBLISHING HOUSE

图书在版编目（CIP）数据

王占君作品精选 / 王占君著. —北京：华夏出版社，2016.1
（骆驼草丛书）
ISBN 978-7-5080-8618-7

Ⅰ.①王… Ⅱ.①王… Ⅲ.①中篇小说－作品集－中国－当代 Ⅳ.①I247.5

中国版本图书馆 CIP 数据核字（2015）第 240110 号

王占君作品精选

作　　者	王占君
本书策划	舍岭道
责任编辑	刘　晨　罗　云
出版发行	华夏出版社
经　　销	新华书店
印　　刷	三河市少明印务有限公司
装　　订	三河市少明印务有限公司
版　　次	2016 年 1 月北京第 1 版 2016 年 1 月北京第 1 次印刷
开　　本	720×1030　1/16 开
印　　张	21.25
字　　数	280 千字
定　　价	36.00 元

华夏出版社　地址：北京市东直门外香河园北里 4 号　　邮编：100028
　　　　　　　网址：www.hxph.com.cn　电话：（010）64663331（转）
若发现本版图书有印装质量问题，请与我社营销中心联系调换。

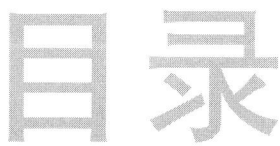

中篇小说

雁翎公主／1

双案奇冤／67

白旋风与红孩妖／125

金砖之谜／163

绝世奇珍金八音／187

双美图／234

港姐和她的黑仆人／301

中篇小说

雁翎公主

一

公元一一一四年刚进初夏，暑热就过早地降临到人间。炽烈的骄阳，无情地灼烤着大辽国皇都上京。滚烫的热风，挟着从科尔沁沙地刮来的尘沙，不停扑向这临潢府的南北二城。位北的皇城，似在暑热中昏睡，那大内承天门上的箭楼，崇孝寺中的宝塔，长天观内的高阁，以及留守司、绫锦院、国子监、孔子庙、瞻国仓等诸多建筑，全都毫无生气木然而立。在阳光下闪耀着光彩的碧瓦朱檐，也令人头晕目眩。

一阵急促的马蹄声打破了皇城的宁静。随着一声骏马的嘶鸣，边关宁江州派来的报子，交验过关牒，打马驰过拱辰门，进入了皇城。然而在东华门前，他却被大内侍卫阻住了去路。

"军情十万火急，误了军国大事，你们担得起吗？"报子心急如焚，在马上高举"火"字令牌。侍卫们却是毫不在乎，画戟交叉，金瓜阻路，横眉立目，连声断喝："靠后！小心狗命。"

报子见状，拨马奔至门侧，挥拳擂响景阳鼓。"咚咚咚"，皇城内立刻响起了震人心扉的鼓声。

负责大内禁卫的四军太师肖干，为鼓声震惊，匆匆走出门楼，俯身女墙怒问："何人如此大胆，竟敢将景阳鼓击响？"

报子在马上施礼打躬："禀将军，宁江州有火急军情。"

"万岁早有明谕，所有边报军情，俱皆送往北院枢密使府中，为何明知故犯，飞骑闯宫？"

"将军，并非小人斗胆，只因已连投三起边报全都石沉大海，而此番军情又关乎大辽安危，观察使再三叮嘱，必须直达圣聪，故而才有此举，务望恕罪谅情，引我见驾。"

肖干听罢不免沉吟，难道是北院枢密使玩忽职守，扣压了军情？若不然自己接下边报代为转奏？这念头刚一浮起，又马上予以否定。不行！国法森严，擅接边报，一旦机密泄露就有杀头之罪。便正声答道："听尔之言，透出忠心一片，不治你闯宫之罪，快快退下，去北院枢密使府中投送。"

"哎呀！将军哪！"报子在马上连连作揖，"此项军情非比一般，社稷存亡与此有关，必须立刻奏明圣上，万万火急，刻不容缓！"

肖干知道自己难以使报子如愿，听他如此忠告，心中格外不安。心一狠，手一挥："赶离宫门！"

禁卫军得令，如狼似虎般一拥而上，推人打马，要将报子赶开。报子忠心耿耿，哪肯轻易放弃初衷，与之理论纠缠，就是不肯离去。而且他不顾一切闯过禁军防线，又撞响了承运钟。

"当当当"，在大内回鸣的钟声，引得一人飞马仗剑奔向东华门。此人三旬开外年纪，一张四方面孔。虽未冲锋上阵，却也外穿金甲，内衬红袍。胯下"追风乌云兽"，好一派雄赳赳的气概。他身为上京兵马都统，负有保卫京都安全的重任。而这承运钟，非到大内危急告警时不用。

"何故撞钟？"都统未至近前便高声发问。

报子见来者官列上品，感到又有希望，拨马迎上："启大人，在下有火急军情。"

都统不见有成队的叛军和匪众，提着的心放回原处，但也更加迁怒于报子："不过呈递边报，就敢擅自撞钟，真是胆大包天。拿下！"

都统的亲随和禁卫军一起，把报子团团围住，不由分说扯下马来，连推带搡押到都统马前。

报子挣扎申辩："大人，军情十万火急呀！千真万确。"

"为何不去北院枢密使府中投递？"

"大人有所不知，那北院枢密使肖奉先，只知以声色犬马取悦圣上，而视军国大事如儿戏，已送三起边报，俱都被他扣压了……"

"大胆！"都统已然气得面皮紫涨。这位兵马都统，乃是肖奉先胞弟肖嗣先。他哪能容忍报子当众诋毁兄长，"小小走卒，竟敢乱语胡言，中伤大臣，讥讽朝政，分明别有用心。罪该万死！"肖嗣先手中剑，照准报子面门当即砍下。

呛啷啷，肖干举剑架住，二剑相碰迸出火星："二哥息怒。"原来肖干一见肖嗣先来到，就知报子性命难保，赶紧下城楼上前来救护。肖嗣先不觉勃然大怒："肖干，你意欲何为？"这个堂弟，步调时常和他们不一致，肖嗣先早就不满了。

肖干面带笑容："二哥，一个报子不过受上司差遣，是身不由己，何必坏他性命。"

"什么，你竟然袒护贼子，难道忘了祖宗？"肖嗣先剑锋指向肖干前胸,"我们在朝,全赖大哥庇佑。这个龟孙显然是受人指使,恶语诬陷大哥,你还敢为他遮辩,我先一剑捅了你!"

肖干止不住倒退:"二哥,你误会了我的意思,也许真有重要军情。"

报子在一旁听了,心中连说糟糕,不料撞到奸贼一家手中,自己死活事小,岂不辜负了观察使厚望,耽误了万分危急的军情。

"不管他有无军情,"肖嗣先剑逼肖干,"只要危害兄长,我就决不答应。漫说一名小卒,就是王公上将也休想活命!怎么样,你想和他同归于尽?"

肖干自知难以挽救报子性命,收剑入鞘退在一旁:"小弟怎敢与二哥作对,再说,胳膊肘又怎会向外扭呢。"

"这就对了。"肖嗣先放过肖干,执剑又奔向报子,"说!受何人指使,来京诬陷肖大人?"

"小人句句实言,并无半字虚妄,恳请大人以国事为重,将边报速呈御览。"报子说着,从贴胸处取出那件批有三个朱红"火"字的急报,高高举过头顶。

"看来你是不想活命,杀了倒也干净!"肖嗣先挥剑便刺。

报子急忙躲闪,口中大声疾呼:"冤枉!大人饶命。"

众禁军见状,重又将报子扭住,肖嗣先恨得咬牙根:"我让你喊,我让你叫,我打发你阎王那里去报到。"再次挺剑直刺过去。

"住手!"随着一声断喝,一匹胭脂桃花马,如一团红云飘落近前。

肖嗣先一走神,手一偏,宝剑刺中报子左肩,不由心中着恼:"何人敢来捋虎须,真是吃了熊心豹胆!我先送你上西……"他扭身摆剑想刺,当与来人对面时,不由得手中剑畏缩不前。

桃花马上是个芳龄二十许的青年女子,一顶串珠缀玉彩凤冠,软拢着乌云般的秀发,半掩着花蕊似的粉面。一双杏眼,娇俏中透出威严;两道娥眉,妩媚里暗寓刚健。背插雕弓,肋悬宝剑。特别是那凤冠之上,秀发顶心，斜插一枚盈尺的雁翎，那玉片般的毛羽，映照着碧空中的红日，亮晶晶光闪闪，使得这位娇贵而又冷峻的女子，越发显得别有风情，使人生畏生怜。

她是大辽国当今天祚皇帝耶律延禧的女儿，文武双全的雁翎公主。尽管肖氏兄弟权倾朝野，深得天祚帝宠信，在天子面前，莫说公主，就是雁翎生母文妃说话，也未必有肖奉先管用，但总还有个君臣名分，况且这位公主素来好管闲事，是个不好惹的。因此，肖嗣先赶紧将右手剑交与左手，背在肘后，双手抱拳在马上躬身："恭祈公主懿安。"

"免！"雁翎竖娥眉绷粉面，冷颜更加冷言，"肖都统，大辽虽系外邦，也是有国法律条的，你身为统兵大将、朝廷重臣，竟然在天子脚下，皇宫门前，光天化日，恣意杀人，你心里还有皇上吗？"

肖嗣先当众被责，恼在心头面带不悦，不服地接言争辩："公主只知其一，不知其二，此人中伤大臣，诋毁朝廷，口出恶言，罪在不赦！"

"冤枉！公主啊，小人冤枉！"报子因失血过多已面色惨白，由于被禁军们挟持，他才得以勉强站立。公主适才一番话，使报子又燃起一线希望。他用尽力气说："公主，小人奉宁江州观察使之命，飞骑进京昼夜兼程呈递边报，实有万万火急军情。只因北院枢密使三次扣压急报，观察使嘱我定要亲身面圣。谁料宫门紧闭，不肯放行，肖都统他又为袒护胞兄，要害我性命……"说至此，报子已是气力不支，难以出声。他竭力举起边报，向雁翎递来。

雁翎驱马上前伸手接过，立刻展开，未及览阅，那报子的头垂落下来，气绝殒命。雁翎的火气重又腾满胸中："肖都统，你滥杀无辜，该当何罪？"

肖嗣先忍着气赔礼："公主，末将一时失手，还望谅情。"

"说得好轻松，"雁翎眼望报子尸体，感到自己应当为他做主，"终不然，报子就被你白杀了不成！"

"公主，他人已死了，死了死了，一死百了。终不然，我还为他偿命不成！"肖嗣先的语气已含有不忿之意。

雁翎素知肖氏兄弟骄矜狂傲，横行朝野，只愁无由惩戒，今日决意不轻易放过："肖都统，偿命不偿命，我奏过万岁自有分晓。"

肖嗣先满不在乎："末将恭候圣裁。"

雁翎气咻咻展边报细阅，不看时还则罢了，这一看立刻急得心如火烧。她想，如此重要军情，片刻也耽误不得，用手一指肖干："快打开宫门，我要立即面圣。"

肖干现出为难之色："启公主得知，万岁有旨，今日罢朝不理政事，就是天塌下来也得等明日再奏。"

雁翎紧抖几下手中边报："这事还小吗？它关系到社稷危亡呀！"

"公主，万岁的脾气您并非不知，小人若违旨放您入宫，这项上人头就保不住了。"

"难道你就置国家安危于不顾吗？"雁翎看见肖嗣先在一旁冷笑，不由恨恨骂道，"你们本是一丘之貉，我这不是白费口舌吗？待我闯宫，看哪个不要命的敢拦挡！"她挥手招呼随从，催马向前。

肖干寻思一下开口说："其实你闯宫也是枉然，万岁在西苑射猎，今天你是休想见到了。"

雁翎一听勒住桃花马："此话当真？"

肖干似乎是后悔说走嘴："不，不，我不知道。"

见此情景，雁翎已知就里，拨转马头，说一声："往西苑。"率队飞驰而去。肖嗣先思忖片刻，也带领亲随扬鞭打马跟上。

西苑在皇城之西约数里，此处一片丘陵起伏，遍野树木葱郁，九曲小溪蜿蜒流过。浓荫蔽日，芳草遍地，溪水清澈见底，野花争芳斗妍。森林中，草丛里，时见獐狍狐鹿和野兔山鸡。

雁翎带三五名随从，自火炉般的皇城来到这里，立觉暑气全消。凉风习习，花香鸟语，真如同来到另一个世界，大有超尘脱俗之感。

她们沿围墙刚到大门前，守卫就过来挡住去路："公主止步。"

雁翎气得兜头就是一鞭："大胆！"

守卫没有防备，不由得双手抱头："万岁有旨……"

雁翎哪里听他许多，吩咐一声："进！"催马当先奔入，众随从鱼贯跟进。随后来到的肖嗣先，也就长驱直入了。守卫怕皇帝怪罪，也跟在了后面。

雁翎虽然闯过了大门，却未能闯过羽林军的防线。她急于禀奏军情，一见铁骑阻路，厉声呵斥："谁敢拦我，休想活命！"

羽林军指挥、殿前副点检耶律胡驱马上前："公主息怒，末将奉旨护猎，不敢放人见驾。"

"是你？"雁翎见是耶律胡，口气和缓了许多，她知道耶律胡为人忠正，便解释道，"点检，我有紧要军情。"

"公主，我不敢违旨呀。"耶律胡显得很为难。

雁翎想了想，商量着说："若不然你去通禀一声，说我有紧急军情求见。"

耶律胡的年岁与雁翎相仿，且又魁伟雄壮，相貌堂堂，武艺高强，天祚帝曾露出口风，有意招为驸马。耶律胡闻信当然喜之不尽，能做皇帝的乘龙快婿，荣华富贵自不待言，单就公主美貌无双、文武兼备这一点，就是难得的佳偶，耶律胡极盼这事早日实现，因此自获悉消息之后，他侍候皇帝更加谨慎，见到公主格外小心，唯恐引起反感使亲事告吹。但今天这桩事却叫他左右为难了，若去禀报，就要惹恼皇帝，而不去通禀，又要开罪公主。他暗自沉吟委决不下，半晌无言。

雁翎露出不悦："点检，不过通报一声，就令你这般犯难？"

耶律胡一见公主生气，赶忙答应说："请公主稍候，我即刻就去启奏。"他掉转马头，直奔林中。

此刻，大辽天祚皇帝耶律延禧猎兴正浓。他年方四十，正在壮年，只是由于累月经年沉溺于声色犬马，精力和体质都已有些不济。他自幼善骑射，登基后喜游猎，倒也练得一手好箭法。羽林军从草丛里赶出一只灰兔，天祚帝张弓一箭，灰兔应声扑倒在地。近侍上前拾起，羽箭横贯兔首。近侍跪呈御览："万岁神箭！"

护驾的大臣和兵士齐声欢呼："万岁神箭！"

天祚帝手挽铁胎弓，仰天开怀大笑："哈哈哈，真乃喜杀朕也！"

笑声中，一只雄雉受惊腾空飞起，那艳丽的尾羽，立刻吸引了天祚帝。壶中取箭急忙搭弓射去，但是雉鸡业已落在树上，那支箭空飞而过。适才还陶醉于神射，此箭落空，天祚帝好不扫兴。偏偏这时，耶律胡前来报事。

耶律胡下马叩头："启奏万岁，雁翎公主求见。"

天祚帝对这个女儿，向来是又爱又烦。爱其聪明美丽文武双全，恼她不时进谏罢猎罢宴。不用说这种场合定无顺耳之言，加之心绪不佳，袍袖一拂："不见！"

耶律胡停顿一下，壮起胆子再奏："万岁，公主言道有十万火急军情，事关社稷安危……"

"大胆！"天祚帝龙颜带怒，"朕已昐咐于你，今日射猎，不理朝政，你竟然扫我兴致……"

耶律胡知道，一旦天祚帝说出口来，那便是旨意，言重如山，因此他赶紧请罪："微臣该死！请万岁饶恕这次，以后再也不敢。"

天祚帝对耶律胡素有好感，也无意治罪，将手一挥："退下。"

耶律胡被赦，也惊出了一身冷汗，屁滚尿流地爬起，跨马回到雁翎面前："公主，今天总算苍天有眼，我还能活着回来见你。"

"怎么，父皇不容我进见？"

"万岁猎兴正浓，被我奏事打断，龙颜大怒呀！"耶律胡说来仍有余悸，"劝公主莫去碰钉子，趁早回宫院，以免自讨没趣。"

雁翎听了，不觉默默无言。想起父皇即位以来，全不以国事为重，游猎无度，纲纪渐废，各州县灾变不断，民生苦不堪言。而北方的女真人，不甘臣服岁贡纳献，兼并联合日见强悍，已构成大辽心腹之患。长此下去，怎能保住祖宗江山。天子驾前，又偏多逢迎之辈，少忠直诤谏之臣，万岁沉迷，难以自拔，难道就眼看父皇做亡国之君吗？难道就因为虑及自身安危而置社稷危亡于不顾吗？

这时，一阵放纵无羁的笑声，从林中传来。原来是天祚帝又一箭中的，射住了一头狍子，故而笑声大作。但在雁翎听来，这阵阵笑声犹如支支飞箭，不住射向她的肺腑五脏，她恍然感到，大辽国的上京，正在这笑声中摇晃。

笑声又把那只雉鸡惊得飞起，天祚帝要挽回上次射空的面子，赶紧弯弓再射。怎奈这雉鸡由于不耐久飞，乍起乍落，天祚帝再次射空。侍卫们见状，为讨天子欢心，又重给轰赶飞起。但是，天祚帝由于射中心切，反而忙中失误，接二连三射空。

随侍的北院枢密使肖奉先，见机行事，为天祚帝解围："臣启万岁，并非您屡射不中，而是御前这只'海东青'跃跃欲试，何不放它升空呢？"

天祚帝正无法下台阶，当即准奏："放鹰。"

在天祚帝身边，有一随侍太监，他手拿一个纯金打就的丁字架，上面便蹲伏着那只为天祚帝万分钟爱的"海东青"。这是一种形体不大的小鹰，产自女真境内。因它通体呈蓝青色，飞在空中，如一团海青色的云朵，故而得名。"海东青"虽小，但其飞如电，迅速起飞，捕捉飞禽，常常百发百中。就是身体大它几倍的天鹅，也难逃它的利爪。只是海东青数量极少，又不易捕捉，所以它简直像凤凰一样珍贵。天祚帝这只海东青，是女真渠帅完颜阿骨打今年元旦派人朝贺时贡献，天祚帝爱如掌上明珠，经常带在身边。此刻，天祚帝一声令下，掌鹰太监将金架高高举起，海东青双翅一展，像支箭射向蓝天。

那只雉鸡果然很不一般，不待海东青飞近，早已降落在树窠草丛间。

海东青失去目标,在空中上下翻飞盘旋,只要雉鸡再一飞起,便会立刻落入它的爪间。然而,雉鸡似乎知晓面临死亡的灾难,就是侍卫们往来驱赶,也始终不见雉鸡出现。海东青也就没咒念,只能飞旋等待。

雁翎看见那只海东青在蓝天白云下,忽高忽低骄傲地盘旋,不觉一腔怒火满腹怨。心说,军情火急如同燃眉,而父皇还纵情游猎山水间。看起来,女真人贡纳海东青,就包藏着祸心,什么叫玩物丧志,父皇就是明例。她越想越气,不觉摘下凤首弓,搭上穿云箭,把弓拉满开圆,看得真切,手一松,海东青抖翅膀挣扎几下,一头栽下了云端。

耶律胡一见大惊失色:"哎呀公主,你闯下大祸了!"

雁翎把箭发出,也自知有几分不妥,但事已至此,后悔害怕也没用,她坦然地说:"除掉祸国之物,纵有风险也值得。"

海东青刚一栽落,天祚帝尚未反应过来。掌鹰太监感到不妙,飞奔过去拾起海东青。看见箭穿咽喉,赶忙跪奏:"万岁,不知何人射杀海东青。"

"啊!"天祚帝先是怔了一下,继而暴跳如雷,"是谁这样胆大妄为,快抓来见我。"

"不用抓,我来了。"雁翎已下马走至近前。

"你!"天祚帝有些突然,"你莫非又要代人受过?"

雁翎双膝跪倒:"父皇,确是儿臣所为。"

天祚帝愣了一下,吩咐掌鹰太监:"验箭。"

太监拔下贯穿海东青的穿云箭,上面烙有半圆符号,双手举过头顶:"果是公主用箭。"

天祚帝接过来,也确认无疑,气得把箭折断:"你莫非疯了不成,为何射杀朕的爱禽?"

跟脚而至的肖嗣先,怎肯放过这报复机会,立刻煽风点火说:"公主,你难道忘了,射杀海东青可有灭门之罪!"

雁翎白他一眼,从容不迫地对天祚帝说:"儿有下情回禀。"

"讲。"

"父皇，恕儿不孝直言。女真人进贡海东青，分明包藏祸心，他们想诱使父皇沉溺于声色犬马之间，不理朝政，造成天怒人怨，国力衰微，女真人便会趁机夺我江山……"

"你住口！"天祚帝大喝一声，脸上变了颜色。如果说方才他的气有七分，而今便已有了九分，"你，你好不懂事，竟敢当众诽谤朕！"

肖嗣先又添油加醋："欺君辱骂，就当斩！"

"父皇，儿臣所说并非杜撰，现有女真人图谋不轨的凭证。"

"什么！女真人怀有二心？"天祚帝摇摇头，"我却不信，有何证据拿来我看。"

"现有边报，请父皇御览。"雁翎双手跪呈。太监接过，交与天祚帝。望见那三个醒目火字，天祚帝急忙打开，从头看下：

微臣宁江州观察使，跪启吾主万岁。女真人表面恭顺，实则久怀不轨之心。更有完颜阿骨打者，反意尤甚。年来奔走各部落间，巧言游说，挑起对我大辽皇朝不满，顺者盟拜联姻，逆者武力兼并，而今女真各部多已臣服。近来，阿骨打在几处秘密山洞，日夜不停打制兵器，且又囤积粮草，操练部众……其反象已露，近期之内就有可能发难。乞我主速作打算，灭野火于未燃……

天祚帝看罢，不以为然地微微摇头，继而递与肖奉先："肖爱卿，你拿去看。"

这位肖奉先，官居北院枢密使，就相当于宋朝的宰相，是天祚帝宠信的重臣。他长的四方大脸，白净面皮，五官端正，一副忠厚之相。而且做得好诗，写一手好字，精于骑射，又善对弈，被天祚帝依为股肱。他在接过边报之前，就已察言观色看了天祚帝的态度。从头看罢，便顺着天祚帝的想法说："依微臣看来，边域将吏为了封赏升迁，惯会危言耸听。"

天祚帝不住点头："爱卿之言极是，女真人一向恭顺，断不会以卵击石，宁江州观察使不是危言邀功，也是杞人忧天。"

雁翎一听，报子以生命代价送来的火急军情，竟被父皇这样轻轻付之一笑，怎不焦急忧虑："父皇，您切不可掉以轻心，夏桀殷纣，前车之鉴，父皇不纳忠言，难免做亡国之君！"

"大胆！你待怎讲？"

雁翎仰面直谏："儿臣愿父皇莫做亡国之君！"

"气煞我也！"天祚帝把手一挥，"拉下去，砍！"

二

几朵乌云遮住了烈日，古松的浓荫下显得有些阴森。一阵西风打着旋儿吹来，三五片西番莲花瓣随风飘落。如狼似虎的羽林军，忠实地执行着至高无上者皇帝的命令。哪管什么金枝玉叶，像推搡死囚犯一样，将雁翎公主架到了臭水坑前。如茵的碧草，娇嫩的野花，全都扭曲了身躯任他们踏践。水坑边还汪着一摊污血，那是随行御厨宰杀狍子时留下的，只不过片刻之间，堂堂的公主也要在这里被一刀两断。这里不是午朝门，大概也就无须待午时三刻和三声追魂大炮了，可算得"斩立决"而决不待时也。充任刽子手的一名军卒，将雁翎按下跪在地，便举起了手中刀。

"刀下留人！"耶律胡大喊一声，分开人众，闯进了核心。

天祚帝暗中松了口气，心说幸亏耶律胡不避斧钺，不然岂非假戏真做，看来耶律胡对雁翎确是一片真心。可是，他仍黑着脸问："你有何话说？"

"万岁，公主方才乃是一时失言，她无论如何也不敢诋毁万岁，一定是悔之莫及，乞万岁饶她这次，以后谅她再也不敢。"耶律胡情之所动，泪湿衣襟，唯恐天祚帝不赦，磕头不断如捣蒜。

天祚帝冷笑一声："雁翎是我女儿，愿杀就杀，她的死活与你什么相干？"

"着！我死活与你什么相干？"雁翎在水坑边听见耶律胡冒死求情，非但毫无谢意，反而大为反感，"我何曾是失言，我又何曾后悔，我劝父皇不做亡国之君，乃是肺腑之言。只要这口气不断，我还会说上一千遍一万遍！"

天祚帝确实爱雁翎，但也确实恨雁翎经常犯颜直谏。他自信并不昏庸，只不过平生喜欢游猎，他不信游猎就能失掉江山。如今雁翎态度无改变，他不由把气又发泄到耶律胡的身上，吩咐侍卫："耶律胡与雁翎同党，推下去，砍！"

"啊！"羽林军答应一声，不由分说推起耶律胡跪倒在雁翎身边。

刽子手又高举起钢刀。但是他们也明白，这毕竟不是砍杀普通犯人，万岁若不再三降旨，他们不敢将公主脖子砍断。刀是举起了，却不往下落。

肖嗣先恨不能立刻看到雁翎身首异处，以后他就少了一个对头。因此他决心吹风拨火："万岁金口玉牙，开言就是圣旨，既然说砍，就不能赦，不然有失万岁尊严。"

天祚帝不满地瞪他一眼，转向肖奉先："依卿之见呢？"

肖奉先早把天祚帝心思看穿，躬身答曰："万岁，常言道，君明则臣敢直言。大唐有太宗之明，才有魏征之诤，吾主至圣至明，公主才敢犯颜直谏，虽然有辱圣明，但用心良善。因此依微臣之见，不可闭塞贤路，应赦免公主，使众臣皆知君贤。"

这番话说得天祚帝心里熨熨帖帖，可是他未及开口说赦，附近有人冷笑几声，天祚帝转首细看，却是观书殿学士肖旻，眯着眼一副玩世不恭的表情。天祚帝沉下脸问："肖学士为何发笑？"

肖旻年方二十有二，论文才那真是满腹经纶，出口成章。他于天庆二年进京应试，本该点取头名状元。可是，他其貌不扬，特别是那兔唇，看着确实不雅。为此，北院枢密使肖奉先要将他除名。天祚帝还算爱才，在金殿面试，无论赋诗作对，他都才比子健，天祚帝不忍让他埋没，仍取为进士，点为观书殿学士。后来肖旻才知道，天祚帝原本许下心愿，此科状元要招驸马，只是由于他貌丑，才未做皇家东床。而补缺的状元，雁翎和天祚帝都嫌其才气不足，致使驸马至今尚无人选。观书殿学士，本是个闲职，肖旻常有怀才不遇之感，觉得满身抱负难以施展。常言说，旁观者清，他对大辽王朝的种种弊端，确是了如指掌，也时常发些怨愤之言，发泄对现状的不满。对于肖奉先，他向来连正眼都不看，从不顾忌得罪当朝宰相有可能惹祸丢官。如今天祚帝发问，他正色回奏说："我笑的是有人心口不一，外忠实奸。"

"何以见得？"

肖旻并不明讲："揣度圣意，并非没有主见，只想取悦万岁，误国便在所难免。"

天祚帝怎会听不出，肖旻是在攻击肖奉先。他反问道："以卿之见，该如何处置雁翎呢？"

"当斩！"

众人听了，都为之一愣。雁翎也扭回头观看，心说肖旻素称忠正，却为何要将自己置于死地？天祚帝也觉费解，不免再问："道理何在？"

"公主犯颜直谏，万岁执意不纳，延迟下去，待女真羽翼丰满，大辽便危如累卵。雁翎不死，皆谓君明，雁翎一死则皆知君暗。以公主之死唤醒大辽臣民，难道公主还不当斩？"

"你，大胆！"天祚帝没想到肖旻是正话反说，而且俱为犯上之言，不由心中好恼，"推下去，一起砍！"

于是，肖旻也跪在了雁翎身旁小坑旁边。雁翎对他投以笑脸："好！这样便死也是一条好汉，不像耶律胡，黑白颠倒，是非不辨，尽说违心之言。"

三个人跪成一排，等待开刀问斩。肖奉先看出天祚帝无意杀女，躬身再奏："臣启万岁，公主等三人，虽然言语忤君，但俱是丹心一片，我主圣明，还当赦免。"

"雁翎与耶律胡且饶过这次，只是那肖旻竟当朕中伤爱卿，决不宽恕！"天祚帝说罢，注意肖奉先的反应。

"如此不妥，"肖奉先不假思索便回奏，"肖学士敢于当面指出为臣不足，正是可贵之处，这样直臣委实难得，圣明之世，禾生双穗，国出贤臣，万岁当重用肖旻，岂可诛之？"

"哈哈哈哈，"天祚帝开怀大笑，"肖卿真乃干国忠良，不计个人恩怨，朕有此贤相，何愁大辽天下不长治久安？"

肖奉先心中得意，面带惶恐："万岁过誉，折杀为臣。"

天祚帝又传谕旨："将雁翎三人放转。"

雁翎三人跪倒在天祚帝前："谢圣上不斩之恩。"

天祚帝为树立肖奉先威望，吩咐他们："还不快去谢过肖大人求情？"

雁翎和肖旻都不肯折腰，只有耶律胡上前给肖奉先施礼："多谢相国大人。"

肖奉先笑微微："快快免礼，这是万岁恩典，与我何干。"他明白雁翎与肖旻对他成见很深，难以消除敌意，心中暗暗发狠，早晚叫他们知道厉害。

天祚帝见雁翎不动，很是不悦："雁翎，你为何不过去谢肖大人？难道就因为你是金枝玉叶之身吗？"

"父皇，并非如此，莫说谢他，儿还有本参他！"

众人无不惊愕，天祚帝亦觉突然："你参他何来？"

"肖奉先私通外邦，蓄意谋反。"

肖奉先毫不惊慌："公主，这可不是随便说的，要拿出凭证来。"

"对，你有何凭证？"天祚帝问。

雁翎已经清楚，父皇一时间不会相信女真人怀有野心，若再重复，空惹反感，不如先在肖奉先身上打开缺口，"父皇，肖奉先身为枢密使，接二连三扣压边报，必定是心怀叵测，与女真人暗中有勾连。"

"肖大人扣压边报，你如何知晓？"

"宁江州报子当众亲口所说。"雁翎便把报子如何闯宫的经过讲述了一遍。

天祚帝为人喜怒无常，猜疑多变，听后不由直视肖奉先："可有此事？"

肖奉先对天祚帝的习性一清二楚，此时若稍有惊慌，便会被认为是心虚，因此他显得十分坦然："万岁，为臣忠奸，您自有明断，再说谁会做这种蠢事？小孩子也不会信。"

天祚帝一想也是，明目张胆扣压边报，谅他也不敢："雁翎，想来肖大人决无此事。"

"若非边报接连被扣，报子又怎能冒死闯宫？"

天祚帝又觉雁翎所说有理："带报子，朕亲自审问。"

"父皇，那肖嗣先怕马脚暴露，已将报子杀死灭口了。"

"当真？"天祚帝显然动怒。

"儿臣亲眼所见。"雁翎想起报子为国而死，心中凄惨，决意为其报仇。"父皇，儿臣已经吩咐住手，肖嗣先仍然狠刺一剑。光天化日之下，在皇宫门前，肖嗣先就敢随意杀人，这国法安在？大辽国难道就任他肖家兄弟横行？"

天祚帝越听越恼，怒喝一声："肖嗣先！"

肖嗣先赶紧跪倒："罪臣见驾，恭祈圣安。"

"报子可是被你杀死？"

"臣不敢蒙骗圣上，确是被我一剑刺中，流血过多而亡。"

"好哇！"天祚帝怒冲冲面对肖奉先，"枢密使，你是亲耳听见，该如何处置呢？"

肖奉先对于弟弟杀人灭口，心中暗暗称赞。他故意绷起面孔："肖嗣先，你为何公然无故杀人，难道就不怕王法吗？来人，推下去斩首示众！"

"啊！"羽林军一拥上前，推拥肖嗣先欲下。肖嗣先疾呼："万岁，罪臣有下情回禀！"

天祚帝制止羽林军："肖爱卿，总要问个明白再杀。"

"杀人就当偿命，哪里容他狡辩。"肖奉先一副大义灭亲的架势。

"这样不问青红皂白就杀，岂不有灭口之嫌？"雁翎得理，哪肯轻易放过，"肖大人看来是怕受牵连。"

"如此说倒要问问清楚。"肖奉先面对天祚帝，"请万岁务必详审，若与为臣有关，愿罪加三等！"

天祚帝重又怒视肖嗣先："有何下情如实讲来。"

"万岁容禀，"肖嗣先叩头说，"那报子擅闯宫门，臣不能袖手不管，万一他欲谋王杀驾，惊了万岁臣罪匪浅。"

天祚帝听了这话，立刻就欢喜些了："你就应该将他拿下，不该当场杀死。"

"臣劝阻他，他非但不听，反而口出恶言。请恕臣重复之罪，报子当众诋毁圣上，说什么沉溺声色犬马，终朝游猎，是亡国之君……"

天祚帝脸色陡变："如此犯上，就该碎尸万段！"

"为臣怎能容他当众诽谤我主，实在气愤不过，这才刺他一剑！"

"杀得好！何不再刺他十剑八剑！"天祚帝犹觉不解恨。

雁翎见父皇只不过听了三言两语就轻信，忙说："肖嗣先乃一面之词，报子闯宫因枢密使三次扣压边报所致，父皇不能不问。"

天祚似被提醒："对，报子可曾说起此事？你要从实招来。"

"万岁，报子口中从未说起扣压边报之事，为臣句句实言。"

"难道公主还诬陷你不成？"肖奉先怒斥一句又说，"倘若你不把报子杀死，带至我主面前，三头对案，岂不清清白白？"

肖嗣先又复叩头："万岁，是我不该一气之下杀死报子，但是我不后悔，只要有人敢诋毁我主，我就决不放过，定坏其狗命！如今，我为维护万岁英名，虽死无怨，任凭万岁或杀或砍，我都感戴天恩！"

这番话说得天祚帝大受感动："肖卿对朕忠心即此可见，杀死报子朕不怪你，快快平身。"

"父皇！"雁翎恨天祚帝糊涂，连个准主意都没有。

不待雁翎说下去，肖奉先又已抢先开言："万岁，不能这样轻易赦免他。"

天祚帝不明白肖奉先的用意，心想朕已饶了你弟弟，你还有什么不满吗？问道："依卿之见呢？"

"死罪饶过，活罪难免。"肖奉先又是大义灭亲的架势，"为正国法，须重责他二十大板！"

"二十板还不打得皮开肉绽，手足兄弟，你不心疼？"

"万岁，若换别人或可容宽，是我胞弟，执法当严！"肖奉先语气坚决。

"好！"天祚帝不由脱口夸赞，"真乃贤相也！"

雁翎急得喊起来："父皇，他这是苦肉计，故作姿态，难道二十大板就把他扣压军情边报、私通勾结外邦的反叛嫌疑打没了吗！"

天祚帝听了，禁不住犯起了沉吟。

肖奉先不慌不忙地说："公主，你说了几次，我始终未加辩解。自我主登基圣明英武，风调雨顺，万民乐业，国势昌隆，就连中原大宋及高丽、西夏都主动结好，信使不断，常送异物宝玩。小小女真有多大势力，他们怎敢飞蛾扑火，自取灭亡？公主谓女真人欲反，诚乃杞人忧天。若一再重复此说，闹得朝野惶恐，人心不安，于大辽又有何益？我主洪福齐天，该做太平天子，亦是天数，劝公主莫再无事生非，君正臣安，四海升平，何乐不为呢？"

天祚帝听着不住点头："肖卿之言，句句在理。雁翎，今后与枢密使要尽释前嫌，和睦相处。"

"父皇，忠言常逆耳，而媚语最中听，且听臣女与他论辩。"雁翎要驳斥肖奉先的谰言。

怎奈天祚帝已信谗言，不容雁翎再说："枢密使所说合情顺理，休再多言！"

"父皇！"

"住口！"天祚帝骂道，"不知进退，站过一旁。"

天祚帝见肖嗣先还跪在面前："你也起去。"

"且慢，"肖奉先急奏，"万岁，二十大板还是要打，来呀，拉下去打。"

肖嗣先着实被打了二十板，虽未肉绽却也皮开，忍痛走回来跪倒谢恩。天祚帝有些不忍："卿家可以休假三天，在家中好生将养。"

肖奉先又数说一句："以后须得小心行事。"

天祚帝对肖奉先此举格外赏识，当众褒奖："肖爱卿，你果然不负朕望，堪比历朝贤相。"

"万岁过誉，臣愧不敢当。"肖奉先更加谦逊了。

雁翎眼见得父皇宠信肖奉先有增无减，但又无力阻止，只有暗暗着急。

这时，侍卫忽然传奏："娘娘到。"

话音刚落，一抬凤辇已稳稳落在中间。轿后，白龙马上端坐一位十六七岁的英俊少年，他便是雁翎之弟晋王敖鲁翰。晋王下马，与迎过来的雁翎一起掀开轿帘。淡装的文妃款款步出凤辇。她虽然年近四十，已到红颜半老之年，但由于天生丽质，看上去刚过三十许，依然妩媚可人，风韵不减。加上她温柔贤惠，因此天祚帝后宫虽然不乏国色，对她仍十分眷恋，十天里总有两三夜要驾幸她的寝宫。而那位比她小十岁的、肖奉先的妹妹元妃，却是一两月也难得见到皇帝一面，犹如置身冷宫一般。

天祚帝此刻心绪颇佳，对于文妃不宣而至反而有几分喜欢，见她面带焦急之色，关切地问："爱妃，你匆匆赶来，想必有什么急事？"

"万岁，臣妾在宫中闻信，说是要斩雁翎，故而未经宣召，匆匆赶来求情。"说着拜下。

天祚帝赶紧搀起文妃，并且放声大笑："好快的消息！爱妃，雁翎是你我爱女，朕怎能舍得诛杀呢？若真斩雁翎，你就是乘快马也来不及了。"

"万岁天恩，女儿纵有不是，也要看臣妾的分上宽恕。"

"放心，朕永远也不会难为她。你看，雁翎这不是好好的，连一根头发都不曾少。"

文妃甜甜地一个媚笑："我主是有道明君。"

晋王近前参拜："儿臣恭请父皇圣安。"

天祚帝素喜晋王谦恭有礼，带笑问道："皇儿近来学业可有长进？"

"儿臣秉承父旨，用心攻书，不敢稍有懈怠。昨日太傅布置，要儿臣作诗一首。儿臣想起大唐王维，诗中有画，便也即兴作画题诗，不堪入目，请父皇指点。"晋王说着，从袖中取出一轴画郑重呈上。

天祚帝前的近侍接过，跪顶在头上展开。画面里，一个帝王跨坐骏马，正仰面弯弓射出一箭，空中雁阵冲乱，那支箭贯穿双雁。四外，远山若隐若现，近岭碧耸云天，飞瀑流泉，森林如带，野花烂漫，右侧题着四句诗：

　　天骄一代射双雁，
　　祚运绵长更英豪。
　　万里江山在怀抱，
　　岁岁平安福永朝。

"好一幅水墨丹青！"天祚帝看罢大喜。

肖奉先在一旁奉承说："晋王殿下不只画好，而且诗作亦佳。"

"唔，果然不错，不枉我疼爱一场。不愁辽主后继无人哪！"天祚帝又道出了欲立太子之意。

肖奉先听了这话，就像钢针扎在心里，他的妹妹元妃，也生有一子，被封为秦王。妹妹已多次忧心忡忡地找他密议，如今文妃母子得宠，若将晋王立为太子，日后晋王登基，焉有她们母子的好境遇。对此，肖奉先何尝不急，妹妹失宠，他们这肖氏家族还会得势？但是，肖奉先并非愚鲁之辈，他明白，要夺宠易嗣，必须审时度势，不能让天祚帝看出他有所图，而要静观其变，等待时机，徐而图之。他把自己的意图埋得很深，在公开场合还一直对文妃、晋王称颂不止。此刻他就又玩起故伎："万岁，这首诗您还没细品，晋王殿下是寓有深意呢。"

"我怎么没看出。"

"这是一首藏头诗，四个字连下来就是'天祚万岁'。"

天祚帝听后一看，果然如此，不由更加欢喜："好！皇儿，难得你如此孝顺，又有这般好文才。"

肖奉先又违心地说："晋王德才双兼，足可立为太子。"

天祚帝故意问："肖卿，秦王实乃令妹所生，你难道不希望他做太子吗？"

肖奉先正色答道："太子关系到国运社稷，岂可徇私？唯有德者立之，方可于国于民有利。"

天祚帝听罢，又复开怀放声大笑，看来确实是发自内心。

文妃娇媚地问："万岁，为何这般开心？"

"爱妃，你看看这君正，臣忠，子孝，妻贤，朕诸事如意，又怎不喜笑颜开呀。"

肖旻小声说了一句："怕只怕乐极生悲！"

"你言讲什么？"天祚帝收住笑容换上冷峻面孔。

雁翎唯恐肖旻引祸，抢着回答："他说是只怕女真人不守本分，儿臣也有这种担心。"

"雁翎，你们大不该拂我兴致。"天祚帝有些不悦。雁翎偏要再进忠言："父皇，常言道，不怕一万，就怕万一。当初大宋不也这样轻视我们吗？他以为番邦小国，不足为虑，结果我大辽崛起。我们不能重复大宋的错误，以致养痈成患，将来不好收拾。"

"雁翎，你为何这般任性、执迷！"天祚帝又有些动怒。

文妃见状，担心女儿吃亏，就想开言相劝，这时，一传宣太监近前启奏："万岁，女真使者求见。"

肖奉先听了一愣，女真人来使以往都是先到自己府中，今日为何不经过自己突然而至呢？女真人此番来使有何用意呢？

天祚帝也觉突然，略一思忖："引他进见。"

太监下去，少顷带女真使者和四个随从，来到天祚帝面前。那使者看一眼肖奉先，赶紧把目光移开。肖奉先认得来使是完颜阿骨打手下，阿骨打在女真诸渠帅中一向比较狂傲，今日为何主动派来使者呢？

女真使者行过三拜九叩之礼说："小臣恭祝大辽天子圣寿无疆！"

天祚帝见使者礼节周全，颇为满意，但他依然板着面孔："一非改元，二非元旦，贵使前来所为哪般？"

"启禀辽主，我家渠帅新得一批稀世物件，为表恭顺孝敬之心，特派我前来奉献。"

天祚帝听了，已有几分喜欢，便半开玩笑地问道："朕闻近来尔等招兵买马，积草屯粮，图谋不轨，要夺我大辽江山，可有此事？"

使者一惊，愣怔片刻，见天祚帝面带微笑，立刻稳定心神："辽主玩笑了，小臣知道，辽主不会听信传言，我家渠帅事辽主如敬父，每日晨昏必向南遥拜请安。今日派小臣前来额外进贡，便可见其忠心。"

"嗯，谅你们也不敢。"天祚帝吩咐道，"将贡物呈上。"

"辽主请看。"使者叫过第一名随从。只见他手捧一圆形漆盆，使者打开上盖，露出黄澄澄、亮灿灿的生金，足有千两之数。

天祚帝点点头，面带笑颜。

第二名随从走上前，使者揭开盒盖，里面是十支胖娃娃一般的人参，整整齐齐摆了一排，看那粗壮和近于人形的样子，棵棵都在八两以上，堪称奇物。

天祚帝脸上笑意又添几分。

第三名随从过来打开盒盖，四张闪着油光的貂皮呈现在面前，天祚帝笑得露出了牙齿。

第四名随从的圆盒打开，众人无不眼花缭乱，猫眼大的北珠装满了漆盒。

天祚帝已是眉开眼笑："好！阿骨打看来亦知讨朕欢心。"

使者见天祚帝高兴，心中暗喜："辽主，请您再看这件。"

那第四名随从将一盒北珠交与使者，从背后取下一黑布袋，解开扎口绳扯掉布袋，"扑棱棱"一只海东青腾空飞起，盘旋一圈，又落在随从手上。

"海东青！"天祚帝喜出望外，竟止不住欢呼起来。

与此同时，肖奉先与那擎鹰的随从打了个照面，猛地认出此人，令他大吃一惊！

三

肖奉先认出，那人乃是女真渠帅完颜阿骨打部下大将娄室。娄室身为大将，为何扮作随从呢？

天祚帝怎知这些，一只海东青足以使他情绪激动。他亲自接过来，放在自己手臂上，欣赏了好一阵，满心欢喜地对女真使者说："阿骨打孝心可嘉，朕定有封赏。"

"小臣代渠帅谢辽主天恩！"使者又复跪拜。

天祚帝确实高兴："朕喜得海东青，摆宴欢庆。"

斜阳投来婆娑树影，花香偎伴着清凉的晚风，狼牙黄龙旗与蓝天白云相辉映，华美的盛宴像鲜花开放在草坪。天祚帝居中面东坐，文妃、雁翎在左，晋王在右。余者两侧雁翅排开，北侧是女真使者，南侧是肖奉先等随从大臣。

宴已多时，酒已半酣，一队宫女正在轻歌曼舞。她们那苗条的玉体，在蝉翼般的彩裙中半隐半显。舞姿婀娜，歌喉婉转。

面对这歌舞升平的场面，雁翎心情沉重，冷眼旁观。宴会的气氛越来越热烈，雁翎滴酒未进，如坐针毡，她再也看不下去了，抽身悄然离去。走到密林深处，离宴会远了，丝竹声和欢笑声已经模糊了，她才止住脚步。

蔽日的浓荫挡住了西斜的阳光，落叶踏上去如履棉絮。她的到来，惊飞了交颈絮语的小鸟，虫儿也停止了啾鸣。这里是如此安宁，然而那隐约传来的欢歌笑语，在她听来好像女真人进攻的喊杀声，心潮刚有片刻平静，又转沉重。父皇对女真人毫无防范，自己怎样才能把他唤醒？

"嚓嚓……"身后传来了脚步声，雁翎猛一转身，"谁？"

"公主不必惊慌，是微臣。"肖旻径直走过来。

想起适才肖旻的言行，雁翎对他颇有好感，因此也格外客气："肖学士为何逃宴？"

"不是微臣高攀，我想公主此时的心情，也正是我的心情。"

雁翎最为苦恼的便是势孤力单，弟弟晋王和母亲，虽然也知是非，但只想取悦父皇，保住现有位置，如今肖旻主动前来，怎不令她欢欣："难得有人能同我想到一处。"

"公主，要使万岁醒悟，做到远奸臣，罢游猎，修武备，就得拿出确凿的证据，说明女真人真的怀有二心。"

"可是，这血染的边报，父皇都不信，又如之奈何！"雁翎双手一摊，"真是没有办法。"

"不，有办法了。"肖旻四处看看，靠近些小声说，"这件事我已久存心中，为臣暗中发现，女真使者每次来上京朝贡，必然私下里去枢密使府中，以往我便有怀疑。今日听公主说起，肖奉先曾三次扣压边报军情，不能不使人想到，他与女真人暗中有勾结。由此我更加留心。发现在宴席之上，肖奉先与女真人不时暗送秋波，他们之间必有不可告人之私。公主若信我拙见，就请您在枢密使府外留心，女真使者必与肖奉先密会。若是拿到把柄，不愁万岁不信。"

雁翎听了立刻跃跃欲试："肖学士之言，使我如拨云见天，心中洞开门扇，此番我一定揪住他们的尾巴！"

"公主要不露声色，暗中监视，定有收获。"

"如果成功，肖学士便是大功一件！"

"微臣手无缚鸡之力，一介书生而已，但我有满腔热血，一身正气，为大辽江山，公主如有用我之处，便披肝沥胆也心甘情愿！"

雁翎深情地望着他："人生难得一知己，但愿我们能经常聚首，多做推心置腹之谈。"

肖旻看出雁翎有些动情，他对雁翎又何尝不怀敬慕之心。但他知道，天祚帝绝不会把雁翎嫁与自己，因此从不存非分之念，他也不愿让雁翎陷入情网，而招致痛苦和非难。与其日后梦绕魂牵，不如早下狠心将情丝斩断。所以他故作懵懂地说："公主若想收获，今晚就不能放过，为臣告辞了。"说罢，转身飘然而去。

雁翎满以为肖旻总会有些表示，谁料竟是置若罔闻，望着肖旻飞快消失在树干间的身影，她未免怅然若失，阵阵心酸。

宴罢人散，已是天色向晚。雁翎回到宫中，立刻把两个贴身侍女碧云和紫风叫来，向她们交代一番。三个人便装扮成平民小贩，身上暗藏兵器，悄悄溜出宫院。

碧云对雁翎的做法始终反对，出了门还说："公主，其实这点小事用不着您亲自出马，凭我和紫风妹妹的武艺，保证手到擒来。"

"就是嘛。"紫风也说，"万一您遇点风险，倒叫我们分神担心，公主哪如在家坐等好消息。"

"你们哪里知道，此事非同小可，倘有疏忽，那就会画虎不成反类犬。"雁翎又嘱咐道，"好了，别再说了，当心被人认出来。"

三个人拉开距离，出了皇城一直向南。

此刻正是一天当中最好的时光，暑热方收，晚风扑面。大街小巷，行人如潮，人们不顾漫漫尘埃，各自为生存而奔波忙碌。高丽的参商，西夏的皮货商，黑车子国的车帐商……都在竭尽推销之能事，在招揽买主兜售货物。街肆上，吆喝声、叫卖声、讨价还价声和各种争吵声，交织融混在一起。西南角那座专供各国信使下榻的同文驿，似乎也淹没在这令人心烦的声浪中。

雁翎等三人装作漫不经心的样子，一直守在附近，目不转睛地盯着同文驿的大门。直到夜幕降临，街上已行人渐少，许多铺面已收摊关门，仍不见女真使者或随从出门。

碧云止不住心焦："公主，要等到什么时候？"

"这就急了？"雁翎有充分的思想准备，"说不定要等一夜呢。"

"哟！"紫风说，"公主，那您的晚膳怎么办？"

"饿了吧？"雁翎掏出一串铜钱，"去，买几个包子来我们充饥。"

"公主，您就吃这个？"紫风感到大为不妥，"我们哪怕到饭铺里，每人吃碗面，再给您买些牛肉、卤鸡、肥鹅、鲜鱼……您没钱我头上有金钗。"

雁翎扑哧一笑："死丫头，这可不是摆谱的时候！我们这身穿着打扮，进饭铺大吃二喝，还不叫人生疑？再说，万一这时女真人出来呢？快去买包子吧，事成之后回宫再解馋。"

公主都不讲身份，碧云、紫风自然也就难以娇贵了。三个人手抓包子，狼吞虎咽，觉得比日常吃的山珍海味还要香甜。腹内有食，身上有力，三个人继续耐心等下去。

大约定更后不久，同文驿的大门打开了。出来一辆独马拉的布篷车，一个女真人随从挥鞭赶来，里面是否坐人、坐几个人都看不出。

碧云问："公主，下手不？"

"不，跟上。"雁翎决心弄个明白。

马车的花轱辘，吱吱扭扭响着，沿大街一直向北，出了汉城，又进皇城，它便不走正街了，迅即拐入黑暗的小巷。看来执鞭的是轻车熟路，摸着黑也不问路地一直向前，东拐西绕，左弯右弯，布篷车停下了。雁翎抬头打量一阵，才认出这是枢密使府邸后门。她心中暗喜，总算没有白等，老鼠到底还是出洞了。

这时，那赶车的已把后门叫开，声音很轻，毫不惊动四邻。门开后，车篷里跳下两个黑影，飞快闪入院中。随即，布篷车亦赶入院内。

碧云急得直捅雁翎后腰："公主，还不动手，都进去了！"

"别急，"雁翎早有打算，"咱们抓回头客，才有油水。"

紫风咳一声："没法子，人家进去香茶太师椅，咱们将就着蹲房檐吧。"

夜，越黑越沉，看不清星星，空中罩上了薄云。皇城里不像汉城那样嘈杂，没有沿街呼叫的叫卖声。但是，一处处高门深院里，一座座亭台楼阁上，却是明灯点点，密管繁弦，似乎在和那通宵不断歌舞的皇宫大内争上下、比高低。

枢密使府中有座吻月楼，隔着丈余高墙，可以望见楼的飞檐。一阵女戏子的婉丽的清唱，隐隐约约传来：

……

夜阑珊，卷珠帘，

月如霜，锦衾寒，

孤灯明灭影儿单，

懒对菱花照粉面，

独宿有谁怜？

莫辜负，好容颜，
门半掩，且偷欢，
哪管明日江山变，
谁当皇帝不相干，
云雨会巫山！
……

"醉生梦死！"雁翎气得骂了一句。

"公主，你做啥骂人，"碧云问，"万岁爷不也这样吗？天天打猎，喝酒，听唱，看舞。"

雁翎无言地沉默一会儿，感慨地说："上梁不正下梁歪，等到国破家亡就不唱了！"

"咱们大辽会亡国吗？"紫风天真地问，"我们有成千上万的兵马呢。"

"傻丫头，你有兵，人家也有兵，女真人无时不想取而代之，而父皇却总是高枕无忧，怎不令人担心？"

"那你何不劝劝万岁爷？"碧云说。

"没有真凭实据，劝不转的。"雁翎告诉她们，"我们今晚夜伏就是为了抓住女真人的小辫。"

"我知道了，"碧云手握剑柄说，"今晚之事十分重要，不然公主怎能亲自化妆改扮。"

"公主放心，"紫风表示决心，"只要你一声令下，保证将女真人生擒。"

"到时候我们一齐动手，一定要快，千万不能惊动巡夜军兵，不能暴露我们的身份。"雁翎嘱咐她们。

说话间，半个时辰已过去。三人正等得心焦，枢密府邸后门又发出了响声。很快,大门轻轻打开,那辆布篷车又赶了出来,雁翎与碧云、紫风退过胡同口。

"吱扭扭""吱扭扭",布篷车循原路轻快地驶来。拐过街口,车夫看见有两个人互相搀扶着走在前面。赶车的怕撞上,不得不把车停下,并且带着气说:"你们聋啊,知道车来为什么不躲?"

碧云和紫风分开手,分别退至街道两旁,车夫见闪开道,刚要赶车走。碧云、紫风已分别从左右靠过来,两柄宝剑指向了他的两肋:"要命就别动!"

车夫一下子惊呆了:"你们是什么人?"

几乎在同时,雁翎从暗处蹿出来,直奔车后,一手掀起布帘,宝剑指向篷内:"老实些!"

里边毫无动静,雁翎注目细看,黑洞洞哪有人影。她急忙移步到前面,问那车夫:"车内二人何在?"

赶车的女真使者随从,刚被宝剑逼住时有些惊呆,如今他听出这几位是女子声音,立刻有了主意,他装作胆怯的样子:"你们问那两个人,请看,在后边跟着呢。"

雁翎回头看,碧云、紫风也扭身张望,那车夫乘机撒腿就跑。雁翎知道上当,返身急追,碧云和紫风也紧跟上去。雁翎见那车夫跑得飞快,到手的鸟儿怎能让它再飞走,一个旱地拔葱飞身跃起,接着一个鹞子翻身,轻轻落在了车夫前面。车夫一见被堵住去路,拔刀就刺,雁翎手中剑急架相还。碧云、紫风也从后赶到,双剑齐下,直取车夫侧后。

交起手来一过招,雁翎马上看出这车夫武艺精通非比一般。其实这并不奇怪,既然女真大将娄室前来,岂能不带高手随行。因此这车夫力敌三人,毫无怯意。雁翎也就不敢大意,全力以赴认真对付。

按理说,雁翎的武艺也不低,又有碧云、紫风做帮手,对付一个车夫,何以久战不下呢?这就是因为她们要抓活的,故而进招时总要留些余地,以免把对手刺死。这样一来,车夫就占有了便宜。他似乎也觉察到雁翎等人的意图，杀起来更加凶狠，而且故意拉出不怕死的架势，想以此突出重围。

但是，雁翎三人三把宝剑，将车夫紧紧困住，不给他逃跑机会。雁翎想，看来只有用疲兵战术，再厮拼一阵，待对手体力不济露出破绽时，将其生擒。

一百回合过后，那车夫就显得力量和速度都不如过去了。雁翎见状低声喝道："快放下兵刃，束手就擒，可免你一死。"

车夫气喘吁吁："三只母鸡，就想占老鹰的便宜，办不到！"

雁翎见对手不肯就擒，手中剑一晃，一把剑像一团电光上下翻飞，形成无数个光圈，环环相连将车夫裹住，真像旋风一般，滚滚而至。雁翎用此绝招，往往都是后发制人。待对手力气耗尽，已到强弩之末，她再使出这快如闪电疾风的"旋风连环式"剑法，对手就更加难以迎敌。眼下车夫也是如此，只有招架之功，而无还手之力。

就在雁翎即将得手之际，有两个黑衣人突然而至。他们也不言语，各执刀、钩向雁翎等杀来。特别是手使弯刀者，一上阵就显出剽悍无比，碧云、紫风刚与他交手，就立刻显出不敌。雁翎赶紧摆剑过去，迎住他厮杀，用尽全身武艺，也只勉强战个平手。这样一来，形势对雁翎立刻转而不利。碧云、紫风武艺原只平常，一对一分别迎战黑衣人和车夫，就显得有些不济。而雁翎又无余力支援她们，眼看碧云、紫风就要不行，剑法、步法全乱，但她们谁也不肯逃跑，二人一个心情，拼死也不能丢下公主。

面对眼前形势，雁翎明白莫说生擒敌人，能保住自己便是万幸了。她告诉碧云、紫风："你们俩快走，不要管我。"

碧云、紫风哪肯离开："不，我们死活在一起！"

谁知，她们不肯撤离，已稳操胜券的对手却要退走。那手使弯刀的黑衣人，大概被雁翎之话提醒，突然吩咐同伙说："不必恋战，撤！"说罢，他先跳出圈外，另一黑衣人亦抽身欲走。

至此时，本来各自撒手就得安全了。可是强烈的责任感，使雁翎忘记了自己的安危，她用旋风连环式将车夫紧紧缠住，使其不能脱身。

车夫撒不出，黑衣人当然走不了，手使弯刀那位显然已动怒生气："不识进退，杀了她们！"

两个黑衣人重复参战，这次比方才的招数更凶狠，真是恨不能一刀将雁翎等三人斩首，他们好立刻离开。雁翎她们更加危急，碧云、紫风眼看性命不保。正厮杀间，碧云略微一慢，被黑衣人护手钩钩伤右腿，登时血涌如泉。碧云疼痛难忍，身子一晃倒地。紫风未免心慌，被车夫一刀将头巾削去，立刻青丝散乱，蒙头障脸遮住双眼，越发难以抵挡。

雁翎自己力敌两个黑衣人，也是极其勉强，她自知支持不了多久，招呼紫风说："你不要打了，快扶碧云回去。"

可是，车夫怎容紫风离去，刀刀紧逼，紫风哪有丝毫喘息之机。伏地手捂伤口的碧云，眼见紫风危急，她看准车夫，拼全力将手中剑掷去。车夫没有防备，要躲避已来不及，他闪过右腿，左腿已被砍中，挣扎几下，也颓然倒地。

双方各伤一人，使刀的黑衣人更加心急，发疯般向雁翎攻击，他二人暂且势均力敌。紫风那里，可就穷于应付了。使钩的黑衣人，意欲尽快刺死紫风，以便双战夹击雁翎，紫风手忙脚乱，看来难免一死。

就在这时，一队巡夜的禁军听见动静赶来。为首一人跨马提枪，乃当值的禁军统领，他飞马抢先奔过去，一面发出警告："呔！皇城禁地，竟敢结伙厮杀，非奸即盗，快都低头受缚！"

交战双方，谁听他的，照旧打个不停。统领不知情由，他难分好坏，一时不好下手，吩咐部下兵士，将他们团团围住。

手使弯刀的黑衣人一见情况不妙，毕竟他心虚，就要脱身逃走。但是，车夫腿伤难以带走，他显然很不放心，与雁翎杀着杀着，突然向车夫奔去，而且反手砍下一刀。

雁翎看出对手意在灭口，伸剑架住弯刀，使其阴谋未能得逞。黑衣人灭口不成，就势纵身一跃，撒腿就跑。几名禁军摆棍抢刀阻挡，黑衣人弯刀闪处，两名兵士已被劈倒，使钩的黑衣人更不怠慢，甩掉紫风紧随同伙开溜。

雁翎说了声："紫风照看碧云，守住车夫。"

她纵身就追。

那统领这会儿才来了精神，跃马横枪挡住："都跑了，不行，你给我站住！"

雁翎知是自己人，又不能伤他，气得纵身跃起，从统领头上越过，再拔步猛追。然而这一耽搁，黑衣人已拐入胡同不见了。雁翎止步观察，心想，怎会这样快就踪影不见呢？扭头看见枢密使府院的高墙，立刻悟到，定是逃入肖奉先府中。是不是跟进去寻访呢？万一失踪怎么办？

"别动！你跑不了啦！"统领用长枪逼住了雁翎后心。在雁翎思忖之际，他领兵士又追围上来。

雁翎回头，气得狠瞪一眼："成事不足，败事有余！"

"哈！还是个女贼呢。"统领有几分惊奇，语气中又含几分邪意。

"大胆！"地上在为碧云绑扎伤口的紫风，一听统领出言不恭，不由大怒，"你们竟敢对……"未等她说出"对公主无礼"，雁翎在旁急忙截住了话头。

"紫风，不要多言。"雁翎转向统领，"你围住我们，想要怎样？"

"统统带回衙门，请你们先坐坐班房。"

"你敢！"紫风绑好伤口，手提宝剑站起。

"怎么着，又要动武？"统领一摆手中枪，"我手下这些人，还能让你讨去便宜不成？"

"紫风且住，随他们走一遭，我自有道理。"

雁翎过去，和紫风共同把碧云搀到车上，又将腿部负伤的车夫捆上车，然后她亲自看押,随统领到了都护府衙门。

统领把雁翎、紫凤带进门房,吩咐将受伤的碧云、车夫送入牢中,他显然想在雁翎身上找便宜。

雁翎一反方才顺从的态度,横眉立目拦住车:"不许送走!"她不放心碧云,更担心历尽艰险抓到的车夫,别再出个一差二错。

统领冷笑一声:"到了这里,岂能容你胡行!给我进去。"他说着便笑嘻嘻动手来推。

雁翎略一闪让过,一个顺手牵羊,将统领摔了个饿狗抢食。

统领吃了亏恼羞成怒,从兵士手中抄过一根棍棒便打。雁翎并不抽剑,徒手应战,只三两回合就将棍棒夺下,并且用手折为两段丢在地下:"这等熊包本事,也想耍威风,叫你们都护出来见我。"

"你,"统领扎撒着双手,"你好大口气,什么身份,指名要都护见你,真是狂妄已极!"

"休得啰嗦,快去通报,若误了军情大事决不饶你!"

"你,你,"统领吭哧一气,暗自思忖。这女人如此口气,想必有些来历,"你等着,待都护把你发落下来,我再和你算账!"

统领吩咐手下看好雁翎等人,他穿门过院直向后堂奔去。

此刻,都护书房里,灯明烛亮,隔窗可见,一个人影在室内踱来踱去。窗外的刺麻花丛,在静夜里散发着幽香。那锦簇的花团和那遍体尖刺,都被灯光蒙上一层神秘迷离的色彩,就像房主人的表情和心境一样,令人感到变幻莫测和难以捉摸。

统兵都护耶律余睹,身材并不高大,而且看上去似乎有几分孱弱,然而这矮弱的身躯里,却包含着不可战胜的伟力。只要一上战场,他就立刻变成了另外一个人,如同有金刚力士附体,那柄七十斤重的大刀,在他手中舞起,就像纸片一样轻巧自如。那种压倒一切敌人勇往直前的气概,使他在沙场上所向无敌。难怪大辽国的臣民,都把他看作大辽天下的栋梁和柱石。确实，他的威望别人无法代替。

然而近来他却变得闷闷不乐，郁郁寡欢，就连天祚帝的召见也常常托辞不去。比如现在，夜已渐深，他仍然独自在书房中踱来踱去。他倒背双手掐着一本唐诗，信口叨念着李白的诗句："停杯投箸不能食，拔剑回顾心茫然！欲渡黄河冰塞川，将登太行雪暗天……行路难，行路难！"

门开了，夫人轻手轻脚走进来，她长得很美，已经三十八岁了，儿子耶律胡都满二十岁了，她还像个新婚少妇那样娇艳。她们姐妹三人都堪称天生丽质，大姐嫁与西北路招讨使耶律达蒙里，和自己一样也是一品夫人；三妹尤为荣显，就是当今天祚帝最宠爱的文妃，且母以子贵，晋王有望立为太子，那么文妃日后就有国母太后之望。她这做姐姐的，自然也少不了沾光。前途本来是光明灿烂的，可是近来夫君忽然变得烦躁不安，她不由得心情忐忑地小心侍候。今夜，夫君仍然不去卧室，她不敢独自成眠。为了使夫舒心，她特意对镜晚妆，着意修饰了一番，才款步来到了书房。她还未及开言，耶律余睹已听见脚步声回头看见她，两只眼睛立刻瞪圆，射出灼灼怒火，拔剑向夫人逼去。夫人吓得颜色大变，额头流下冷汗。耶律余睹的嘴角在抽搐，他闭上双眼，手中剑猛刺过去。夫人一声惨叫，躺倒在屋地上。

四

耶律余睹的夫人倒在地上，既未死，也没伤。宝剑是从她的鼻尖前带着风声砍过，她是被惊吓失神而栽倒的。耶律余睹在挥剑前的一刹那，又突然改变了主意。手提宝剑呆怔片刻，依然怒气不息地说："滚起来，莫躺在地上装死！"

都护夫人这时回过神来，意识到自己仍活在人世。她挣扎站起，整整衣裙，带有几分怯意地说："夫君，你，为何对我要下绝情？"

"你自己心里清楚！"

"我，"都护夫人看着丈夫，心中有些紧张，樱唇发颤，银牙轻磕，并且稍稍显得口吃，"我与夫君琴瑟和鸣，相敬如宾，逐日里举案齐眉，谨守妇道，实在不明白什么地方得罪了夫君。"

"你还想骗我，以为我蒙在鼓里吗？"耶律余睹从怀中取出一物，狠狠扔在地上，"拿去细看，你干的好事！"

地上是一枚银制的同心锁，两株心状的莲花，花蕊里各有一只凤和凰，交颈连在一起，下部缀着手指长的流苏，上边凹陷连接处有一圆孔，本应穿挂一条细细的金链。如今却是孔洞也豁了，金链更是不见。

都护夫人一见此物，脸色立刻白了，并且不由自主地"啊"出声来。

"夫人，这同心锁为何豁了？金链又何在？"耶律余睹冷冷地逼问。

都护夫人双目失神，同心锁在她眼前不住晃动，她怎会忘记，洞房花烛之夜，席终人散，只有她和丈夫对坐红烛灯边。年轻英俊的耶律余睹，亲手将这同心锁挂在她贴肉的胸前，有生以来，她还是第一次把自己如雪的酥胸，敞现在一个男子面前。丈夫把手搭上她的双肩，丰厚的唇紧挨她滚烫的唇，充满柔情蜜意的絮语，像蜜糖流进心田：让我们并蒂同心，永远，永远……这声音近如昨日，又恍如隔世。

"你怎么不说话！"耶律余睹暴跳如雷，"你回答我！"

夫人已经泪蒙双眼，叫她怎么说呢？

端阳佳节，夫人进宫去和三妹文妃见面，偏偏不巧，文妃却去大姐家中。她转身刚要走出文妃居住的长春宫，迎面与天祚帝撞见。她赶紧跪地参拜，恭请圣安。

天祚帝看见她，喜得笑容满面，当即伸手相搀，并挽留她回宫坐候，她怎敢违旨，重又走进长春宫，低垂粉面正襟而坐。天祚帝说不必拘礼，并传旨下去吩咐摆宴，要她莫碍君臣名分，只看做是大姨在妹夫面前。她推不掉走不了，只得陪饮，谁知那威严至尊的天子，斥退太监宫娥，突然把她揽在胸前。想起夫君,想起儿子,她决心以死抗拒。然而,天子变了脸,如果胆敢不从,即要问成谋反,不只己命难保,还要株连满门……记得天子下手强扯衣裙,自身初次抗拒时,将那同心锁洞儿扯豁,金链拉断。待到云雨毕,她匆忙拾起同心锁,放入袖里,到家后次日清晨想起时,同心锁已经不见了。

古语云,饿死事小,失节事大,她真想了此一生。可是她不能死,死只能解脱自己,却会给亲人带来更大苦难。她只好忍辱偷生,在人前装出笑脸,实指望把这事永远埋在心底……

"你说!"耶律余睹又咆哮起来。

夫人摇摇头,捡起同心锁,爱抚地贴在胸前,清泪无声地流下,胆怯地望着丈夫:"你能否容我修补一下,重新挂在我的心上。"

耶律余睹的感情还处于极端的痛苦中,他一巴掌将银锁打落:"你已经不配挂它!"

夫人感到心如刀割:"难道这是我的过错?"

"你可以死!以死保得清白,你为什么不死?"耶律余睹怒骂,"一回来你就可以立刻死!难道你还想再承雨露之恩吗!"

这话使夫人伤心透了:"没想到你竟这样绝情无义,我们夫妻一向恩深似海,难道你都忘记了?我是留恋人生,留恋你,留恋儿子,但我更怕这丑事张扬出去,败坏你的名誉。如今我心已死,躯体再活着也没什么意思。你快杀了我吧,死在你的剑下,魂魄到九泉我也会感激你!"

人的感情往往是复杂而又奇怪的,夫人主动请死,而耶律余睹又不忍下手了。他手中剑放下又扬起,然后又放下,心中问自己,天祚帝以强凌弱,为什么迁怒于贤妻?妻子受辱,自己不能为其雪耻,反而在她受伤的心灵上再添一刀,这算什么大丈夫!面对昏君的淫威,自己身为大将,不也是无能为力?不也是怯懦如鸡?为什么要拿妻子出气?他越想越觉惭愧,便俯身去搀起妻子。

就在这时，统领来到，夫人赶紧回避。耶律余睹听罢禀报，吩咐统领先走，他又去宽慰嘱咐夫人几句，随后来到前面。

"什么人如此大胆，竟敢搅闹都护府？"耶律余睹威风凛凛走过来。

"是我。"雁翎迎上几步答道。

"你？"听声音耶律余睹一愣，看面貌又复一惊。

"难道还认不出？"雁翎又走近一步。

耶律余睹看清了，"果然你是……"

雁翎怕他说漏，赶紧抢过话："大人，我有话单独和你说。"

耶律余睹立刻领悟了："好，请到后面书房。"

"雁翎，你为何女扮男装，这一切都是怎么回事？"

"姨父，您近来托病不上朝，不知朝中许多变故。"雁翎便将报子闯宫送军情，以及她箭射海东青之事，从头告诉一遍，末了说，"我怀疑肖奉先与女真人暗中勾结！"

耶律余睹听后，并不十分惊讶："这些并不奇怪，如此昏君，难免天怒人怨，最终为女真人所灭，也是理所当然的归宿。"

雁翎却很吃惊，在她心目中，姨父是保国忠臣，今日为何这般论调呢？她略带责备之意说："姨父此言差矣，您身为都护，肩负重任，决不该如此掉以轻心。"

"千名忠臣难扶一个无道昏君，他自作自受，与我何干？"

"姨父，我父皇死活又当别论，难道你就眼看大辽亡国而袖手旁观？若真被女真人侵入，城园被焚，生灵涂炭，难道你看着高兴？你不觉愧对我们契丹人的祖先？"

耶律余睹被问住了。

"我觉得，君臣之间的症结只是私怨，臣子为国尽忠，为民尽力，乃是天职本分。"

"雁翎，国与君怎么能截然分开呢？不过我身为大将，决不能坐视女真人有朝一日屠我同胞。你做的对，是要防患于未然。"

雁翎为说服了耶律余睹高兴，她遍观朝中文臣武将，感到只有姨父才能挑起匡扶大辽的重担："姨父，君与国可以分开，只要同存，我父皇不明，百年后太子即位就可有变。说句犯上欺君之言，实在当今太无道了，还可另立贤王嘛！而一旦国家灭亡，我们就全成了丧家之犬。"

耶律余睹不能不承认雁翎之言有理，同时又对她身为公主，不思享乐，一心一意忧国忧民的精神所感动："雁翎，你说的对，我们现在就共同提审那个车夫。"

车夫腿部伤口已被包扎上，但走路仍然一瘸一拐的。进得书房来，耶律余睹让他坐下。车夫满带着敌视和不在乎的神气。未及讯问，他就先发抗议："我是女真使者的随从，你们半路伏击，将我砍伤拘押，大辽天子知道，决不会轻饶你等。"

"什么使者，什么随从，分明是奸细！"雁翎仍然是那身男子装束。

"你是什么人，我看你分明是盗贼！"车夫始终怀疑雁翎的身份。

"告诉你，他是我都护府的统领，专门缉拿形迹可疑之人。"耶律余睹一拍桌案，"快说，你们此番假意出使到底是何居心？"

"出使当然是为和好。"车夫猛然觉出不妥，"你们无权审问我，必须立刻把我送回同文驿！"

雁翎冷笑一声："你声称和好，为何入夜后偷偷驾车出门？"

"我，我去拜访枢密使肖大人。"

"真是可笑，"耶律余睹问，"你小小随从，有什么资格拜访？"

"这，使者在车内，我是送他们。"

"既然是拜访，为何不在白天光明正大前去？"雁翎抓住要害，"又为什么鬼鬼祟祟走后门？"

"这……"车夫语塞答不出了。

雁翎又开始攻心："你还想为主子卖命吗？难道忘了受伤之后，黑衣人欲杀你灭口？"

"啊！"车夫怎会忘记那情景，若非这女扮男装之人用剑救护，自己早已一命归阴。

耶律余睹趁热打铁："事到如今，你的主子决不会再信任你，如果说出实话，我保你无事，而且还赏你一笔钱财，准你留下经商。"

车夫不由低头沉思，他很清楚，自己这种情况，就是回去主人也要暗中加害，不如和盘托出，以换得大辽国存身。

雁翎见他动心，又进一步打消他顾虑："实不相瞒，我乃辽国公主，只要你讲清实情，我保你今生吃穿不愁，可在上京安家立业。"

车夫这才下了决心："小人愿意实说，只求公主宽恕。"

车夫遂将真情道出，他说，女真渠帅完颜阿骨打近来势力日渐强大，不堪缴纳重赋，意欲反辽自立，因为对大辽朝廷情况摸不准，则派使前来进贡，实为探听虚实。特别是要查明辽国武备情况，才让大将娄室扮作随从……

雁翎和耶律余睹听后，互相交换一下眼神，心说果然不出所料，女真人已有反意。

"方才娄室夜访肖奉先是何用意？"雁翎接着问。

"这个小人实在不知，"车夫又补充说，"我只知带去一份厚礼。"

"都是什么礼物？"

"和进贡给大辽天子的一样，但是还多一番。"

又盘问一阵，也问不出更多的情况了，耶律余睹喊人来把车夫领下去，好生看护起来。然后问雁翎："口供已有，你想怎么办？"

雁翎已经又有新的想法："娄室和使者逃进肖府，决不敢公开出来，也决不敢滞留，我们应立即派人去往皇城四门，而且暗中派兵在肖府四处监视，只要娄室和使者化装出来，就务必将其生擒，到那时，任凭他们要什么花招，也都不管用了。"

"好，我们分头行事，这边交我，你进宫启奏万岁。"

二人又合计一番，便各自准备去了。

都护府夜审车夫之际，枢密使府中也未消停。雁翎所料果然不差，娄室与使者被追无路，只好又逃入肖奉先府中。

且说肖奉先接受了女真人厚礼，他担心万一被人发现，才告诉娄室和使者，不从前门离开，而让布篷车循原路回去。并嘱咐娄室要尽快走，因为再等一会儿就关闭城门了。送走娄室后，他又欣赏一下各样礼物，这才到吻月楼里爱妾的房中。

宫灯高照，锦帐飘红，室内金碧辉煌，熠熠闪光。

自从去年肖奉先以御史钦差身份巡察女真各部，他就与完颜阿骨打有了交往。那时各部争相送礼，要交好钦差以期获得大辽天子青睐，但是阿骨打投注最大，礼物超过别人几倍。肖奉先怎不知"礼下于人必有所求"之理，他见阿骨打手下兵强马壮，粮草充足，阿骨打本人又雄威勇猛，心中便已有数，阿骨打要谋求加封节度使，决非其最终目的。他看出阿骨打力农积谷、练兵牧马必有野心，但是他并不说破，而是佯作不知，也不奏明天祚帝。他要借助完颜阿骨打的力量，打击耶律余睹和文妃的力量，第一步争取废晋王立己妹元妃之子秦王，第二步再废秦王自立，那时回过头来再收拾女真人是易如反掌。因此，阿骨打送来厚礼他全部收纳，而且尽量为其提供保障，以待阿骨打兴兵，他好趁便实现自己的野心。

肖奉先打好算盘正要上床安寝，房门忽然又被敲响。门外传来管家的声音："大人可曾安歇？"

肖奉先好不心烦："有事明天再说。"

"大人，是女真人求见。"

肖奉先一听，就知情况有变，娄室为何去而复返？他赶紧穿好衣服，来到会客厅内。

娄室仍未定下神来："肖大人，事情糟了！"

"为何这样惊慌？"

"我的随从被巡夜军兵抓去了。"娄室把经过概述一遍。

肖奉先一听也慌了："此人忠否？会不会供出一切？"

"我是挑亲信带来，照理说不会招认，不过落到别人手中，我也不敢保险。"

"别说了，我们要从最坏处打算。"肖奉先很清楚，一旦那人供出实情，他就有坐牢杀头的危险。然而怎样堵塞漏洞转危为安呢？一时间他也没了主张，急得团团转。

娄室更是坐立不安："肖大人，你要快拿主意。不然待辽主得知，派人到驿馆一查，我们就全得死！"

想不到，这句话触动了肖奉先的灵机："有办法了！"他立刻吩咐管家，请肖嗣先火速来见。

娄室心中没底："肖大人，到底怎么办？"

肖奉先把诡计说了。

少时，肖嗣先匆匆赶到："大哥，出了什么事？"

"不用问，关系到我肖氏全族身家性命，你必须这样办……"肖奉先详细做了交代。

"兄长放心，一定照办。"肖嗣先当即让娄室和使者换上他随从人员的装束，就急速出府，直奔皇城北门而去。

守门的统领发现过来一伙人，急忙喝问："什么人？"

"混蛋！穷嚷什么？"肖嗣先的侍从回答，"是兵马都统肖大人。"

这兵马都统，实际就是兵马大元帅，可以说是官高极品，而在夜间突然来到，小小统领怎不诚惶诚恐，赶紧令兵士列队鞠躬："小的们恭迎都统大人。"

"站立一旁。"肖嗣先下了马，还未及说什么，后面又有一伙人来到。

统领不敢玩忽职守，上前又问："什么人？"

"瞎了！乱喊什么？"耶律余睹的侍卫回答，"是禁军都护耶律大人。"

统领又挨训斥，与部下立刻又列队恭迎。他明白，这都护是顶头上司，更怠慢不得。

肖嗣先一见耶律余睹到来，暗说糟糕。但他毫不迟疑，趁统领恭迎耶律余睹之际，飞快率随从登上城墙。

在上面站更的禁军，迷迷懵懵走过来，不知发生了什么事情："你们是什么人？"

"大胆！"侍卫又狐假虎威，"见了都统大人还不下跪！"

禁军一听，登时以膝跪倒。肖嗣先假意询问可有异常情况，以吸引禁军注意力。他身后，数十名随从早已围成一圈，迅速取出长绳系在女墙上，娄室与使者则如飞滑下城去。但是，他们不及收回长绳，耶律余睹便已领人上城。

肖嗣先迎上两步："耶律都护，您来查看？"

"正是。"耶律余睹以不信任的目光注视着肖嗣先及其随从。肖嗣先为掩护部下行动，假意打着哈哈与耶律余睹周旋。

他们交谈之际，肖嗣先侍卫已趁机将长绳砍断。耶律余睹说："今夜在枢密使府后面暗街之中，有两名女真奸细在交战后逃窜。肖大人，你深夜光临，怕不是与此无关吧？"

"你说对了，正为此事，我才舍弃了床榻，"肖嗣先语气忽然一转，"我身为都统，知有歹人在皇城捣乱不能不管！因此才带人出来，要晓谕四门统领，谁要放一人出城，那就全家抄斩。"说着，他又斥问统领："你听见没有？"

统领赶紧回答："小人不敢。"

耶律余睹也冷笑一声："肖大人放心，告诉你，女真奸细跑不了！明天自有分晓。"

"但愿都护大人擒住奸细，为国除害。"

耶律余睹当面命令统领："没有我的号令，明天不许开城，待奏过圣上之后，再做定夺。"

"都护大人好决断，谅来奸细插翅难逃。"肖嗣先满带揶揄讥讽之意。

耶律余睹却胸有成竹："都统大人莫急，明天定有好戏看。"

"好，在下就等着开眼了。"肖嗣先感到大事已毕，不再纠缠，"既有都护，就用不着我了，告辞。"

"不送。"耶律余睹冷冷地说。

"不敢劳动大驾。"肖嗣先领从人扬长而去。

耶律余睹又去另外三门做了布置，这才感到放心了。直到半夜，他才回到府中，一见雁翎已在等候了，忙问："怎么样？万岁有何旨意？"

雁翎叹了口气："父皇已经就寝，太监与宫人都不敢启奏，看来只有等待明晨了。"

"怎么！"耶律余睹也只有叹气，"明晨？只怕要等到日上三竿。"

"所以我才又连夜赶来，姨父明天无论如何不能开城门。以防女真人混出城去。"

耶律余睹下了决心："不消你嘱咐，这次好不容易才抓住肖奉先的尾巴，说什么也不能松手。一定把他扳倒，给大辽国除去一大祸患。"

雁翎这才放心地回去了，她一夜都未曾合眼，次日天刚放亮，就走到元妃宫门外等候。已经红日临窗了，才见掌门太监打开宫门，雁翎早已心如火燎，迈步就走。

太监施礼相拦："公主，万岁刚刚起床，莫惊圣驾。"

雁翎明白自己忘了规矩，遂停下脚步："公公，快去通报万岁，说我有紧急军情启奏。"

太监进去很快转回："公主，万岁传旨，他今日龙体不爽，一应军国大事，明日早朝再议。"

雁翎一听就呆了，皇城总不能整日不开，可是城门一开女真人混出去岂不前功尽弃？闯进去面奏吧，莫说闯宫该杀头，抗旨不遵就有死罪。怎么办？总不能束手无策呀！雁翎皱眉苦思，一时没有主意。

就在这时，肖奉先进宫来了。元妃的太监对他当然是极其恭顺，急忙上前见礼："国舅早安。"

"娘娘可曾起床？"

"回国舅，娘娘正侍候万岁梳洗。"

"你去告诉娘娘，说我有要事求见。"肖奉先又特意嘱咐一句，"不要惊动万岁。"

"奴才知道，"太监又讨好地说，"请国舅到西厅等候。"

肖奉先随太监进去了，雁翎看在眼里不由自问，肖奉先绝早进宫莫不是与女真奸细有关？可是自己又不能见到父皇，这该怎么办呢？雁翎急得团团转，可是当她想起肖奉先就能入内时，不觉忽地有了主意。

五

元妃听说兄长来到，料知必然有事，急忙抽身过去。她很清楚，自己的地位与家族是荣辱与共、休戚相关的。她要靠家族的力量巩固自身地位，家族也要靠她取得富贵荣华。因此，她这样痛快来见兄长，完全是为自身安全计。

肖奉先将昨夜的事急急向元妃陈说了一遍，元妃听罢有些发慌："这不是叫人抓住了把柄吗！"

"正是因为如此，才来找妹妹帮忙。"肖奉先说，"待雁翎或耶律余睹奏本时，只要你建议皇上将女真使者及从人全都召来对质，就一切都逢凶化吉了。"

"这怎么行，虽然你已将娄室及使者送出皇城，但是车夫落入对头手中，召来面圣，少一从人，岂不立即输棋？"

"你不消多虑，我自有道理。"

元妃还想问个究竟，太监前来传唤，万岁要她立刻前去，元妃只好匆匆回到宫室之中。

天祚帝把她拉过来说："爱妃，这一大早起来，你不陪朕，躲到哪里去轻松？"

"臣妾怎敢偷懒，"元妃在天祚帝怀中做痴撒娇，"只因妾兄来找，不能不出去看看。"

"怎么，国舅来了。"天祚问，"他起早入宫，想必又是找你求情？"

"臣妾怎敢？"元妃的粉面在天祚帝胸前乱拱，"只是雁翎、耶律余睹总要加害于他，恐怕妾身早晚也难免株连。"

"哎，"天祚帝劝道，"你这话说过多少遍，我都听厌了。不论谁说什么，我自有主见，决不会轻信别人。再说，就是国舅真的获罪朝廷，我也不会牵连爱妃呀，我怎么舍得呢！"

"万岁，虽你心里有我，但兄长若有一差二错，我还有什么心思活在人世。"

"你又是孩子话，国舅是枢密使，我是不会难为他的，别人就更不敢了。"

"雁翎就敢。"

"怎么会呢？"

"万岁还不相信，他们已经合谋要加害于他，妾兄业已大祸临头，不然怎会这样早进宫。"

"果有此事？"

"万岁一问便知。"

"好，"天祚帝吩咐太监，"传旨，宣肖奉先进见。"

肖奉先早在拉架子等候宣召，当即随太监走进，行君臣大礼："臣肖奉先见驾，愿君皇万岁万岁！娘娘千岁！"

"平身。"天祚帝传话，"赐坐。"

"谢万岁。"肖奉先坐好后，便假惺惺地说，"臣清早进宫，有扰圣安，实在罪该万死。"

"肖卿不必自咎，有话只管奏来。"

肖奉先深知恶人先告状的作用，这也算先下手为强吧。他故意装出受了委屈的样子："万岁，臣请求革去枢密使一职。"

"你这是何意？枢密使执掌朝纲，乃朕对你的信任。难道想轻身享乐，不愿为朕出力了！"

"为臣敢不尽心竭力，以报万岁知遇之恩。"肖奉先叹了口气，"只是官高有险招嫉呀。"

"你身为国舅，有朕做主，谁敢把你怎样！"

"万岁难道不知，雁翎公主和耶律都护，屡屡与我作对，必欲把我置于死地而后快。"

"他们总不能凭空把你如何呀？"

"但是他们可以编造谎言，欺骗圣上，策划阴谋，陷害为臣。"肖奉先不停地说下去，"如今他们就又搞了诡计，要蒙蔽圣聪，加害肖氏满门。"

"真有此事？你说与朕听。"

"容臣细禀……"

太监却又进来启奏："万岁，文妃娘娘驾到。"

天祚帝感到突然，因为他驾幸元妃的寝宫，昨天已同文妃说好，并答应明晚就去文妃宫中，怎么这一早就找上来了？元妃与文妃他全都宠爱，他不想惹文妃不满，而且文妃位次排在前面，所以他对元妃说："爱妃，来到你的寝宫，理当出迎。"

元妃虽然心里不快，但皇上言出即旨不敢不听。她慢慢腾腾，磨磨蹭蹭，未及步出屋门，文妃和雁翎已经走进房来。

"参见皇姐，迎候来迟，还望恕罪。"元妃略微一拜。

文妃一向谦恭和气："皇妹快莫多礼，唐突来访，乞请见谅。"

雁翎对元妃这个姨娘素无好感，一则年龄差不了许多，二则她是政敌肖奉先之妹，三则恨她狐媚父皇，所以十次倒有八次视而不见。今天在父皇面前，不得不装装样子，也学她略微拜了一拜。

　　天祚帝看见很是不悦："雁翎，你身为公主好没规矩！"

　　雁翎决心直取要害，不在表皮纠缠："父皇，要说不知规矩，倒有一个，那是肖国舅。"

　　肖奉先的对策是，装出一副可怜相，也不多言，他双手一摊，是不曾回驳又无可奈何的神态。

　　天祚帝似有所悟："难怪国舅说你有意加害，果然刚一见面就张口诬陷。"

　　"父皇，您还蒙在鼓里，他勾结女真人，意欲谋反！"

　　"啊！"天祚帝一惊，自登基以来，他最怕有人篡位，时刻着意防范，这话确使他心头一震，"你，又在指他扣压边报军情的事吗？"

　　"相比之下，那只是小事一端，父皇啊，肖奉先早已与女真人暗中勾结。这次女真人朝贡是假，与肖奉先通信探听我朝虚实才是真意。"

　　"你，有何证凭？"

　　"女真使者，昨夜暗入国舅府，送去比给父皇贵过数倍的厚礼，想来必有重托。"

　　"此事当真？"

　　"都护府统领捕获了女真随从，是他亲口招认。"

　　"还说些什么？"

　　"随从中呈贡海东青者，乃是阿骨打手下大将娄室装扮。"

　　"啊！"天祚帝又是一惊。

　　雁翎接下去说："娄室冒险前来，为的是探听虚实，体察路线，以便兴兵谋反时走捷径直取上京。"

　　雁翎适才这番话，在天祚帝听来，真不亚于五雷轰顶！这还了得，如果真让女真人和肖奉先得逞,这大辽二百年基业岂不葬送!他气得大叫一声:"肖奉先!"

"臣在。"肖奉先躬身听命。

"你真乃丧尽天良!好大狗胆,竟敢勾结外人谋我皇位,要夺大辽江山,我岂能容你!"天祚帝又喊一声,"来呀,将逆贼给我拿下!"

门外的武士,闻声走进,将肖奉先倒剪双臂上了绑绳。雁翎直到这时,才轻轻呼出一口气。心说幸亏自己情急智生,搬来母后才得见父皇之面,晚来一步,肖奉先兄妹就要在父皇面前混淆视听。这次总算没有白吃苦,铁证如山,有那车夫为人证,任凭肖奉先巧舌如簧,今番也难逃公道了!看起来辽不该亡,万民有幸!

肖奉先并不急于分辩,任凭武士上绑,一直没有开口。元妃因事先兄长有嘱,也暂时保持缄默,没有代兄求情。这样一来,天祚帝反倒沉不住气了:"逆贼,你可知罪?"

元妃感到是时候了,跪在一旁说:"臣妾有本启奏。"

天祚帝心中说,你还是为兄长求情了,且听你如何说。适才对元妃的恩爱,似已忘得一干二净,他板着面孔发话:"讲!"

"谢圣上隆恩。"元妃说,"臣妾以为,家兄身为国舅,位极人臣,深为万岁荣宠,理应披肝沥胆报效朝廷,而他竟敢勾结外国图谋不轨,犯下弥天大罪,可称罪该万死!妾身乃肖奉先之妹,理应同罪连坐。恳请万岁以朝廷为重,以国家为重,将贱妾同时处死,以谢群臣和万民。"

这番话大出天祚帝意外,他以为元妃定要啼泣求情,谁料她竟讲这些深明大义之语,不觉对元妃顿生爱怜之心,同时也勾起旧情。在他心中,元妃不只年轻貌美、温柔妩媚,而且通晓事理,是貌、才、德兼备的女性。宠爱之意,不觉更增,而这也正是肖奉先所要达到的目标。天祚帝此时看着元妃下跪实在不忍,俯身相搀:"爱妃快快请起,此事与你何干?肖奉先有罪,自应由他一人承担。"

元妃又假意自责几句,才谢恩站起。

天祚帝收起笑脸,又问肖奉先:"你还有何话说!"

肖奉先这才开口:"臣生是大辽人,死是大辽鬼,不愿过多表白,万岁要杀就请开刀问斩吧。"

"如此说,你是承认充当内奸,蓄意谋反了?"

"万岁,我官拜枢密使,位极人臣,妹妹又深为圣上宠眷,可以说皇恩浩荡,富贵达天,我为什么还要铤而走险,拿性命当儿戏,去追求虚幻的目标呢?"

"怎么,你否认谋反?"

雁翎知道父皇没有主见,看法易变,唯恐被肖家兄妹说得心软,赶紧插言:"父皇,人证现在都护府中,提来一问便知。"

元妃听后忙说:"万岁,臣妾有一主意,公主言道女真使者和娄室昨夜俱入皇城,一随从被擒,另二人遁入国舅府。至今皇城未开,何不派人去同文驿,宣召女真使者及全部随从进宫陛见,倘果如公主所言,国舅将来也难以狡辩,岂不立时水落石出?"

肖奉先立刻接上话:"万岁,臣昨夜根本未见过什么女真人,也从未受贿充当内奸。愿万岁将女真使者宣来,当殿对质,以洗清白。"

天祚帝听了觉得可行:"肖奉先,若果如公主所说,你就难免死罪!"

"凭空指控臣不服,有凭有证死而无怨。"

一听肖家兄妹提出这个建议,雁翎心中立刻犯起思忖,难道娄室与使者已逃出皇城回到了同文驿?不可能呀,四门紧闭而且姨父又亲自巡查一遍。除非女真人会妖术,否则插翅也飞不出皇城。退九百九十步说,就算他们万一逃出,那车夫现押都护府,肖家兄妹又有何怕呢?但是,去同文驿宣召女真使者,可不能让肖奉先亲信前往,以免他们暗中做什么手脚。雁翎想到这里说:"父皇若召女真人,儿臣提议由耶律都护大人前往。"

天祚帝明白雁翎的心思,他想了想:"为叫肖奉先心服口服,派耶律余睹和肖嗣先一同前往。"

太监传下旨意，雁翎、天祚帝、肖奉先等人都只有耐心等候。

大约过了两刻钟，太监进内启奏："两位大人回来交旨。"

天祚帝正等得不耐烦："快宣他们进见。"

二人往里一走，雁翎立刻感到不对头。只见肖嗣先得意洋洋，耶律余睹却闷闷不乐。难道出了什么偏差？雁翎未免焦躁不安。

天祚帝急着发问："看来同文驿中没有女真使臣，而只有随从一人，召他上来回话，朕要亲自审问。"

可是，太监却又启奏："万岁，女真使者在宫门候旨。"

天祚帝不由一愣："怎么，女真使者在馆驿中？二位卿家，这是怎么回事？"

肖嗣先满脸高兴："宣上殿来，万岁自然明白。"

天祚帝心犯疑猜，传下旨意："宣女真使者。"

很快，太监引他们来到御前，雁翎一看登时傻眼。只见女真使者和四名随从，一个不多一个不少，整整齐齐走上殿来。天祚帝以为自己眼花，看了一遍又一遍。肖奉先偷眼打量，里面并无娄室，他心中更加坦然。心说，现在是稳操胜券了。

女真使者朝拜之后，开言问道："辽主宣召，不知有何见教？"

天祚帝一下子被问住了，他毫无思想准备，是呀，该说什么呢？沉吟好久才有了说辞："使者有所不知，昨晚在皇城之中，巡夜禁军捉到一名形迹可疑之人，他业已招认，是贵使随从，为此召你前来。"

"有这等事？真是作怪了。"女真使者向身后一指，"辽主请看，我所带随从四人俱在身边，怎会凭空多出一人？这显然是有意栽赃，我情愿与这人当面对证。"

此刻，天祚帝心中没底，一点把握没有，只有说："朕亦正欲如此，使者且请暂到别室稍候。"

太监将女真使者领下后，天祚帝面带不悦问雁翎："你全都看见听见了，该做何解释？"

雁翎也觉纳闷，她转向耶律余睹："这是为什么呢？"

耶律余睹感到窝火，这事真是说不清道不明，即或是让肖嗣先得手把娄室二人送出，那个随从又是从何而至呢？方才到了同文驿，见女真使者五人全在，他就急得眼前发黑，看起来今天是要栽跟头了。此刻他没法回答雁翎，只是不耐烦地叹气。

肖奉先以胜利者姿态开口了："耶律都护，你抓的人也许是心迷意乱胡说八道，才闹出这场误会。万岁待我恩重如山，我怎能做那种叛逆之事呢？"

元妃紧盯着说："万岁，真相大白，您看国舅还上着法绳呢。"

"松绑。"天祚帝当即传旨。

"且慢！"雁翎忙喊一声。

"大胆！"天祚帝本来已对雁翎不满，认为她无事生非，如今竟敢拦他旨意，怎不怒恼，"你太放肆了！"

"父皇息怒，容儿臣回禀。"雁翎抢着说，"肖奉先放不得，应将证人带来，父皇当面问清。"

天祚帝深知女儿如何任性，他也想把证人叫来问个究竟，就没有反对，而是让耶律余睹回去带人。按理说证人当面指控证实，肖奉先应抓紧考虑如何应付，可是看来他却相当轻松，就像没事人一样。

都护府不用出皇城，本来距寝宫不多路，按时间计算，耶律余睹早该回来，可竟迟迟不见他转回。天祚帝早又不耐烦了，正要派人去催促，耶律余睹独自一人回宫交旨。

天祚帝问："证人何在？"

"死了。"

这一声虽不高，雁翎却是大吃一惊，肖奉先与肖嗣先二人显然透着高兴。天祚帝也觉突然："他是怎样身死？"

"看押他的统领,连同两名禁军,和证人一起,全都被人杀死在房中。"

"父皇,这是有人灭口!"

肖嗣先一声冷笑:"人在都护府中,谁能杀他,不言自明。"

"你胡说!"耶律余睹反驳,"难道我还杀死为我做证的证人?"

"你想用亲信做假证,乃见女真人全在,在万岁面前不好交代,这才杀人灭口。"肖嗣先显然在发动进攻,"万岁,耶律余睹伙同雁翎公主,陷害国舅已是昭然若揭。"

雁翎这时冷静多了,她不像耶律余睹那样容易动肝火,而是据理陈奏:"父皇,杀人灭口意在给我和都护扣上欺君之罪,显然是他人所为。"

天祚帝也不认为耶律余睹会杀死为自己做证的人,可是他说:"女真使者随从全在,说明证人之词纯属捏造。"

"不,"雁翎已经悟出一个道理,"在汉城不乏女真商贾,使者完全可以找人假扮,代替随从,而蒙混过关。"

"这怎么可能呢!"肖嗣先显出有点惊慌。

肖奉先瞪他一眼:"女真人搞什么名堂,我们哪里管得,我们只说明一点,与女真人无任何牵连。"

"掩耳盗铃!"雁翎哪肯服输,"你以为证人一死就万事大吉吗?"

"你血口喷人已经暴露,还不甘心吗!"肖嗣先像斗鸡一样凑了过来。

"都给我住口吧!"天祚帝震怒了,"你们全都不识进退,朕已经授予高官,还不满足,明争暗斗,纠缠不休,都想压过对方,这样下去何时是头。今后都给我老老实实,少来我面前搬弄是非。我要做个太平天子,你们全都给我退下!"

雁翎还想说什么,文妃急忙用眼色示意她闭口。很显然,在这种情况下再顶撞天祚帝,说不定一怒之下真会把雁翎处死。

一场斗争未分胜负暂时被迫休战了,雁翎闷闷不乐地回到自己居住的凝春宫。她感到自己是失败者，眼前总是浮现出肖嗣先那得意的笑容。她恨自己无能，明明抓住了肖奉先勾结外族图谋不轨的把柄，反倒被对方占了上风。长此下去，父皇看不清肖奉先的阴险嘴脸，大辽天下就难免丧失在这些蛀虫的手中。宫娥们见公主蛾眉紧皱，都小心翼翼过来侍候。可是雁翎的愁肠，岂是她们所能化解的。本来，辉煌的宫殿，用不尽的金钱，也完全不必为国事忧烦，趁青春年华可尽情享乐一番，可是她偏要冒着被父皇降罪的危险，不是直言进谏，就是对朝政说三道四，一刻也不肯安闲。对此，做母亲的文妃，做弟弟的晋王，都曾暗地里多次规劝，雁翎总是和他们吵个不欢而散。这次与肖奉先的斗争未能如愿，对她打击较大，她不言不语在宫中整整闷了两天。但是雁翎毕竟不是弱者，第三天她又振作起来，她坚信自己的判断，心中说，肖奉先总会露出新破绽。这天上午，她想去看看就要伤愈的碧云，便带着紫风出了宫。

雁翎来到都护府，耶律余睹正在自斟自饮喝闷酒。夫人一见公主来到，如见救星一般："雁翎，快劝劝你姨父吧，自从前天进宫回来，整天就是喝酒，喝起来没完，这怎么能行呢！"

雁翎明白都护和自己一样是心情郁闷，对姨妈说："您放心，我一定劝醒姨父。"

夫人点点头走了，雁翎在耶律余睹对面坐下说："姨父，吩咐家人给我添只杯，我陪您喝。"

耶律余睹只是借酒浇愁而已，他头脑很清醒，他没想到雁翎会这样，手把酒杯问："你当真要喝？"

"不喝干什么，醉生梦死多省心，肖奉先卖国、谋位都不用管他。大辽亡不亡也无所谓，反正活一天少一天……"

"你别说了！"耶律余睹将酒杯摔得粉碎，酒壶也一巴掌打出好远，他明白雁翎是在挖苦他，"雁翎，你以为我是真喝？我是在麻醉自己，挺好的一盘棋，让我走输了！"

"这怎能怪您呢。"雁翎意在解劝,"肖奉先是个老奸巨猾的对手。"

"雁翎,你别劝,我心里有数,我对不起你为大辽国的一番苦心,我对不起碧云流洒的热血。那天夜间,肖嗣先带人去城门,一定是做了手脚将娄室送出,这是我一误;车夫被杀,是我二误,使得肖奉先绝处逢生,这都怪我呀!我是对大辽百姓犯罪呀!"耶律余睹又把菜盘子全都掀翻。

"您做得很对,这样躲开肖奉先最好,省得再惹不愉快。"雁翎明白,劝将不如激将。

"难道我就甘心让肖奉先得逞吗?雁翎,我是苦于不知以后该如何与他们斗!"耶律余睹焦躁地拍一下桌子,"证人不死,何愁束手无策,都怪我疏忽,如今后悔也晚了。"

"不晚!"突然有人接过了话头。

雁翎举目一看,认出原来是学士肖旻。耶律余睹看见他,眉头舒展了不少:"肖学士,这两天我愁闷,你偏偏不来,真是可恨!"

肖旻与耶律余睹交厚,过府向来不用通报。他摸出一方纸满面带笑道:"我是给你寻后悔药去了。"

"我这愁肠百结,你还有心思开玩笑!"

"不是玩笑。"肖旻又和雁翎打过招呼,"这有个药方,请看。"

耶律余睹不知肖旻搞什么名堂,接过来展开,平放在桌面上,原来是一份口供。看了一遍,并不甚明了:"肖学士,这到底是怎么回事,你快直说吧。"

肖旻手指口供,把事情经过从头讲与他们二人。昨天夜里,肖旻从城郭返家,发现旷野趴着一人。下马观看,见其遍身血污,生命垂危。他动了恻隐之心,让从人背其回来,马上请医诊看,直到今天早饭后,这人才苏醒过来,能够开口说话了。他万分感激肖旻救命之恩,对肖旻讲了被害原因。他本是女真人,原是完颜阿骨打的贴身随从,三年前奉命来到上京,以经商为掩护,收集大辽军情,向阿骨打传递消息。乍一来时忠心耿耿,半年后他与一契丹女子成家，并生下一儿一女，美满家庭，小康生活，使他不愿再干那偷偷摸摸提心吊胆的事了。对阿骨打那边，只是勉强敷衍，阿骨打似乎把他忘了，也从未派人催逼。他以为从此就可过安生日子了。谁料前天娄室突然找到他，要他领路到都护府办一件事情，到这里后才知是杀人。但他不敢不从，与娄室一起，杀了女真车夫，又杀了看守兵士和统领。事成后，娄室要他立刻离开上京。他舍不得妻子和儿女，恳求带他们一起走，或者留下来继续经商，娄室都不答应。后来娄室见他犹豫，怕他落入大辽手中吐出真情，就下黑手要杀他灭口。也是他命不该绝，身受三刀重伤未死又被救活。这使苦于没有办法的都护与雁翎，拨开迷雾又逢柳暗花明。

耶律余睹听罢，不觉拍案而起，怒不可遏："原来肖奉先和女真人这样搞鬼，我岂能甘休！"他当即传令，调集了一哨人马，要兵发枢密使府邸，捉拿肖奉先。

六

一哨人马在都护府中集合，整装待发。耶律余睹已跨上战马，肖旻上前拦住马头："大人，不可造次，尚需三思。"

"这样卖国奸贼，理当要其性命！"

"北院枢密使官高一品，没有万岁旨意，岂能随便动得？"

这句话把耶律余睹提醒了，他沉默了一会儿，无可奈何地跳下马来。肖旻微微一笑，又将他推上马去。耶律余睹迟疑地问："怎么，你赞成我去除掉肖奉先？"

"非也。"肖旻摇头。

"你要我去奏明万岁，然后再带兵前去？"

"我看启奏未必管用。"雁翎说话了，"我父皇并非明君，凡事没有主见，前天那场御前官司已经证明，父皇对肖奉先和元妃更加宠信了，光凭一个受伤的女真商人，绝对扳不倒这位当朝太师。"

肖旻听了不住点头："公主之言甚是在理。"

耶律余睹有几分不悦地说："那你又要我上马做甚？"

"要你领兵取一件足以致肖奉先于死地的活证。"

耶律余睹越发懵懂："你把话痛快说明，别绕圈打哑谜。"

雁翎已悟出道理："肖学士，你的意思是发兵追赶女真人，将娄室捉回上京，逼其招供。"

"对！"肖旻不觉对雁翎刮目相看，"娄室等人离上京还不到一日，只要昼夜兼程，马不停蹄，一定可以追上擒还。捉到娄室，万岁自然会猛醒。"

"倒是一步好棋，"耶律余睹虽也称赞，但他又有些犹豫，"只是这……"

"大人顾虑什么？"

"我是都护，统管禁军，护卫天子和都城。离开上京，外军统归都统肖嗣先管辖，恐怕各处守将不听我的号令。"

"正因为如此，非你去不可。你想，肖嗣先肯定不会传此将令，启奏万岁又是下策，只有你带兵，各处守将才不敢过于阻拦。你是皇亲，又是重臣，并且武艺无敌，所以可保畅通无阻。"肖旻分析后又说，"耶律大人，若要成功，须立即行动，分秒必争，稍一迟延，被娄室逃脱，就追悔莫及了！"

雁翎鼓励说："姨父，这总比兵困国舅府要有理有利，事不宜迟，立刻出发吧，你若为难，我愿同行。"

"不，"耶律余睹坚定了信心，"你留在京城照应，留心肖奉先的动静，我不生擒娄室，决不回京！"

耶律余睹带领数十骑军马，出了皇城上京，沿官道向东北方向，风驰电掣般疾行。时近炎夏，火轮当顶，跑出不过数十里，人骑便全都汗气蒸腾了。虽然暑热难当，耶律余睹不说休息，哪个又敢驻马乘凉呢。正行之间，望见对面黄尘滚动，有十几骑也在不顾炎热赶路。双方都在飞驰，越来越近，待互相看清面孔，对面为首的武将，想要躲避已来不及了。

"肖干！"耶律余睹猛地勒住马，并且怒喝了一声。

"大人。"肖干滚鞍下马，赶紧上前施礼。

耶律余睹用不信任的目光，注视打量着肖干："你昨天向我告病请假，为何却乘马远行？"按理说，肖干身任四军太保，应是都护的臂膀一样，可耶律余睹知其是肖奉先堂弟，认为是肖有意安插到禁军中的钉子，对他一直怀有戒心。今日又碰见肖干称病后外出，耶律余睹焉能不气不疑？

肖干不能实说，又编不出圆满理由，只好真假参半回答："禀大人，受枢密使差遣，虽然身在病中，也不敢不从。"

耶律余睹一听更加引起疑心："他派你做甚？"

肖干以事先编就的谎话瞒哄："枢密府一颗夜明珠被盗，我奉命追赶盗贼。"

"你是禁军，只管皇城，如何能穿州过县追贼？"

"枢密使特赐金批通行令箭，可以一路无阻。"

"贼赃可获？"

"有辱枢密使的使命。"

耶律余睹听到此，一个想法已在心中形成。尽管肖干追贼之说，有许多疑点和漏洞，但他决定都暂不追究，而要抓紧时间，使肖干身上的金批通行令箭为己所用："肖将军，你未曾抓到贼人收回宝珠，怎能回去复命，本都愿和你同去追贼，保你成功！"

"这？"

"怎么，信不过我？"

肖干怎敢开罪顶头上司，忙做解释："我是怕耽误了大人的公事。"

"不妨，反正是顺路，两件事情可以同办。"耶律余睹以命令的口吻说,"不必担心,令箭你还带着,掉转马头往回行吧。"

肖干明白再解释或违抗都不行,只好乖乖地服从。这样,耶律余睹就不必担心在沿途关卡受阻了。

且说女真各部全都居住在混同江以北,那里虽说名义上归大辽管辖,实际上是女真人的势力范围,所以,耶律余睹必须在江南擒获娄室,若让他们过了江,就等于龙归大海、虎入深山了。对这点耶律余睹心里很清楚,所以他不顾部下叫苦,兼程催马赶路。经过几处关隘一问,都说女真人过去约两个时辰,耶律余睹感到胜利在望,马不停蹄追赶更急了。

这天下午,耶律余睹一行已经追到宁江州。越接近边防,盘查也越紧越严,耶律余睹也越着急,偏偏前面一道土关的守将不知好歹,带兵阻路上前盘查:"干什么?快下马!"

眼看女真人就要过江逃之夭夭,耶律余睹心中如着火,哪有耐性答对他,抬手就是一鞭:"瞎了狗眼!"

守将被打不服,哐啷抽出了宝剑:"擅闯边塞,就是死罪!"

肖干见状过来说:"大胆,对都护大人如此无礼,你不要命了。"

守将闻听是都护,顿时矮了半截,但是由于挨了一鞭,他口气虽然软了,却暗含着刁难:"小人该死,有眼不识泰山。但是肖都统早有明令,边防归他辖管,小人不敢不听,就是皇亲国戚过关,也要通行令箭。"

耶律余睹无意与他纠缠:"肖将军,拿给他看。"

肖干立刻出示金批令箭:"睁大眼睛看好,赶快让路。"

守将看见令箭,不敢再阻拦了,急忙闪开通道:"都护大人,请恕末将失礼,我是奉命守关,不得不拦。"

"哼!等我转回同你算账!"耶律余睹带气问一句,"女真人过去多久了?"

守将答:"大约一刻多钟,走不了几里路。"

"离江边还有多远?"

"二十里左右。"

耶律余睹听罢,感到刻不容缓,给坐下马猛加一鞭,如飞向前。

紧跟在后的肖干,心中噼里啪啦紧打着算盘。怎么办?昨天过午,枢密使肖奉先把他找去,堂兄交代说,政敌意欲以女真人为口实,栽赃陷害。为保肖氏满门九族不为其害,必须让女真人尽快平安返回,虽然有辽主批文,但肖奉先担心在京城附近,雁翎或耶律余睹派人化装强行拦截,因此要肖干持金批令箭护送,并说至少要送出一半路程。肖干为人并不糊涂,他感到堂兄这样做显然是怕人。再想起堂兄扣压边报之事,他心中升起疑团。但是他一不敢问,二不敢违背,送至中途转回,偏偏又被耶律余睹撞见,无奈掉头又追。路上和住宿时,他几次想和都护交谈,询问为何追擒女真人。但是,耶律余睹显然把他当敌人看待,一句话也不愿和他说,宿营时还派手下对他的人暗中看管。其实,肖干对两位堂兄的所作所为,十分倒有七分不赞成。可是别人却不这样看,认为他们是兄弟,利害相关,必然是一个集团。眼前也是这么个情况,如果都护擒住女真人,问出自己曾护送半程,那么耶律余睹决不会放过自己,而且说不定两个兄长,还有在宫中的元妃都得完蛋,肖干骑在马上,不能不在心中抓紧权衡,下一步究竟怎么办?

转眼行出五里之遥,前面来至一个岔道口,只见一辆车子丢在路边。一看那布篷,耶律余睹就认出是女真使者乘坐的,车都丢掉了,显然是想轻装前进加快速度,耶律余睹更急了。可是他又不得不勒着马在原地兜圈子。转了几圈后他问肖干:"肖将军,你说我们该向哪条路追赶?"

这叫肖干怎么回答,说对了没事,说错了岂不是被认为有意错指,而他又担心女真人被追上,为脱干系,肖干含糊其辞地说:"不好预料,如何追赶,还得都护大人拿主意。"

耶律余睹冷笑一声,心说你不用耍滑,我自有道理。他默默祷告上苍,倘大辽国运不绝,愿神明指引方向,随即把手中马鞭扔起来,啪嗒一声落在地上，鞭梢指向左边。他决定向左追赶，为防万一，又吩咐肖干说："你带人循右路追赶，如见到女真使者，务必连从人全都截住，就说辽主有要事相商，我来后自有道理。"

"末将遵命。"

耶律余睹又嘱咐一句："倘若有意放纵，提头来见。"说罢，他催马引人往左边去了。

肖干迟疑片刻，也率领部众沿右路追下。他有意不跑得太快，心想，但愿女真人不在右路，最好已经过江，自己就省却许多烦恼。渐渐已接近江边，景象更显荒凉，及腰的茅草生得格外茂盛，野鸭、野雁和不知名小鸟，不时被人马惊飞。江畔的芦苇，沐浴着斜阳的金光，绿得像涂了油。掠过苇梢，望见了那波光耀彩的混同江。眼前真像一轴田园山水画卷，沿江向上下游铺展，一直延伸到远方。

然而，肖干哪有闲情逸致欣赏这混同江的夏日风光，江边的一组人影，使他像挨了当头一棒！看那几个人的服装，不需多想，就可断定是女真人，老天哪，这可怎么办？为什么越怕越赶上。事到如今，故作不见也不行，他只好驱马向前。

江边，泊着一只朱漆画舫，它身披夕辉，浮映碧水，分外醒目和鲜艳。就像漾漾清波上，浮一朵盛开的红莲。女真人正在登船，那娄室已经抛弃了随从打扮，换上了皮靴戎装。他见肖干来到，甚为诧异，把已经放上跳板的一只脚收回来问："肖将军，你又赶来定有要事？"

肖干说什么呢？他实在为难，眼下他若指挥部众猛冲上去，画船尚未解缆，娄室尚未上船，定可全都生擒，可这不等于往两位兄长颈上插一剑吗？不能！他一言不发勒住马，只是向娄室摆了摆手。

娄室觉得蹊跷，为安全起见，他也不想弄明白了，赶紧一跃上船，挥刀砍断绳缆，画船立刻离岸。他站在船头双手抱拳："承肖将军远道相送，容日后相见厚谢！"

这时，沿混同江上游江岸，一队人马飞驰而来。肖干当即意识到，这是耶律余睹追不到人又赶向这里，他赶紧率众纵马飞奔江边，同时高声呼喊："女真使者听着，辽主有旨，快快回船靠岸。"很显然，他这是给耶律余睹听的，做样子给都护大人看的。

耶律余睹为了骗回娄室，不惜假造天祚帝旨意："女真使者请回，现有辽主敕封完颜的圣旨，快靠岸接旨。"

娄室岂能看不出其中危险，他见又来一队军马，急忙躲进舱中，吩咐使者答话道："钦差大人，若有圣旨加封，就请改日过江来宣读。"说着，船越摇越快越去越远。

耶律余睹眼见得追不上了，深为只差一步而惋惜，他带气问肖干："你为什么不拦住？"

肖干心中忐忑，唯恐都护询问手下人，怎能保证全都忠心耿耿，守口如瓶。他小心翼翼回答："末将该死，只要再快一点……"

"别说了！"耶律余睹明白，如今再说什么也没用了，"回京。"他满怀遗憾带着气打马回程。

肖干暗地松了口气，心中说："真是个粗人，这样缺少心计，怎能斗得过两个堂兄呢？"

事情的发展往往是难以预料的，耶律余睹那里有意种花花不开，雁翎在京却无心插柳柳成荫。由于耶律胡讨好献殷勤，雁翎取得了一个意料不到的收获。

同文驿的驿丞，与耶律胡颇有交往，这日前来看望，见他面带惆怅，关切地问："老弟为何抑郁不乐，有何心事可否告知？"

耶律胡叹口气道："今日雁翎公主来此，与家父议事，待家父和她走后，我央求母亲挽留公主在花园一聚，谁知她竟冷冰冰回绝家母，说什么让我死了这条心，从今往后别再打她的主意。咳，她为何对我这样心狠呢？"

驿丞三杯下肚，难免话多："你呀，为什么老想当驸马呢？天鹅肉未必好吃，皇帝女婿不见得有福气，选个大臣女儿一样做娇妻。"

"大辽国普天下女子，有谁能比得了雁翎的美貌、雁翎的胆识、雁翎的武艺。"耶律胡堪称情痴，"何况，我看圣上对我似乎有意。"

"老弟，你还没听懂我的话，塞翁失马，安知非福。"驿丞又干了一杯，"不做帝王的婿，说不定你可以长稳首级。"

耶律胡听着糊涂："你这话简直不贴题。"

"还不明白？"驿丞进一步说，"若是皇帝倒楣，驸马能平安无事？"

"辽主富有四海，承列祖二百年基业，自然万世永传。"

"岂不闻天下有德者居之，无德者失之，江山也会易主。"驿丞终于说明，"女真人就要取而代之了。"

"你此话是臆想。"

"女真大将娄室，扮作随从来我朝探听虚实，见万岁沉溺声色，迷恋游猎，不理国事，武备废弛，回去后不出年内必有所举。"

耶律胡听此言后当即放下酒杯，整衣站起："尊兄且请独酌，我去去就来。"

"老弟，你匆忙要去何处？剩我自己饮寡酒有什么意思？"

耶律胡也不答话，如飞离开，一阵风般向凝春宫奔去。雁翎以为他又是纠缠婚姻之事，有些爱搭不理，及至说出闯来因由，才引起雁翎注意。她稍一思索，也丢下耶律胡匆匆出门而去，耶律胡喊了几声，雁翎头也没回。耶律胡意在讨好，结果被闪了个没趣。

雁翎找到肖旻，把驿丞讲的情况告知，二人尚未拿定主意，耶律余睹空手归来，最佳方案没能实现，耶律余睹有些灰心丧气。肖旻却不这样认为，他觉得有女真商人和驿丞两个人证，完全可以打胜这场官司。于是，由肖旻出头，向天祚帝奏了一本。

天祚帝问过女真商人和驿丞，确信娄室果然化装来朝。龙颜震怒，责问肖奉先："你声称女真使者和从人没有差错，如今又该做何解释？"

肖奉先没想到冒出这两个证人，知道如再否认反而不利，他叩头说："为臣确实不知随从当中有娄室，如果认出怎会放他离去？"

"谎话！"耶律余睹气愤地说，"难道娄室不曾夜入贵府送礼？"

"万岁，确无此事，"肖奉先善于伺机反扑，"都护大人，你既知娄室在内，为何不将他擒获，反而把他护送出境呢？"

"你休想血口喷人！"耶律余睹立刻气得发抖，但他不知该如何解释。

天祚帝向来缺乏主见，一听这话马上起疑："果真如此？"

肖奉先见一句话就把水搅浑，心中甚是得意，装作诚惶诚恐地说："臣怎敢说谎，万岁不信可以问耶律都护，他这两日不在朝中，带着亲信去往何处？"

耶律余睹急忙解释："我带人是为擒拿娄室。"

"你抓的娄室又在哪里？"

"只差一步，被他逃脱。"

"既是追擒娄室，乃正大光明之事，为何不奏明圣上领取旨意，而偷偷前往呢？"肖奉先接连发问，"说你护送娄室，并非意外！"

"肖奉先，你信口雌黄，休想指鹿为马，娄室是你放走的，而且你还派肖干护送！"

天祚帝为人本来没有主意，左听左有理，右听右有理，感到太伤脑筋，把袍袖一挥："朕不听你们吵来吵去，全都给我退下。"他起身要回后宫，想干脆不理了。

"父皇留步，"雁翎急忙劝止，"朝臣是非，暂且不论，女真人的野心已暴露无遗，父皇为江山计，万不可掉以轻心，养痈成患，就悔之晚矣！"

肖旻也奏道："万岁，娄室微服入朝已确定无疑，若不早加防范，只怕对社稷不利。"

天祚帝一听又感到确是问题："众卿看来，当如何处置？"

肖嗣先为表示与女真无私，慷慨请缨："万岁，臣愿统率一支兵马，扫平女真各部，生擒完颜氏，永远解除大辽北顾之忧。"

肖奉先紧接着附和："抓来娄室，一切自都水落石出，臣也愿随军出征，以明心迹。"

天祚帝认为可行："就依卿议。"

"万岁，不妥。"肖旻急奏，"大兵不可轻动，况且我方不明对方虚实，一旦狼烟起，则恐国无宁日。"

"卿有何高见？"

"用兵不如用计，古语云，擒贼擒王，只要将完颜阿骨打拿获，女真其余各部自然全都老实。"

"不发大兵，阿骨打岂能送上门来？"

"臣有一计，请万岁思之。"肖旻说，"昔日韩信自立三齐王，勾结陈豨，已有反意，汉高祖唯恐用兵不利，乃伪游云梦，未费吹灰之力将韩信生擒，我主何不妨效之。"

天祚帝听后，不觉动心，暗自沉思。想不到肖奉先也赞成此议："万岁，肖学士之言有理，圣上可假作游猎于混同江畔，待女真各部将帅朝拜时，便可趁机用计。"

"就依众卿之言。"天祚帝已拿定主意，能否活捉完颜、娄室且当别论，混同江一游却不失为美事，又省得雁翎等唠叨劝阻，说什么游猎无度，而今堪称是堂而皇之了。

当下在御前议定，由肖奉先、肖旻随行，肖嗣先带精兵一万护驾，说走就走，即日起程。雁翎一见耶律余睹被留下守护上京，唯恐肖氏兄弟左右父皇，肖旻独力难支，便请求随驾前往。天祚帝怕她在身边说三道四，不能玩得痛快，哪肯带她同行。雁翎见父皇不允，暗暗打着主意。

次日晨时，艳阳初升，蓝天如洗，清风徐徐，连声号炮响过，上京拱辰门大开，一排排白马武士，高举各色旌旗，手持各种兵器，簇拥着四匹龙驹牵拉的饰金彩绘龙车，里面坐着天祚皇帝。如今正是夏日，四周未围毛毡，而是以碧纱围起，内衬黄龙绣缎帘帷。龙车棚顶金球之上，一只海东青雄赳赳地虎视而踞。龙车后面，是元妃乘坐的凤车，文妃自然要留下执掌宫闱。

文武百官在城外列队送行，雁翎匆匆赶来，让紫风把肖旻叫至道边嘱咐说："肖学士，圣上没有主见，而肖奉先又善媚上，此去混同江，望你时刻在意，小心肖奉先的阴谋诡计。"

"公主放心，"肖旻对此已有思想准备，"我会誓死保护万岁，为保万无一失，你还需知会都护大人，应防备肖奉先同女真人合手。"

"知道了，我也许会及时帮助你。"雁翎说着递过一个布包，"肖学士，你只能动笔，不会舞枪弄棒，一旦有事，战场上刀枪无眼，这副石棉宝铠你穿去，或许能起防身之用。"

"公主！"肖旻看见雁翎双目流出脉脉深情，赶紧接过，躬身一礼，"多谢厚意！"

耶律胡在队列中偷眼看到了这一幕，心中很不是滋味。他奔过来要同雁翎说几句话，但雁翎似乎有意躲避，一扭身回去了。而队伍已经出发，他只好回头张望一眼，跟上队伍前进。

天祚帝等走过大约一个时辰，有一个皮货商领着一个年轻的仆人，也随后出了皇城。皮货商看样子只有二十多岁，两只眼睛特别有神，那仆人更是显得秀气，其实他们是雁翎和紫风化装改扮的。雁翎对于父皇此行，委实难以放心，一是恐父皇到时手软，"鸿门宴"上放走阿骨打；二是恐肖奉先捣鬼，有碍父皇安全。因此，她和耶律余睹计议一番，不顾母亲文妃反对，带着紫风就上路了。

雁翎与紫风轻装前进，又无耽搁，不像天祚帝走走停停，大队人马又要歇晌。在当天，雁翎就超过大队，走在了头里。待雁翎到了混同江边，至少要落下天祚帝一天路程。

雁翎身为公主，是极少外出的，特别是这样的远行，平生以来还是头一次。混同江的壮丽景色，立刻把她和紫风吸引住了。两岸田园似锦绣，江水如碧玉，激起银色的浪花，滔滔向东流去。三两渔船，有的正撒网捕鱼，有的正扬帆远去，打着赤脚的渔家女，双手摇橹，扬起笑脸，亮起歌喉，唱着欢快的渔家曲。

越唱越近，船儿已靠岸了。渔家女抛过一串笑声不唱了，艄公打招呼说："二位客官，可是过江吗？"

"怎么，渔船也做摆渡？"

"只要能多赚几钱银子，又何乐而不为呢？"

艄公说话时，那渔家女不时偷看着雁翎哧哧笑个不住。雁翎想这渔家女虽说略显黑些，但模样也还俊俏，别有一番风姿。自己若真是男子，只怕魂魄也要被她笑了去。

二人上了船，只顾贪看两岸景色，赞叹不已。不知什么时候，渔船已摇进芦苇塘里。四处望去，只见一人多高的苇棵密密麻麻林立，不见江岸和土地。雁翎发觉不对头，忙问："这是什么去处？"

话未说完，艄公用脚将船踏偏："你们下去吧！"雁翎和紫风，身不由己全都落到水里。

中篇小说

双案奇冤

一

公元一〇七五年盛夏，暑气灼人。大辽国道宗皇帝耶律洪基，依祖制照例夏捺钵①，在上京道的吐儿山避暑纳凉。正值中午，毒辣辣的太阳没遮拦地射下千万枚金针，大地如蒸，热浪袭人。行宫硬寨周围的旗幡，以及黑毡伞下的御帐亲军卫士，全都晒得无精打采。然而道宗皇帝起居的金顶鹿皮帐内，却是另一番景象。辽道宗和随行的北、南大臣②，正在忘情地欣赏男女伶官演奏大乐。

---

① 夏捺钵，"捺钵"是指契丹皇帝在游猎畋渔地区所设的行帐，夏季出游即为夏捺钵。
② 北、南大臣，辽代官制，契丹族朝官称北面大臣，汉族朝官称南面大臣。

道宗时年四十六岁,由于酒色过贪略显疲惫。他下铺龙纹方茵面东席地而坐,楠木矮几上,摆满了山珍、野味、美酒、金樽。左侧相陪的,是年已三十五岁、风韵依然可人的宜懿皇后肖观音。右侧坐的,是年方弱冠刚满十六岁、俊逸聪慧的皇太子耶律浚。下面两翼一字排开,北面依次是北院枢密使耶律乙辛,行宫都部署耶律撒刺,殿前副点检肖十三,北面林牙①耶律燕哥……南面依次是汉族大臣北府宰相张孝杰等人。

只见乐工伶官们如棋而布,跪坐毛毡,分别手执玉磬、方响、筝、箜篌、琵琶、五弦……或吹或打,或拨或弹,端的是仙音缭绕,妙不可言。更有汉装美女八人,广袖轻舒,如蝶飞燕旋,作"景云舞"。道宗和众臣口饮琼浆,眼观丽人倩舞,直看得摇头晃脑;耳闻仙乐悠扬,直听得如醉如痴。可是皇太子耶律浚却如坐针毡、如芒在背,尽管母后背地曾一再叮嘱他,凡是父皇喜欢的都千万不能逆拂其意,但他无论如何也坐不住了。他知道这大乐有七音八十四调,演奏完毕至少还得一个时辰,就悄悄起身离去。

耶律浚出了大帐,信步走入山坡上的密林里。这儿浓荫蔽日,凉风习习,足下野花斗艳,枝头百鸟争啼,他顿时神清气爽,长长呼出一口气。耶律浚意犹未尽,健步登上山顶,极目四眺,刚涌上心头的快意立刻一扫而尽。但见骄阳如火,禾苗大半枯死,灾民络绎,赤地千里。而父皇和朝臣们,哪管民生疾苦,依然是朝朝宴饮,日日欢歌,他想,如此下去大辽国岂有不亡之理!

耶律浚正自感叹,忽听身后的茅草丛中有响动。他心存疑虑走过去查看,一只大灰狼突然跃出猛扑过来。耶律浚侧身躲过,顺手拔出龙泉宝剑,当恶狼回转身再次扑来,便被他一剑斩为两段。这时草丛中传来呻吟声,他用剑拨开茅草,一个血肉模糊的人在艰难地向前蠕动。耶律浚俯下身去

---

① 林牙,掌文翰的官员,职同于翰林院学士。

关切地问："你是什么人？"

"我要见万岁，有事要面陈。"那人吃力地喘息着。

"我是太子，有什么话尽管告知。"

那人抬头注视片刻，确信了耶律浚的身份后，不禁失声哭泣："太子，您为草民做主呀！"

原来此人名叫曲歌，乃东京道银州人氏。家有祖传金银七宝玉筝一架，此筝以新疆和田玉为身，首尾分别匝有金银箍各一道，筝尾嵌有呈七星状的七颗宝石。这架玉筝堪称稀世奇珍，价值连城。数月前曲歌兄长误伤人命，被判秋后处决。曲歌为挽救乃兄性命，获悉道宗酷爱音律，这才携玉筝面君献宝，以求赦免兄长死罪。曲歌由人引领得见掌朝太师耶律乙辛，耶律乙辛答应今天引他行宫献筝。可是昨晚他却被两名家丁勒"死"，抛"尸"于乱草丛中，也是他命不该绝，由于家丁用力不足他又缓过气来。谁料又遇恶狼，若非太子赶到，曲歌就葬身狼腹了。

耶律浚听罢曲歌的叙述，顿觉怒气满胸。近来，他对耶律乙辛的言行越来越反感。乙辛身为北院枢密使，主掌兵权，乃当朝太师，可是对父皇一味曲意逢迎，只图博父皇欢心，而不顾国计民生大计。想不到他竟敢截留国宝，谋杀人命。如此奸狡之人窃居高位，必为大辽国隐患。耶律浚决心借此进谏父皇，让乙辛的丑恶嘴脸大白于天下。打定主意，他安顿好了曲歌，便又大踏步返回长春帐。

帐内，大乐正演奏到高潮，"承天乐舞"和"破阵乐舞"正舞到疯狂处耶律浚急步而入打乱了乐和舞的节奏。道宗放下金樽，颇为不悦地问："皇儿，适才你为何不辞而去？"

耶律浚并不解释，而是高声奏道："父皇，耶律乙辛有欺君之罪！"

这句话恰似晴空炸雷，乐停舞止，众臣全都惊呆，耶律乙辛怔得如木雕泥塑，宣懿皇后比众人都紧张，她深知乙辛权倾朝野，道宗宠信无比，唯恐太子招灾引祸，急忙抢话暗示："皇儿，你莫非醉酒了，不得信口胡说。"

耶律浚并不退缩："乙辛有罪，铁证如山！"

道宗甚觉意外："如实奏来。"

"他私匿贡物金银七宝玉筝！"耶律浚将曲歌之言复述一遍。

道宗双眼射出怒光，逼视乙辛："可有此事？"

乙辛明白这事败露了，太子定有实证在手，否认无济于事，但欺君便是死罪。乙辛不愧奸狡之人，居然临危不乱，脑瓜一转就有了主意。他离座双膝跪倒，老老实实回答："太子所奏不枉。"

"好，你个耶律乙辛，朕待你不薄，而你……"道宗越说越气，"推下去！"

站殿武士就要上前动手，乙辛忙说："万岁，微臣有下情回禀。"

道宗气咻咻地说："讲！"

"万岁待臣皇恩浩荡，臣恨不能粉身碎骨以报万岁，又怎敢做欺君之举。这架玉筝，乃产自西域龟兹，乐人俱知此玉筝有毒性，须女性人体暖过一昼夜吸尽毒气，方可使用。臣恐有碍万岁龙体，才将玉筝交与教坊师朱顶鹤之妻清子，本欲今晚就奏呈万岁的。"

道宗一听，气消了大半，对乙辛这番瞎话还发生了兴趣，转问朱顶鹤："乙辛之言可真？"

朱顶鹤跪奏："句句是实。"他心中暗暗佩服乙辛随机应变的能力。因为他最清楚，乙辛是将宝筝送给了清子。

道宗一听对上茬了，对乙辛之言深信不疑，吩咐朱顶鹤立即进呈玉筝。

耶律浚见乙辛得意地回到座位上，不顾母后眼色制止，重又启奏："父皇，乙辛之言不实，儿臣自幼精通音律，从未听过玉筝有毒之说，父皇再传别的乐工一问便知。"

道宗这个人生来没主意，闻奏传伶官赵惟一："你如实回奏，可有玉筝带毒之说？"

赵惟一年约三十，不只一表人才，而且谙熟各种乐器，被公认为伶官第一，他为人正直无私，当殿奏道："小人音乐世家，也许耳目闭塞，从未听过雕筝之玉有毒。"

道宗复又生疑，再问其他伶官，这些人明白双方都不能得罪，俱都推说不知，无人证实对错。道宗正拿不定主意，侧后突然传来一句："奴婢对此曾有耳闻。"这声音恰似燕语莺啼，道宗不禁扭过头去，认出原来是宜懿后的宫婢单登。这个单登在宫婢中是年龄最大的一个，已经二十出头了，长得颇有几分姿色，而且惯会在道宗面前拿模作样，所以尽管后宫粉黛三千，道宗仍能记得她，丝毫不加责怪："容你奏来。"

"万岁，我祖上曾为伶官，和田玉若不经女体暖偎，其毒能令人皮肤生疮。"

"果有此说。"道宗又倒向乙辛一边。

"父皇，"耶律浚又奏道，"朱顶鹤乃单登妹丈，自然为其做证。乙辛之罪不容开脱，他若无私心，谋杀曲歌又当如何解释。"

这个问题方才已被大家忘记，耶律浚一提，才都猛然想起。道宗立刻沉下脸问乙辛："你为何杀人灭口？"

如果换别人，这件事是难以辩解的，可乙辛自有推托之词："万岁，也许手下人胡来，微臣实在不知。"

"带曲歌当殿对质。"道宗传旨。

耶律浚心中说，任你乙辛有苏秦的辩才，此番也难逃公道了。可是承启令竟空手而归："启万岁，曲歌已伤重身亡。"

乙辛立刻就精神了："万岁，曲歌究竟是被何人所害，看来就难说了。"

耶律浚大怒："乙辛，你以为人死就无对证吗？曲歌亲口对我所讲，岂容你抵赖！"

"万岁为臣做主，我实在不知曲歌被何人谋害。"乙辛以头触地，装出一副可怜相。

两人当殿争执起来，各说各的理，倒叫道宗莫衷一是。这时，朱顶鹤同妻子清子手捧玉筝来到，呈放在道宗面前，只见筝体之玉光洁照人，七颗宝石熠熠生辉，道宗立刻就爱不释手，试着拨弹几下，音色清脆纯美，余音袅袅，令人荡气回肠。道宗只顾欣赏玉筝了，忘了太子和乙辛还有未决的官司。

耶律浚忍不住启奏："万岁，这样名贵的玉筝，若非儿臣巧遇曲歌，就被乙辛侵吞了，如此奸臣，理当治罪。"

乙辛也抢奏："万岁，微臣一片忠心，太子乃是误会。"

道宗认为他对乙辛多有恩宠，谅他不敢做非分之事。考虑到乙辛权力过大，应该加以限制，便做出如下决断："曲歌已死，难以查实，乙辛素来忠直，勤于王事，玉筝之事就此结束，不再追究，枢密使以后要小心为官，不可背我胡为。"

"微臣不敢。"乙辛暗中松了口气，心说总算渡过难关，化险为夷。

耶律浚立刻不悦："父皇……"

道宗接着说道："皇儿虽然年少，已知为朕分忧，才思敏锐，堪负重任，着其兼领南北枢密院，所有军政大事，均需报知太子。"

"谢父皇！"耶律浚这一喜非同小可，过去虽然身为太子，而今才算有了干预朝政的权力。

乙辛却是先喜后忧，这样一来自己必然处处要受牵制。但圣口已开，他也无可奈何，只好同南北枢密使一同谢恩，并向太子行礼。

道宗喜得七宝玉筝，乐得眉飞色舞，传旨太乐令："新筝不弹旧调，着三日内谱出新曲一支，届时无曲即以抗旨论处。"

耶律浚对于朱顶鹤投靠乙辛门下趋炎附势素来鄙夷，朱适才为乙辛解脱保其过关，就更令他生气。因此，他明知朱顶鹤属于南郭先生之流，却偏要给朱一个难堪，接着道宗之话吩咐："朱顶鹤为教坊之师，自然能歌善曲，就请他谱写吧，不过新曲必须迎合圣意，否则，教坊可就吃罪不起。"

朱顶鹤哪敢说别的，只有叩头："遵旨。"

乙辛在一旁看似神色自若，心中却在合计，这分明是冲着自己而来，如此下去这太师还能当得成吗？为自身生存计，必须设法扳倒太子。他手捻短须，瞥一眼皇后肖观音，暗自打着主意。

二

三日后的下午，道宗在吐儿山顶的飞霞亭乘凉。凭栏西望，红轮半坠衔山，河水流金耀彩，诗情画意，引发雅兴。命宫人抱来七宝玉筝，传朱顶鹤立奏新曲。

朱顶鹤焚香弹筝，见道宗注目凝视，禁不住战战兢兢。三天来他食不甘味寝不安枕，总算谱出一曲《春华曲》，未弹半阕，道宗便袍袖一拂，脸色一沉："如此浊音，只能污我双耳！"

朱顶鹤赶紧伏地请罪，叩头形同捣蒜。耶律浚岂肯放过他："这等无能之辈，怎堪在教坊为师，拉下去重责四十，押入土牢。"

朱顶鹤大惊失色，急向一旁侍立的乙辛求情，但乙辛充耳不闻，并不作声。宜懿皇后却说话了："且慢。"

"母后。"耶律浚急欲制止，他知道母亲心地善良，就是对仇人也讲宽恕。

宜懿后已决意要救朱顶鹤，她不理睬儿子，而是对道宗说："万岁息怒，妾妃已谱成一支新曲，愿献丑于驾前。"

道宗果然转怒为喜："爱妃深知朕心，快弹与朕听。"

"此曲名曰《回心院》。"宜懿后端坐玉筝面前，屏气凝神，剔除杂念，意识渐入清静世界，这才轻舒玉腕，运展水葱般的十指抚动筝弦。一缕仙音恰似来自天外，由远渐近，使在场之人全都进入乐曲的意境。筝音如行云般舒缓，似流水样潺潺，时而如细雨滴润芭蕉，时而如和风轻拂粉面。

宜懿后弹到兴浓处，禁不住亮开歌喉和曲而唱：

星汉横斜恰夜半，
　　月纱薄笼回心院。
　　画楼碧窗珠帘卷，
　　锦帐牙床锁轻寒。
　　一自良人戍边关，
　　几番梦里难相见。
　　魂系白云情思牵，
　　此身付与衡阳雁。
　　不知相逢在何年？
　　可怜牛女遥相看！

　　筝音缥缈，歌声委婉，一曲已毕，众人尚在意境之中，半晌，道宗才回到现实中来，不由得击掌叫绝，连连称妙！遂又吩咐朱顶鹤："如此仙音雅曲，你快为朕重弹一遍。"

　　朱顶鹤明白这是个赎罪的好机会，赶紧净手拨筝，然而他用尽全力，仍弹得支离破碎。道宗气得扇了他一耳光："饭桶，白痴！我养你们这些教坊、伶官，难道总让皇后为我弹曲！"

　　"妾妃侍候圣驾，乃分内之事。"宜懿后欲为朱顶鹤解围，"万岁爱听，妾妃再来演奏。"

　　"不，"道宗用手一指侍立的四个伶官，"你们逐一为我演奏《回心院》。"

　　伶官挨个上前，三个弹过，竟无一人全会，不是断断续续，就是音调走样，令道宗又生气又失望。只剩伶官赵惟一了，道宗拉下脸来："你若再弹不好，全都打入土牢，终身监禁！你弹得如何？"

　　赵惟一跪答："小人粗通乐理，十指如木，不及国母万一，定是难合圣意。"

未待道宗大发脾气，单登在一旁又开口了："奴婢愿做一试。"

"你？"道宗不觉又注意起单登来，见她脸似桃花，肤如凝脂，一双凤眼，溢出媚气。虽说不够端庄，却也别有风姿，先自几分欢喜，脸色由阴转晴，"你行？"

这单登是豁出性命来逞强的。别看她贱为宫婢，野心却大得很。在家读经史时，她就钦羡武则天。自从父亲获罪被斩，她充作婢女入宫以来，在不眠之夜常想，武则天最初无非是一宫女，只因善于表现自己，特别是在唐太宗面前自告奋勇降服烈马，由此才为李世民赏识，才能一步步进取直至登上女皇宝座。由此看来，天子皇后之位也并非可望而不可即，只要努力，就可能成功。因此她效法武则天，不放过一切引起道宗注意的机会。皇上带笑垂问，使她受宠若惊，故作娇羞飞一个媚眼道："奴婢幼年曾习音律。"

"既如此，你且弹来，若弹得好，朕定有封赏。"

"不可，"宜懿后开言阻止，单登近来在道宗面前举止轻浮，她很是看不惯，但依然婉转告诫："单登，你乃宫婢，理当谨守宫规，怎能争强斗胜，倘宫奴全都如此，岂不乱了规矩？"

单登心中大为不满，但不敢表现出来，只好俯首垂臂答应："是。"

道宗却对她发生了兴趣："爱妃，既然她说会弹，不妨令其一试。来来，你弹给我听。"

宜懿后不好再说什么了，单登心中窃喜，立刻坐在锦墩之上，抚动玉筝。也难为她有此心计，居然把整支曲子全都弹了下来，只是仍有几处小错。

道宗面露满意之色："虽然要比皇后逊色，但却强似诸伶官，若再努力练习数日，不愁达到出神入化。"

"不然，"宜懿后加以否定，"自古以来声律不求声似而求神似，《回心院》乃高雅之曲，单登身为宫婢，其心、意、情、思，与乐曲大有差距，乃先天不足，便练上一生，也决难弹出真情实感。"

道宗本是音乐通，听此言不由连连点头："有理，有理。"

单登原来还暗自得意，宜懿后一番话使她如冷水浇头，又恨又不服气："照国母所说，天底下谁也不可能弹得像你了。"

宜懿后不觉动怒了，未加考虑便脱口而出："赵惟一便能弹好此曲。"

"爱妃，他方才已声称不会。"

"那是他的谦逊之词。"宜懿后早就看出，诸多伶官中只有赵惟一神清气爽，功底扎实，深信他能弹好这样高雅的乐曲。

道宗传旨，赵惟一从容入座，凝神片刻，舒缓弹起。行家一听便知，真是与众不同。筝音弹到幽怨处，如泣如诉，可以毫不夸张地说，比宜懿后有过之而无不及。别说道宗和众人听呆，就连宜懿后都听得如醉如痴，竟忘情地伴唱起来。耶律乙辛目睹此景，在一旁手捻短须又在打着主意。

赵惟一演奏成功，单登心情格外不好，道宗笑着说："你这宫婢，还是技艺不成呀。"

"我不服！"单登喊道，"我最善琵琶，赵惟一敢不敢比？"

"恕不奉陪。"赵惟一对她不屑一顾。

"姓赵的，你不敢比就是软蛋！"

"放肆！"一向温文尔雅的宜懿后真的发怒了，"你本宫人，竟敢如此张狂，成何体统！"

单登被责跪倒在地，口中依然不服："我敢说，若论弹琵琶，我天下无敌！"

"你也太狂妄了，要是比不过我该当何罪？"

"情愿一死！"

"好，你二人就比比看。"道宗巴不得看热闹。

宫女送上象牙琵琶，宜懿后对单登说："我演奏一曲之后，你若会弹，便算你胜。"说罢，翩翩起舞，反弹了一组套曲"四旦二十八调"。别说单登，就连清高自负的赵惟一在内，在场之人均见所未见，闻所未闻，堪称精妙绝伦！道宗喜得手舞足蹈："我的爱妃，想不到你还有如此绝技！"

单登自愧不如，双膝跪地："国母如天仙转世，非尘人可比，奴婢井底之蛙，请处冒犯之罪。"

耶律浚看出单登心术不正，抢先发落："无知奴婢狂妄已极，她已出誓言，拉下去乱棒打死！"

宜懿后又心软了："不可，因我而伤她性命，倒叫我不安，掌她二十手板，加以警诫就是。"

单登左手被打得红肿，心中衔恨不敢表露，再跪谢不杀之恩。

道宗余兴未尽："单登，你适才何等大话，想必对琵琶娴熟，不会弹四旦二十八调，且另弹一曲待朕欣赏。"

单登遵旨，怀抱琵琶，弹了一曲《高山流水》，却也是指法不俗，不亚于俞伯牙和钟子期。

道宗不由得刮目相看："难怪你口出狂言，果然有些本事。"

"万岁夸奖，奴婢实不敢当。"单登跪拜，又有些得意忘形，"若不是左手疼痛，本该比这弹得更好。"

不知不觉，天色已近黄昏，暮霭渐次袭来，道宗吩咐摆驾回转行宫宝帐。乙辛有意落后，贴近道宗低声奏道："万岁，臣有机密事回禀。"

道宗屏开众人："奏来。"

"乞万岁先赦臣直言之罪。"

"尽管明言，朕不怪你。"

"万岁，可曾想过，所有伶官都不会，为什么赵惟一能弹好《回心院》？"

"你此话何意！"道宗瞪大双眼，"莫不是皇后还与他有私？"

"万岁明鉴，若非事先学会，赵惟一焉能如此纯熟？"

"大胆！你竟然进谗言诋毁皇后，莫非活够了！"

"臣罪该万死！"乙辛忙分辩，"微臣是一片忠心为万岁，只要圣驾无虞，臣粉身碎骨亦心甘情愿！"

"朕念你以往伴驾之功，饶过这次，若再敢胡言，定斩不赦！"

"臣再也不敢。"

常言说耳不听心不烦，乙辛这番话却在道宗心海里搅起了波澜。回想起赵惟一演奏，皇后伴唱的情景，似乎看见他二人眉来眼去，那赵惟一多才多艺潇洒秀丽，莫非皇后背地里真与他做出了风流韵事？不想则已，越想越觉可疑。道宗一路上默默无言，沉吟不语，仿佛变成了另外一个人。乙辛冷眼旁观，料到自己的谗言起了作用，心中又在琢磨下一步棋。

三

银烛高烧，檀香袅袅，金顶长春帐内一派珠光宝气，不失皇家威仪。虽然已是定更时分，天气依然闷热。道宗着轻纱便装，手摇宋国贡来的漆金折扇，缓缓步入帐内。奇怪的是静悄悄毫无声息，不由好生纳闷，皇后去哪里了呢？道宗对皇后萧观音真是宠爱无比，可称时刻难离。适才他去行宫都部署耶律撒刺处对弈，欲要宜懿后陪同，但萧观音说身体不适而未同行。道宗在撒刺帐中面对围棋总是心不在焉，未终一局便返回大帐。可是皇后不在帐中，道宗不禁怅然若失。

偏帐中传来弄水的声音，道宗掀开绣花锦幔，想不到是单登正在木桶边洗浴。单登半裸着上身，手拿雪白的布巾擦胸，猛见皇帝来到，慌得不知所措。脸上泛起红霞，怔了一下跪伏在地："奴婢罪该万死。"

道宗毫不责怪，反而安慰："不妨，快起来，你还洗。"

单登起身斜睨道宗一眼，飞去一个媚眼，送过一个艳笑，又故意撩起胸衣，展示出那白如玉、软如棉、颤悠悠的双乳。虽说道宗对此早已是司空见惯，但他此刻依旧两眼发直，有些神魂颠倒。单登慢腾腾穿好衣服，又媚笑一下："万岁，奴婢为您送茶。"

道宗这才清醒过来，明白在此久站被人撞见不雅。回到大帐，心神恍惚地坐在龙榻上，单登已捧来香茶。道宗见她玉手如酥，控不住心猿意马，在她手背上轻轻捏了一下："挨了二十手板，如今可还疼痛？"

单登娇嗔地说："万岁何必假惺惺，皇后处罚奴婢时却不吭声。"

"你很会说话。"道宗动手拉她。

单登就势靠在道宗怀里，口中假意说："万岁，我乃奴婢，身微体贱。"

"你很讨人喜欢，朕今后自当对你另眼相看。"道宗突然锁口不语了，并慌忙将单登推开。

单登这时也听到了脚步声，回头看，见宜懿后已款步来到近前。她是一副满不在乎的神气，有几分得意，有几分卖弄，也带有几分挑衅性质，似乎她已成为娘娘，不用以奴婢身份迎接皇后了。

方才的情景，已被宜懿后看在眼中，气得她脸色煞白，半晌说不出话来。

道宗自知理亏，主动讨好地问话："爱妃，你去了何处，让朕好找。"

"万岁，你乃至尊之身，这，这成什么样子？"

"爱妃，何必，何必生气呢，朕不过是，不过是逢场作戏。"

宜懿后明白这是单登勾引所致，对她怒喝一声："跪下！"

单登虽然不情愿，但也只好双膝着地。

宜懿后手指单登道："皇家也有规矩，岂容你胡来？从即日起罚去羊圈为奴，永远不许再入宫室。"

这句话如雷轰顶，单登急忙哀求道宗："万岁救我！"但道宗此刻是装聋作哑，紧闭两眼。武士们哪管许多，遵皇后旨不容分说就将她拉走了。

过了好一会儿，道宗见宜懿后还不理他，就主动一揖："我的好皇后，就饶我这一次吧。"

宜懿后叹了口气："你呀，我只不过去赵惟一那里半个时辰，你就做出这种不自重的事来。"

"我……"道宗忽然反应过来,"你适才去了什么地方?"

"赵惟一意欲对《回心院》略作改动,我去他那里听了改后的演奏,感到经过他的修改,这支乐曲更臻完美了。"

"你真的去了赵惟一那里?"道宗关心的不是乐曲。

宜懿后发觉道宗神情有异:"怎么,不该去吗?"

"你,你和他究竟是何种关系?"

"啊?"宜懿后大吃一惊,"万岁,你把我当成了什么人,我不过就是爱好音乐,才和他小有接触,就是这次也有宫人陪伴。你说说我自从侍奉圣驾,可有过一星半点不轨之举?"宜懿后感到受了极大委屈,不由得丹凤眼中珠泪滴。

道宗见她如海棠含露、梨花带雨,顿起爱怜之心,赶紧哄劝:"朕一句戏言,你何必当真。"

"这种事岂是可以玩笑的!"

"其实,用不着太认真。"道宗还惦着单登,"你对单登的处罚是否太重了,这样做她会恨我的。"

"万岁,你好糊涂,并非妾妃不能容人,后宫佳丽无数,你何人不能亲近,不该要幸单登。"

"爱妃恨她轻浮?"

"她乃被诛叛臣之女,万一暗下毒手,岂不有碍龙体?"

道宗心里咯噔一下,立刻有些后怕:"爱妃之言有理,以后决不再与她靠近。"

帝、后和好如初,共入罗帏。道宗拥着宜懿后柔嫩光滑的玉体,不知为什么,眼前总是出现那个清秀俊逸的赵惟一。

且说被罚到羊圈为奴的单登,并未对前途绝望。她确信自己已使道宗着迷,她想起了武则天也曾九曲十八折,被送到感业寺削发为尼,后来不还是正位中宫。可是三天过去,她开始悲观了,本来有两次机会得以接近道宗，又无皇后在场，尽管她一再眉目传情，道宗却是毫不理会，而是像躲瘟疫一样避着她，单登的心凉到底。看看身穿的下等装束，嗅着羊圈令人作呕的气味，勉强咽下残汤剩饭的饮食，她的心都要碎了。由怨及恨，她恨宜懿后毁了自己的一切，她要报复！

天黑之后，单登私自离开，潜至朱顶鹤的庐帐。推门而入，前帐空空，只有烛火在寂寞地燃烧。后帐一阵凌乱的脚步声，清子衣衫不整地转出，脸上一阵红一阵白。

单登感到奇怪："你怎么了？"

"原来是姐姐来到。"清子已经放心了。

"妹夫呢？他在后帐？"

"啊，"清子含糊应承，"姐姐，你夜间到此，想必有事。"

"妹妹，借我一把弯刀。"

"做甚？"

"我要刺杀肖观音！"

"你疯了？"

单登咬牙切齿："她不让我好，我也不让她活！"

"姐姐，你虽在羊圈为奴，忍耐一下，将来总会有出头之日。如此胡来，只怕刺杀不成，枉赔了性命。"

"不，我意已决，不杀肖观音，难消我心头之恨！"

"好！堪称女中豪杰！"后帐传来一个男子的声音，耶律乙辛走出后帐。

"是你！"单登大为惊诧，立刻明白了是怎么回事。

清子又急又羞："你怎么出来了！"

单登冷笑着说："原来你们是背着朱顶鹤苟合私会偷情！"

"不错。"乙辛满不在乎地捻捻胡须坐在太师椅上。

"你！"单登转而斥责妹妹，"你不该背夫勾引男人。"

"你不也曾勾引皇上吗?"乙辛微微一笑,"只不过被皇后破坏,没有成功。"

"我要告发你们!"

"别充正经了,单登,我佩服你的胆量勇气,决心帮你除掉仇人。"

"当真?"

"只要你听我的,保你安然无恙,还要送肖观音一命归阴。"

单登双膝跪倒:"太师,只要能报仇雪恨,我不惜粉身碎骨!"

"好,快起来。"乙辛正色说,"我问你,三天前的晚上,肖观音可曾去赵惟一那里?"

"果有此事。"

"如此,吾计可成。"

单登摸不着头脑:"不知太师有何妙策?"

乙辛吩咐清子:"笔墨纸张侍候。"

单登和清子弄不清他要做什么,备好文房四宝。乙辛提笔写下三个字:十香词。

单登勉强认出:"太师的字太毛糙了。"

"要的就是潦草。"乙辛挥笔如飞写下:

一赞佳人蛾眉香,
斜入玉鬓柳叶长,
两弯新月花间卧,
醉上轻舟入梦乡。

二赞佳人双眸香,
秋波流媚闪星光,
深潭两汪摄魂魄,

何惜此身下汪洋。

三赞佳人朱唇香,
樱桃一点艳红妆,
娇嫩欲滴花含露,
待把蜜吻送情郎。

四赞佳人粉腮香,
更比芙蓉桃蕊强,
胭脂当逊天然样,
堪为郎唇做牙床。

五赞佳人纤手香,
新掘玉藕出莲塘,
十指尖尖胜春笋,
拨来云雨会襄王。

六赞佳人楚腰香,
春风杨柳款摇忙,
亭亭玉立银盘上,
玲珑飞燕舞霓裳。

七赞佳人青丝香,
乌云束发夜未央,
化作情丝千万缕,
丝丝牵郎入洞房。

八赞佳人金莲香，
三寸玉梭按宫商，
娉婷袅娜增姿色，
追郎赶船赴秋江。

九赞佳人玉乳香，
酥腻双峰沐夕阳，
两座肉冢为锦帐，
无限温存内里藏。

十赞佳人……

单登看到这里捂上了眼睛："哎呀，这怎么可以写，说不出口，这是淫词。"

乙辛写罢掷笔："不错，写的就是淫词，这《十香词》就能让肖观音香消玉碎！"

"这和她有什么关系？"单登和清子同声发问。

"这样办……"

四

久旱不雨，烈日当头，田野里的庄稼已半数枯死。耶律撒刺等十大臣联名奏本，道宗准奏在吐儿山阴置百柱天棚，率文武大臣行瑟瑟仪①。

盛宴之后，道宗强睁醉眼拜祭先帝御容，接着张弓射柳。宜懿后由于多贪了几杯，有些头晕感到疲倦，中途退场由宫人服侍回转金顶长春帐休

---

① 瑟瑟仪，契丹皇帝祈雨的仪式。

息。一直在窥伺时机的单登,见机会难得接踵跟入帐中。宜懿后见是单登,正欲呵斥,及至见她布衣粗裙,青丝蓬乱,与在宫时判若两人,怜悯之心不觉油然而生,口气温和地问:"你来做甚?"

单登跪伏在地,语调悲怆:"奴婢想念国母。"

"你早知现在,何必当初。"

"奴婢不该存非分之念,今天落到这步田地,全是咎由自取。"

"可惜后悔药无处寻觅。"

"奴婢不敢再存奢望,意欲恳请国母开恩,放我离开,容我遁入空门。"

"你想出家。"宜懿后想,她在身边总是隐患,让她远离宫室也就放心了,"好吧,皈依佛门,不恋红尘,六根清净,说不定日后能成正果。"

"谢国母恩准。"单登叩谢后又说,"一旦离别,无时再睹玉颜,近日我得一《十香词》,恳请国母手书录之,我带在身边永远为念。"

宜懿后不但工音律,而且善书法,每天练字都要书写几篇,今日尚未动笔,因此欣然答应:"将原词呈来。"

单登起身递上乙辛写的草稿:"此乃宋国忒里蹇所作,再得国母御书,可称二绝。"

宜懿后已有七分醉意,未及看完便说:"这词句太轻浮了,有伤大雅。"

单登忙说:"真实词句还是很美,国母录写无妨。"

宜懿后也未多想,带着酒意挥笔抄录了《十香词》,录毕,意犹未尽,酒意催诗兴,她又作《怀古诗》一首:

> 宫中只数赵家妆,
> 败雨残云误汉王,
> 惟有知情一片月,
> 曾窥飞燕入昭阳。

将此诗写于纸尾,落上自己名款,交与单登:"拿去吧,以后愿你好自为之。"

单登赶紧收好："今得国母墨迹,也不枉在宫中为奴一场。"

当晚,宣懿后的手书条幅,便到了乙辛手中,当他看到纸尾的《怀古诗》,不禁大喜过望,立即叫来亲信护卫肖忽古:"马上去请北府宰相张孝杰过帐议事。"

彪悍勇猛的肖忽古答应一声:"小人遵令。"转身就走。

乙辛又喊住他:"且慢,把殿前副点检肖十三也唤将来。"

"小人明白。"肖忽古又转身欲下,走至帐门。

"转来,"乙辛又将他叫回,嘱咐说:"要小心隐蔽,不要被人撞见。"

"小人记下了。"肖忽古心中未免生疑,太师今晚这是怎么了?为何这样神秘,莫非有何不可告人之事。

肖忽古很快将张孝杰、肖十三找来,乙辛把两个死党唤入内帐,又盼咐肖忽古:"在帐门外把守,无论何人一律不许入内。"

肖忽古越发感到事关重大,他精神抖擞地忠于职守,但也止不住自己的好奇心,便侧耳偷听帐中的谈话。

内帐里,肖十三看了《十香词》条幅后连声称赞:"太师真是神机妙算,肖观音果然中计。"

"有了铁证,任凭肖观音伶牙俐齿能口吐莲花,也叫她跳进黄河洗不清。"

"这一回不愁肖观音失去皇后宝座。"肖十三声音亢奋。

"岂止废后,此番定要坏她性命!"乙辛切齿咬牙。

唯独张孝杰踱步沉思,半晌也不作声。

乙辛现出不悦:"张大人,莫非胆怯了?"

"太师误会了,"张孝杰并非没有担心,"皇上对肖观音之宠幸,不亚于唐明皇对杨贵妃。倘若万一扳不倒她,岂不画虎不成反类犬了。"

"张大人太多虑了。"肖十三说,"皇上为人多疑虑少谋断,平素最怕宫闱之乱，一旦指实肖观音与赵惟一淫通，皇上断不会放过肖观音。"

张孝杰仍坚持己见："我想，为确保致肖观音于死地，不妨设法再加一个佐证。"

乙辛被张孝杰提醒："张大人之言有理，我们商议一下，该如何再给肖观音添个罪证，来个双保险。"

沉默片刻，张孝杰有了新主意："太师，咸雍元年皇上册立耶律浚为太子时，曾赏赐肖观音一个金珠龙凤玉佩，此乃皇家传世之宝，倘若……"

生事害人本是耶律乙辛拿手好戏，张孝杰一说，毒计立刻在他心中诞生："张大人高见，就在这玉佩上面做文章。肖大人是殿前副点检，这出戏就要你唱主角了。"

三个人把头凑在一起密谋起来，帐门口的肖忽古，原本就断断续续听不太清，这一来就更听不见了。但他大致可以弄明白，三位大人似乎要算计皇后，他感到很不理解，皇后为人谦和贤淑，太师为何要与皇后过不去呢？

次日午后，天空突然转阴，并飘下丝丝细雨，燥热被一扫而尽，道宗也觉备加精神，与大臣们沐雨往吐儿山射猎。宜懿皇后并未随驾，正在帐中作画，人报赵惟一求见。宜懿后唯恐又生事端，本想婉拒，但赵惟一是将《回心院》筝曲最后改定，请她审听的。对乐曲的钟爱，使她还是步出后帐。赵惟一已在前帐等候。宜懿后为免瓜田李下之嫌，特意召负责护卫的殿前副点检肖十三，同来听曲。

赵惟一身为伶官，一心扑在音律上刻苦钻研。宜懿后的一曲《回心院》，令他倾倒钦佩，他把宜懿后引为知音，认为辽宫内外只有他和宜懿后才真通音律。因此他精心改好《回心院》，使乐曲达到尽善尽美的意境。此刻，他怀着对宜懿后崇敬的心情，聚精会神、专心致志地进行演奏。宜懿后初时还忐忑担心，待筝音响起，她很快就为美妙的乐曲吸引，渐渐忘记了周围的一切，忘记了自身。

肖十三悄悄起来，抽身离座，出了中门，迅即步入后帐，一眼瞥见宜懿后的玉佩盒就摆在床头。他飞奔过去，伸手打开，那只价值连城的金珠玉佩静卧盒中，精美至极，珠光耀眼，不愧为皇家瑰宝……

且说宜懿后正听得入神，忽然发觉肖十三去了后帐，顿时生疑，急忙起身跟入后帐，恰见肖十三转过身离开床前，神色有些慌张。宜懿后审视地问："肖将军来这内帐做甚？"

"啊，国母，适才我听见后帐似有脚步声，唯恐混入坏人，故而过来查看。"肖十三边答边退出了后帐，脸色仍是红一阵白一阵。

宜懿后将后帐扫视一遍，立刻猜出玉佩盒被动过了。心中这一惊非同小可，因为她很清楚，金珠玉佩是大辽传国之宝，道宗视如性命，万一有失，自己吃罪不起。急忙上前打开锦盒，心中的一块石头才算落了地，玉佩还安然无恙地躺在盒里。她把锦盒盖好，暗说幸亏自己很快跟过来，才惊得肖十三未敢下手。但是肖十三竟敢公然盗宝，就不怕杀头吗？她本欲立刻声张，但肖十三若矢口否认，说其偷盗又无证据。算了，反正玉佩未失，还是息事宁人为上，今后多加小心也就是了。宜懿后将锦盒藏好，重回前帐，并不见肖十三，赵惟一面对玉筝，正在等她回来，宜懿后报以歉意的一笑："很对不起，方才我有事离开了。"爱好音乐的人都知道，听琴中途退场，便是对演奏者的轻视。

"不敢，"赵惟一从心里希望宜懿后能听好这支乐曲，"待小人为国母重新演奏。"

于是，赵惟一抚动金银七宝玉筝，从头弹起《回心院》乐曲，渐渐他和宜懿后都被筝音陶醉了。

射猎的道宗皇帝今天手气极佳，不仅射中了几只野兔山鸡，而且还捕获了一只獐子。因此兴致愈浓，跨着御马"五花骢"在禁苑中奔驰不息。陪驾的乙辛、张孝杰等大臣，全都累得气喘吁吁，乙辛正勉强跟随，忽见肖十三打马来到，料定必有重要消息，便有意落后迎了过去。

肖十三纵马靠近；"太师……"

乙辛赶忙摇手制止："低声。"

两人贴近，肖十三附耳将方才的情况告知。

张孝杰不放心，凑过来说："事情怎么样？"

乙辛见左右无人，赶紧吩咐："立即派人去找朱顶鹤和单登。"

道宗发觉乙辛不在，又见与肖十三在一起嘀嘀咕咕，传旨肖十三进见。待他跪倒马前，道宗劈头便问："你不在行宫护卫，擅离职守，来此意欲何为？"

"万岁，我，微臣，末将……"肖十三几番欲言又止。

"你吞吞吐吐，分明有私，拉下去先打二十军棍！"

"万岁，"乙辛赶紧阻拦，"肖将军怎敢无故前来，只是不好当面启奏。"

"怎么？"道宗屏退左右闲人，"如实奏明。"

肖十三叩个头："请恕微臣斗胆直言，赵惟一在长春帐内，与皇后亲亲热热地弹筝。"

"怎讲？！"道宗顿觉血往上涌。

"他二人靠得很近，眉来眼去，叫臣实在看不下眼……"

"住口！"道宗粗暴地打断他的话，"大胆肖十三，竟敢诋毁皇后，你这便是欺君，受了何人指使，还不从实招来！"

肖十三没料到皇上如此迁怒于他，忙磕头争辩："万岁，微臣句句实言，并无片言虚妄，圣上如不相信，可立刻返驾长春帐，到时自见分晓。"

听肖十三如此说，道宗心中认定是实了。但是，这要张扬开，岂不有失皇家威严，而且脸面何在。因此道宗依然怒斥肖十三："你这贼臣，皇后爱好音律尽人皆知，与伶官接触不过是切磋乐理，何须大惊小怪，你再敢胡言乱语，就砍下尔的狗头！与我滚开。"

肖十三不敢再多说，叩头后退下。道宗为表示不相信对皇后的谗言，继续张弓射猎。细雨如纱，微风燕舞，道宗虽然身在禁苑，心却早已飞回长春帐，他仿佛看见宠爱的皇后正与赵惟一调笑，心不在焉，箭岂能射得准，肖十三这一本已搅得他心乱如麻。

五

道宗骑乘"五花骢"几乎漫无边际地奔驰，由于心烦意乱，连一只禽兽也没再射中。他终于感到疲累得难以支持，下马坐在黄罗伞下休息。诸大臣知他心情不好，都小心翼翼站在附近侍候。这时，张孝杰暗中知会乙辛，朱顶鹤与单登已经来到。耶律乙辛便躬身走至道宗面前，双膝跪倒说："乞万岁屏退众人，臣有机密事启奏。"

道宗对乙辛依为膀臂，自然一奏就准，挥手令众臣退开："讲。"

乙辛故意左顾右盼一下道："万岁，教坊师朱顶鹤与宫婢单登，告发皇后与伶官赵惟一私通。"

"什么！"道宗正因此心烦，又闻此本，立即大发雷霆，"传朱顶鹤、单登！"

皇帝一声令下，山摇地动，朱顶鹤、单登双双跪在道宗面前，只待皇上询问，编好的诬陷之词早已背得滚瓜烂熟，谁知道宗二话不说，吩咐军校将他二人按倒就打。棍棒敲得他俩哭爹叫娘，道宗这才怒问："说，受何人指使诬告皇后！"

朱顶鹤、单登忍痛高呼："冤枉！小人有证据。"

道宗不信："呈上来，若系伪造，定要尔等狗命！"

军校暂停拷打，单登取出条幅，乙辛接过转呈道宗。条幅打开，道宗一眼认出这是宜懿后笔迹，不看则已，越看越皱眉头，最后眉间拧成了大疙瘩。乙辛不失时机地煽了一句："万岁，这乃是淫词呀！秽语通篇，最后一段更是不堪入目。"

道宗心中说，肖观音啊我的爱妃，你身为国母怎能手书这等淫荡艳词，如此怎堪正位中宫！

乙辛决心把火烧得更大，又手指那纸尾的《怀古诗》说："万岁，这诗越发不成体统了。"

"这，这竟然同情赞美秽乱宫闱的汉妃赵飞燕！"道宗脸色阴沉发问，"你二人从哪里得来？"

单登答："是奴婢亲眼所见，皇后手书赠与赵惟一。"

朱顶鹤答："小人在赵惟一帐中得到。"

道宗凝视单登良久："我明白了，皇后将你贬入羊圈，你故而怀恨在心，勾结妹丈朱顶鹤，合谋陷害皇后，这小儿把戏岂能骗朕！"

"奴婢不敢，"单登抬起头说，"万岁，此乃皇后亲笔书写，岂是可以伪造的。"

"万岁！"乙辛又像有了重大发现似的抢奏，他手指《怀古诗》，"这是一首藏字诗。"

"什么藏字？"道宗奇怪地问。

"万岁龙目请看，"乙辛指指点点地告诉，"'宫中只数赵家妆'一句隐赵字，'惟有知情一片月'隐惟一二字，如此全诗之意大白，皇后已承认自己是败雨残云，如飞燕对赤凤一样，对赵惟一知情……"

"别说了！"道宗粗暴地打断了乙辛的话，怒冲冲传旨，"摆驾回转行宫。"

道宗怒气冲天闯入长春帐，筝曲《回心院》刚弹到尾声。宜懿后和赵惟一赶紧跪拜接驾，道宗目睹他二人果在一处，更加得到印证，也不理睬肖观音，先传下旨意："将赵惟一绑了，押下去听候发落。"

宜懿后急忙为之求情："万岁，是妾妃召他来演改筝曲。"

"你还有脸为他辩解！"

"万岁，为何口出此言？"

"还跟我故作懵懂，"道宗摔下条幅，"你背我做的好事！"

宜懿后见是《十香词》，立刻明白几分，屈身跪倒："万岁，这条幅事出有因……"

道宗气极，不容她说完就问："这淫词可是你写？"

"是妾书写倒不假……"

"这《怀古词》可是你作？"

"是妾酒后信笔为之。"宜懿后急于解释："可是……"

"不要再说了！你身为国母，做出这等不顾廉耻之事，已属十恶不赦！"道宗越说越气，"与我推下去，乱棒打杀！"

军校领旨，哪管宜懿后挣扎哭叫，上前就拖。行宫都部署耶律撒剌看不过挺身而出："万岁，皇后不当杀。"

"她秽乱后宫，还不够死罪吗？"

"皇后并无口供，怎能说杀便杀，就是平民，也须审问清楚。"

道宗被问住了："好，让她死个明白，肖观音，你还有何话说！"

"万岁，妾妃冤枉呀！"宜懿后啼泣陈述，"妾托体国家，已造妇人之极，况诞育储君，近且生孙，儿子满堂，岂能为淫奔之行？"

"这《十香词》你作何解释？"

"万岁，此乃宋国人忒里蹇所作，妾妃与圣驾相伴多年，一向不苟言笑，怎能写出这等污词艳语。只因单登恳求妾妃墨迹，才应允为她书录之。"

道宗转问单登："可有此事？"

"万岁，皇后对奴婢恨之入骨，自贬至羊圈，近身尚且不能，又何来求写条幅之事。"单登句句咬实，"况且，国母诗极佳，这等淫词岂能看不出，若果真有人求录，也不会命笔。"

不光道宗，就连身边的人都认为单登这番话合情顺理，道宗至此已完全认定皇后有私情："肖观音，你还有何话说？"

"万岁，单登是挟嫌陷害，千万不能轻信。"

"这且不论，"道宗指着《怀古诗》说，"你私通赵惟一，这就是铁证。"

宜懿后没想到自己酒醉写出这样诗文，一时张口结舌："这，这是牵强附会。"

"淫乱宫闱，天理难容，拉下去乱棒打死！"道宗再次传旨。

耶律撒剌已是无话可说，只有干着急。眼见得皇后就要含冤丧命，太子耶律浚飞马来到，喝住军校，扑倒在道宗座前："父皇，莫信奸人谗言，母后是清白无辜的。"

"皇儿，铁证如山，为父也是爱莫能助了。"

乙辛感到奇怪，太子怎知皇后有难，是谁通报了消息呢？他唯恐道宗心肠变软，在一旁说："家有家规，国有国法，若赦免皇后，只恐万岁贻笑于天下之人。"

道宗更加铁了心："淫乱大罪，决难宽恕。"耶律浚知道要救母亲，只能做此让步了，有道是事缓则圆，先拦住行刑再说。便改求情为据理力争："父皇，处死一个平民也要有口供，如今母后未曾招认，也无赵惟一口供，怎能就随意杀人呢？"

撒剌被太子提醒，也有了话由："太子所说极是，没有口供不能处死。况且又是当朝国母，理应慎重。"

道宗沉吟一下说："肖观音废为庶人，交由北院枢密使耶律乙辛、北府宰相张孝杰和行宫都部署耶律撒剌三堂会审，问明后具本回奏。"

三位大臣领旨谢恩，立刻有太监上前剥夺肖观音的皇后服饰。肖观音想起二十年来对道宗精心侍奉，不敢有半点懈怠，今日只因有人诬陷，道宗就这样绝情，越想越寒心，由衷地发出一声感慨："天哪！真是伴君如伴虎呀。"

道宗闻此言大怒，腾地站起来，从武士手中夺过"铁骨朵"①向肖观音狠命打去。肖观音并不躲闪，反而迎上，被击中头部，登时流血不止。"昏君，你就打杀妾妃吧！"

道宗更怒，又复猛击，太子急忙上前护卫母亲。但肖观音已被击昏倒卧尘埃，太子扑在母亲身上放声大哭。如狼似虎的军校遵照道宗旨意，要将肖观音拖走收狱候审。耶律浚护住母亲再三哀求："父皇，你已将母后贬为庶人，恳乞看在儿臣份上，容我接去奉送，以终天年。"道宗见太子哭得可怜，想起夫妻一场不忍加诛，便有意应允："皇儿如此哀求，足见孝心……"

"万岁，"耶律乙辛见道宗又心软，暗想只要肖观音不死，就可能死灰复燃，决定使出杀手锏，"常言说，一日夫妻百日恩，是当从轻发落。"

他这话使太子、撒刺等感到奇怪，哪知这是暗语，事先已与单登约定，单登立刻跪下又奏："万岁，皇后与赵惟一私通由来已久，并将传国之宝金珠玉佩私下赠与赵惟一为表记。"

"竟有这等事！"道宗胸中的怒火立时又冲天而起，"玉佩乃先皇爱物，历代相传，肖观音色胆包天，将国宝私与伶官，实属十恶不赦！"

苏醒过来的肖观音，挣扎坐起："单登贱婢无中生有，血口喷人！"

道宗逼视单登："此话当真？"

"奴婢亲眼所见，愿以性命担保。"单登一口咬定。

乙辛在一旁又假充好人："万岁，宫奴之言不足信，且让人取来玉佩，如仍在宫帐，皇后自然被屈。"

道宗连说有理，命人后帐中取来锦盒，当众打开，金珠玉佩完好无损地放在盒中。众人都觉意外，道宗怒指单登："你诬告皇后该当何罪！"

单登并不慌张："万岁，国母赠佩属实，也许赵惟一害怕，事后又暗中将玉佩送回。"

---

① 铁骨朵，辽代宫廷卫士手执的仪仗用武器。

耶律浚哪肯放过这个机会:"父皇,单登之言分明狡辩,由此可以证明,她以往所奏全系诬告,母后是被屈含冤的。"

单登当然不肯认输:"万岁,玉佩之事可召赵惟一当殿对质,若无赠佩之事,奴婢甘当死罪。"

道宗尚在犹豫,乙辛又奏道:"万岁,当堂弄清也好,以免皇后被屈。"

于是,道宗准奏,赵惟一被押上来,肖十三将他按在地上,暗中向乙辛递个眼色,乙辛会意地点点头。道宗当即审问:"赵惟一,单登告发肖观音私将国宝金珠玉佩授你,可有此事?"

"万岁,一切都是冤枉呀!皇后冰清玉洁,小人与国母有过几次接触,无非是谈论乐律而已。"赵惟一矢口否认,"小人何曾见过玉佩?"

"玉佩?"肖十三问,"什么玉佩,赵惟一身上就悬挂着一个嘛!"众人闻声注视,果见赵惟一后腰挂有一物,道宗吩咐取下,赵惟一真是如坠云里雾中,自己身上何来饰物,莫非天外飞至?道宗接在手里,几乎惊呆,竟是传国金珠玉佩。他连称奇怪,又开锦盒,玉佩仍在。突然出现两个金珠玉佩,众皆愕然。乙辛说:"其中必有一假。"

道宗恍然大悟,细看盒中玉佩,尽管仿造得足能以假乱真,但毕竟是假,一比立现,道宗似乎一下子明白了:"好你个肖观音,真佩私赠淫夫,假佩留盒骗朕,你……"

肖观音已知坠入圈套:"万岁,这是奸人诡计,切莫轻信。"

"赵惟一身带玉佩,乃众目所见,岂容狡辩。"道宗决然传旨,"拖下去,打入死牢候审!"说罢,转背而立,不管太子如何哭求,道宗再也不肯转身。

六

斗转星移,时光如白驹过隙,转眼到了十一月。宜懿后一案久拖未决,耶律乙辛迟迟拿不到口供,寝食难安,甚为焦虑。这期间,虽然用过各种酷刑，但赵惟一宁死不招，着实令乙辛一筹莫展。他披上轻裘，皱着眉头步出屋门，站在二楼的回廊边凭栏而眺。上京临潢府的参差十万人家尽现眼底。寒风如刀，削得落叶飘零，万木萧条。浮云弥日，皇宫禁苑的金碧琉璃瓦，也失去了往日那耀眼的光泽。乙辛的心情也像这天气阴沉沉的。正自愁烦，护卫肖忽古来报，北府宰相张孝杰有要事求见。

乙辛快步回房，张孝杰匆匆而入，不及坐稳就说："太师，大局不妙！"

耶律乙辛打手势制止张孝杰，走至楼梯口观望，见肖忽古正急步下楼而去，这才放心地转回："出了何事？"

"太子耶律濬，会同行宫都部署耶律撒剌和枢密副使肖速剌等十大臣，联名上本奏说，肖观音一案已历半载，百般拷问终无口供，足见被告蒙冤，要求万岁降旨赦免。"

"万岁之意如何？"

"据驸马都尉肖霞抹告知，圣上近来懒见六宫粉黛，常在神志恍惚之中念及肖观音名字，只怕旧情复萌，重幸肖观音，那时我等都难免死无葬身之地。"

耶律乙辛感到了问题的严重："此事不可等闲视之，须尽快拿到口供，只要有了供词，便无以为惧。"

"要想想新招了，总是老一套不行。"张孝杰提议，"对赵惟一，不妨略施小计。"

"我已经有了以柔克刚的新主意。"乙辛说，"眼下当务之急，还要稳住万岁，使肖观音从他的记忆中完全消失。"

"要做到这一点，除非……"

两个人咬着耳朵低声密议起来。

当天傍晚，耶律乙辛进宫，在太液池畔，朝见道宗皇帝。数日不见，道宗显得更加憔悴，神态困倦。看到乙辛，露出几丝笑容："贤卿，病体可曾痊愈？"

"万岁，微臣因偶感风寒，数日未来伴驾，实在罪过。圣体近来可还康安？"

"咳！"道宗叹口气，"夜间多梦难眠，日里茶饭不思。"

"万岁不该如此烦闷，需散散心肠。"乙辛奏道，"臣之陋舍寒香楼上，百盆名菊正斗寒怒放，请驾前往赏花，必然心情舒畅。"

道宗正无所事事，闻奏欣然允诺，轻车简从前往。乙辛引路，登上寒香楼，满眼千红万紫，遍室兰麝飘香，道宗顿觉赏心悦目，心花怒放。此刻夜幕低垂，楼内华灯初上，暖气微微，早有伶俐丫鬟摆下佳肴盛宴。道宗饮酒赏花，不觉触动心事，轻声说道："此刻若有肖观音在，且歌且舞，方是其乐无穷。"

"万岁，肖观音败柳残花，只能有污圣目，臣已觅得佳人一名，堪供圣驾排遣闲愁。"乙辛用象牙筷子将桌面轻击三下。

只见碧纱幔后，烛光橙红，渐渐现出一个美人的俏丽倩影。薄纱笼玉体，披露双肩，半掩酥胸，向道宗三拜后便缓缓舞动，随之启樱唇叩皓齿唱新声：

月白风轻，

烛影摇红，

妙舞花丛，

仙乐和鸣。

身在蓬莱境，

疑是广寒宫。

人间至圣，

四海咸宁，

万民称颂，

共乐升平！

听到委婉动听的歌声，道宗忍不住伸长脖儿，瞪大眼睛，但是曲终舞罢，美人也杳然无踪。道宗远未尽兴，不禁怅然若失。

乙辛已知道宗被吊起了胃口，趁机奏道："臣知万岁近来郁郁寡欢，特斗胆选一娇娘伴驾，以娱圣心。"

"可是适才歌舞者？"

"正是。"

道宗大悦："难得贤卿如此忠心！"

"万岁，臣已在楼中备好寝帐，就请圣驾安歇。"

"如此甚好。"道宗喜不自胜。

乙辛打起碧纱幔，引道宗进入富丽堂皇的卧室，然后识趣地退出，来到隔壁，与等候在彼的张孝杰一起侧身偷听。

只听道宗问："你叫何名，芳龄几许？"

"民女肖坦思，虚度一十八岁，附马都尉肖霞抹是妾胞兄。"

"难怪如此能歌善舞，姿容出众，不失大家风范，原来乃名门望族闺秀。"道宗又生感慨，"看见你使我想起肖观音，当年她十六岁入宫……"

"咳！"肖坦思长叹一声。

道宗问："爱妃为何叹息？"

"万岁似乎对肖观音还存眷恋，可知臣民如何议论？"

"你不妨说与朕听。"

"肖观音与伶官淫通，大辱万岁英名，此案拖延半年之久不决，都说圣上难下决心，甘愿头戴绿帽子。"

"别说了！"道宗显然震怒。

肖坦思忙说："奴婢死罪！"

"这与你无关，我定要尽快处置他们。"

……

乙辛和张孝杰听到此处，会意地一笑，接着便是道宗与肖坦思携手上床。两人目的达到,便不想再听了。下楼来到正厅,肖忽古看押着赵惟一,已等候多时。二人坐定,赵惟一厉声怒问:"二贼,带我到此做甚?"

乙辛并不生气,吩咐肖忽古递他一面铜镜:"你且照照看。"

赵惟一注目镜中,不由大吃一惊,哪里还有赵惟一半年前的身影,看到的是一个形同鬼怪、伤痕累累的妖精:"这,这不是我!"

"赵惟一,一味抗刑,有害无益。"

"你们又要堂审?"赵惟一抗议,"这不合法,耶律撒刺大人不在,万岁旨意是三堂会审。"

张孝杰嘿嘿一笑:"今晚不是审问,而是要同你谈心。"

"谈心?谈什么?"

乙辛问:"你想不想搭救肖观音?"

"你这话何意?"

"实不相瞒,万岁已对此案悬而未决不满,拟于近日降旨将你车裂于市,全家抄斩,肖观音赐死。"乙辛信口说谎。

赵惟一一怔:"我却不信。"

"信不信由你,"张孝杰说,"而今你的死罪是在所难免了,但你却能救肖观音不死,并保全家小性命。"

赵惟一怔怔地看着,似乎动心了。

乙辛抛下诱饵:"只要你申明与肖观音之乱,乃你勾引,肖观音罪状自轻,便可免一死。"

"你,你在骗我招供。"

乙辛站起来:"我这是一番好心,此案已如铁铸,你亦必死无疑,何不开脱了肖观音,又救全家呢。"

张孝杰欲擒故纵:"你如不愿,就请回监吧。"

赵惟一前思后想,拿不定主意。

乙辛吩咐肖忽古:"押回牢房。"

越惟一慢腾腾站起，走到门口，忽然转回身："我愿这样招认。"

乙辛暗中松了口气："这就对了，何苦一同都死。"

赵惟一提起笔又问："你们担保皇后与我家小性命无碍。"

乙辛和张孝杰同时应承："这是自然，我二人可对天盟誓。"

赵惟一放心了，按乙辛要求写好供词，签名画押完毕，乙辛、张孝杰看过满意地点点头后收起。

"你回监等候消息吧，圣上很快就会降旨。"乙辛和颜悦色。

赵惟一艰难地挪动着脚步，他心中感到欣慰。与其这样下去被折磨死，还不如揽过罪责，保皇后不死。

肖忽古将赵惟一押走，乙辛、张孝杰立刻放声大笑起来。乙辛不住手捻短须："大事成矣！"

张孝杰从袖中取出另一张纸："它就派不上用场了。"原来二人还做了另一手准备，已代赵惟一写好了供词，倘赵不上钩，就将其打昏，在这供状上强按下手印。

乙辛手拿赵惟一的亲笔供词："还是这个好，有了它，撒刺要保也无能为力。"

"这就是肖观音的催命符！"张孝杰仍不放心，"太师，夜长梦多，事不宜迟，我们明早就面君启奏。"

"有理，这叫趁热打铁。"

二人就在楼下和衣而卧，次日天明早起就待奏本。但道宗新得如意美人贪睡，直到红日临窗方起。乙辛和张孝杰一俟道宗梳洗过后，就立即上楼呈上昨夜拟好的本章和赵惟一供词。

这一夜道宗与肖坦思颠鸾倒凤，已被枕头风将头吹昏，对肖观音恨之入骨，已欲将其置于死地，又见有赵惟一亲笔供词，当即降旨：赵惟一车裂于市，全家枭首，财产抄没；肖观音赐死。

耶律乙辛和张孝杰美滋滋分头去传旨，张孝杰去监斩赵惟一，乙辛去肖观音处。

入狱半年的肖观音,虽然身在囹圄,由于太子和撒剌等人关照,还不至太吃苦。她心存一线希望,只要皇儿仍为太子,自己早晚总有出头之日。今日刚吃过早饭,正练书法,忽见狱吏引领夷离毕①和乙辛来到,心头立刻腾起不祥的预感。

耶律乙辛进门来,大咧咧居中一站:"肖观音接旨。"

肖观音跪听宣读。

乙辛振振有词念道:"……赵惟一已供认不讳,肖观音着即赐死,决不待时。"

肖观音慢慢站起身道:"赵惟一,你大不该含冤招认。"

乙辛冷笑一声:"三条去路,任选其一。"

狱吏捧过一块方盘,上置"七蛇涎"毒酒一杯,尖刀一把,白绫一条。

肖观音后退一步:"何故逼人太甚!"

"圣命难违。"乙辛又是一声冷笑,"肖观音,耶律浚尚蒙在鼓中,不知万岁降旨,你就别心存侥幸了。"

肖观音的心思被乙辛说破了,自知难保,默默拿过白绫,铺开在桌上,提起狼毫墨笔,写下了四句绝命诗:

  铁铸冤案恨昏君,
  祸国奸佞是乙辛,
  留得皇儿三寸气,
  他年还我清白身。

然后掷笔于地,玉颈投环,香躯旋转,须臾命丧魂断。待太子闻信赶来,尸体已经僵冷,耶律浚手捧白绫,仰天悲号:"不诛耶律乙辛,誓不为人!"

---

① 夷离毕,契丹北面大臣中执掌刑狱的长官,相当于刑部尚书。

与此同时，菜市街头，赵惟一被五车分尸，家小十三口包括八旬祖母，襁褓乳婴，俱逐一被砍头，其状惨不忍睹。

在人丛中窥视的铮铮铁汉肖忽古，也止不住潸然泪下。他在送赵惟一归监后，就去报信与太子和撒剌，实指望二人能阻止道宗降下杀人圣旨，谁料道宗与肖坦思正情深似火，拒不召见，被屈者终未免却一死。赵家老幼，与太师何仇何恨，也都如此惨死！肖忽古心中悲愤，耶律乙辛，你也太狠毒了！苍天有眼，岂能容你！

七

公元一○七六年，辽道宗大康二年六月，一个阴沉闷热的夜晚，酒意半酣的耶律乙辛和张孝杰，从皇宫出来，并马而行回转枢密府。两人的心情格外舒畅，今天，受他们操纵的肖坦思，终于正位中宫成为皇后，这就说明他们的地位更加不可动摇了。自肖观音身死一年来，太子和耶律撒剌等朝臣，无时不在与他们明争暗斗，其中也曾出现风波险情，只是由于道宗偏听偏信，乙辛总能渡过危机。如今后宫有了亲信，就更不怕太子等一干人了。所以在册封皇后的吉仪上，他们都开怀畅饮。

前面是银安桥，狭窄的木桥架在干河沟上，由于年久失修，人多踏上便摇摇晃晃。乙辛不禁有感而发，笑着对张孝杰说："我看辽国江山也如这木桥一样，支撑不了多久了。"

张孝杰心领神会："无德者失之，有德者居之，日后这天下自然非太师莫属。"

一语未尽，桥上突然蹿出一条黑影，只见他全身黑衣，面罩乌纱，仅露两只眼睛。乙辛愣神的工夫，黑衣人已一跃而起，手中刀寒光一闪向他面门劈来。也许是乙辛命不该绝，他的座下马受惊，前蹄高高竖起，恰好挡住刀锋。只听"咔嚓"一声，那马的一只前腿被齐刷刷削断，"扑通"

倒下，将乙辛颠下马去。

张孝杰这才反应过来，疾呼："有刺客！"

黑衣人再次扑向乙辛时，随行的十余名护卫，早已亮出刀剑护住乙辛。黑衣人偷袭未成并不甘心，手中刀一摆不顾众寡悬殊向前猛冲。两个护卫上前迎战，不出三五回合便被他砍倒，四名护卫又过来迎战，仅能勉强对敌，十余回合之后，又是一死一伤。护卫只好再出数人，意欲以多取胜。但黑衣人毫不畏惧，竭力扑向乙辛，众护卫全力阻截，黑衣人仍是越战越勇。

耶律乙辛不禁感叹地对张孝杰说："要是我的护卫肖忽古在，只他一人定可擒斩刺客。"

张孝杰问："肖忽古为何没有随行？"

"他说是染病……"

这时，黑衣人突然失口叫出声来，原来他的左手心被护卫剑尖刺中，划出口子滴下血来。黑衣人料到难以如愿了，虚晃一刀跃下木桥就逃，乙辛唯恐自己有失，也未命令护卫追赶。

耶律乙辛和张孝杰直到进了枢密府，心神才算安定下来。但乙辛仍然心有余悸，好像刺客随时都会出现在面前，他越想越怕，命管家唤肖忽古速来。

肖忽古少时应召入客厅，张孝杰见他全身汗湿，奇怪地问："你为何这般模样？"

"小人因感风寒，正蒙头盖被发汗。"肖忽古躬身作答。

乙辛也发现了疑点，肖忽古的左手缠着布条透出血迹："你的手有伤？"

"适才口渴，切西瓜时不慎将手割破。"

张孝杰陡起疑心："这也太巧了，刺客左手被刺，你也左手有伤！"

"什么刺客？"肖忽古问。

乙辛讲了银安桥遇刺之事后，说道："肖忽古，你蒙面行刺还想抵赖吗！"

"恩相，我一直在屋中发汗，管家可以做证。"

管家立刻证明："太师，肖忽古屋内一直点着灯，他一直躺在床上。"

乙辛原本就不信肖忽古会行刺，一听放心了："肖忽古，方才我是说笑话，你不要过意。"

"小人怎敢。"肖忽古特意表白说，"太师待小人恩重如山，小人只知报效，更无他想。"

"老夫一向把你视为心腹，好生侍候，日后自然少不了你的好处。"乙辛吩咐，"你在门外注意看守巡视，以防再有刺客潜入。"

"小人知道了，恩相放心，有我在保管平安无事。"肖忽古转身退出，心想幸亏自己把褥子卷塞在被中，骗过了管家眼睛，不然就糟了。但是他还不放心，乙辛是否欲擒故纵呢？他蹑手蹑脚靠近窗下偷听。

肖忽古退出后，张孝杰提醒乙辛："太师，你是否被骗了，我看肖忽古很可疑。"

"是你太多疑了，"乙辛告诉道，"肖忽古本是孤儿，是我从小养大，一向视如义子，对我忠心耿耿，断然不会背我。"

张孝杰仍不信服："政见不同，父子夫妻都可能反目，何况一个家奴。"

"你有所不知，肖忽古乃一勇夫，头脑简单，根本不懂朝政，又怎会反叛呢？"

"依太师之见，这刺客是谁遣派的呢？"

乙辛不假思索："这还用说，定是太子无疑。"

提起太子，张孝杰便不寒而栗："耶律浚早晚要继位，只怕你我难逃他手。"

乙辛也有同感："他多次扬言要置我于死地，如今肖坦思正位，我们可以下手了。"

"对，宜早不宜迟，太子不除，我们永无宁日。"张孝杰凑近乙辛，"眼前正有个好机会。"

"快请道来。"

"耶律浚近来染疾，逐日由延寿堂配成方剂送去服用，我们何不如此这般……"

两人越商议越得意，最后一同奸笑起来，肖忽古在窗外却是万分焦急，太子明日有性命之忧，而乙辛又对自己有所怀疑，该如何送出这一消息呢？他在苦苦思索，想着主意。

次日上午，延寿堂按太医开好的处方，照例配好一包药差小厮送往太子府。走在小巷中，从一户屋门中突然伸出一双手，将小厮不由分说拖了进去，便丢在了柴房。而另一壮汉，药铺伙计打扮，手携一包药即刻出门向太子府走去。

壮汉进了太子府，径被引至后堂，耶律浚斜靠在病榻上，当即直问："往日俱是小厮送药，今天为何换人？"

"小厮家中有事，故而差我前来。"壮汉将药包呈上。

太子吩咐手下，立刻熬煎。壮汉见状告辞："小人回去了，明日再送药来。"

"且慢，待我服过药后还有犒赏。"

"小人不敢受赏，"壮汉坚持要走，"店中人手不够，掌柜吩咐要我速回。"

"不妨，有我为你做主。"太子见汤药业已煮沸，命人倒出一碗递与壮汉，"请你先代小王品尝。"

壮汉直向后躲："不，不，小人无病何须用药。"

"怎么，害怕了？"太子锐利的目光逼视着他，"这药莫非做了手脚！"

壮汉惊慌失措："小人不知。"

太子一招手，下人早将一条家犬抱来，灌下汤药，须臾之间狗便七窍流血而死。壮汉脸色发白，冷汗湿衣，连连叩头："殿下饶命，这不关小人之事。"

这时，怒颜满面的道宗皇帝，由耶律撒剌陪同从屏风后走出。原来，今晨撒剌起床，发现床头插着一把匕首，钉有一封便信，惊疑而取下细看，写的是乙辛与张孝杰业已密谋，定于今日在药内投毒害死太子。撒剌经与太子商议，立刻由撒剌进宫，为避肖坦思耳目，谎称太子病重，待道宗驾临才将匕首信和盘托出。道宗不相信乙辛能做出此事，被撒剌再三劝留，没想到果然如此。

道宗气呼呼正中坐定，亲审壮汉："与我从实招来，可免尔一死，否则九族尽诛！"

壮汉没想到皇帝也在此，哪敢有半点隐瞒："昨天夜晚，太师府管家给掌柜送来千两白银，叮嘱药中投毒害死太子，事成之后还有重赏……"

"气煞我也！"道宗一怒将手擎的盖盅摔得粉碎。

撒剌不失时机奏道："万岁，乙辛和张孝杰谋杀储君，已犯下灭门之罪。"

"万岁！"随着一声尖叫，肖坦思抢上殿来。她正为不能向乙辛报信而焦急，听到撒剌奏本，唯恐道宗准奏，不顾一切奔上，"乙辛、张孝杰乃国家枢臣，望勿轻杀。"

此刻太子不好讲话，只有撒剌盯住不放："今日敢谋太子，明日就敢杀君，如此奸臣不除，终为心腹大患。"

肖坦思又抢奏："万岁，乙辛一向忠心耿耿，卓有殊勋，千万三思。"

道宗一时拿不定主意，平心而论按罪理当斩首。但道宗对乙辛、张孝杰素怀好感，且又有皇后求情，也就可格外开恩了。即命撒剌传旨："黜耶律乙辛为中京留守，张孝杰贬官三级。"

乙辛和张孝杰还在太师府中，等候太子毙命的好消息，待圣旨降下，才知阴谋败露。虽然仅仅降职保全了性命，但乙辛深知，这只是倒楣的开始。太子和撒刺决不会放过他。同党肖霞抹、肖十三等闻讯赶来送行，他们岂不知树倒猢狲散的道理，料到用不了多久，太子必会逐一剪除乙辛的羽翼，他们也都将自身难保。

张孝杰见他们只知悲观叹气，不满地说："俗话说困兽犹斗，何况我们并未彻底输棋。"

"还有转机？"乙辛又有了一线希望。

"只要我们齐心合力，不愁转败为胜。"张孝杰说，"我们手中有一张王牌。"

众人齐问："是什么？"

"皇后肖坦思。"

八

皎洁的明月，高悬在中天，向人间撒下如水的清辉。皇宫禁苑像披上了一层轻纱，飘飘渺渺若隐若现。道宗手扶朱栏，仰望夜空，触景生情，脱口吟出白居易的诗句："七月七日长生殿，夜半无人私语时，在天愿做比翼鸟，在地愿为连理枝。"他抬起右臂，意欲搭放在肖坦思肩头，不料竟然落空。扭头来看，适才还立在身边的皇后，如今却不知去向。正自疑虑，身后传来吟诵诗句的声音："天长地久有时尽，此恨绵绵无绝期。"道宗回头，见肖坦思不知何时已躲进了知春殿，急忙走过去问："爱妃，何出此不吉之言？"

肖坦思身子一扭，将后脑勺掉给道宗，更不作声。

"爱妃，你看这中秋美景，月白风轻，朕只陪你，还觉不快吗？"

"我只怕好景不长，也落得个杨贵妃魂断马嵬坡的下场。"肖坦思终于开口了。

"爱妃何出此言,"道宗就怕肖坦思不高兴,若一天看不到她的笑脸,便茶饭难咽,"难道我对你的宠爱还不够吗?"

"万岁对妾妃雨露沐洒,皇恩浩荡,可是太子和撒刺视妾如肉中刺,无时不想拔除。"

"有朕做主,谁能把爱妃如何。"道宗劝说,"你这是庸人自扰,纯属多虑。"

"不,撒刺惯会耍阴谋诡计,难保哪一天万岁被他挑唆得偏听偏信了,我的小命也就难保了。"

道宗有点不悦:"朕自登九五,励精图治堪称明君,何曾偏听偏信?"

"耶律乙辛被黜,就是万岁轻信谗言所致。"肖坦思更不相让。

"他们合伙投毒谋害太子,乃我亲眼所见。"

"万岁,那是撒刺事先做成圈套,引你上钩。"

"我不信撒刺敢欺君妄上。"道宗已被说得将信将疑。

"万岁要辨真伪却也不难,那送药伙计和延寿堂掌柜,当时都未问罪,明日提来严加审讯,不怕他不吐实情。"

"好,就依爱妃,明日照此办理。"

肖坦思这才露出笑容,月光下更显得千娇万媚,忘情地投入道宗怀中。

次日,道宗传旨带药房掌柜和伙计进宫,少顷肖十三空手而归,说是掌柜和伙计已于前天夜里被蒙面强人杀死,凶手不知去向。道宗当然不知这二人是张孝杰所害,双手一摊对肖坦思说:"如之奈何?"

"万岁,这显然是撒刺一伙有意灭口,越发证明乙辛被屈含冤。"肖坦思按兄长肖霞抹的授意步步深入。

"无有人证,谋害太子案实难推翻。"

"万岁,乙辛大人多年来尽心竭力报效驾前,如今被贬中京,晚景凄凉,想来令人心酸。圣上若对他如弃敝屣,岂不令忠臣良将心寒,还应加以抚慰才是。"

"依爱妃之见，朕当如何？"

"据悉，数日后乃乙辛寿诞，万岁不妨派人赐物祝寿，使其感沐皇恩。"

"就依爱妃，朕赐乙辛鎏金寿山一座，玉如意一柄。"

肖坦思又忙说："肖十三堪当此任。"

道宗无有不准，就差肖十三奉旨离上京驰赴中京。至此，一切都按照张孝杰的计划进行。

十数日后肖十三回京复旨，道宗询问："乙辛对朕可有怨言。"

肖十三是乙辛一党，当然要极力为其粉饰："万岁，乙辛见圣上派专人赐物祝寿，感激涕零，望阙谢恩，把头都磕破了。"

道宗不甚相信："这是他当你面做做样子吧，既是被屈，为何不怨？"

"臣曾这样问他，乙辛言道，万岁对他恩德无量，天下只有有错的臣子，而无有错的皇帝。"

道宗听了这话，心头熨帖又舒服："如此看来，乙辛不枉我重用一回。"

"臣还从乙辛处发现一物，特地带回呈与万岁过目。"

肖十三捧上一轴图卷。

道宗和肖坦思都不知就里，展在几案上观看，只见黄绢正中是个寿字，四周写道："恭祝我主万岁圣寿无疆！"

肖十三在一旁解释："乙辛思念万岁，自贬谪中京，每日书此寿幅一面，三拜九叩，如同朝圣，并以此祝愿圣驾寿与天齐。乙辛离京一百一十四日，寿幅已书一百一十四幅。"

这寿幅令道宗大为感动："难得他被屈后还对朕如此忠心。"

肖坦思明白这又是肖十三与乙辛合谋作假，忙趁机启奏："万岁，如此忠臣可托重任，理应召回复官。"

"这，只恐撒剌等谏阻。"

"万岁金言玉口，令出必行，若事事俱被大臣掣肘，岂不枉为天子？"肖坦思使起激将法。

道宗果然听信了奸妃挑唆，次日上朝，就将此事交百官廷议："经查乙辛谋害太子一案，并无实据，纯系被屈，耶律乙辛无过，朕欲召回复职，众卿以为何？"

群臣闻之大惊，耶律撒剌当即反对："万岁，乙辛奸狡不可枉为枢臣，故陛下黜之，今若复召，岂不令天下生疑！"

肖速剌等大臣也一一出班谏奏，表示反对。但肖霞抹、肖十三等却极力支持。道宗遂不顾多数大臣反对，当廷降旨，召乙辛回上京，复为北院枢密使，张孝杰也官复原位。

耶律乙辛复职的当晚，枢密院灯火辉煌，笙歌悦耳，排列盛宴，趋炎附势祝贺送礼的北、南大臣络绎不绝，直闹至二更天，宾客散去，乙辛将张孝杰、肖霞抹、肖十三留下密议。三人同敬乙辛佳酿一杯："太师大难不倒，今后必将飞黄腾达，福禄绵长。"

谁知乙辛并不举杯，而是长长叹了一口气。

三人不解："喜庆之期，理当畅饮，太师为何郁郁不乐。"

"你们高兴得太早了，不知还有杀身之祸！"

三人大惊："太师此话何意，难道万岁不是真心！"

"万岁倒无假意，只恐太子不能放过我们。"

三个人立时都不作声了，心头又罩上了阴影。肖霞抹忧虑重重地说："我妹妹也曾几番在圣上耳边谤毁太子，但圣上对其笃爱至深，丝毫不起作用。"

肖十三也说："万岁常讲他只此一子，有赖继承皇位，不许伤害太子一根毫毛，我们只有听天由命了。"

乙辛将酒杯狠狠一顿："真就无计可施了！"

"有了，"肖霞抹忽然计上心来，"让我妹妹告他子戏父妃。"

思忖良久的张孝杰开口了："不妥，此举不足以给太子致命打击，要除太子，除非告他弑父。"

"着！"乙辛击掌叫好，"此事双管齐下，一方面由皇后告他调戏，一定要安排好，叫他有口难辩；另一方面找人去万岁前出首，告他们合谋篡位。"

"我妹妹那里好办，只要我一说即可，"肖霞抹说，"关键是这告发之人，必须选准。"

"我早已想好人选。"张孝杰总是计高一筹，"耶律撒刺的堂弟耶律查刺去首告，万岁必信无疑。"

"查刺肯去谋害堂兄？"乙辛不放心地问。

"太师初返上京有所不知，就在上月，查刺之子因误伤人命，撒刺不肯容情下令处死，查刺恨之入骨。"

"如此甚好，就烦张大人同他面谈，事成之后，保你连升三级。"

四奸直计议到子夜，方才散去。

丹桂飘香，秋菊怒放，金风送爽，玉露生凉。道宗夜感风寒，身体不适，未进早膳，犹在龙床昏睡。肖坦思轻轻起来，全身半裸，坐在台前对镜早妆。一阵既轻又急的脚步声传来，太子耶律浚掀开团龙门帘匆匆走进。一见身着睡衣的肖坦思，立刻惊呆地止住了脚步，稍一思索，便欲抽身退出。肖坦思早抢上一步伸玉臂拉住太子之手："殿下，万岁病危，你不可离去。"

耶律浚眼望帐幔半掩的龙床，只见父皇仰面正睡，疑虑地问："当真？"

"你近前一看便知。"肖坦思哪容他多想，便手拉太子来到床前。

道宗听见脚步声，微微睁开双目，肖坦思不失时机，全身靠在太子怀里，故作挣扎惊吓之状，娇声疾呼："万岁，太子无礼！"

道宗睁眼恰好看见肖坦思从太子怀中离开，气得一挺身坐起："孽子大胆！"

耶律浚赶紧跪倒："儿臣恭请父皇圣安，适才是母后她，她……"太子实在说不出口。肖坦思以袖掩面而哭："万岁，妾妃纵然年轻，总是母后辈分，殿下如此胡为，叫我有何颜面苟活人世，万岁为妾妃做主呀！"

"父皇，母后分明是有意陷害。"耶律浚急忙分辩。

"住口！方才我是亲眼看见你的不轨行为，真真气煞我也！"

"父皇，儿臣冤枉呀！"

"那么我问你，不经宣召，为何擅入宫室？"

"父皇，儿臣是奉旨而来。"耶律浚分辩道，"是肖十三传旨，说父皇病危，要我火速入宫。"

"放肆！你竟敢咒我。"道宗气得脸色煞白，"我何曾病重，又何曾传旨？"

"父皇不信，召来肖十三一问便知。"

道宗气呼呼大叫："肖十三进见。"

很快肖十三被召到，跪倒叩拜："万岁有何吩咐？"

"你竟敢假传圣旨！"道宗怒问，"为何去诓太子？"

"万岁，小人在宫中当值，从晨至夕不曾离开一步，众人皆可做证。"

太子立刻急了："肖十三，你亲到我处传旨，还想狡赖吗！"

"太子，小人就是项生三头也不敢假传圣旨呀，这个干系我可担不起。"

"你，你，"太子气得手发抖，"你可知冥冥之中神目如电，神明难欺！"

"万岁，我敢对天盟誓，若假传圣旨，不得好死！"

肖坦思不忘及时推波助澜："万岁，妾妃没脸活了！"道宗本想下令将太子处死，但想到只此一子，皇位靠他承继，无可奈何地骂了一句："我怎么养了你这样的忤逆！"

"父皇，儿臣实是被屈，他们是串通一气加害于我。"

道宗哪里听得进："你不要再说了，给我滚！"

九

  转眼，到了大康三年（公元一〇七七年）五月底，又是一个炎热的夏季，灼人的热风吹得人心烦意躁，道宗皇帝更是心情抑郁。自从发生了太子调戏皇后之事，他命令太子闭门思过，半年之久也未召见。这样的儿子能够托付国事吗？对于是否废黜太子，他始终拿不定主意。他隐隐担心，自己百年之后，年轻的皇后会不……皇后踏着碎步近前为他打扇，道宗抓住肖坦思那柔若无骨的小手，近于神经质地问："爱妃，你该不会像武则天与李治那样，在唐太宗病榻前勾引交欢吧？"

  "万岁，妾妃怎敢？若有私通太子之心，当初就不会声张了。"

  道宗放心地点点头："你说得是，你说得是。"

  这时，肖十三前来禀报："启万岁，护卫太保耶律查剌有要事奏闻。"

  道宗正自心烦："改日再奏。"

  "万岁，查剌说事关重大，刻不容缓。"肖十三竭力促成，"圣上且耐心见上一面。"

  道宗不耐烦地说："宣！"

  很快，查剌被引进殿中，拜叩毕陈奏："耶律撒剌、肖速剌与太子合谋，要废万岁而立太子。"

  道宗登时就瞪大了眼睛："你，再说一遍！"

  "撒剌、肖速剌和太子要逼宫谋叛。"

  "把查剌推下去问斩！"道宗一拍龙案。

  查剌大吃一惊："万岁，小人无罪。"

  "你诬陷太子、大臣，还不是死罪吗！"

  "万岁容奏，"查剌见皇后与肖十三俱用眼色安慰他，又胆壮了许多，"撒剌乃微臣堂兄，只因太子调戏皇后事败，求救于堂兄，撒剌言道，太子早晚难免被废，太子这才决心铤而走险，要废万岁自立，撒剌和肖速剌赞同，臣怕受牵连，不敢不报。"

道宗一听，查剌说得合情入理，不由得不信："你的话当真？"

"臣不敢有半字欺君。"

肖坦思趁机奏道："万岁，查剌之言不可不信，太子狗急跳墙也是有可能的。"

道宗思忖好一阵，才又开口："查剌，你且下去候旨，所奏之事不许有些许外露。"

"臣谨遵圣命。"查剌不知自己的诬陷能否起作用，不得要领地退下。

他刚走，肖霞抹便来报："万岁，太子府情况异常，臣获悉不敢隐瞒。"

"讲。"

"近来，耶律撒剌、肖速剌等北、南大臣数十人先后汇聚太子府，而且太子府铁甲武士已集合待命，只恐有变。"

"什么！"道宗心中已是箭在弦上。

肖坦思又是看准时机，在关键时刻进谗言："万岁，先下手为强，若再迟延，恐悔之晚矣！"

"肖十三！"道宗大叫一声。

"臣在。"肖十三暗喜，猜测道宗已下决心。

"你速去将耶律撒剌、肖速剌拿来问罪。"

肖十三精神抖擞："臣遵旨。"雄赳赳正待迈步出殿，耶律撒剌却不宣而至，两人几乎撞个满怀。

道宗一见冷笑着说："你来得正好，身为皇室重臣，竟敢挑唆太子谋反自立，你就不怕九族被诛吗！"

撒剌如同挨了一闷棍："万岁，这是从何说起？"

"朕问你，适才可曾在太子府密谋？"

"只因太子忧郁成疾，臣是前往探视。"

"朕再问你，太子府可曾聚集铁甲武士？"

"据臣所知，近来常有歹人成群结伙到太子府周围滋事，故而太子命牌印郎君肖讹都斡齐集武士，加紧巡查，以防不测。"撒剌紧接着问，"万岁又是听了何人谗言，凭空而起猜忌。"

道宗仍是冷笑："我还问你，未曾宣召，擅自入宫为何？"

"万岁，臣此来实是为江山社稷着想，望圣上明察秋毫，洗雪太子的冤屈。"

"你胆敢谤朕，太子所为乃朕目睹，决无差池。"

"万岁，肖十三和皇后受乙辛指使，做成圈套。诱太子入宫。圣上想想，太子自幼忠厚仁义，怎会有乱伦犯上之举，只因奸臣阴害，致使太子疾病缠身，心情忧郁，倘有三长两短，大辽江山谁来承继？"撒剌以头叩地，鲜血浸出，连声呼吁，"万岁，莫中奸臣离间计呀！"

"看尔这番表白，似乎只有你是忠臣。"道宗吩咐，"带查剌当殿对质。"

耶律查剌上殿来一口咬定撒剌与太子谋反，正所谓贼咬一口入骨三分。道宗得意地问撒剌："令弟举发，该不是陷害吧？"

"不，他是挟嫌报复，只因我未宽恕他犯有死罪的儿子。"撒剌据理力争，"万岁，告我谋反，只此一人不足为证，这也不合大辽刑律，臣便死也不服。"

道宗从内心里不希望这件事成真，如果证实，那么太子将如何处置？他决意不了了之。为防足智多谋又众望所归的耶律撒剌真为太子出谋划策，道宗便以此事为借口，传旨出耶律撒剌为始平军节度使，肖速剌贬为上京留守。道宗满打算从此便可平安无事了，怎知道乙辛并不肯就此罢手，正所谓树欲静而风不止。

当晚，张孝杰、肖霞抹、肖十三又来到太师府，齐向乙辛报功："太师，撒剌和肖速剌被贬官，等于断了太子左膀右臂，这一来太子已是孤掌难鸣，我们可以高枕无忧了。"

耶律乙辛不满地向三人瞥了一眼："你们哪，好比挑担的小贩，总是满足于小利，太子不死，我决不罢休！"

一向深谋远虑的张孝杰劝道："太师，据下官看来，万岁决不会加害亲生子，何况耶律浚又是独苗，我看应当适可而止了。"

"张大人，凡事无不可为，只看是否决心为之，我深信能将太子置于死地。"

三人皆不相信："太师过于自负了。"

"来来来，你们且随我看一场戏。"乙辛领着三人向花园而行。

张孝杰似有所悟："看戏？什么戏？莫不是太师又有妙计？"

"我叫你们看一出花亭会，保你们开眼界。"乙辛便不多说了。

夏夜的太师府花园，幽深静谧，香气馥郁，乙辛领路走曲径来至六角花亭附近，隐身在花丛之中，嘱大家不要作声，注意看着西墙。二更敲过，墙头上出现一个人影，发出了三声蛐蛐叫声，立刻，下面答鸣了两声，静夜之中听得格外清楚。黑影一滑从墙头下来，树丛中马上闪出一个人影。星光微明，看腰身这是个女子，很快两人便拥抱在一起，着实亲热了一阵，又携手上了花亭。这一来，离乙辛他们更近了，小声对话也能听清。

男的说："不会有人来吗？"

女的答："放心，入夜园门已锁，你就尽情快活吧。"

男的动手便扯女的裙子，边说："这若叫乙辛老儿知晓，还不要了我的命。"

"肖将军，老夫在此已等候多时。"乙辛紧接着话音已走出花丛。

男子本是太子府的牌印郎君肖讹都斡。女的就是曾在害死宜懿皇后时起过重要作用的单登。乙辛一念她陷害肖观音有功，二喜她颇有姿色，因此收她为妾。她与肖讹都斡原有旧情，乙辛无意从她口中获悉，便有意导演了这出花亭会。肖讹都斡只说是得以恣意偷情，不料竟中计谋，确实大吃一惊，立刻拔出佩刀："老贼，你用女色骗我，先叫她一命归阴！"

"肖将军，奉劝你莫要轻举妄动，枢密府掌管天下兵马，花园内早已布满能将高人，动手注定讨不到便宜。"

"你，想要我如何？"

乙辛走近一些："老夫有一事相求。"

"要我做甚？"

"依我之言，告发太子谋叛。"

"这？"肖讹都斡不觉沉吟。

乙辛却丢开这个话头问："不知将军家小可好？"

"太师问此何意？妻儿老小已于昨日午后离开上京赴东京探亲去了。"

乙辛微微一笑："实不相瞒，宝眷全在老夫府中。"

"你！"

"肖将军，识时务者为俊杰，太子接连失意，被贬只在早晚，老夫权倾朝野，投我门下，何愁没有高官，而且还将单登赏你。"乙辛话锋一转，"否则，富贵尽失不说，还全家性命难保！"

肖讹都斡无可奈何，只得跪下求饶："愿听太师差遣。"

乙辛笑吟吟以手相搀："快快请起，从此就是一家人了。"

回到客厅，与张孝杰、肖霞抹、肖十三相见，五个人一直计议到三更夜半，正要分手，忽听窗外一声喊："肖忽古，你好大胆！"

乙辛等急出，见是管家正扯住肖忽古不放。管家抢先说道："太师，果然不出你之所料，肖忽古潜来偷听。"

乙辛黑着脸问："肖忽古，你不在房中安歇，来此做甚！"

"太师，小人不放心，怕有歹徒进府，故而前来查看。"肖忽古并不慌张。

乙辛冷笑几声："还想蒙骗我，我几次密议之事，都很快被仇人得知，分明是你偷听报信！"

"还有银安桥行刺，也是他所为。"张孝杰补充一句。

乙辛恨得咬牙切齿："延寿堂送药事败，几乎坏我性命，我岂能饶你！"

肖忽古料到势所难免了，便道："老贼，你知道了更好，恨我未能一刀将你捅死！"

乙辛怒不可遏："与我乱刀砍杀！"众护卫一拥而上，可怜肖忽古被砍为肉泥。张孝杰等这才放心地分手。肖讹都斡则被送到单登房中安歇。

第二天道宗刚刚用罢早膳，肖十三就来启禀："万岁，太子府牌印郎君肖讹都斡有机密事奏闻。"

道宗有些心不在焉："召他进见。"

肖讹都斡当殿跪倒："小人罪该万死，恳求万岁饶恕。"

道宗仍是漫不经心地说："你身犯何罪？"

"太子令小人刺杀万岁以期自立，小人不敢逆天行事，特来自首。"

"什么！"道宗真被惊呆了，"逆子他欲害我？"

"此事干系重大，小人怎敢无中生有。"肖讹都斡又证实，"以前查刺告撒刺、肖速刺共太子谋反，亦千真万确，小人曾在场听见。"

"既如此，太子视你为心腹，必定待你不薄，为何反卖主人？"

"万岁，太子如让我去杀别人，我必赴汤蹈火在所不辞。但谋刺圣驾乃弥天大罪，要祸灭九族的。小人害怕，才来投案。"

道宗听后，觉得甚为合乎情理，遂对此告深信不疑。对儿子残存的一点父爱也几乎一扫而尽，当即传旨，由耶律乙辛、张孝杰、肖十三等三大臣会同审理太子谋反一案。

耶律浚闻报大惊，试想上次肖观音被诬时，有撒刺参审尚未能保住皇后，而今三贼共审，焉有他的好果子吃，太子仰天长叹一声："今番休矣！"

十

庄严肃穆的夷离毕院①大堂上,对太子耶律浚谋反案的会审正在进行。正面一排三张桌案,居中端坐主审官耶律乙辛,左右分别为副审官张孝杰和肖十三。下首对面坐着两个陪审官,北面大臣夷离毕和南面大臣刑部尚书令。审问已经进行了一个时辰,太子据理申辩始终不肯招认。乙辛不敢用刑,知道这样下去,便问一年也是无用,就叫肖讹都斡出堂与他对质。事到如今,肖讹都斡已是骑虎难下,面对太子虽然问心有愧,但也只能一口咬定。两人在堂上唇枪舌剑,展开了激烈交锋。书吏录下了肖讹都斡的证词,而老奸巨猾的耶律乙辛,也提笔写下了太子的辩词。录毕,叫二人分别签字画押。肖讹都斡自不必说,一切照办。

且说太子将辩词拿在手中,只见上面写的全是他适才否认谋反的话语,这样的供词,是同乙辛意愿背道而驰的,又为何让自己画押呢?耶律浚不觉心下生疑,唯恐乙辛在文字里打埋伏。可是反复看了几遍,也未发现问题。手拿供词,仍犹豫不决。

乙辛带笑问道:"太子殿下,供词可如你方才所说一致?"

"分毫不差。"

"那就请画押签字吧。"乙辛似乎无可奈何,"看来我只有将你的供词与肖将军的证词同时呈与万岁了,此案圣上做最后决断吧。"

太子又看一遍供词,确信无差池,这才签上名字并画押。

待太子和肖讹都斡下堂,张孝杰会意地奸笑着说:"太师,大事告成了。"

---

① 夷离毕院,即辽代刑部。

"不，还需一旁证。"乙辛又吩咐将太子府十名武士带上堂来，逼众人证实太子谋反。这些人初时不招，怎禁得各种酷刑，不多时便全按乙辛之意出具了证词。

这事尚未处理完毕，差役急报万岁驾到。乙辛赶紧将太子供词上轻轻揭去一层纸，下面露出早已写好的承认谋反的词句。这才与众人出迎，把道宗拱卫到正中坐定。

皇帝亲临夷离毕院，可称史无前例，按说道宗完全可以将会审官召至金殿，询问案情。但他实在对此放心不下，太子是单株独苗，他从内心里希望谋反案不能成立。这才亲自驾临，刚坐下就急切地问："众卿，案情可审理明白？"

别人谁敢占先，自然是乙辛应答："托万岁洪福，案犯俱已招认。"

道宗大出意外："太子亦有供？"

"供认不讳，"乙辛将一叠供词呈上，"主供、旁证、佐证俱全，请龙目御览。"

道宗看了太子亲笔画押的供词，半晌默默无言。好久，才叹口气问："你看该如何发落？"

乙辛早已想好，当即回奏："耶律撒剌、肖速剌等乃是主谋，按罪当诛九族，太子谋逆亦当斩首，如陛下不忍，可赐其自尽。"

道宗又思忖好一会儿，终于开口："今耶律撒剌、肖速剌往昔有功，免其九族之罪，只将其二人问斩。"

乙辛等了一阵，不见道宗往下说，便催问道："太子如何处置？"

"众卿，"道宗近乎求情地说，"太子年幼无知，可否……"

乙辛忙抢奏："万岁，太子谋反天下尽知，若不问罪何以服众？"

道宗着实不忍："将逆子带上来。"

"万岁意欲做甚？"乙辛立刻发慌，唯恐假象被揭穿。

"我，我再见他一面。"

乙辛听这话音，已含诀别之意，知难违命，只好令人带太子上堂。但又关照道宗："万岁不可以儿女之情，乱了国家法度。"

耶律浚上堂一眼看见道宗，心中百感交集，半年多未见父面，胸中有多少委屈和思念，此刻竟不知从何说起，跪在地上叫了声："父皇！"便泣不成声了。

乙辛担心有变，举起那份供词问："殿下，这上面可全是实情？"

太子当然不知乙辛变了戏法，只当仍是原词，点头答道："句句实言，父皇明鉴。"

父子天性，道宗见儿子招认，料到死罪难免，不禁也哽咽起来，几乎出声。

乙辛赶紧奏道："万岁如此做儿女态，岂不有失尊严，请太子下堂听候发落。"

武士们上前，将太子带下，耶律浚走到门口才想起要说的话来："父皇，你看在死去的母后面上，也要为儿做主……"

乙辛恐他再多说，忙叫武士将太子急急推走了。

道宗忍不住哽咽，仍不忍对太子加诛，同乙辛商量："贤卿，难道太子一定得赐死吗？"他是多么希望乙辛能给个转机呀。

然而乙辛却坚持不让："适才万岁亲耳听到了太子供认，他欲弑父夺位都不念父子之情，万岁为何硬不下心肠。赐死保他全尸，便是格外开恩了。"

道宗怨乙辛不体谅自己苦衷，隐隐感到不悦，又问众臣："朕只此一子，若即赐死，朕百年之后，岂不绝了江山社稷？"

乙辛再一次堵死了道宗宽恕太子之路："万岁，忤逆之子，有不如无，况且皇孙业已少年，江山不愁无主。"

道宗又沉默良久："众卿，太子之死果不能免吗？"

在场的唯一汉官，刑部尚书令觉得皇帝可怜，也看不惯乙辛专权，忍不住提醒说："万岁乃天下之主，群臣奏议怎能强加于陛下，生杀予夺，权在圣上，一切自然由万岁自己决断。"

尚书令这番话使道宗猛悟，他想起太子下堂时那哀告声，决意保其性命："皇太子犯下谋逆大罪，废为庶人，永囚宫室，给五品官俸禄为生。"

圣旨既下，无可更改，乙辛没敢当堂再争，和副审官、陪审官一起跪倒领旨。待乙辛回到府中，张孝杰等党羽又都跟来，除肖霞抹、肖十三，又多了个肖讹都斡。

肖霞抹说："看来事情只能到此了，万岁绝不肯杀亲生子。"

"只要太子不死，就可能死灰复燃。"张孝杰不无担心。

肖十三说："万岁杀他已不可能，除非我们下手。"

"正是如此，"乙辛一拍肖讹都斡肩头，"这天大功劳就交与将军了。"

"让我去行刺？"肖讹都斡有些害怕。

"不，让你去传旨。"乙辛当即手书一道假圣旨，又递他一小壶"七蛇涎"，"今晚就去行事。"

肖讹都斡明白，他若拒绝，便有性命之忧，只好应承。

当晚，原太子府的两间陋室内，耶律浚蓬首布衣，悲凄凄独对孤灯正自伤情。肖讹都斡突然推门而入，太子见仇人分外眼红，狠狠地问："你来做甚？"

肖讹都斡不敢看太子眼睛："耶律浚接旨。"

耶律浚怔了一下，只好跪听，当听到赐他自尽，立刻跳起来："这不可能！父皇决不会让我死，我要去见父皇。"

"耶律浚，你已是平民百姓，不是太子了，圣命不可违，快自寻方便吧。"

耶律浚无论如何不肯自尽："不，我决不死，这圣旨是假的！"

肖讹都斡只好按乙辛嘱咐，强行将"七蛇涎"灌下，果是剧毒药酒，年轻英俊的太子，就这样顷刻间死于非命。

肖讹都斡回到太师府，乙辛等人正专候消息，闻报大喜。当即吩咐肖十三，派人将耶律浚尸体收殓。明日奏与万岁，就说他自知罪重无颜苟活而轻生。然后亲亲热热拉住肖讹都斡之手道："将军，你为我立了头功，老夫决不会亏待你，要赏你千两黄金，保举你官职高升！"

肖讹都斡受宠若惊："太师过誉，小人如何敢当，此后愿永为太师效犬马之劳。"

乙辛又叫人唤来单登，当面吩咐："肖将军为我又立奇功，老夫现在当众郑重宣布，正式将你赐予肖将军为妻。"

单登有些不情愿："贱妾业已服侍太师，只恐于恩相面上不雅。"

"这有何妨，古时赠妾乃寻常事。"乙辛又说，"肖将军年轻有为，前程不可限量，嫁与他少不了你的荣华富贵。老夫特赠陪嫁银一千两。"

单登怎敢不听："谢恩相。"

乙辛兴犹未尽，又亲手斟上两杯美酒，分别递与二人："来来来，你二人满饮此杯，一为肖将军庆功，二为你们行合婚之礼，饮交杯之酒。"

二人感激涕零，交换双臂，互相将酒杯送至对方唇前，美滋滋一饮而尽，双双向乙辛道谢，乙辛笑而不答。

肖讹都斡发觉乙辛目光透出异样，有些疑惑，正在这时，忽觉腹中疼痛，而且登时转剧："太师，你这酒？"

单登也捂住了肚子："哎呀！疼死我也！"

乙辛微微冷笑着说："实不相瞒，二位喝下了'七蛇涎'。"

"你！你！"肖讹都斡立刻明白了，"你要灭口。"

"将军聪明。"

单登哭诉:"太师,你说过我是心肝,难道忘了我们的情分和恩爱!"

"天下女人尽多,你已是玷污之躯,何必贪恋人生。"

肖讹都斡已疼得直不起腰,用尽最后力气说:"我,是我害死了太子,我应该死……"他七窍流血,颓然倒地。

单登剧烈地挣扎几下,也口鼻流出污血气绝身亡。

耶律乙辛放声开怀大笑,如今他真正放心了,得意了。就是他一手制造了辽代历史上的两大宫廷冤案。然而他忘了中国古代的两句俗语:善恶到头终有报,只争来早与来迟。

骆驼草丛书

中篇小说

白旋风与红孩妖

一

　　堆玉铺银的皑皑积雪，像洁白柔软的硕大棉毡，覆盖了贫瘠的辽西山川。惊蛰刚过，时令已是一九四八年的初春，但冷神依然舞动双翅在这里盘旋。如刀的北风，无情地割痛人的肌肤，"连捷"马戏班二十多人骑，正顶风踏雪艰难地向前跋涉。阳光灿烂，映照在积雪上格外刺眼，人们全都眯起双目。唯独班主白雪峰贪婪地睁大两眼，忘情地浏览着银装素裹的河山。他已接近而立之年，生活的磨难过早地把皱纹刻上双颊。离别家乡弹指八年，而今重新踏上这陌生又熟悉的土地，他难抑兴奋，又有几分"近乡情更怯"的不安。

这时，路旁的荒冢后突然探出半边人脸，那鬼鬼祟祟的举动使白雪峰顿起疑团，他勒住坐骑厉声喝问："什么人？"那窥探的面孔倏地不见了。白雪峰等了片刻没有动静，便催马近前察看。待他进入墓地，哪里还有人影，雪地上只有一片凌乱的足印。

他的师妹宋鸾策马跟过来问："有歹人？"

白雪峰的家乡，地处辽西与内蒙古接壤的科尔沁沙地边缘，沙漠、原始森林、湖泊、草地相连。地势复杂，人烟稀少，自古以来土匪如毛。他不能不怀疑，适才的窥探者，是不是土匪盯梢？但他并不把自己的担心讲出来，而是轻描淡写地说："没什么，也许是我看花眼了。"

宋鸾自有判断，手指脚印："你看，循踪追赶，弄个明白。"

"不可，需防暗算。"白雪峰劝住她，"我们抓紧赶路，多加小心就是。"

马戏班继续前行。宋鸾与白雪峰并马而行，忍不住问："师兄，我们在锦州、海州都刚刚演红，你为什么偏偏带大伙往这山沟里钻？"

白雪峰怎样回答呢？他内心隐隐作痛，感到万分对不起师妹宋鸾。自从八年前逃离，被师父宋连捷收留在马戏班，深得师父喜欢，师傅尽心传授武艺，自己渐渐成为主演。半年前师父病危临终之际，双手拉定他和宋鸾，托付马戏班，并嘱他与女儿宋鸾成就百年姻缘。可痴情的宋鸾怎知，他心中还另有打算。这隐情实在难言，他只能找理由敷衍："闯荡江湖，不能死守一地或总奔大码头，越是小地方戏越好演。"

"可这是什么鬼地方！"宋鸾放眼四望看不到田舍炊烟，听不到犬吠鸡鸣。真是满目荒凉。她无意中忽然发现，山坡下树林中隐着一个人，而且似乎躲躲闪闪。她急忙提示白雪峰，"你看！"

此刻，白雪峰也注意到了，他警觉地问："做什么的？"

"是在问我吗？"随着答话声，林中走出一个牵马的汉子。他身材不高，头戴狗皮棉帽，上穿开花棉袄，下穿补丁连片的破棉裤。左腋夹一支火药猎枪，乌骓马温驯地迈着碎步，马鞍边上挂着两只山兔。看年纪不过二十七八岁，脸上的表情似笑非笑，双眼飞快地转动着，把整个马戏班子迅速扫视一遍。

白雪峰见状越发生疑："你隐身林中是何用意？"

那汉子笑了："你这个人说话好没道理，我自在林中狩猎与你何干，却这般大呼小叫说三道四！"

"我……"白雪峰被对方问住了，一时无言以对。

那汉子却又冒出一句令他大为震惊的话："如果我猜得不错，你是演马戏的'白旋风'。"

"你！我们素不相识，如何便认得我白雪峰？"

"是你这身装束告诉我的。"汉子颇有兴趣地上下打量着他。

白雪峰的穿戴，确实与众不同：一顶软胎白狐皮帽子扣在头顶，白茬羊羔皮衣裤毛冲外穿在身上，足登高靿白毡快靴，胯下是通体雪白从蹄到首无一根杂毛的骏马"玉狮子"。每当下场表演，这匹马其速如飞，在场中兜着圈子，驮着表演各种惊险动作的白雪峰，令人目不暇接，真像刮起白色的旋风。于是，观众送白雪峰一别号"白旋风"，他觉得倒也贴切，也就干脆以此为艺名，大书在海报上。只是刚刚回到家乡，尚未圈场献艺，这猎人怎么就会认出自己呢？白雪峰在马上不禁拱手致礼："请问壮士尊姓大名？"

"萍水相逢，无须通报名姓。但有一言相告，"猎人神色变得庄重，"此去向前，到处荒山野岭，土匪出没无常，奉劝班主回头是岸，以免遭遇不测。"

白旋风久走江湖，怎能轻易信人！不禁微微冷笑："看来壮士是一番美意喽！"

猎人眉头拧紧，狠咬下唇，几番欲言又止，最后叹息一声，拱手告别："后会有期！"跨上马，头也不回径自离去。

马戏班又继续前进，由于连续发生被人偷窥和猎人阻路现象，人人心头都罩上了不祥的乌云，白旋风身为班主更是格外小心。前面是一处三岔路口，向东北是去贝勒营的大路，向西北是去大青沟原始森林的小道。白旋风驱马刚登上大路的斜坡，上面突然滚下一个人来，并且连呼："救命啊！救命！"恰好滚落在马腿前停住。

白旋风一惊，定睛细看，见这人三十左右年纪，身躯魁伟，膀阔腰圆，十分壮实。但是衣衫不整，右小腿肚子上还插着一把匕首，鲜血渗出破棉裤，不住滴在雪地上，身下已被染红。白旋风惊疑地问："你是什么人？为何这般模样？"

"这位大哥，我是个豆腐匠，刚才被土匪拦抢，把我刺伤。"

"在哪里？"

"就是前面黑石岗。"

"啊！"白旋风不禁愕然，黑石岗是去贝勒营的必经之处，这该怎么办？

此刻，宋鸾已下马为那豆腐匠拔下匕首，包扎腿伤。豆腐匠感激涕零地说："大姐，多谢相助，救人救到底，烦请把我送回家去。"

"贵府距此多远？"

豆腐匠用手往小路上一指："不远，二里多路。"

宋鸾早已动了恻隐之心，但她不敢做主，转向白旋风道："师兄你看？"

白旋风只求戏班平安："还是少管闲事为宜。"

宋鸾有些不悦："师兄，我们怎能见难不救！"

豆腐匠见状又说："二位大哥大姐，黑石岗那里土匪众多，你们现在无论如何走不得，且请到寒舍暂避一时。"

白旋风总怕其中有诈，感到豆腐匠不像良善之辈。可是，宋鸾已是大为不满，她将豆腐匠扶上自己的桃花马："走，我送你。"说罢，便牵着马往小路快速行进。

"师妹，师妹。"白旋风喊了两声不见宋鸾回头，当然不能任她只身前去，遂带着马戏班跟上来，与那豆腐匠并马而行，不时偷眼审视豆腐匠的表情。

此刻，马蹄踏动积雪发出的"咯吱"声，令人格外心烦，道路越来越坎坷，两旁的山势也越来越险峻，白旋风也越来越不安。他虽然是本地人，却从未来过这里。他真怕万一出事，不耐烦地问豆腐匠："你家还有多远？"

"莫急，前面就是。"

白旋风顺着他手指方向望去，山坳里现出一角庙宇。转过山坡，一座破败的古刹出现在面前。庙墙和山门早已坍成一堆瓦砾，前殿和东西配殿保存较好，木结构的两层殿宇业已倾斜，油漆剥落的横匾上，尚可辨出那三个金字——"大悲阁"。

"到了。"豆腐匠抢先下马，一瘸一拐地奔向西配殿，推开门不知说了几句什么，很快走出一个三十多岁的妇女，说是豆腐匠的妻子，千恩万谢地把马戏班让进前殿。白旋风感到这女人处处露着风骚，又觑见东西配殿全都有人趴窗向外偷看。豆腐匠夫妻声称去烧些热豆浆，为大家解渴驱寒。白旋风心存疑虑，假说去茅厕方便，暗中绕到了东配殿后窗外，从窗纸孔洞向里窥视，但见两个凶眉恶眼的壮汉，正从锅里向水桶内盛豆浆。豆腐匠之妻顺怀里摸出一个纸包抖开，将一包粉末倒入桶中。

豆腐匠问："够劲不？"

女人拿起勺子在桶内使劲搅了几下："放心吧，保证全都放倒！"

白旋风不觉倒吸一口凉气，急忙回到前殿，告诉大家："不好！我们上当了，快走！"他未及细说，豆腐匠拎着豆浆桶，女人抱着一摞碗已经推门而入。

豆腐匠似乎忘了腿上的伤痛，满脸堆笑地招呼道："来，大家趁热喝。"

马戏班的人全都伫立不动，白旋风抱拳施礼说："盛情美意我等心领，因急于赶路，就此拜辞。"他领众人往外就走。

豆腐匠伸出双臂拦挡道："相救之恩我不能不报，无论如何也要喝了豆浆再走。"

白旋风又深深一躬："朋友，我等卖艺谋生，四海漂泊，受尽磨难，实非容易，万望高抬贵手，放条生路，后报有期。"

那女人不觉一愣："你这话何意？"

豆腐匠已知被对方看破，双指放入口中，"吱吱"连打两个呼哨。外面立刻传来纷乱的脚步声，紧接着数十支步枪从窗纸外边伸进来，黑洞洞的枪口指向马戏班众人。

白旋风不觉握紧了佩刀的刀把："你们想怎样？"

豆腐匠又挂上满脸笑容："各位老乡，请不要误会，我们是八路军辽吉军区瀚海支队，有件事和大家商量。"

白旋风投去疑惑的目光："你们是八路？"

"是呀，"豆腐匠温和地说，"当前，我军在东北战场上已转入反攻。为了更有效地打击敌人，决定大规模扩编骑兵，请你们把马匹支援给我们。"

白旋风实在难以相信他的话："八路军不拿群众一针一线。"

豆腐匠一笑："给你收条，待革命胜利后加倍付给报酬。"

"马匹是我们的饭碗，希望能够体谅。"

"要服从革命需要嘛。"

白旋风想，还是保全大家性命要紧，对方如果真是八路，也不愁找上级将马讨回，于是装作想通："好吧，留下马匹，也算我们对革命做点贡献。"他回头招呼大家："我们走，将马背的道具卸下来。"

"慢。"豆腐匠再次拦住去路，"女演员都留下参加卫生队。"

白旋风更加证实了自己的判断，对方十有八九是土匪："请不要强人所难。"

豆腐匠收起笑容:"有道是军令如山!"

白旋风急速思索着如何摆脱困境,这时一个壮汉匆匆闯入前殿,到了豆腐匠身边,颇为惊慌地说:"当家的,红孩妖来了!"

"啊!"豆腐匠似乎也吃一惊,略一思忖,"莫慌,我去对付。"

豆腐匠领女人急忙离去。白旋风意欲趁机闯出,但是,到了门口,两杆枪突然杵到了胸前,持枪的汉子同时断喝一声:"站住!"白旋风只好止步,隔门望去,颓塌的庙门外,来了一伙骑马带枪的人,为首者是个年轻女人,虽然看不真切,但可见她五官端正、体态风流。那一身着装更是醒目刺眼,上身是艳红绣花香绸紧腰棉袄,下穿红软缎窄腿棉裤,足登紫红色马靴,肩披大红斗篷。胯下是一匹胭脂红色桃花马,映衬着周围堆玉砌银的积雪,更显得与众不同。白旋风想:莫非她就是什么红孩妖?

豆腐匠趋至她马前躬身施礼:"参见大奶奶。"

红衣女人显然是在训斥:"蔡大愣,你胆敢坏我山规!"

原来豆腐匠名叫蔡大愣,他婉言解释道:"望大奶奶恕罪,我是想为您多搞些战马。"

"胡说!我已多次申明,非万不得已不得打劫过往客商,卖艺的人谋生不易,你竟对他们下手,还有人心吗!"红衣女人说着,便伸手往腰里摸枪。

蔡大愣急忙求饶:"大奶奶息怒,我放走他们就是。"

"快放!"红衣女人命令。

蔡大愣走回前殿推开门,没好气地对戏班子说:"都给我滚!"自己白扎了一刀,什么也没得到,他实在不情愿。

白旋风明白机不可失,把手一招:"快!"领先快步而出,身后二十余人也都蜂拥抢出门来。马匹拴在庙旁的松树上,白旋风大步奔向那里,见那红衣女子正在伫马观看,他想起应该道一声谢,便转身向她走去。他趁机注目打量她,见她比在殿中远望时更加娇艳妩媚,那俊俏的面庞似乎在哪里见过。白旋风不觉心中一动，决心再近前细看，就在这时，一骑快马飞驰到她的身边。马上一位白面书生般的男人凑在她耳旁嘀咕几句什么，她立刻脸色大变，说了句："蔡大愣，附近发现八路！"就带领手下十几个人如飞离去，转过山坡很快不见了。

　　蔡大愣一听，也有些发慌，命令手下十几个人立刻上马。他见马戏班的人正忙着拴绑道具行李，已有半数人上马准备离去，不由心中感到窝火。当目光落到宋鸾身上时，立刻有了主意，遂即吩咐身边两名亲信："来，把这个小娘们儿给我带走。"

　　两名亲信立即纵马上前，宋鸾急忙躲到白旋风身后。白旋风跃马拦住两匪喝道："靠后！"

　　蔡大愣怒问："你想找死！"

　　白旋风笑笑："你们大奶奶的吩咐我都听见了，是让你放人。"

　　"如今是我做主。"蔡大愣显然也着急了，"只要她一个人，还不便宜！"他贪婪地盯着宋鸾。

　　"朋友，你没听见八路就要来了，三十六计走为上策呀。"

　　"你想吓走老子？少来这套！"蔡大愣并非不怕，他恨不能立刻就走，急忙命令亲信，"上前，抢走！"

　　"你们谁敢！"白旋风唰地拔出了寒光闪闪的佩刀，陡然高高举起。这柄刀长约三尺，宽有四寸，雪亮耀眼，锋利无比。

　　蔡大愣抽出手枪对准白旋风："我毙了你！"

　　马戏班的人全都操起了各式武器，刀枪棍棒纷纷举起准备自卫。蔡大愣手下众匪见状，无不子弹上膛，端起枪瞄准。

　　蔡大愣冷笑一声："你们都活够了是不是？快交出小娘们儿，免做枪下之鬼。"

　　白旋风报以冷笑："枪声能将八路引来，只怕你们也难活命！"

　　"你！"蔡大愣的弱点被说中了，他确实不敢开枪，但他又不甘心认输，气得咬牙切齿。

就在这时，一阵纷乱杂沓的马蹄声骤然响起。蔡大愣等人抬头一看，只见百十名骑兵如飞而至，迅速将他们包围了。

"不许动！"对方齐声吆喝。看见为首的人五短身材，矮矮胖胖，敦敦实实，穿着八路军的灰布军装，白旋风立刻松了一口气："八路同志，我们是卖艺的马戏班，被土匪劫持，放我们走吧。"

那人并不理会他的呼吁，大声命令道："一律放下武器！"

蔡大愣觉得声音熟悉，感到奇怪，慢慢扭头观看，不禁又惊又气。方才大奶奶仓皇奔逃，原来是被这群假八路吓的。他猛转身大喊一声："郑五虎，我跟你井水不犯河水！"

"哈哈，蔡大愣，"郑五虎狂笑起来，"我与红孩妖不共戴天，你是她手下十八罗汉之一，当然也就势不两立！"

蔡大愣明白，红孩妖与郑五虎虽然同为匪首，但素有仇隙，今天的下场，只怕还不如落在八路手里。他颤声发问："你想怎么样？"

"当然要你们人头落地！"郑五虎掂了掂手中马刀，"你是明白人，快过来引颈受死，免得我费事。"

蔡大愣感到无望，大喊一声："弟兄们拼了！"抬手一枪向郑五虎打去。

郑五虎早有防备，抢先闪开，蔡大愣打空，双方人马立刻拉开阵势，"乒乒乓乓"厮杀起来。白旋风已知是两股土匪火并，暗想何不趁机溜走，就小声告诉戏班子，跟着他绕过前殿，从后面脱身。谁料，大悲阁后也有郑五虎的人，匪徒见戏班子内有年轻女子，便顿起歹意，争相来抢。白旋风一看不好，急忙引大家退入大悲阁中。此殿极其宏大宽阔，白旋风他们二十多人骑拥入，仍然回旋有余。大家关上大殿门，死命抵住。众匪一时不能得手，就持枪守在门前窗下。

前边，蔡大愣一伙毕竟人少，寡不敌众，很快便被郑五虎收拾干净。

郑五虎满身是血，得意洋洋来到后面．小匪上前报告："五爷，戏班子全在里头，嘻嘻！还有好几个标致的小娘们儿呢。"

"全给老子滚出来！"郑五虎大喝一声。

白旋风在门内说："郑五爷，高抬贵手，放我们一条生路吧！"

"没门儿，娘们儿做压寨夫人，爷们儿一律砍头。"郑五虎又发出命令，"滚出来！"

马戏班的人，当然不肯出来送死，任凭匪徒如何催促，大家谁也不再应声。一匪徒建议郑五虎："五爷，乱枪打死他们算了。"

"扯蛋！那些小娘们儿我可舍不得。"郑五虎摸摸胖乎乎的下巴，"我就不信他们不出来，放火烧！"

众匪立刻动手，从外面将大悲阁点燃起来，木结构的建筑，又经劲风一吹，火势立刻蔓延。白旋风总不能坐以待毙，他一边剧烈咳嗽一边对大家说："我们拼死也要往外冲，决不能让土匪得便宜！"说罢，他打开燃烧的殿门，高举佩刀跃马杀出。他凭着练就的武艺、得心合意的坐骑和锋利的钢刀，显得勇猛异常，但见刀光闪处，门前两个土匪的人头早已落地。宋鸾等各执刀枪棍棒相继飞马冲出，也颇有雷霆万钧之势。

大悲阁两侧，庙墙几乎荡然无存，白旋风便领人往东边冲去。十数个土匪挥舞马刀上来截击，但是略一交手，就接二连三被白旋风劈落马下，转眼便有七八人丧生。一土匪大叫："五爷，开枪吧。"

郑五虎咧开大嘴："不行，娘们儿要活的。都给我上，爷们儿一个不留！"

马戏班冲出围墙，就已有三人身死。面前是僧人墓地，迎面丈高的石碑，上刻"菩提林"三字，但并无热带常绿的菩提树。大概是以墓塔为林，取人死觉悟之意。他们冲到这里，被群匪团团围住，于是双方混战在一起。耳听兵刃撞击，人喊马嘶，但见刀光剑影，血肉横飞。女演员不肯受辱，有的与匪徒同归于尽，有的自刎而死。马戏班的人，只剩下六七个了。

双方激战正酣，一阵嘹亮的冲锋号声突然响起，伴随着疾风骤雨般"踏踏踏"的马蹄声，由远而近。郑五虎暗说不好，料到这回是真八路到了，得赶紧逃跑。他见白旋风杀兴仍然不减，便举起手枪向他后背瞄准。白旋风全无察觉，宋鸾发现了，但是要知会已来不及，急忙高叫一声："师兄！"遂即纵马上前以身掩护，"嘡嘡嘡"三颗子弹射来，宋鸾身上立即出现三个血洞。白旋风回身一把抱住宋鸾，不管他怎样呼叫师妹，她却不再答应，她已经永远地闭上了眼睛。白旋风气愤已极，举起已经豁口的钢刀，誓要杀死郑五虎，为宋鸾报仇。可是待他四处寻视，郑五虎却已不知去向。一队八路军骑兵已将群匪包围，开始聚歼。白旋风看见路遇那位猎人，仍是原身打扮，一马当先连砍三名土匪，杀到近前对他说："老乡，我们来晚了！"

　　白旋风现在什么都明白了，他怒吼一声又向残匪杀去。骏马飞，刀光闪，鲜血喷，人头落。他边杀边破口大骂，正沉浸在复仇的快感中，忽然那猎人又在身后拉住他说："老乡，住手吧，土匪都杀光了！"

　　白旋风觉得气还没出，又狠狠一刀砍在松树上，连刀背都嵌进树干里。

　　猎人上前拔出刀，只见刀刃已形同锯齿。他怀着敬佩之意问："老乡，你杀了多少土匪？"

　　白旋风眼望遍地死尸，发觉整个戏班子就剩下他自己了，他痛不欲生，猛地抢过猎人手中的腰刀，往自己脖子上就砍。

　　猎人眼快手疾，一掌击中他的手腕，将腰刀打落在地："老乡，你不该轻生。"

　　"我无颜再活于人世，我对不起戏班子的兄弟姐妹，我应该死！"

　　"老乡，自杀是怯懦的表现，男子汉大丈夫要死也死在战场，杀敌报国，马革裹尸。"一个身着军装，腰佩短枪的军人，在马上接过话头说道。

　　猎人介绍道："老乡，这是我们瀚海支队长石永进同志。"

　　石队长也指着猎人说："他是我们支队的侦察参谋何洋同志。"

白旋风并不作声，向何洋点头致意，随后跳下马来，默默地站在宋鸾遗体面前悲怆地沉思着。石永进看出了他的心思，同何洋一起率领同志们掘开薄薄的冻土，将马戏班死者的尸体全都安葬起来。宋鸾单独埋葬。白旋风给宋鸾坟墓加了最后一锹土，再也控制不住悲痛的心情，趴在坟头大哭起来。

何洋劝道："老乡，人死不能复生，莫要过于悲伤。"

"同志你不知道，是我害了他们！师妹至死都不明白，我为什么带他们到这里来。"

何洋对此也感到奇怪："马戏班应该去城市集镇，你们为何往山沟里钻呢？"

这一问更加勾起白旋风的心事，他感到不说出来如石在胸，也对不起宋鸾在天之灵，便忍悲含泪在宋鸾墓前对何洋讲述了缘由。

白旋风祖居此地，自幼与姑表妹洪亚仙相爱，堪称青梅竹马的情谊。不料，八年前迎亲之夜，祸从天降，蒙面大盗入户行凶。双方父老丧命，亚仙被抢走，只有他白旋风得以逃生。在外地流浪途中，他被马戏班收留。虽然宋鸾对他一片深情，但他始终难忘亚仙，这次就是打算探明亚仙的确切消息，也好做出选择。怎知，竟由此而使整个马戏班的人遇害丧命，他此刻真是肝肠寸断，痛苦万分。

何洋听了叙述，不由大为吃惊，急忙追问："老白，你表妹叫什么名字？"

"洪亚仙。"

何洋有几分兴奋地说："红孩妖！"

"你说啥？"白旋风却有些懵懂。

"老白，你的表妹还在，而且成了土匪头子。"

"什么！土匪？"白旋风急切想知道内情，"何参谋，你快告诉我，她怎么成了土匪？"

"你别急，等等。"何洋转身跑进了东配殿。

白旋风等候一会儿，不见何洋回来，心中焦躁，追到东配殿推门一看，何洋正在向石永进汇报。何洋一见忙把他让进来："老白，石队长正想找你呢。"

石永进端过一杯开水："老白，参加我们瀚海支队吧。"

白旋风茫然地说："叫我当兵？"

"我们队助你寻找妻子。"何洋递过一支纸烟。

石永进见白旋风还不明白，便坐在他近前说："老白，你的妻子洪亚仙被土匪抢走之后，无奈做了土匪，并逐渐成为匪首。因她经常一身红衣，而且姓洪，所以被称为红孩妖。"

白旋风不觉想起方才训斥蔡大愣的那个红衣女人。他把情况一说，何洋肯定那女人就是红孩妖无疑。白旋风不禁自语说："她好像并不坏。"

"对，"石永进接过话来，"她的良知并未完全泯灭，所以军分区首长决定尽量争取她，让她放下屠刀，回到人民的怀抱。"

何洋接着说："凭你和她这不寻常的关系，如果你参加革命队伍，会对争取她极为有利。"

"你们是想利用我？"白旋风露出不满。

"你没全说对。"石永进诚恳地说，"我们主要是为了她和你。"

"为什么？"

"你想想看，马戏班已不存在，你孑然一身孤苦无依，寻找妻子是头等大事。但是，这只有在我们的配合下，才有可能实现。而且要不被土匪所害，要为马戏班报仇，也只有依靠革命军队。"

白旋风默然了，他不能不承认石永进说得有理。

石永进又进一步说："实不相瞒，我们要争取红孩妖，还因为她掌握着日寇关东军留在这里的一座大型军用仓库的秘密。目前我军供应紧张，急需这批军用物资。我们真诚希望你能在这方面为革命出力。"

何洋督促道："老白，参加革命吧，凭你的武艺，一定是个呱呱叫的好侦察员，别再犹豫了。"

白旋风思前想后，终于灵机一动说："何参谋，如果不嫌弃，我愿和你结为异姓兄弟。"

何洋有些诧异："你不愿参加革命？"

石永进比何洋看得远，立刻表示支持道："何洋同志，我看这是一件好事。"

何洋恍然明白了领导的用意，便高高兴兴地同白旋风拜盟。二人叙过年龄，何洋三十二岁为兄，白旋风三十岁为弟。石永进让通讯员取来酒，为他们祝贺。

白旋风端起杯来对何洋说："大哥若肯帮助小弟寻妻，就请满饮此杯。"

何洋见石队长向他示意，随即接过杯来，豪爽地一饮而尽："为了贤弟，万死不辞！"

二

一望无际的黄沙，在强烈的阳光照射下，闪着刺眼的金光。连绵起伏的沙丘，犹如大海的波浪，一浪一浪推向远方。难得见到的几株瘦小的樟子松，孤零零点缀于沙海之中，使这号称八百里瀚海的科尔沁沙漠显得更加空寂荒凉。

忽然白旋风对与他并坐沙丘的何洋叫了起来："大哥，你看！"

只见正前方的沙漠里，云烟飘渺现出一座城池。那雄伟的城墙，那锯齿状的垛口，那穿梭般出入的行人……都是那样清晰可辨。忽而，似有一阵微风吹过，雾卷云环，城墙逝去，又现出一座繁华的城市。但见屋宇相连，楼阁参差，人流熙攘，货物琳琅，买卖兴隆……

白旋风诧异地赞叹："我在此长大，却从未听说这沙坨子里，还有如此繁华的城市！"

何洋一笑："老白，这叫海市蜃楼。"

"什么！蜃楼？"

"这是幻影。"何洋参军前，在山东随师学艺，曾在蓬莱见过这种奇景，但是他也不甚明了，只能按师父的解释告诉白旋风，"这是大蜃，也就是蛤蜊吐气幻化出来的。"

白旋风不信："这沙漠中滴水皆无，蛤蜊怎么活？"

"这，"何洋也说不清了，他还不知道这是光线折射起的作用，只好回避这个话题，"不管那许多，这种奇观难得见到，我们有幸遇上，且大饱眼福吧。"

说话的工夫，那蜃景已逐渐淡去。白旋风有点泄气地坐下："蜃景百年不遇反倒看见了，可我找亚仙找了几个月，却连点影子都没有。"

也难怪白旋风感叹，几个月来他二人风餐露宿，几乎把这瀚海及附近地区走遍，漫说红孩妖，就连各路土匪都销声匿迹了。何洋分外焦急，部队急需军用物资，自己的任务却毫无进展。他刚想劝白旋风，忽然发现了情况，忙打招呼："你快看！"

沙海中现出一串快速移动的身影。大约是五六个人乘马奔驰。白旋风观察片刻苦笑一下说："又是蜃景。"

"这可不是幻景，说不定就是线索呢。"何洋有些兴奋，"快卧倒。"

此刻，那奔跑的数骑已经来近，何洋看出是一骑逃跑，四骑紧追。被追赶的汉子年纪三十左右，长得膀大腰圆，浓眉寸发。他不时慌张地回首观望，但双方的距离越来越小，第二骑与他相距不过数丈，正疾驰到一个沙丘上，猛然凌空一跃，连人带马悬起。就在空中的一刹那，马上的壮年人右手一扬，五道白光同时向那奔逃的人飞去。原来是发出五支亮银镖，这一招堪称绝技，俗称"五瓣丁香"。逃跑的汉子右手用枪拨掉一支，左手接住一支，其余三支就难以应付了，全都钉在了马身上。坐下马立刻扑倒，汉子跳下去刚刚站稳，追赶的四骑已将他围在核心。

"武金刚，还想跑吗？"壮年人得意地问。

一个后生举起马刀："师父，让我宰了他！"

被围困的武金刚一见无路可逃，反倒挺起胸膛，高声说道："成义，你敢动我一根汗毛，大奶奶绝饶不了你！"

后生不觉笑出了声："你拿红孩妖吓唬我师父，可真是撞着了观音大士，自找倒楣！"

武金刚一看红孩妖的招牌不灵，猛然抛出打空的手枪，砸向那后生面门。后生拨马躲闪，露出空隙，武金刚不失时机拔步就逃。成义从腰间抽出一条藤鞭枪，甩一下如龙腾蛇舞，卷住了武金刚，紧接着抖腕往回一带："你给我趴下吧。"武金刚倒也听话，登时摔了个嘴啃沙。成义随即飞身下马，将他一脚踏住，拔出刀来，寒光一闪，看准武金刚的脑袋狠狠地劈了下去。

就在这时，一柄四寸长的短剑飞来，"铿"的一声，恰将半空的钢刀击中。果然是练就的功夫，真是出神入化，成义顿觉膀臂发麻，刀也失手坠地。他正自惊讶，何洋已从隐伏处站起，纵身一跃，飞身赶了过来。成义明白刚才是他发的暗器，不待他站稳，一抖藤鞭枪振臂猛刺。何洋让过枪尖，抄手抓住枪身，往怀里一带。成义运足力气，仍然立足不稳，往前移了半步。他不由倒吸一口凉气暗说，糟糕，只怕今天要丢丑了。

谁料何洋竟松开了手，并且抱拳施礼道："适才多有得罪，还望见谅。"

成义审慎地问："壮士与武金刚沾亲带故？"

何洋寻思一下反问："诸位与他有仇有恨？"

那年轻后生名叫国富，此刻早已按捺不住，愤愤地说道："他在光天化日之下，入村抢掠奸淫，这等万恶匪徒，难道不该追杀？"

白旋风听了，感到武金刚实在可恨，骂道："你真不是东西！"

国富气呼呼又问："你二人出面救他想必俱是一路。"

"非也。"何洋对成义又施一礼，"在下有一事相求。"

成义大为疑惑："请讲。"

"我与武匪久有宿怨，仇深似海，乞将贼子交我带走，以便在亲人灵前生祭。"

成义听了，沉吟无语。"不行！"国富跨前几步，看准武金刚挥刀又砍，"谁知你要搞什么名堂？"

何洋托住他的手腕："这点面子都不肯给吗？"

国富气得暴跳如雷，但无论如何发狠，刀也休想落下，手也挣不脱，不由怒道："你，欺人太甚！"

"孽徒放肆，还不退后。"成义厉声训斥国富。他明白论武艺斗不过对方，还不如做个顺水人情，"壮士既与武金刚有旧账要算，只管带走就是。"

"如此多谢了。"何洋松开手放了国富。

成义等上马，拱手作别，说声："后会有期。"便如飞离去。

武金刚见有机可乘，趁他二人目送成义，急忙滑下沙丘溜走。白旋风早有戒备，一把扳住他的肩头，说："你往哪儿跑！"

武金钢使了个金蝉脱壳的招数，甩掉汗衫，光着上身，一骨碌滚出好远。但是刚刚爬起来，白旋风已腾空跃下，挡在了他面前，挖苦道："也不道谢就走？"

"与我闪开，饶你不死。"武金刚狠出一拳，名曰"蛟龙入海"。这一招好毒，真要杵到肚子上，就难免肚肠断裂，性命休矣。

白旋风非但不躲，反而挺着肚腹相迎，只听"嘭"的一声，武金刚只觉整条右臂发麻，拳头酸疼，被倒撞回去，闹了个屁股墩。白旋风伸脚逼住他："再不老实，就叫你回老家！"

武金刚不敢动了，气哼哼地说："我与你们素不相识，并无恩怨，欠什么旧账？"

何洋推开白旋风，上前搀起他："武大哥受惊了！"

武金刚愣怔半晌："你这是唱的哪出戏？"

"武大哥难道真不明白，我这是用计救你。"

武金刚还不敢相信："不认不识，你救我何来？"

"想高攀交个朋友。"

武金刚闪着怀疑的目光："我可是黑道上的。"

"我二人又何尝不是，但比不上武大哥有山头，真是望尘莫及。"

"那是，"武金刚被何洋一捧，不觉格外神气起来，"这福新、彰库地面，方圆千八百里，不论大股小伙，不分明的暗的，凡是黑道上的朋友，谁敢不看红孩妖脸色行事。而我武某人是她的心腹，一向言听计从，说一不二。"

何洋抓住话头："所以我二人才高攀结识，意欲投奔，全仗大哥提携。"

"怎么？"武金刚收敛起笑容，"你们想入伙？"

"独走单蹦没出息，久仰大奶奶威名，愿拜在膝前，充一名小喽兵。"

"不行！"武金刚头摇得如同拨浪鼓，"不行，绝对不行！"

"想不到武大哥这样无情！"白旋风有意激他一句。

武金刚解释说："并非在下不讲交情，红孩妖在半年前就有明令，不许引领任何生人。"

何洋故意叹口气："咳！算我瞎眼认错了人，听说武金刚是个英雄，不料徒有虚名！"

白旋风又帮一句："大哥，你不该救这忘恩负义之辈！"

"什么，你们敢小瞧我！"武金刚挂不住劲了，"我姓武的拼一死，也要带你们去。"

何洋假意推辞："此举有碍武兄性命，我看还是……"

"怎么，真把我当成无义小人了？随我来！"武金刚甩开膀子领路便走。

何洋与白旋风相视一笑，随后跟上。何洋紧走几步，递过他的汗衫："武大哥，够朋友！"

武金刚穿上衣服，得意地说："当然，江湖上讲的就是义气二字，红孩妖手下几百号人，谁不说我最重义气。"

何洋又问："武大哥，此去大奶奶住处有多远，要不要弄几匹马来？"

"用不着，没有多少路。"

白旋风往北看是不尽的大漠，向南望是死气沉沉的荒原："这荒无人烟，大奶奶可住在何处呢？"

"休要多问，只管跟我走就是了。"武金刚不肯明说。

三人边走边聊，武金刚问："你们会使枪吗？"

"干咱们这行的，不会用枪还不饿死？"

"好，更有门了。"武金刚透出高兴来，"红孩妖用人，一向要求武功和枪法双全。"

何洋看似漫不经心，其实是在用心辨识路径。走着走着，不觉暗吃一惊，原来武金刚带他们到了大青沟，对于这里，白旋风也略知一二。这大青沟是因地壳断裂形成的一条长十几华里、宽约三四华里的塌陷带，呈北南走向，北连科尔沁沙地，南接茫茫草原，南端是积水汇成的湖泊。大青沟深约一百米，大自然的鬼斧神工，造就了奇特的地形。沟内长满了茂密的原始森林，各种各样的植物，密得令人难以插足，是野兽栖息和土匪藏身的理想所在，当地就是猎人也从不敢进去。白旋风见武金刚带他们下陡坡进沟，担心进去吃亏，悄声问何洋："我们还往里走吗？"何洋咬耳朵回答："不入虎穴，焉得虎子。"

正值炎夏七月，大青沟中万木争荣，千枝竞秀，密林森森，野草及腰，藤萝拂面，山鸡野兔青蛇黄鼠不时从脚下惊慌窜过。初时，何洋还竭力辨记着方向，待武金刚领他们连绕几圈后，就再也分不清东西南北了。头顶上，繁茂的枝叶织成巨大的绿色天网，遮住了阳光。老林里散发着热咕嘟的青草腐烂气息，白旋风感到透不过气来。

武金刚突然停步，并叮嘱说："到了，你们看我的眼色行事，切莫乱说乱动。"

何洋口中唯唯诺诺，双眼却是紧忙，可是眼前尽是树木并无房舍，再细看，密林中依稀现出一土崖。只见武金刚绕过两株合抱粗的大树，撩开一人多高的树丛蒿草，迈步走进土崖中。原来有一道五尺多宽的裂沟，向上看土崖高有数丈，向前看沟道弯曲不见尽头，回头看杂草树丛密封沟口。何洋暗暗称奇，这样一个去处若非知情人，就是神仙也难找到呀。二人跟在武金刚身后，走了十数丈远，面前豁然开朗，现出一块条状开阔地，对面一道东西走向的土崖，伸延出二十余丈。崖壁上有门有窗就像陕甘地区黄土高原的窑洞，排列有七八孔。崖后又是茂密的森林，也难得红孩妖煞费苦心，找到这样人迹罕至的隐身之所。

武金刚他们三人一出现，土匪哨兵小脑瓜立刻迎过来问："武队长，他们俩？"

"是我领来入伙的。"

"你不要命了！"

"用不着你操心，我自有主张。"武金刚走到中间那孔大窑前，立正喊了声："报告。"

很快，里面传出一句既娇媚又威严的女人答话声："进来。"

武金刚这才敢推门入内。开门的工夫，白旋风看见有女人的红裙一闪。"靠后，不许看！"小脑瓜横枪挡在前面。

何洋在一旁冷眼观察，见这小脑瓜二十岁左右，长得眉清目秀，梳着整齐的分头，白纺绸裤褂新鲜洁净，手端马枪，腰别匣子枪，挂蒙古短刀，齐全的"三大件"。心说，大凡土匪都头发蓬乱，胡须老长，满脸尘垢，衣装邋遢，如此整洁的土匪实属少见。他想趁此套点情况，上前两步说："请问老大贵姓高名？"

"不许说话！"小脑瓜十分冷酷，就像对待仇敌一样。

这时，窑门打开了，四名小土匪鱼贯而出，他们的打扮同小脑瓜一样，而且全都年少漂亮，像是一个模子倒出来。随后又走出个三十上下的男子，既像商贾又像读书人，长得高挑身材，不胖不瘦，白白净净斯斯文文，满面带笑一团和气。他稳稳当当踱到近前，未曾开言先笑出耀眼的金牙："二位要入伙？"

"正是，有武队长引荐。"何洋心中犯疑，武金刚为何不见？

就在这时，四个土匪突然分成两伙，扑上来将何洋、白旋风扭住。何洋微微一笑，将两匪拨开。白旋风则使了个大鹏双展翅，二土匪被他摔个仰面朝天。众匪见状全都举枪对准他们。小脑瓜问道："文秀才，这俩小子会武功，开枪吧！"

文秀才吸了一口烟，悠然地说："二位莫要误会，凡生人去见大奶奶，都需先绑缚起来。这是为防意外，待问过清楚自然无事。"

何洋明白对方是缓兵之计，但无论如何也要见到红孩妖，就对白旋风说："兄弟且让他们绑，凭你和大奶奶的关系，谅也无妨。"

于是，二人背过手去，任土匪上了绑绳。文秀才走近窑洞报告："大奶奶，外面一切就绪，把武队长请出来吧。"

立刻，五花大绑的武金刚，被土匪阿鬼押出。何洋惊问："武大哥，你为何这般模样？"

武金刚耷拉着头叹口气说："咳！啥也别说了，脚上的泡自己走的。大奶奶早有明令，不许带外人来这秘密住所。我，还有你们，都要被砍头呀！"

何洋不由高声说："我们前来入伙还有死罪？"

文秀才扔掉烟头："为了保密，只有除掉你们。来呀，打发他们三个升天。"

三名土匪应声走到近前，马刀高举，狠劈下来。

三

　　白旋风、何洋当然不会引颈受死，二人竭力躲闪。白旋风则大声疾呼："亚仙，你好狠心哪！"

　　这一喊还真起了作用，屋内传出红孩妖的吩咐："慢杀，且带到窗下。"

　　文秀才怎敢有半点违抗，忙叱退握刀土匪，将白旋风等推到窗前："大奶奶，请发落！"

　　"方才是何人呼唤我的名字？"红孩妖的问话威峻中含有几分凄楚。

　　"我！你表兄白雪峰，杀吧！"

　　屋内半晌无言，好久才又传出话来："带进来见我。"

　　文秀才笑眯眯拉开门："请吧。"

　　白旋风气昂昂阔步而入，不由大吃一惊。这哪是土匪洞窟，简直胜过神仙洞府、王后寝宫。里面陈设华贵，富丽堂皇，珠光宝气，金碧交辉。中式的有什么翡翠帘、青玉案、玛瑙几、碧纱橱；西式的有法兰西裸体塑女、英格兰八音金钟、比利时七彩挂盘、西班牙名贵油画……总之，两间窑洞被奇珍异宝塞满。这种中西合璧大杂烩似的摆放，显得既拥挤又杂乱，使人大有不伦不类之感。

　　当白旋风注目东侧时，不禁越发吃惊，紧靠粉壁的七宝紫金床上，一对银蒜勾，把金丝翠羽帐两分双挽，垛放齐整颜色艳丽的合欢云锦被和如意月华衾上，半坐半卧斜靠着一位俊俏的少妇。她身旁侍立一个华服美颜的小土匪，在挥扇轻轻扇凉。这少妇墨油油的秀发，在头顶盘了一个高髻，使她那漫圆脸更加受看。虽然年近三旬，却依然杏腮比粉嫩，樱红点朱唇。大红半透明露肩旗袍，紧扣着丰满的腰身。右脚尖上挑着一只绣花鞋，整条右腿几乎都裸露出来，叠股压在左腿之上，随着身躯轻微地晃动，散发出阵阵香水气息。确实是风流无双，俏丽无比。然而，杏眼中看不出女性的妩媚，顾盼之间，总是流溢出冷峻的眼波。手中把玩着一支蓝瓦瓦的匣子枪，愈显得艳如桃李冷若冰霜。白旋风心想，她必是红孩妖无疑。

红孩妖虽然身躯未动，却一直观察着白旋风。随即她眼中闪出几丝欣喜的光芒，然而，刚要站起却一转念重又坐好，脸上依然是冷漠无情的神态。此时此刻，白旋风是千般思绪、万种情怀齐上心头，这就是昼思夜想的表妹吗？那天真的笑容，烂漫的憨态，无邪的眼神……都哪里去了？可是再细一看，面前这丰满的身躯中，分明又幻化出表妹当年娇小的身影，而且那秀眉俊眼，不是表妹又是谁呢？他忘情地跨前几步："亚仙表妹！"

红孩妖没有动，只是怔怔地看着他。

白旋风有些发怒了："你为什么不说话！你是亚仙还是红孩妖？"

"我都是。"

"不！"白旋风从她身上找不到昔日的表妹，感到痛苦和失望，"你是土匪大奶奶红孩妖！"

红孩妖如遭到重重一击，她感到一阵晕眩，险些跌倒。手扶床栏站稳，突然举起了手枪。

面对黑洞洞的枪口，白旋风又跨进一步："红孩妖，吃人的妖怪！你开枪吧，我不想看到你！"

红孩妖的手颤抖几下，还是扣动了扳机。随着枪声，捆绑白旋风的麻绳，贴着右臂被打断。

"雪峰！"她一下子扑过来，张开双臂紧紧抱住了他，"表哥呀！"

白雪峰情不自禁地揽住她的腰肢，可是当贴近她浓妆艳抹的粉面时，白旋风猛地推开她："滚！你是吃人的土匪！"

红孩妖再次投入他的怀中："表哥，我沦落为匪乃世道所逼呀！"

"呸！杀人、放火、抢劫，是别人按着你双手干的？难道这大奶奶也是被迫当的！"

红孩妖委屈地说:"表哥,当初我是被推入泥潭,以后越陷越深,可是这能怪我吗?"

"难道怪我!"白旋风如狮子般咆哮。

"表哥,你听我解释。"

"我不听!你现在说出天花来,也还是红孩妖,再也不是亚仙了!"白旋风双眼冒火,难抑怒气,杵了她一拳。

红孩妖踉跄半步,站稳后注视片刻,有点冷漠地问:"你来找我意欲何为?"

"这,"白旋风顿了一下,"我要为民除害!"

"原来是这样。"红孩妖眼中射出两道凶光,突然伸出右掌,击中白旋风胸膛。

白旋风未曾提防,立觉胸口发闷,眼前发黑,喉咙发咸,"噔噔噔"倒退数步,牙关锁不住,喷出一口鲜血来。

隔窗的何洋见此情景,立刻不顾一切闯入:"大奶奶,你未免太无情无义了!"

"你是什么人?"

"我和雪峰弟有八拜之交,结为金兰之好,虽说异姓兄弟,却也亲如手足,胜过同胞。不像你姑表兄妹,又是未婚夫妇,竟下此毒手!"何洋双膀一叫力,将绑绳挣断,上前扶住白旋风:"贤弟,不要紧吧。"

红孩妖出手之后便已后悔,见白旋风喷红,尤为不安,又关切地问:"你,怎么样?"

白旋风狠狠地瞪着她:"好你个红孩妖!若不杀尔,誓不为人!"

红孩妖脸色又转阴,冷冷地问何洋:"这也是我无情?"

"你错怪了雪峰。"

"此话怎讲?"

"八年来他为你受尽磨难,为找你历尽艰险,马戏班因此无存,他也险些被你砍头，见面说些气话，难道还不理解吗？"

红孩妖听了不觉默然，她感到一阵内疚和自责，低头走到白旋风身边，充满柔情地轻抚其前胸："表哥，还痛吗？都是我不好。"

白旋风厌恶地推开她："我不需要你赔罪，我的亚仙已经死了！"

红孩妖不免进退两难，欲语无言。

何洋见状忙说："贤弟，这就是你的不对了，该说的说了，该骂的骂了，也该回头了。莫忘记路上我是如何嘱咐于你的，找到大奶奶为的是言归于好嘛。"

"我？"白旋风这才想起，此行还负有瀚海支队的重托，但对于红孩妖在感情上又实在出现了鸿沟，无奈只好默默不语。

何洋明白此刻难以解劝，便灵机一动对红孩妖说："大奶奶，雪峰处在气头上，且待我单独开导一下，他会回心转意的。"

红孩妖从内心里希望能与表哥重叙旧情，对何洋的提议她当即应允，并寻出一剂内伤药，让被赦免的武金刚把他们送到西头那孔窑中。

何洋照料白旋风服过药，未待开口，白旋风先怪起他来："你呀，不能为大队的任务……"

何洋委婉劝道："贤弟，行前石队长说过，红孩妖和其他土匪不同，希望你影响她走上正路，你不能忘却未婚夫妻间的深情，你不能眼看她身陷泥潭……"

白旋风承认何洋说的有理，而且他从心里也撇不开亚仙，便默默无言地点了点头。

这时，屋门被推开，阿鬼一探头："二位，大奶奶有请。"

两人对看一眼，心存疑虑地走了出去，只见红孩妖已等在外面，文秀才在身后相随。何洋带笑先开口道："大奶奶，雪峰已被我劝通了。"

"哦，"红孩妖心不在焉地答应一声，似乎对此并不关心，而是直问何洋，"听说何先生救了武队长？"

"江湖之上，路见不平，拔刀相助，乃理所当然。"

"获悉何先生善打飞剑，百发百中，就请当面一试，也叫我们大饱眼福。"

何洋猜不透红孩妖用意，但他明白在救武金刚时用过飞剑，如若否认反为不妥，便应允下来："不过雕虫小技，既蒙大奶奶赏识，在下就斗胆献丑了。"说着取出一柄短剑，指指几丈外的杨树。

"莫急，射树枝看不出真功夫。"文秀才拉过白旋风，让他贴树干站好，在他头顶和双肩分别放好三只白梨。这才对何洋一眯眼睛："请吧。"

"站稳，莫动。"何洋叮嘱一声，话落短剑出手，接二连三白光闪过，三只梨全被刺个正着。他收回剑对众人一抱拳："见笑了。"

一直在远处观望的武金刚，这会儿忍不住跑过来："高！真都神了，大奶奶我没说假话吧，给你领来一个能人。"

红孩妖脸上毫无表情："何先生堪称神剑，不过，我还想欣赏一下何先生的枪法。"

文秀才又在白旋风双肩和头顶放上三只梨："何先生，请。"

何洋迟疑地说："我枪法笨拙，怎敢班门弄斧。"

"大奶奶令出必行，她说看那就看定了。"文秀才之言透出不容商量。

"既如此，恭敬不如从命。"何洋抽出枪，扬手连发两弹，白旋风双肩之梨便被打飞。未待他打第三枪，文秀才又上前拦挡。

"何先生，请稍慢，"文秀才面带奸笑，"这一枪改用左手。"

何洋已经警觉："实在惭愧，我没练过左手使枪。"

"不对吧，请问何先生，身带几支手枪？"

何洋打个沉，知道说假话更不利："两支。"

文秀才连声笑起来，分外透着得意："怎么样，大奶奶，我不是杞人忧天吧？"

红孩妖死死盯住何洋，许久，从牙缝中挤出几个字："你是双枪剑客！"

这句话是那么突然，何洋不由暗吃一惊。他因双手使枪又打飞剑，被同志们称为双枪剑客，想不到土匪对此也有耳闻。但何洋表面上毫无惊慌神色，他料定众匪不认识自己，这就有了回旋余地，所以只是淡然一笑，微微摇头："大奶奶玩笑了，什么叫双枪剑客？"

"姓何的，你好大胆子呀！"红孩妖眼露凶光，语含杀机。

文秀才在一旁煽风点火！"姓何的，就别再装了，谁不知八路里有个双枪剑客，今天谅你是翻船了。"

"哈哈哈哈！"何洋放声大笑起来，双臂往后一剪，"来，请上绑绳吧。"

这一来倒叫红孩妖犯起疑猜，依她的逻辑推理，何洋被看破隐藏后只能有两种选择，一是持枪反抗做困兽斗，二是竭力否认。她不解地问："你认账了，不怕死？"

"怕有什么用，"何洋反问，"你们认定我是，不反臂受缚又能如何？"

"你本来就是双枪剑客！"文秀才咬住不放。

"看来文兄是被八路的双枪剑客吓破胆了，才这样草木皆兵。请看，"何洋突然举枪，"叭叭"两颗子弹贴着文秀才左右肩头擦过，小褂穿破两个洞，却未伤皮肉，文秀才被吓得冷汗淋漓。何洋显得又气愤又委屈，"我若是八路双枪剑客只这一支枪，还焉有大奶奶和文兄的命在？"

红孩妖听了，不觉哑口无言。白旋风这时才开口："胡乱猜疑，共产党八路会来入伙？会救武队长？"

武金刚在一旁把底牌亮出来："大奶奶，别听文秀才瞎说，他从来不出好道，考查纯属多此一举。"

文秀才哪甘栽跟头，仍不肯就此罢手："我就不信天下事这么巧，八路里有个双枪剑客会打飞剑，你姓何的也就会打飞剑？"

现在轮到何洋微笑了："投掷飞剑我在五年前就练会了，而且在马戏班里是拿手节目，每次都是雪峰弟配合演出。"

"对，"白雪峰赶紧证实，"我二人常年在一起，难道我还不清楚。"

文秀才又问:"耍马戏的,居然能打出这样一手好枪,又该怎样解释?"

何洋不慌不忙:"这年月到处都有土匪出没,马戏班流动演出经常遇险,练枪防身亦是常理。"

"这……"文秀才没词了。

何洋对答如流,回话天衣无缝,红孩妖虽然仍是将信将疑,但考查这出戏也只得收场。何洋与白旋风,取得了第一个回合的胜利。回到屋内,白旋风高兴得笑出声来:"何大哥,这下子咱们算过了关站住脚了。"

"还不能太乐观,更不能大意。"何洋提醒说,"红孩妖,特别是那个文秀才,对我们的怀疑并未解除,说不定随时都会玩出新花样,决不能掉以轻心。"

果然不出何洋所料,当天晚上,白旋风就经受了一场严峻考验。

晚饭过后,天色刚刚黑定,文秀才就来叫白旋风:"大奶奶请你去谈谈。"

白旋风看看何洋:"大哥,我去去就来。"

何洋含而不露地嘱咐:"放心,今夜良宵,说不定就该鹊桥相会了。"

白旋风对于同红孩妖和好,总有点不情愿:"咱可不敢高攀。"

文秀才领白旋风一走,何洋想跟出去暗中看个究竟。刚一拉开门一把明晃晃的刺刀横在面前,小脑瓜黑虎着脸,冷冷地说:"回去!"

何洋思忖一下关上房门,心更难放下了,土匪们这样做,会不会有阴谋呢?

虽然已经入夜,天气仍不见凉爽,白昼蒸人的暑热还未散去,闷得叫人透不过气来,稍一活动就是一身汗水。白旋风走出没多远,就发觉有两名挂枪土匪在后看押,立刻意识到有些不对头。待过了中间红孩妖住的窑洞,文秀才仍不停步,他忙问:"到底去哪里?"

文秀才嘿嘿一笑:"大奶奶在前边等你呀。"

又走了一程,已过了杨树,白旋风心中更加没底:"大奶奶在何处?"

"别急，到了。"文秀才站住往脚下一指，"看，给你准备好了。"

疏淡的月光下，可以模糊地辨出，在林间草地上已掘出一个丈来深的土坑。

"你想干什么？"

"请你下去吧，"文秀才咯咯笑出声来，"这是你的归宿。"

"你敢加害于我！"白旋风厉声说，"我是大奶奶的未婚夫。"

"别横，这就是大奶奶为你安排的。"

"你们，凭什么活埋我？"

"因为你是八路探子。"文秀才冲土匪一摆手："把他推下去！"

二土匪不由分说将他推下土坑，白旋风想要反抗，但是已被刺刀逼住。土坑上边，又多了两个握锹的土匪。白旋风明白，生命就要完结了。他没料到红孩妖这样无情，不觉脱口而出："我好悔，好恨！"

"死到临头，你又恨谁来？"文秀才抓住话头问。

白旋风刚要说："恨未能杀死红孩妖为民除害！"忽然意识到不妥，自己死活也要设法保住何洋性命。他把冲到唇边的话硬是咽了回去，改口说道，"我恨自己瞎了眼，白等了八年，等的竟是这样一个无情的女人！"

"你充当共产党探子，这怪不得大奶奶。"

"笑话！"

"白旋风，大奶奶闯荡江湖多年，你这小小的障眼法还能瞒得了她？"文秀才用脚踢下些沙土，"你是被共党欺骗利用，只要说出何洋来此目的，就可以从鬼门关上走回来。"

至此，白旋风完全明白了，土匪是以活埋逼自己说实话，他心中反倒有底了："你的废话我不想听。"

"既然活够了，我成全你。"文秀才把手一挥，"埋！"

二匪立刻挥锹填土，他俩不紧不慢一锹一锹，渐渐埋过了白旋风膝盖。文秀才在一旁说着风凉话："一别八年，眼看夫妻团圆，却为别人搭上性命，实在太不值得。"不管他的话具有多么打动人心的感染力量，白旋风却如没听见一样，就是不作声。渐渐土已过腰，白旋风感到呼吸困难了。文秀才却像土埋到他脖颈一样沉不住气了："白旋风，如今到了生死关头，你真就不想活了？"

白旋风心中百感交集，留恋地仰望着星空。

文秀才急切地问："死到临头，你还有什么话说？"

白旋风吃力地说："我只想告诉你，何洋不是什么双枪剑客。"

"你只有这句话吗？"文秀才显得烦躁不安。

白旋风沉思片刻："我想最后再见亚仙一面。"他满怀眷恋，动了真感情。

文秀才恼羞成怒，决心把这场赌博进行到底，夺过一把锹亲自扬土，一边填一边气咻咻地叨念："我看你说不说，不信你就牙关咬到死！"

土已埋到白旋风胸部，文秀才还在发疯地填土。白旋风呼吸急促，胸膛如压上一扇石磨，艰难地说："亚仙，我们，来世再见吧！"

"慢！"突然有人喊了一声。

文秀才停下锹，只见武金刚、小脑瓜押着被绑的何洋来到近前。何洋见白旋风危在旦夕，扭身质问武金刚："武队长，你也太不够朋友了，我弟兄舍生冒险救你，你们竟这样恩将仇报！"

武金刚无言以对，只好低下头。

文秀才冷笑着说："姓何的，你若是英雄好汉，就该承认双枪剑客的真实身份，以免连累你的结拜兄弟。"

何洋眼见白旋风就要丧生，心如刀绞，但他不能让土匪如愿，装作委屈地说："我真不明白，你为什么死死咬定，要诬我为八路！"

"执迷不悟，让你们一起下地狱！"文秀才猛劲扬土，很快埋过白旋风胸部，渐及颈部，眼见得白旋风没气了。

四

何洋一急,挣断绳索便要强行救人。就在这时,身后传来一个女人的声音:"扒出来!"红孩妖突然出现。

文秀才不太情愿:"大奶奶!"

"怎么?"红孩妖眉梢挑了起来。

文秀才立时慌神,赶紧和小土匪一起扒土,武金刚与何洋也上前动手,很快把白旋风弄出来了。他好一阵才缓上一口气。

红孩妖狠盯着文秀才:"你太过分了!"右手不觉去摸枪。

文秀才吓得魂飞魄散,噗通跪倒:"大奶奶饶命!"

红孩妖思忖一下,脸色和缓些,踢他一脚:"滚起来。"

"谢大奶奶开恩。"文秀才磕个响头后爬了起来。

红孩妖又一指白旋风:"送回房中,按我说的办。"

"小人遵命。"

"何先生,请你帮助玉成。"说罢,红孩妖径自走了。

何洋不知红孩妖是何用意,同武金刚一起,将白旋风扶回住处。他见文秀才没有跟来,赶紧问道:"武队长,方才这一场究竟是怎么回事?"

"这,"武金刚吞吞吐吐不敢明说,"放心吧,这回算没事了。"

何洋追问:"方才的活埋是真?"

"老弟,莫问,问也没有用。"

"让我们明白明白呀。"何洋故意激他,"想不到你胆小如鼠,告诉我们又能如何!"

武金刚果然受不住了:"老弟,其实不说你也明白,日间那番考查过后,大奶奶本已放心,可文秀才这小子跟在大奶奶屁股后穷嘀咕说是以假活埋逼老白说实话,大奶奶也就心活了,答应让他试试。谁知他骑虎难下要假戏真做，大奶奶当然不会同意。"

正说着，文秀才挟着一个衣包走进来，冲白旋风笑笑："可好些了？"

"死不了！"白旋风没好气。

文秀才并不介意，解开衣包："请更衣。"里面是崭新的礼帽、大褂、内衣、布鞋，还有一丈红绸。

"让我换衣上刑场吗？"

"不，入洞房。"

"你少来耍笑老子，"白旋风勃然大怒，"给我滚出去！"

文秀才毕恭毕敬："不敢，这是大奶奶的意思。"

"我不干！"白旋风一口回绝。这也难怪，方才险些命赴黄泉，转眼又要洞房花烛，堪称莫大的讽刺。

武金刚深知白旋风固执下去极为不利，插嘴劝道："老白，可别惹大奶奶生气。"

白旋风被文秀才、武金刚、何洋簇拥着，走进了红孩妖的窑洞，立刻为浓烈的喜庆气氛所震惊。大红双喜字贴在北墙，胳膊粗的金红喜烛熊熊燃烧。红孩妖凤冠霞帔，彩衣绣裙，垂首敛眉端然而坐，粉面上充溢着新婚少女才有的羞涩。珠光宝气、五彩缤纷的窑洞，更显得红光满堂、喜气洋洋。

武金刚讨好地问白旋风："这花堂是我布置的，不知可中意！"

"和唱戏差不多。"白旋风放开嗓门，有意说给红孩妖听。

红孩妖似有所感，抬起头说："是啊，人生就像演戏，只不过悲剧多于喜剧。"

对她的话，人们没什么反应，只有何洋感到，这个以杀人为生的女匪首，心灵深处有心酸的创伤。

文秀才知道，该他出场了。尽管心头有如锯拉刀割，可他还得装出不自然的笑脸："大奶奶，拜堂吧。"

红孩妖走过来站在花烛案前，何洋把白旋风推过去站好。文秀才权充傧相不情愿地唱道："一拜天地。"

红孩妖与白旋风拜了一下。

"二拜高堂。"

红孩妖又拜，白旋风却直挺挺站立不动。

武金刚在一旁提醒："拜呀，拜高堂了。"

"什么高堂？"

"就是二老双亲。"

"我懂，别说二老，四老双亲都死光了！"白旋风冲红孩妖咆哮起来，"你说，我们拜谁？拜谁？"

红孩妖理解白旋风此刻的心情，在这花烛之夜，八年前父亲惨死的情景又重现在眼前。想了想她对众人说："你们下去喝喜酒吧。"

文秀才问："大奶奶，拜堂还没完。"

"不需你管，我自有道理。"

文秀才怏怏而退。何洋临走又叮嘱一句："雪峰，你可不能惹大奶奶生气呀！"

众人都走了，只有那个年轻俊秀的小土匪阿鬼不动，他手掐盒子枪，侍立一旁忠于职守。

"阿鬼，"红孩妖轻轻拍他一下，"你也出去吧。"

阿鬼感到诧异："大奶奶，我要服侍你。"

"去吧，今晚不用你。"

阿鬼闷闷不乐地走了出来，文秀才、武金刚、何洋都站在杨树下。

武金刚数叨他说："你呀，也太不识进退了，人家两口子新婚之夜入洞房，你跟着掺和啥？走，我们喝喜酒去。"

文秀才懒洋洋地一摇头："我可没那个兴致。"

武金刚又拉阿鬼："他不去拉倒，咱们一起喝。"

"我，我不走。"阿鬼甩脱武金刚，"我要在窗外守候。"

武金刚白了他一眼，过来拉何洋："走，咱哥俩喝。"

"好哇，我舍命陪君子。"

两人到了何洋住的窑洞，武金刚取来酒菜杯箸。何洋看看有酱牛肉、花生米、五香干豆腐丝和炸丸子四个凉菜，还有两瓶白干酒。他一边给武金刚斟酒，一边问："武队长，这酒菜倒是很方便哪，转眼工夫就取来。"

"在大奶奶身边就是有口福，两个厨子专门侍候，吃喝又预备得全。"武金刚美美地喝上一盅，香香地吃上一口。

何洋心想何不趁机摸摸情况："听说大奶奶手下有三百多号人，我怎么没看见几个呀？"

"这里总共才十五个人。"

"啊？"何洋又问，"那么人呢？"

"分成大小十几队，各自单独活动，定期向大奶奶进贡，需要时就发令集中。"

何洋又给武金刚满上酒："这里的弟兄，看样子归你管？"

"那是当然，"武金刚喝高兴了，也忘了红孩妖的规矩，"除了大奶奶和姓文的，剩下十名直属队和两个厨子，全得听我指挥。"

何洋的问话由浅入深："怎么只见大奶奶不见大爷呢？"

"实不相瞒，现在是大奶奶当家，她看不上大爷长山，就打发他进城参加了保安团。"武金刚嘻嘻一笑，"这也算各寻方便吧。"

"还有一件事，是不是我太多心了，文秀才今晚似乎不高兴？"

"对呀，"武金刚又来了兴趣，"大奶奶结婚，他当然难受了，他是西宫娘娘嘛。"

"西宫娘娘？他不是男人吗？你大概喝多了。"

"我，英雄海量，赛过武松。"武金刚有七八分醉了，"我可没说醉话，待长了你自然明白。"

渐渐地，武金刚醉成了一摊泥，像牛一样发出了震耳的鼾声，就是放炮打雷也不会醒了。何洋不知此刻白旋风怎样，推开门一看，只见洞房依然灯火通明，阿鬼还守在窗外。他难以放心，尽管困意袭来，也不敢上炕入睡。

洞房中，白旋风和红孩妖的思想感情，可比何洋的想象复杂多了。他二人置身花堂洞房，面对喜字红烛，不由得酸甜苦辣齐上心头。适才众人在场，白旋风暴跳如雷，大有气吞万里如虎之势。当人们离去，房中只有红孩妖和他时，他突然感到空落落的，就像小孩子离开父母没了仗势。烛影摇红，香喷兰麝，洞房中一时间格外静谧。白旋风非但未被这恬丽氛围陶醉，反而有窒息之感。他的手脚不知怎么摆放才好，低下头站在屋地上一动不动。

红孩妖等了好久不见动静，终于沉不住气了："表哥，我们终于盼来了这一天！"

白旋风没作声。

红孩妖靠近一些："八年来常常思念你，我总算如愿以偿，从今后琴瑟和鸣鸾凤并栖，夫妻再不分离。"

白旋风没作声。

红孩妖靠得更近："表哥，现在我属于你了，高兴吧！"她托起白旋风的手，在掌心温存地抚摩。

白旋风轻轻抽出手说："我痴心苦等八年，可惜面前已不是当年的亚仙。"

红孩妖怔了一下，好久才艰难地吁出一口气来，沉默片刻，低声唱了起来：

春季里来艳阳天，
　桃红李白柳如烟，

枝头呢喃舞紫燕，

兄妹幽会在花间。

叫一声哥脆，

唤一声妹甜。

野草绿更碧，

和风软又暖，

游湖借伞谁得见？

今日白蛇会许仙！……

尽管声音略显喑哑，但这熟悉的曲调和歌词，把白旋风又带回那甜蜜的岁月。眼前出现了一望无垠的碧绿草原，明镜般清澈的小泡子，姣美俏丽的亚仙，吟唱着自编的四季歌，像一朵彩云扑入他的怀抱。白旋风情不自禁扣紧她的腰肢，忘情地唤了声："亚仙妹。"

红孩妖的双眸，闪射出幸福的光彩。她扬起粉面，深情地叫声："表哥！"送上一个甜蜜的吻。

白旋风从遐想中猛醒，立刻移开嘴巴，没有接受那亲切的一吻。

红孩妖是情意绵绵："表哥，你为什么不亲我，我是你的亚仙啊！"

白旋风本能地后退一步："不，你是土匪！"

红孩妖苦笑一下："相信我吧，我会变好的。"

"染黑的白布怎能复原！"白旋风心中充满了怨恨，"你，你睡过了多少小白脸？烂桃！"

红孩妖像挨了重重一击，白旋风这样狠揭疮疤，使她那刚刚复萌的善性之火立刻熄灭，压下去的野性之火又复燃起来，她脸色变青，两眼冒火，拿起手枪："我崩了你！"

白旋风拍拍胸膛："开枪吧！自古以来淫妇莫不如此，我已经在你手中死过一次，杀了我免得碍眼。"

"你个没心肝的白雪峰,千淫妇万婊子地骂我,这是我的过错吗?"红孩妖使劲一跺脚,声音中透着委屈。

白旋风更理直气壮:"难道是我要你这样无耻!"

"你,你!竟如此看我,好吧,反正我在你眼中是个淫妇,就淫个叫你看看!"红孩妖大吼一声,"阿鬼。"

窗外的阿鬼应声跑进:"大奶奶,何事吩咐?"

"跟我睡觉!"

"啊?"阿鬼愣了,扭头直看白旋风。

"别理他,今天我和你入洞房。"红孩妖扔掉凤冠,扯去霞帔,扒去彩衣绣裙,还不住手。刷刷刷,三下五除二,脱了所有衣服,只剩大红短裤和水红束胸,几乎是裸体了。

白旋风狠狠唾了一口,气得想离开,两腿又不听使唤,他不知为什么,担心阿鬼真与红孩妖同床而眠。

阿鬼贪婪地在红孩妖身上看个不住,却不敢上前。

红孩妖气冲冲一指阿鬼:"平时馋得流口水,如今送到嘴边又不吃,真是窝囊废!"

"我,我。"阿鬼仍然不敢挪步。

"你过来吧!"红孩妖揪住阿鬼耳朵,扯到七宝床前,"给我脱衣服。"

阿鬼半喜半忧地扒得只剩背心和裤头,三伏天里他竟止不住浑身发抖。

红孩妖完全是报复心理,将阿鬼按在床上:"熊样,精神点!"

白旋风再也忍受不住了,从怀中掏出一物狠狠打了过去:"不要脸!"飞跑出门,跺脚一声长叹,双手抱住发胀的头蹲在了门前。

红孩妖背部被砸痛,俯身拾起打她的物件,立时痴怔起来,竟是象征她与表哥爱情的金杯。明亮的烛光下,金杯熠熠生辉,闪闪发光,使她想起许多令人留恋的往事。这金杯就不能再酿美酒吗?端详片刻,她突然向屋外跑去:"表哥!雪峰哥!"

门开处，白旋风慢慢站起来，可见他也是情丝缠绵难割断。一个门里，一个门外，四目相对两无言。

少顷白旋风伸出手："给我。"

"你进来。"红孩妖将金杯掩在身后，不顾一切把他拽了进来。

"做什么？"白旋风冷淡地问。

红孩妖向金杯里斟满酒："表哥，美酒飘香，让我们用它行合卺之礼吧！"她呷了一口，在嘴里漱漱之后喷出。

白旋风接过金杯，无限感慨："它本该带来幸福，却让我们喝了八年苦酒，我恨吃人的世道，我也恨你！玷污的身体难再清白，带血的双手怎酿美酒？这一切都是命运安排，请原谅，我苦等八年寻的是亚仙，而不是土匪大奶奶！"说完，他把半杯酒泼在地上，金杯揣入怀中，转身大步离去了……

金砖之谜

一

　　泥瓦工徐义，手拎一根镐把，风风火火地闯进他大哥徐仁屋中，不由分说便连砸带打。耳听得噼里啪嚓、稀里哗啦，什么玻璃镜、羽毛画、石英钟、大立柜……顷刻间全都粉碎开了花。

　　"你疯啦！"徐仁扑过去，拼力抱住弟弟，护住那台"金凤"牌电视机。

　　徐义哪肯罢手，又将茶几上的压力热水瓶打翻在地。徐仁再也忍耐不住，脚上一叫力，把徐义撂倒，摔了个仰面朝天，然后一脚踏住。徐义挣扎不起，气得哇呀呀连声怪叫。

弟弟无端找碴，寻衅闹事，徐仁感到好生费解，厉声责问："你说！为什么这样撒野？"

"徐仁，你把金砖交出来！"徐义可着嗓子使劲喊。

"金砖！"徐仁可真是丈二金刚摸不着头脑，"什么金砖？"

"你别装气迷！"徐义手指兄长恶狠狠地说，"咱爹留下的金砖我也有份，你要独吞，休想！"

徐仁一听这话气上加火："你真是裂纹的茶壶不成器，竟然讹诈到我的头上，是该好好管教你了！"徐仁夺过镐把，双手高高举起。

"哟，这是干嘛呀？"随着酸溜溜、贱飕飕的说话声，一个年轻女人手掀竹帘走了进来。她大约三十岁，似乎是刚起床还没梳洗，披肩长发乱蓬蓬的，但仍然随风飘来夹杂汗臭的隔夜脂粉气。高高隆起的双乳，几乎要从那半透明的乳罩式尼龙背心中支出来，而那比《天鹅湖》中芭蕾服还要短的迷你裙把她整条大腿都袒露无遗。这位就是徐义的内当家于桂香。

兄弟媳妇以这副形象出来，徐仁赶紧扭过头，把手一挥："你出去！"

"干嘛这样不客气？"于桂香扭着身子走过来，"你这当大哥的，莫非还敢把弟弟打死！"

"哼！"徐仁一听又动了气，"我教训弟弟谁也管不着！"手中镐把又举起。

于桂香一步跳过来，撞在徐仁身上："徐老大，有种冲着老娘来！"她那肉磙子一样的身躯，紧紧向徐仁靠来。

兄弟媳妇与大伯哥这样接触，那成何体统，于桂香不怕羞，徐仁可是怕丑，他抵挡不住于桂香那胸脯的进攻，不由自主地退却了。

徐义一躬身从地上拱起来，于桂香以胜利者的姿态冲丈夫一努嘴："老疙瘩，金砖不到手，誓不收兵！"

"对！徐老大，快把金砖交出来！"徐义口气很硬，但是他见兄长手握镐把怒气冲冲，迟疑着不敢上前。徐仁是体育教师，徐义已领教过多次，自己确实不是他的对手。

"扶不起的软面袋!"于桂香向丈夫瞪圆了杏核眼,"草包!软蛋!"

于桂香这两句话,真比圣旨还厉害,徐义如同打了强心剂一般,登时跳起一尺高:"徐老大,今天你不交出金砖,咱们没完!"他把脖子一梗,挥拳直扑过去。

徐仁气得说不出话来,镐把一举先来个朝天一炷香,接着往前一扫画个半圆,这一招叫拨草寻蛇。镐把头就拨到了徐义胯骨上,徐义立脚不住,噔噔倒退两步跌了个屁墩。

于桂香一见当家的败下阵来,嗷地叫了一声,一头向徐仁撞去:"姑奶奶今天不活了,和你拼命!"

徐仁闪身躲开,于桂香收脚不住,撞到那老式桐油躺柜上,只听嘭的一声,于桂香额头起包,耳内敲钟,眼冒金星。一见自己吃亏,她躺在地上,使出泼妇的看家本领,又是挠又是蹬,甩鼻涕抹眼泪,唱唱咧咧地骂起来:"好你个徐老大,存心真不良,动手调戏我,分明是色狼!镐把将我打,浑身都有伤,法院将你告,叫你坐班房!"

徐义不敢上前,但是也跳着脚喊:"徐老大,我和你没完,今天不是你死就是我活!"

徐义两口子这一男女声二重唱,乍一听真像到了屠宰场一样,要多难听有多难听。徐仁怕招来左邻右舍和过往行人的围观看热闹,举起镐把吆喝:"都给我住嘴,再号,我就敲掉你们的下巴!"

于桂香知道徐仁不敢打,躺在地上照常干号,徐义更是扯开喉咙配合。徐仁气得脸色煞白,可也没有办法。

正在不可开交之时,房门被推开,走进一个人来:"这是怎么了?"

徐义一见来人,就如老鼠遇猫,立刻老实了,也不叫了,也不跳了,并且缩头缩脑直往墙旮旯里躲。于桂香躺在地上睁大两眼,仔细观察着来人的一举一动。徐仁却是欢喜异常,高举的镐把放下来,浑身的神经全都放松了,真像落难之人遇到救星一样:"你可回来了!"

来人是谁?徐仁的爱人杜玲。她在铁路上当乘警,经常跟车外出。杜玲先走近丈夫:"你是怎么搞的,我三天不在家,就闹成这样。"

徐仁有点委屈地一指屋子:"你看,砸得一塌糊涂,这怪我吗?"杜玲又走向徐义:"二弟,为啥把嫂子的家给砸了?嫂子哪点对不住你?"

"我,我……"徐义张口结舌。是呀,他能说什么呢?这个嫂子待他胜过亲姐姐,自己父母双亡,是嫂嫂给了他母爱般的温暖。在他因赌博而被劳动教养后,徐仁气得要和他这个弟弟断绝关系,而嫂嫂仍然一如既往,经常去教养院看望。在他教养期满后,又是嫂嫂张罗着给他成家、找工作。前几天他在赌场输了于桂香的手表,诈称不慎丢失。嫂子毫不犹豫摘下自己的雷达表塞在他手中……这样好心肠的嫂子,天底下就是打着灯笼也难找呀!他对于嫂子,并不是怕那身乘警制服,而是像对慈母一般的敬畏。杜玲对他这样关怀备至,而他这样以怨报德,当着杜玲又能说什么呢?他也只能支支吾吾、张口结舌了。

杜玲明白,矛盾的症结在于桂香身上,就又向于桂香走去。于桂香先发制人,也是为自己壮胆,抢先厉害起来:"干什么冲我来?你是铁路警察,管不着这段,老娘不尿你,现在有宪法了,保障公民自由,你敢把我怎么样!"

杜玲并不接受挑战,而是和颜悦色,低声细语:"桂香妹妹,自己家人,凡事都好商量,何必这样呢?地上又凉又脏,快站起来。"俯身伸手相搀。于桂香不由自主地站了起来:"起来就起来,交出金砖还则罢了,否则我就躺下不走了!"

"要怕你放赖,我就不姓徐!"徐仁一抬手,镐把将地砸出一个坑。

杜玲赶紧劝止丈夫:"你别胡来。桂香妹妹,你说什么金砖,我怎么不明白?"

"啧啧啧,"于桂香连连咂嘴,"看起来你们两口子是合计好了,他装气迷,你装糊涂。好吧,我给你捅明,徐义他爹,也就是咱老公公,生前攒有金砖,他蹬腿咽气时,老疙瘩徐义岁数小,金砖就给徐老大了。如今姑奶奶知道了,你们就别想再独吞了,痛快拿出来,哥俩对半分,若不拿出,我就刨了你的房子,也要把金砖找出来!大警察,放聪明点,你们可别敬酒不吃吃罚酒!"

杜玲的眉头微微皱起,不由得转过身去问徐仁:"老徐,可有此事?"

"你怎么信她胡嘞!"徐仁气得把头一扭,"他们这是想钱发疯了,跑到家里讹我!"

是呀,难怪徐仁生气,杜玲对丈夫是了解的,结婚这些年了,从未听说过金砖这两个字。但是会不会是连自己也被瞒呢?她不放心地又叮问一句:"当真没有此事?"

"怎么!你连我也信不过?"徐仁气得将镐把狠狠往地上一蹾,"有,有,都埋在地里!"

"哎,承认就好。"于桂香一听可高兴了,"快挖出来吧。"

杜玲苦笑一下:"妹妹,难道你听不出,他说的是气话。别胡思乱想了,哪来的金砖。"

"你少跟我打马虎眼,"于桂香眉梢挑起来,"现在我才明白,你咋那么大方,我跟徐义结婚花了六七百元,二百多元一块的手表,你撸下来就给徐义,一点不心疼,原来你落下了金砖,想用小恩小惠堵我们的嘴,你真是假仁假义奸头不露!"

"你!"这话像锥子伤透了杜玲的心,自己一番好意,反被人当作话柄。她紧咬双唇忍住泪水,面对这胡搅蛮缠的于桂香,她又能说什么。

徐仁知道妻子受了委屈,气得骂了于桂香一句:"我们好心反倒成了驴肝肺,你真不是东西!"

杜玲冷静下来,平心静气地问:"妹妹,二弟,你们口口声声说父亲留下了金砖,有什么根据?"

徐义和于桂香对看一眼，不知该如何回答。窗外忽然有人答话了："要证据吗？我就是！"

二

窗外这位人证，就像戏剧演员上场一样，先故意咳嗽一声，然后才推开门，迈着八字方步走了进来。

只见这人头尖尖，溜光锃亮，一根毛发没有。脸上布满核桃皱纹，颌下三绺花白胡须，上身穿被汗水捂黄了的圆领老头汗衫，下穿抿腰青布裤，左裤腿散着，右裤腿卷着，赤脚跂一双剪断后跟的圆口布鞋。一双好像睁不开的眼睛，眼角糊了眼屎。手拿一把飞边绽线的破葵扇。此人往里一进，徐仁不觉脱口而出："董二大爷！"

"然也。"来人拿着戏台上的京腔，接话答应一声。说起这位董二大爷，可算得名副其实。他现已年过古稀，孤身一人过活，不只姓董行二才成为董二大爷，而是自诩见识广，凡事无不通晓，而成其为真正的"懂"二大爷。他早年曾与于桂香之父结拜，双方都无亲人，因而干亲比真的还亲，于桂香就把他视为娘家人，凡事全都唯他之命是听。今天砸家具要金砖这场戏，就是他一手导演的。只是他原定在幕后不出面，方才杜玲要证，他想反正早晚也瞒不住，才粉墨登场了。

杜玲对于姓董的在背后挑唆于桂香，拨弄是非，早已有所察觉，此刻仍然面带微笑，但问话却是柔中有刚的："原来是二伯，但不知这徐家私事，您何能做旁证？"

"此事说来话长，且容我慢慢道来。"董二大爷解放前当过票友唱过戏，养成了习惯，一开口就像在舞台上演戏，"话说解放初的一天夜里，徐仁之父和我对酌。他酒后吐真言，说是手头有些金砖，打算到银行兑换人民币，征询我的意见，是我言道，如不急需钱花最好别动，黄金在手不怕改朝换代，他也就真的没换，这难道还不是如山的铁证！"

"对，老头子死时徐义年幼，一定是把金砖全都给了你。"于桂香紧接着又发起进攻，"现有人证在眼前，岂容你们再抵赖！"

徐仁反问："董二大爷，谁又能证明你这番话不是编的？"

董二大爷摇几下蒲扇："天理良心，我以人格担保。"

"徐老大，你要心里没病，让我们翻翻看。"于桂香当场叫号。

"凭什么让你翻，我又没犯法，你拿搜查证来！"

于桂香似乎抓住了理："这就说明你心里有鬼！"

杜玲想，若不依着于桂香，她就闹起来没完，影响多不好。倒不如让她看看，也就死心塌地了。拿定主意，杜玲爽快地一点头："好吧，自己家人也没有背着藏着的，你们随便看。"

"好，有种。"于桂香一竖大拇指，又一伸手，"钥匙。"

杜玲走向徐仁："拿来。"

"不行！"徐仁连连摇头，"你不能这样迁就他们，长此下去，就得骑咱脖颈上屙屎了。"

"老徐，自己家人何必计较呢。"杜玲耐心劝说，"他们看过后，也就放心了。"

徐仁无可奈何，很不情愿地掏出一串钥匙，啪地摔在了柜盖上。

于桂香恐怕徐仁反悔，赶紧上前抄在手中："徐老大，这可是你自愿的，我就不客气了！"

于是，所有箱子、柜和抽匣全都打开，于桂香、徐义二人动手，杜玲胸怀宽广，有时还主动上前帮忙。徐仁和董二大爷，则怀着不同的心情，站在一旁袖手观战。

一间房的卧室，家具原来就不多，该看的全看了，可以说是翻了个底朝上，别说是金砖，连个铜钱都没有。徐仁见他们一无所获，暗地里松了一口气。

徐义却是大为泄气，他看看老婆："看，你看！"

于桂香心里嘀咕，真他妈背兴，没有金砖，哪怕翻出镯子、戒指和大洋也行。这可倒好，折腾一气白挠毛不说，可怎么下台呢？

董二大爷见这两口子没辙了，赶紧暗助东风："俗话说，一人掩藏，百人难寻。"

于桂香立刻心领神会："对，你们一定把金砖掩埋起来，怪不得这样大方，是逗我们呢！"

杜玲一笑："妹妹，如果你认为是这样，可以挖地三尺。"

"干嘛，让我们挖地道呀！"于桂香点燃一支烟，"我可没那个力气。"

"你们纯粹是混搅，捣乱！"徐仁上前来收拾衣物，有一个蓝布小包，他首先拿起塞进躺柜。

董二大爷眼睛虽然待睁不睁，可他却看得留心。上前来伸手取出衣包，递给于桂香："看你们都弄散了，重给包一下。"

徐仁先伸手要拿回去："行了，不敢劳动大驾，算我们倒霉。"

于桂香挺机灵，伸手一抖，衣包的扣开了，衣服全散落出来，里面又滚出一个手绢包来。

徐仁急忙去抢，于桂香按住说："别动！"两人同时抓住手绢包，互不相让，手绢扯掉，露出一打十元票面的人民币来。

"钱！"徐义两眼立刻瞪得像气球一样大，惊叫一声，两只手也全都伸了过来。

于桂香更是抓住不放："哈哈，果然有干货！"

董二大爷得意地奸笑不语。

杜玲神色不变，依然笑容满面："二弟，难道这是金砖？"她走过去，从相持不下的徐仁、于桂香手中拿过钱，放到董二大爷面前茶几上。

杜玲轻轻一句话，就把他们给问住了。于桂香张口结舌，董二大爷也一时无言。徐仁却理直气壮了："就是嘛，这是一千元钱，但它不是金砖。"

董二大爷不愧老于世故，他沉吟了一下说："当然，人民币不是金砖，但是金砖可以变卖换钱。"

"对！"徐义又精神起来，"这是卖金砖的钱。"

"你胡说，"徐仁不由怒吼，"这是你嫂子积攒的，准备买彩电的钱。"

"啊！"于桂香一听，阴阳怪气地说，"我们家连黑白的都没有，你们却要买彩电了，这也太不公平了！"

"谁让你们不学好，活该！"徐仁没好气自然没好话，"金砖没有，这钱你们抢不去，痛快给我走开，再捣乱我就不客气了！"

"你想咋的？"于桂香说话已没有冲劲了。

"他不会打你。"杜玲抢过话来，"但是要到派出所报案去。特别是二伯，我不希望你被牵扯进去。"

"这是哪的话呢，金砖谁得，都是你们徐家兄弟的事，关我屁事！"

董二大爷趁机退走了。

他这一走，于桂香、徐义就没有了仗势。于桂香原本就对金砖不抱多大希望，并未认定徐家有金砖，如今眼看着一千元钱，她心中的算盘一拨拉，又有了新的主意。想着想着，她不由嘻嘻地笑着走近杜玲，笑得极不自然。

杜玲看出她的变化，主动问："妹妹，你有话说？"

"嫂子，怎么说呢？这金砖有还是没有，我们眼下都拿不出有力的证据，我看先放在一边，别为这个伤了我们自家人的和气。"

"好嘛，难得妹妹这样通情达理。"

"但是，我有一件事求你。"

"妹妹尽管说，不要客气。"

"我一直待在家里没有工作，这终非长久之计。国家号召发展个体经济，我想开个卖油盐酱醋的小铺，也算是为'四化'建设出力。"

"很对，"杜玲立刻表示赞成，"我帮你联系申请营业执照。"

"办执照不愁，董二大爷的干儿子在工商局有同学，还不是一说就成。关键是没本钱。"于桂香顿了一下，"嫂子，你这一千元借给我吧。"

"不行！"徐仁一听就翻了，"这是我们从牙缝中省下来的，你想变相弄去挥霍，办不到！"

于桂香根本不理睬徐仁，她明白是杜玲当家，仍然自顾说下去："嫂子，你算贷款给我也行，等我发财赚了大钱，加倍还你。"说着，她伸手把那一千元钱抓了过来。

徐仁早已怒不可遏，狠狠抡起木棒打过来，于桂香"妈呀"惨叫一声，倒在地上。

三

徐仁并未打中于桂香，木棒只是点到钱上。她是连吓带装倒在屋地，一百张十元大票像撒纸钱一样散落。杜玲不满地瞪了丈夫一眼："你怎能这样做！"说着俯下身去，将钱拾在手，并将于桂香扶起来。

于桂香拍完身上土，手指徐仁一跺脚："徐老大，我和你没完！"

"妹妹，别生气，给，拿着。"杜玲把一千元钱放在了于桂香手心。

于桂香简直不敢相信这是真的："嫂子，你不后悔？"

杜玲一笑："看你说的，你谋职业是大好事，嫂子理应全力以赴支援。"

于桂香手拿着这一大把钱，美得心里开花。暗说看起来力夺不如智取，只三言两语便将千元弄到手，等一会儿就上储蓄所存起来，五年定期利息就是四百多块。她心里想着这些，口内却言不由衷地说："嫂子，你真是助人为乐的活雷锋！"

"妹妹，你过奖了。"杜玲并不想给完钱撒手不管，而是追问道，"商店什么时候办？"

"这个嘛，"于桂香懒散惯了，根本无心办商店，只是想趁机落下这一千元钱。心事当然不能明说,她把房子扫视一眼,灵机一动立刻有了主意,"嫂子,没有门市房也是枉然。"

"你又打房子的主意,休想!"一忍再忍的徐仁,还是忍不住开口了。也难怪他生气,父亲留这点房产,是正房两间、门房两间和厢房两间。徐仁听杜玲的规劝,凡事都可着弟弟,把两间正房和两间厢房都分给了弟弟,自己则只要了两间门房。前年换了山墙,去年换了房盖,花了两千多元,好不容易才收拾齐整,于桂香又要伸出贪婪的手,徐仁怎能不恼。

可杜玲却不这样看,她未等于桂香再说,便主动提出:"桂香妹妹,门脸儿房可以换给你。"

"杜玲,你不想过了!"徐仁止不住对妻子怒喊。

"你冷静些。"杜玲瞪他一眼,"我不会让你睡露天地。"

徐仁不知是怕老婆,还是别的原因,他的眼睛往屋上盯了一会儿说:"好,好,随你怎么办,我什么也不管了。"

于桂香见状真是喜出望外,便得寸进尺地说:"嫂子,正房我们腾不出,就用厢房和你换吧。"

两间东厢房是土打墙,年久失修,门窗破损,屋顶多处漏雨,现在于桂香是空放着没用,杜玲想修理一下一样住人,又满口答应下来:"妹妹,只要你真心开商店,不再闲逛,全都依你。"

"那,啥时搬?"

杜玲是个爽快人:"现在不都说时间就是金钱嘛!趁我休班,马上就搬,用不了天黑也就搬利索了。"

"那敢情好了。"于桂香的算盘是,开不开商店且莫论,先把两间好房弄到手再说。

可是,已经公开声明什么也不管的徐仁,却又急不可待地开言:"杜玲,房子换就换,搬家得等明天。"

"这又何必呢,早晚也是搬。"

"破东烂西，还不得拾掇拾掇。"

"嗨，你呀，又不是搬到天南海北。"杜玲劝道，"早点搬过来，早点安顿好，也就静心了。"

"不行！"徐仁口气很硬，毫无商量余地，"别的都依你，搬家一定得明天！"

杜玲对丈夫今天的表现还是满意的，心想也不能事事全都自己说了算，应该给丈夫这点面子，就做了让步："反正也不急在这一天，明天搬就明天搬。"

于桂香当然也不在乎晚搬一天，手掐着一千元，领着丈夫徐义，扭着屁股高高兴兴地回到了上屋。

徐义不等于桂香坐下，就迫不及待地扑上去，先抱住妻子啃了一口："香，有你的，没费多大力气，两间好房和一千元钱就到手了。"说着伸手就去摸钱。于桂香两只杏眼猛一瞪："做啥？"

徐义笑了一下："买只烧鸡吃，解解馋。"

于桂香往他手上狠狠拍了一巴掌："你也不怕烫了爪子！"

徐义上前搂住于桂香，半是亲热半是抢："香，你也不能自个儿独吞哪。"

就在这时，有人一闪走进屋来，徐义赶紧松开手。回身看，原来是董二大爷。于桂香料想老头是来分肥，急忙将钱掖在被子里："二大爷，金砖没到手，这俩钱可不能分给你。"

董二大爷气得紧摇手中的破葵扇："你们夫妇堪称朽木难成大器，一千元、两间房就蒙住了眼睛。"

"咋的？"于桂香感到话里有话。

"你们上当了。"董二大爷站起来，在屋内踱着方步说，"适才我在窗下听得真，徐仁再三不肯立刻搬家，其中必有奥妙。"

"那你说他们有啥鬼？"于桂香问。

"你二人且附耳过来。"

于桂香、徐义见他神秘的样子，全都凑至近前，董二大爷咬着耳朵如此这般交代一番。

回头再说杜玲，于桂香两口子走后，她怕丈夫想不通，走近徐仁劝道："这事你应该理解我……"

可是徐仁根本不听，穿上一件衬衣就往出走。

杜玲追到门外："哎，你干啥去？收拾一下东西呀。"

徐仁也不答话，径自骑上自行车扬长而去。气得杜玲紧咬下唇，回到屋来怔了一会儿，还得动手做搬家的准备。谁知这徐仁是左等也不回来，右等也不回来，杜玲猜不透丈夫究竟做什么去了，自己胡乱吃点晚饭，直到晚八点多了，徐仁才喷着酒气转回家。

杜玲真想骂他几句出出气，可一想自己毕竟是共产党员，还是压下了胸中之火："你到哪儿喝成这样？"徐仁不开口，点燃一支烟坐在沙发里猛吸起来。

丈夫的冷漠，使杜玲感到有点委屈，她鼻子发酸，眼圈发红，强忍着没有哭出来，动手为丈夫泡了一杯浓茶，关心地送过去："你怎么就不理解我呢，一千元和两间房可是给了你弟弟，我这当嫂子的不该这样做吗？现在提倡'五讲四美'，就是邻居也应该礼让呢，何况又是手足兄弟，我们就是吃点亏，只要他们学好比什么都强。"

"杜玲，你别说了。"徐仁终于开口了，"一切我都没意见，咱们明天一早就搬家，两间厢房也不要了，全都给他们，我们搬走。"

"往哪儿搬？"

"我已把房子找好，在东街，同学的两间门房借咱用。"

杜玲不觉沉吟："这合适吗？"

"离开这蛮不讲理的两口子，我图个省心。"徐仁将烟蒂按在灰缸里，"老人留下这点房产全给他们，也省得他们日夜算计着占便宜。"

杜玲思索一下，劝道："搬走不好，他们俩都不定性，我们住在一起还能管束着他们一点，不至于走歧路，离远了我不放心。"

"咳！你这个人哪，总爱自作多情，老二两口子视你如眼中钉、肉中刺。"

杜玲的信念却很坚定："无论他们怎样自私，我们不能撒手不管。"

徐仁一看到时候了，不揭底牌不行了，他霍地站起："你等着，我给你看一样东西，你就知非走不可了。"

杜玲感到费解："什么东西？"

徐仁寻思一下，忽然推门出去，转了一圈，见上屋灯关着门锁着，确信四处无人，走向屋内问："那两位呢？"

"看电影去了。"杜玲回答，"说是看电影，要十一点才能回来。"

"好！"徐仁到外屋拎来一把尖镐，着准屋地中央，先起下铺地的红砖，然后挥镐就刨，大约刨下一尺，他丢下镐头，用手扒开松土，从地里取出一个小罐子。可以看出徐仁极其兴奋，他将罐子抱到炕上，拿开盖口的饭碗，底朝上往外一倒，杜玲立刻被晃得眼花缭乱。只见麻将牌大小的金属块，在日光灯的照射下，闪烁着耀眼的光芒。她数了数，不多不少正好十块，惊疑地问："这是什么？"

"金砖。"

"怎么！真有？"

"当然。"徐仁有些陶醉地欣赏着，"这是我爹临死时留下的，我一直藏到今天，真不容易呀，'文化大革命'中吓得我整天提心吊胆。如今政策好了，可以让金砖见见天日了。"

"既然有，就该分给弟弟一半。"

"不行，他们两口子太歪，还不如日后随时资助点钱物。现在趁他们要分房子，咱们正好离开这是非之地……"

"徐老大，你想得倒美！"外面有人接茬，随着话音，屋门被呼的一声踹开了。

四

门开处，董二大爷手执葵扇一步三摇踱进房来，得意地说了一句："果然不出我之所料。"

他身后，便是怒冲冲的徐义和于桂香。徐义更不多说，一个箭步蹿过来，就要扑到炕上抢那金砖。徐仁反应极快，早把尖镐抄在手，横过来挡住徐义："靠后！小心砸断你的腿。"

"徐老大，你有种给我一镐！"于桂香冲上前，一头撞去，徐仁身不由己后退一步。这时，徐义抓来一铁锹，高高举起，逼向徐仁。夫妻二人齐声吼喝："徐老大，要想活命就快滚开！"

徐仁哪肯相让："让你们吓唬住，我不姓徐！"

杜玲怕双方万一动手打起来，如有死伤便悔之晚矣，于是挺身插在他们中间，厉声吩咐："都给我放下，什么事都好商量。"

徐义当然不敢打杜玲，他和于桂香都不知怎么办才好，止不住回头看。董二大爷明白，便开口说："有道是先礼而后兵，你们且退下来。"

徐义夫妇还真听话，退后两步。于桂香双眼紧盯着炕上的金砖，口气十分强硬："徐老大，快把金砖乖乖送过来，万事全休，如若不然，哼！"

"怎么样？"

"不是你死，便是我活！"

"呸！"徐仁狠狠唾一口，"要金砖，你做梦去吧！"

"老徐，"杜玲耐心规劝，"别把问题弄僵，既然是老人留下的，那么就理当分给弟弟一半。"

徐仁平静下来一想，觉得妻子说得有理，不太情愿地一点头："让他捡个便宜。"

"你们亲兄弟，还说得着这个。"杜玲捡起五块金砖递给徐义，"老二，拿去。"

于桂香抢先接过来，眼睛又往炕上看："都一样大吗？"

"没错。"杜玲回答。

徐义乐得嘴都咧得合不上了："我说香，这家伙不得换好几万哪！"

董二大爷却在身后开言了："桂香，这样分对吗？"

于桂香猛然被提醒，想起董二大爷在门外的嘱咐，急忙对杜玲说："嫂子，还得给我五块。"

"什么！"徐仁一听简直要气炸肺，"你也不怕牙疼！"

杜玲拦住徐仁，平心静气地问于桂香："你为什么还要？"

"再要五块还不便宜你们，"于桂香紧捧着手中的金砖，"谁能保证死去的老公公没留下二十块、三十块。"

"你胡说！"徐仁恨不能冲过去打于桂香一个耳光。

董二大爷又不失时机开口做证："徐大哥生前对我说是存了二十块。"

"你、你！"徐仁越急越争辩不清，"根本没有二十块。"

"得了，你连十块还不承认呢，"于桂香嘴一撇，"若不是二大爷略施小计，就让你骗过去了。"

说着，她抽冷子扑到炕上，将那五块金砖也都划拉到手里。

徐仁怎能容忍，扑上去按住于桂香，拳头举到她面门上："给我留下五块，饶你不死！"

徐义在他身后举起了铁锹："快放开她，不然叫你脑袋开瓢！"

董二大爷极尽推波助澜之能事："可别出人命啊！"

于桂香心领神会，张开大嘴，把一块金砖放到唇边："徐老大，你要是不将十块金砖全给我，我就吞金自尽，叫你得不到金砖，先打一场人命官司！"

徐仁拳头举了几次始终落不下去，面对于桂香这样的无赖泼妇，他实在没有办法。

在一旁静立观察的杜玲，见此鸡争狗斗的情景，不禁轻轻叹了口气。心想，古语说，人为财死，难道这十块金砖就足以驱使人们拼命吗？她上前按下徐仁的拳头："老徐，黄金虽然贵重，但兄弟情谊更胜千金，人靠自己劳动所得生活才最幸福。我们都有工作，有固定收入，何必靠这几块金砖。"

于桂香又进一步威胁："徐老大，你再不答应我就真吞金了！"

徐仁又思忖一下，狠狠一跺脚："去你的！"他松手了。

于桂香立刻抱走十块金砖跑到了丈夫身后，徐义这才把铁锹放了下来。杜玲见徐仁气呼呼地坐在炕沿上，低着头不说话，知道他是默许了，总算把心放下来。走过去对于桂香说："妹妹，你全拿走吧。"这阵，于桂香感到有些难为情，觉得自己做得太过分。她寻思一下说："你们等等。"转身飞跑出去，大家谁也猜不透她去做啥，都有些纳闷。很快，于桂香又跑回来，她把那一千元钱塞到杜玲手中："嫂子，这钱我用不着了，家也不用搬了。"于桂香这才觉得心里安定一些，怀抱十块金砖，领着徐义和董二大爷走了。

这一夜，杜玲柔声细气，讲古比今整整劝了半宿，徐仁总算心平气顺了。于桂香、徐义和董二大爷这一夜也没睡好。他们经过激烈的谈判，在天亮前总算达成协议，十块金砖按五四一分配，即于桂香五块，徐义四块，董二大爷一块。次日早饭后，不等银行开门，他们就迫不及待地到金银兑换处等候换钱去了。

徐仁用过早餐，抓起上衣："杜玲，反正也没事了，我上班去了。"

"别走，"杜玲拦住他，"已经请好假，今天还是搬家吧。"

"还搬！"徐仁不解地问，"往哪搬？"

"厢房。"

"你这才是多余呢，十块金砖他们还不换来几万元，还用得着门市房开商店吗？"

"老徐，我这样想。"杜玲显然经过了深思，"老二两口子都不定性，有了钱更要防备他们走邪路，开个小商店让职业拴住身子，一来免得游手好闲被坏人拉下水，二来让他们知道金钱来之不易，劳动致富光荣。"

"我们已经是仁至义尽了。"徐仁有些不情愿。

杜玲仍婉言相劝："我们做哥嫂的不能撒手不管。"

徐仁并不怕老婆，而是服理。妻子为了小叔子这样宽厚费心，他还有什么可说呢，只能和杜玲一起收拾搬家了。

东厢房多年不住人，积满了蛛网和灰尘，徐仁、杜玲决定先把这里打扫干净。杜玲推开外屋门刚迈进一只脚，就吓得"啊呀"尖叫一声。身后的徐仁看见，一只两尺多长的黄鼠狼不慌不忙地钻进锅台里。徐仁、杜玲当然不能与黄鼠狼和平共处，决心消灭它。于是，徐仁扒开坍塌的锅台，找到洞口往下挖去。谁知挖下有三尺了，仍不见尽头。徐仁心想看你藏多深，铁锹使劲往下一蹬，"咣啷"一声碰在石头上。他把锹往前挪了几寸，再使劲一蹬，铁锹头突然漏了下去，下面竟然是空的。怎么回事？两人都觉奇怪，杜玲也找来一把锹帮着挖，铁锹又碰在硬物上，但不是石头而是一个罐子。徐仁双手抱出来，看见里面除了脏土还有已经朽烂的谷粒，他抠底往外一倒，"啊！"两人不禁都惊叫出声，里边滚出许多金元宝，数了数，不多不少正好十锭。徐仁高兴地抓起两个："杜玲，看来你好心得好报，该着我们发财呀！"

杜玲却是皱起了眉头："老徐，你父亲临终不只留下十块金砖吗？"

"对呀，没错。"说过，徐仁有些后悔，忙改口，"也许父亲弥留之际糊涂了，这儿埋的金子忘说了。"

杜玲摇摇头："不可能，看样子这里是个古墓。"

徐仁承认杜玲判断在理，但他急忙说："在我们家挖出来，就说是父亲留下的，完全顺乎情理，我们就是下辈子也享用不尽了。"

"老徐，你怎能这样想。"杜玲神态极为严肃，"地下的一切埋藏都是属于国家的，我们都是共产党员，怎能做损公肥私的事。而且发现古墓或文物，应及时报告，否则是违法的。"

这时，忽然响起了乱腾腾的脚步声。徐仁急忙把金锭捡起装入罐子，未及挪开掩藏，于桂香、徐义和董二大爷已风风火火地闯了进来。

于桂香不等站稳，就把手中的小布包往徐仁身上一摔："徐老大，你干的好事！"布包落地散开，十块金砖滚了出来。

杜玲大为诧异："妹妹，你这是怎么的了？"

"妹妹？嘴可怪甜的，说的比唱的都好听。"于桂香气得胸脯一起一伏，"你们两口子演的好双簧，可把我们耍苦了！"

杜玲越听越糊涂："妹妹，到底为什么呀？"

"还跟我装傻。"于桂香跳过去，在金砖上狠狠踏了两脚，"这是假的！"

五

经过询问，杜玲才弄明白原委。原来于桂香等三人高高兴兴到了金银兑换处，待收兑员用试金石测过，却只是十块黄铜。三个人如同被当头浇了一瓢冷水，真是狗咬猪尿泡，一场空欢喜。于桂香气极败坏，认为是受到了愚弄，一阵风地跑回来同杜玲算账。她想，反正金砖没指望了，干脆闹个天翻地覆，也出出胸中这股怨气。她那里又跳又喊又哭又叫，董二大爷在一边冷眼观察，却是如有所悟。他附在徐义耳边，低声说了些什么。

徐义立刻上前来，拉住于桂香："别闹了，你仔细看看，他们在干啥？"

于桂香这才注意到，屋地被掘出一个深坑，土堆上还有一个罐子，立刻如梦初醒："好哇，你们两口子把我逗得好苦呀，调虎离山计，用黄铜骗走我们，偷着在这儿挖财宝。放明白点，快给姑奶奶交出来！"

杜玲想解释一下："妹妹，你冷静些，听我说……"徐义在董二大爷授意下，趁机一个箭步蹿到土堆下就去够那个罐子。徐仁早有防备，挺身挡在前面："干什么？"

徐义冲了几下没有成功，手指罐子问："里边是啥？"

"你管得着吗！"

徐义突然抓起一把铁锹："徐老大，我和你拼了！"

徐仁举起另一把铁锹，摆出了应战架势："你别想讨到便宜！"

于桂香见状，从地上捡起一块砖头："我倒要看看里边有什么好东西。"照准罐子打去。

"别砸！不能损坏文物。"杜玲要拦已来不及，用身体去挡。罐子保住了，她的大腿却重重挨了一下，疼得她立刻坐在了地上，站了两下没能站起来。徐仁急忙跑过来："杜玲，你怎么样？"

杜玲强忍疼痛苦笑一下说："不要紧，等一会儿就好了。"

徐义见杜玲的情景，有点害怕，不知如何是好。于桂香喊："杜玲，你别装象，不交出罐子里的东西和你没完。"

杜玲腿疼难忍，只得坐在地上。她把罐子底朝上一扣，说："请看吧。"

"啊！金元宝！"董二大爷首先惊叫出声。

于桂香就像被磁石吸着一般，扑过来便抢。徐仁一把推开她："靠后，也不怕被夹子打着！"

于桂香料到不是徐仁对手，又把进攻矛头转向杜玲："告诉你姓杜的，只要我有一口气，你就别想独吞！"

"桂香妹妹，你误会了，这不是公爹埋藏的财产，而是古代的文物，要上交国家。"杜玲平静地说。

董二大爷听此言，不由得倒抽一口凉气。于桂香略觉惊愕，但她不相信："你别逗了。"

"我从来不说笑话，上交国家。"杜玲神态庄重而严肃。

"你，你，"于桂香这才着急了，"你没有这个权力！这是老公公留下的，我有继承权。"

"你说的没有根据，公爹死时只对徐仁说留有十块金砖。"杜玲语调平和地说。

"不！不！这金元宝就是老公公留下的！就是！"于桂香越喊声音越高。

"你叫唤什么！怕别人听不见？"董二大爷突然说话了。

于桂香不知为什么训她，嗫嚅地说："本来就是老公公留下的么。"

"你不是胡说吗！"董二大爷歪过头瞪她，"你一无凭二无证，就是到了公堂之上也打不赢官司。要实事求是嘛，不能胡搅蛮缠。"

于桂香和徐义都有些发懵，不知董二大爷为何不偏向他们说话了。杜玲、徐仁也感到奇怪，徐仁不无疑惑地问："二大爷，你承认这元宝是历史文物了？"

"贤侄此言差矣，这金锭实实乃是古代窖藏，何谈承认二字。"董二大爷摇头晃脑。

杜玲不失时机地接住话音："难得二伯如此明白，就请您劝桂香他二人离开这里吧。"

"此事嘛，"董二大爷拉个长声，"老朽还有点拙见，愿供参考。"

杜玲有些警觉："请二伯明示。"

董二大爷咳嗽一声，清清喉咙，缓缓说道："且不论这金锭是何人留下，被贤侄夫妇掘得，便是天意归你。我们三个赶上了，也算有缘分。我看五人均分，每人两锭，岂不是皆大欢喜。"

杜玲这才明白了他的用意，微微一笑："二伯此言欠妥。"

"那么，多给你一锭，我只一锭足矣。"

"二伯您错了，国家财产我们无权侵占。"

"这是关门在自己家里，就说金锭乃祖传，更无外人知晓，对你并无任

中篇小说·金砖之谜 183

何妨碍。"

"我不能做这种损国利己的事情。"

董二大爷有些急了:"你呀,为何这样固执!"

杜玲义正词严地响亮回答:"因为我是共产党员!"

"对!因为我是共产党员!"徐仁说这话时,感到无比自豪。

董二大爷没词了,于桂香见状又跳起来:"你们到底想怎样?"

杜玲毫不含糊:"说过几遍了,一定要上交国家。"

"嫂子,"徐义感到不理解,"方才那一千元、两间房和十块金砖,你不皱眉头就给我们,现在为啥不近人情?"

"二弟,嫂子我的钱,你可以随便花,东西随便用,但国家的便宜一分也不能占。"杜玲耐心解劝,"这叫公私分明。"

徐义无话可说了,徐仁问杜玲:"这里怎么办?"

"你保护现场,我去报告文管所和公安部门,请他们派人来发掘。"杜玲说着手扶地想站起来,左腿刚一吃力,立刻又疼得坐在地上。

徐仁不免发慌:"杜玲,你怎样?"

"就是腿疼,骨头疼。"

"来,我背你上医院。"

"不,"杜玲推开他,"你快去报告,我看护现场。"

"这?"徐仁还在犹豫。

杜玲生气了:"快去呀,保护文物要紧,这下面说不定有座古墓,还有许多珍贵文物呢。"

徐仁想了一下说:"好,你等着。我很快就回来。"他骑上自行车如飞而去。

院中一时呈现出沉寂状态,金锭在阳光照射下,闪着诱人的金光。于桂香越看手越发痒:"嫂子,你给我两个吧,就当罐子里只装八个,又没有外人知道。"

"妹妹，我说不行就不行，国家财产一草一木也不能占。"

董二大爷、于桂香和徐义轮番逼、劝杜玲，但不论软的硬的，杜玲一概不理。

于桂香眼看就要到手的金锭飞了，说："嫂子，你真是江北胡子不开面。对不起，我动手拿了。"

"妹妹，你要抢国家财产，我决不答应！"

"嫂子，你动不了，干着急。"于桂香说着往前凑。

杜玲一急抽出手枪："再向前我就开枪了！"

于桂香怔了一下，又不在乎地走过来："别吓唬人，我见过，不信你敢开枪。"她越走越快，就要抓到金锭了。

杜玲一咬下唇，手指一动，"砰"的一声清脆的枪响。于桂香吓得一个屁股墩坐在地上，杜玲当然不会真的打她，只是鸣枪示警。枪声过后，响起了一阵急促的汽车马达声，很快一辆车停在门前，徐仁以跑百米的速度冲进来。他身后是县文管所袁所长和几名文物工作人员，还有派出所的民警。徐仁一进院就问："杜玲，出了什么事，为什么打枪？"

杜玲见于桂香已经老实了，就未实说："没什么，枪走火了。"

徐仁伏下身又问："你的腿还疼吗？已打过电话了，医生很快就来。"

"不要紧。"杜玲显然强忍疼痛，她招呼袁所长，"你们快看看，是不是还有埋藏。"

文管所的人对于挖掘文物，就像过年放鞭炮一样兴奋，他们立刻动手，没多久就掘出一块石碑。袁所长看了碑文后激动地告诉大家，这是一座辽代古墓。因墓主曾官至北院枢密使，随葬品一定极其丰富，有很大的历史研究价值。杜玲听后欣慰地笑了，但腿部又剧痛一下。

这时，县医院的医生赶来，检查后，判定杜玲是左股骨骨折。于桂香一听几乎惊呆了，她见杜玲要被送去医院，扑过来痛哭流涕："嫂子，我真该死！怎么就会骨折呢！"

"别这样,你又不是故意的。"杜玲安慰她,并叫徐仁取来那一千元钱,塞在于桂香手里,"妹妹,别怪我不近情理,不义之财不可贪,劳动致富才幸福,这钱你拿着,还是开个铺子吧。"

杜玲被背上汽车送走了,于桂香手捧着钱久久呆立,她在想什么呢?

骆驼草丛书

中篇小说

绝世奇珍金八音

一

肖倩拉着白洁疾走,并不时看看手表。白洁胸中有许多疑团,而且不太情愿,边走边说:"工厂面临倒闭,我都急得六神无主了,哪有心思参加婚礼呀!"

"愁什么,车到山前自有路。"肖倩拉住不放,"老同学,好朋友结婚,你不去捧场,说得过去吗?"

白洁只得跟着走:"你结婚也太突然了,男方是哪位?"透过面纱,白洁看到肖倩失明的一只眼,心中想,肖倩的对象莫不也是残疾人?

肖倩并不急于告知:"别忙,到地方你自然就会知道,保证让你大吃一惊。"

白洁被装在闷葫芦里。几分钟后，来到了市中心繁华的商业区。在霓虹灯闪烁的白天鹅大酒家门前，胸佩红花的新郎正等得焦急，他三步并作两步跳下台阶："倩，你怎么突然溜走了？婚礼都推迟了十分钟……"他看见一旁的白洁，立刻惊呆了。

白洁也看到了新郎那油头粉面也掩不住的脑门上的十字疤："是你，秦昌！"

"现在什么也别说了，先参加婚礼。"肖倩用力拖她，"已经来了，总不能回去吧！"

秦昌这时镇定下来："白洁，欢迎你光临。"

白洁一见到那十字疤，就如同苍蝇在胃里直想呕吐，她被肖倩死死拉住，走又走不脱，只好进了门。

室内灯红酒绿，五彩缤纷，小乐队演奏着《婚礼进行曲》，男女嘉宾济济一堂，欢声笑语不断。

主持人笑吟吟宣布："肖倩小姐与秦昌先生的婚礼，现在开……"

"慢，我还有话说。"肖倩忽然抢过话头。

满面春风的秦昌一愣："倩，你又有什么点子？"

"我对你还不放心。"肖倩说。

秦昌又是一愣："倩，你这话是……我们的爱情像水晶一般透明哪！"

肖倩打断他的话："私下里，我已多次听过你的海誓山盟。今天，我想让你当众表明，凭你的家庭、学历、社会地位，为什么要娶我这个地位卑微的个体户，而且还是个独眼瞎。"她说着一把扯下了蒙面纱，露出盲目和满脸伤疤。

秦昌急了："你何必这样，快戴上这个！"他掏出一副精美的变色镜递过去。

肖倩并未接受他的好意："我觉得，一个人不该将真实面目遮掩起来。

今天，我要听听你的心里话。"

"我，就是爱你呀。"

"爱我这一只眼吗？"

"不，当然我也不嫌弃。"秦昌赶紧搜寻溢美之词，"你有开拓精神，有改革意识……"

"我有十万元存款你是知道的。"

"不，我是看重你的人品。"

"好，我相信你的话，你不是为这十万元存款而爱我。现在我决定，把这十万元无偿赞助给白洁的残疾人福利工厂。"

一言出唇，全场哗然。

白洁万万没想到肖倩会如此，眼含热泪站起身："肖倩，这可不是小数目，你别这样草率。"

"白洁，我是经过深思熟虑才做出决定的。这笔钱是资助残疾人事业的，不是送你个人，你无权拒绝。"

"我抗议！"秦昌冷不丁怒吼了一声。

肖倩平静地问："有何高见？"

"你无权捐赠这笔钱！"

"笑话，我的钱由我支配！"

"你忽略了一点，"秦昌咬文嚼字地说："你我已经登记，是法定夫妻，按《婚姻法》和《民法通则》规定，一切家庭财产便属夫妻共有，我不同意，你的捐赠便属无效。"

肖倩微微一笑："你这种理论根本不能成立。再说，我昨天已经把存款更名为白洁了。"

"你！"秦昌没想到肖倩会来这一手，犹如挨了一闷棍。

"你失算了。"肖倩满含讥讽之意。

秦昌脑门上的十字疤涨得通红："我奉劝你要三思而行！"

"我义无反顾。"

"好！我不能同你这种一意孤行的女人共同生活，我和你离婚！"

"我早就料定你会这样做的。"肖倩将结婚证书撕得粉碎，狠狠摔在秦昌脸上。

正在这时，隋芳急匆匆跑进来："肖倩！你不能同秦昌结合，他是人面兽心的恶魔！"显然她是刚得到他俩结婚的消息。

肖倩迎上去："隋姐你看！"她将胸前新娘标志的红色绢花揪下来，在掌心揉成了一团。

秦昌气急败坏了："肖倩！你玩弄我的感情，咱们走着瞧！"

肖倩挽起白洁和隋芳的胳膊，三人并肩站立："姓秦的，睁大你的狗眼，是谁玩弄了谁？我们今天当众说说看。"

"秦昌！"隋芳指着他的脸，"我先说说你这十字疤，是怎么落下的，让大家明白一下谁是流氓。"

"好，好男不和女斗。"秦昌胆怯地退走了。

肖倩和隋芳都开心地放声大笑，白洁却苦笑着摇了摇头。

二

白洁跟着肖倩兴冲冲走进储蓄所。阳光明媚，室内窗明几净，白洁的心情也分外轻松。经过柴俊连续两天奔走交涉，开办玛瑙玉器厂的生产设备和原料全已订货，只等交款提货了。正所谓东方不亮西方亮，黑了南方有北方。石如金副市长扼杀了纸盒厂，但玛瑙厂却又应运而生，而且它的效益将要超过纸盒厂。

肖倩将活期存折递进窗口："取款，全部。"

女职员看看姓名与金额，没给办理手续，而是去问主任，二人悄声交谈起来。肖倩感到奇怪，便问："哎，付款哪！干嘛鬼鬼祟祟的！"

主任手拿存折走近窗口："同志，你这笔存款暂时不能提。"

"为什么？"肖倩一听就火了，"我这是活期，'存款自愿，取款自由'这八个大字不就贴在墙上吗？"

"可是，您的存款被上级通知冻结了。"

"凭什么？我是偷的？还是抢的、贪污的？"

"有关部门说，你的钱有投机倒把嫌疑。"

"胡说！我这钱是搞买卖赚的，贩运商品是国家政策准许的。党报上还白纸黑字宣传表扬过我呢！"

主任苦笑了一下说："这政策界限我也划不清。作为储蓄所，最不愿意出现这种事。但上级指示又不能违抗，没办法。"

"这是侵犯公民权，践踏人权！我要控告！"肖倩气极了。

主任递还存折安慰说："你别急，现在只是暂时冻结，待查清水落石出，钱还是你的。请把存折保管好。"

"可是我现在就需要这笔钱，是马上、立刻、急需！"

主任只有苦笑，表示无能为力，白洁好说歹说，总算把肖倩劝回了纸盒厂的办公室。柴俊见她俩空手回来，大为失望。他自告奋勇出去活动，决心弄清事情原委，以便采取对策，总要把钱提出来。

下午，柴俊垂头丧气地转回来了。白洁一看他的表情就知事情不好。她问："怎么，不顺利？"

柴俊叹口气，点点头。

肖倩又来气了："临走时你牛皮吹得山响，说什么'世路难行钱作马'，没有打不通的关节，这会儿怎么连屁也不放一个！"

"我那套全部失效了，人家的来头大着呢！"

"是谁？"

柴俊说："石副市长又加个记者站的秦站长，你能斗得过人家？"

白洁禁不住直咬牙："我去告他们！"

"无济于事，"柴俊连连摇头，"劝你不要自找苦吃。"

"你平日的能耐呢？"肖倩气呼呼地问，"你不是说只要把他对白洁的行为一敲，石如金就得老老实实吗？"

"咳！我找到他的办公室，已经正面交锋过了。石如金根本不吃这一套，他冷笑着说，指控他侮辱女性得拿出证据来。他问我，谁敢做证？没办法，法律和上级都奈何不了他。"

"难道我们就让他这样欺压不成！"肖倩不服。

"有什么办法呢？"柴俊双手一摊。

几个人都沉默了。白洁若有所思，一个主意跃上心头，但她尚在犹豫。

这时，肖魂和刘明不声不响走进来。刘明将一只黑色手提包放在白洁面前。

白洁诧异地问："这是什么？"

肖魂答："你拉开一看就明白了。"

白洁满腹疑惑地打开拉链。啊，钱！满满一兜子人民币！

柴俊瞪大了眼："乖乖，只怕有几万元！"

"这是三万元人民币，是我近来卖书报的全部收益。"刘明把兜子推向白洁，"请你收下，略解办厂的困难。"

"这，这怎么可以……"白洁感到太突然了。

"最近的事态发展我都知道。"刘明诚恳地说，"你为了我们残疾人，吃苦受累，牺牲你个人的前途，我做点捐献还不应该吗？"

肖倩脸上漾出笑容："对，刘明你应该这样做！"

白洁尚在犹豫："刘明，你挣这些钱也不容易呀！"

"怎么说呢，说难也难，说容易也容易。"刘明说，"反正，为了广大残疾人的事业，你一定要收下。"

肖魂在旁边忍住笑说："我向你们透露一个秘密，刘明挣大钱是钻了个空子。国家不准出版《金瓶梅》，后来印了一万套洁本，删去了最淫秽的一万八千字。刘明花两百元高价买了一套原版书,将那一万八千字抄录下来,复印了5万册,每册售价1元,批发给个体书贩。就这样一下子净赚三万!"

刘明红着脸说:"其实这是违法的,今后我也不这样干了,我不想进牢房去吃窝头。人间正道是沧桑,白洁办厂安排残疾人就业,这才是正路。我愿做你手下一名工人,这三万块算我的股金吧。"

"还有我一份。"肖魂补充说。

"对,算我们两人的。"

柴俊受到了感动:"我也有一万元存款,我决定捐献。"这一万元是他一块心病,现在总算落地了。

"你们,"白洁激动地说,"你们这样信任我,我决不会愧对大家。"

肖倩坚定地说:"你就放手干吧,一定要把厂办起来!我们和你患难与共!"

几个人的手,握在一起。

三

白洁真想痛哭一场,她站在机械厂销售科里几近痴呆状态,这一套玛瑙玉器加工设备要八万元,而她的黑提包里仅及半数。怎么办,没有八万还是提不走设备呀!幸好机械厂销售科长动了恻隐之心,答应收下白洁的四万元作为定金,余下四万在三天内筹到补齐。现在,到哪里去寻这四万元呢?在这山穷水尽的时刻,还是白洁的"丈夫"陈大憨又带来了希望的曙光。

"把珠宝箱取出来!"陈大憨在"新房"中对白洁说。

"不是压着堆积如山的料石吗?"

"已经运走了。"

"真的？"白洁兴奋极了，"那我们现在就去挖出来！"

"我看还是等到明天天亮再挖。"

"为什么？"

"箱子是你的，何不光明正大地挖？夜间偷偷摸摸干，反而容易引起怀疑难以解释。"

"你说的也是。"白洁同意了。

俗话说，隔墙有耳。他"夫妻"二人这番谈话，岂料全被窗外的柴俊听去了。柴俊一直是喜爱白洁的，今晚陈大憨来，二人关门遮窗，柴俊心中顿生醋意。他想室内一定在男欢女爱，就俯窗偷听，岂料意外获悉一个天大秘密。柴俊怦然心动了。

柴俊悄悄离开，开着机动三轮车找到他的铁哥们贾力森，此人绰号"加里森"。经过一番讨价还价，双方商定二八分成。加里森立即行动，纠集了十名弟兄，分乘两辆"的士"，很快到达废弃了的海港工地，摸入预定地点，就分头掘地寻宝。夜间的海滩一片静谧，只有海浪被礁石撞碎的涛声不时传来。一个小时过去了，珠宝箱仍未找到。柴俊并不企望过于顺利，夜幕之下在几百平米的范围挖地三尺找一只箱子，几乎同大海捞针无异。如能不被人发现，在天亮之前珠宝箱到手，他就感谢神明保佑了。

挖着挖着，一个同伙突然低声惊呼："贾大哥，有东西！"

"在哪儿？"加里森等全都围了过来。

"都不许动！"就在这时，忽然一声怒吼。原来，是陈大憨来了。他不放心，特意半夜转过来看看，可巧真碰上了！

加里森等猛然间全都惊呆了。

愣了一会儿，加里森才嬉笑着掩饰道："哥们儿，弟兄几个挖点废铜烂铁换钱花。好，见面分一半，拿去用。"说着，递过去一张十元钱的票子。

陈大憨一巴掌把钱打飞："老实说，你们想挖什么？"

加里森确认陈大憨只有一个人，决心尽快摆脱纠缠。他向陈大憨身后一指:"就是那个箱子!"

陈大憨大惊,心说珠宝箱真被他们挖到了,急忙转身察看,加里森手中的铁锹木把重重落下,陈大憨闷叫了一声,倒下了。

四

此刻,加里森也不管陈大憨死活,和同伙一起,手忙脚乱地挖出一只小皮箱。"嗨!什么东西?"加里森抓了烂乎乎的一手。用电筒细照,才看出是碎油布和干油。原来,当年白洁的父亲白光掩埋皮箱时,外面涂了厚厚一层黄干油,然后又包了层油布,不然,皮箱早就腐烂了。加里森推开同伙,将皮箱抱在怀里,用手电向海滩礁石方向晃了三下。那边,柴俊把蒙绿布的电筒也闪亮三次。加里森看到信号,知道那边平安无事,便急步奔了过去,柴俊已等在汽车旁,加里森问:"打开看看不?"

"不,早离开一秒钟就少一分危险,到窝里再说。"柴俊抢先一步跨上车,并且接过皮箱。

两辆出租车一前一后驶离,沿路行出约二百米,头辆车"嘎吱"一声刹住了,道路上横着几根大圆木。

只见一百多名建筑工人呼啦啦冲出来,将两辆汽车包围起来。一束束手电光像一道道利剑射入车厢。

陈大憨用脚猛踢车门:"把箱子交出来!"原来,他忍着伤痛跑到工棚,并且招来了工友们。

"怎么办?"加里森扭头看着柴俊。

"咳,竹篮打水一场空!"柴俊只好将皮箱交了出来。

陈大憨接过箱子,脸上露出胜利的笑容,对工友们挥了挥手:"放他们走。"

两辆出租车像丧家犬一样狼狈而逃,到了加里森门前停住。柴俊安慰众人说:"胜败乃兵家常事,以后不愁发财的机会。今夜虽说没得手,也不能让众哥们儿白挨累。喏,这二百元钱大家喝顿酒,暖暖身子。"

加里森满意地接过钱说:"老弟够意思,往后用得着哥们儿只管说话。"

柴俊拎着装手电筒的布兜子,换上放在加里森院中的机动三轮车,一阵风似的返回了他的住处——纸盒厂办公室。他进了房间,将门窗关严,听听外面没有声音,这才放心地打开布兜拉链取出手电筒扔在床上,然后兜底往床上一倒。哈!他几乎叫了起来。几十件珍珠、玛瑙、翡翠和金银首饰在灯光下闪烁着珠光宝气,灿烂夺目。其中一尊半尺高的纯金佛像极其珍贵,双眼镶两颗蓝宝石,口含一颗红宝石。柴俊捧起它吻了又吻,心说光这尊佛像至少也值十万元。他乐坏了,不由暗笑陈大憨真是个傻柱子。原来,刚才在工地上对峙之际,他打开皮箱倒了一半装进提兜,就像魔术师那样快捷,连加里森等人也没瞧见。他越想越高兴,琢磨了好一阵子,便搬把椅子放上办公桌,再踏上椅子够到了屋顶的纤维板,然后掀开一块纤维板将提兜放入,又重新盖好。这才叫天衣无缝神鬼不知呢。他放心地收拾好一切,舒舒服服地躺在床上,开始勾画起日后发大财的美妙蓝图来。

五

再说陈大憨率得胜之师返回工棚,建筑工人纷纷要求打开皮箱见识一下宝物。陈大憨紧紧护在胸前:"不行,要等白洁自己来打开。"为了慰劳众人,他掏出钱买来罐头和白酒,在工棚里摆开了庆功宴。今夜他格外高兴,总算不负白洁所托,办成了这件大事。工人们也都群情激奋,大家猜拳行令开怀畅饮,不觉将至天明。

酒至半酣,正喝得高兴,门外传来摩托车的轰鸣声,随即有三个公安干警走进工棚,严肃地问:"谁是负责人?"

工人们只顾喝酒，无人注意警察，也就无人应声。派出所所长小田只得大喝一声："别喝了！"

工人们这才发现警察，渐渐静了下来。陈大憨已有七分醉，摇晃着站起身："怎么，喝酒也犯法吗？"

"你是管事的？"

"是又怎么样？"

"把皮箱交出来。"

"凭什么？"

"据附近建筑队反映，昨夜你们和一伙人发生械斗，抢去一只皮箱，赃物自然要上缴。"

"这皮箱不是他们的。"

"是你的？"

"也不是，它是白洁的。"

"抢谁的也不行。"

"我，我，白洁是我老婆！"

小田说："这就怪了，你爱人的皮箱怎么到了别人的手里？"

"这是她父亲留下的遗产，是她姑妈给她父亲的，她父亲没有及时给她，临死前才告诉她这件事……"

陈大憨越急越说不清："我不说了！反正，反正这皮箱不能给你。"

"皮箱来路不清，必须交上来听候处理。"

"没门儿！"

"我命令你交出来。"

"你算白说！"

小田吩咐同来的两个干警："拿过来。"

陈大憨一手抱皮箱，一手抓起大铲："谁敢过来，小心脑袋！"

小田三人亮出了电棍："快放下铁铲！你这是犯了妨碍公务罪！"

陈大憨不理睬，而是招呼工友们："抄家伙！看警察敢动咱一根毫毛！"

工人们被酒劲拱着，呼啦啦抄起木棍钢筋，拉开了架势。有两个喝多了的愣头青还挑战似的凑上前说："警察顶个屁，有种你开枪啊！"

一个干警被激怒了，真的掏出手枪来。双方剑拔弩张，大有一触即发之势。

"别动手！"白洁恰好赶到，插在了工人和警察中间。原来，她惦记着箱子，一夜未睡安稳，早早起来没吃饭就赶来这里，没想到遇到了这种场面，"你们这是为什么？"

陈大憨抢先讲了经过，白洁听后对派出所小田说："这皮箱确实是我的。"

小田问白洁："你有什么凭证？"

"有我父亲的亲笔信为凭。"

"请你出示。"

白洁一摸衣兜："信在我的卧室里。"

一个干警不耐烦了："不管有无证据，先把皮箱拿到派出所再说。"

"谁敢！"陈大憨一副要拼命的架势。

小田见状同白洁商量道："你看这样好不好，皮箱先送到派出所，我派人陪你去拿证明信，同时我向上级请示。总之，是你的自然要归你。"

"这……"白洁有些犹豫。

"不行！箱子本来就是白洁的，凭什么拿走！"陈大憨俨然一副要与皮箱共存亡的姿态。

小田担心事态激化，做了让步，对白洁说："好，箱子先不动。你赶快去取信件，我向上级请示。"

白洁乘摩托车走了。

很快，关于珠宝箱的电话打到了副市长石如金的家里，因为是星期日，毕红运也在家。她在给头发做型，先是漫不经心地接电话，当听到白洁与珠宝箱的消息，几乎被震惊了。她万万没想到白洁还有这样一笔巨额财产。

石如金叼着香烟从卧室走出来问："什么事？"

毕红运捂住听筒，把情况告诉了他。政法口也归石如金分管，他不加思索就要接过话筒。毕红运没给他："别忙，你怎么答复？"

石如金因为吃不到天鹅肉，对白洁已经恨之入骨："这还不简单？没收归公！"

"你浑球！"

"我怎么了！对这个忘恩负义的瘌丫头，用不着留一点情面。"

"你懂个屁！"毕红运在电话中告诉公安局值班副局长，"石市长命令好好保护现场，他待会儿要去现场了解情况，然后再做决定。"她把电话挂了。

"你，搞什么名堂？"石如金又气但又不敢发火。

"我告诉你，"毕红运说，"这个皮箱必须认定应归白洁。"

"你为何这样偏向她？我真不明白，你中了哪门子邪！"

"告诉你，白洁是我的亲生女儿！"

"啊！"石如金不禁目瞪口呆，怔了一会儿，连连摇头，"不对，你这是弥天大谎。"

"千真万确，她是白光和我生的！"毕红运逼近石如金，"你占了多少女人的便宜，竟连她都不放过！白洁毕竟是我所生，你这条色狼！"啪啪，两记响亮的耳光打在了石如金的脸上。

石如金企图抵赖："没有的事！我哪时碰过她？"

"我手中有铁证！"毕红运把录音带推入收录机，"支棱起你那兔子耳朵听听！"

收录机里，石如金对白洁的那番下流的谈话立刻重现。石如金赶紧上前按住开关："唉呀，我，我怎知你们这层关系呀……"

"姓石的！看在多年夫妻分上，我先饶过你。以后胆敢对我不言听计从，我就向全市公开你的嘴脸！"

"红运，对你的话我一向是理解的执行，不理解的也执行。比如这件事，你说皮箱归白洁，我照办就是。"

"不，给不给她还很难说。"

石如金可真弄糊涂了："你到底是什么主意呀？"

"告诉你……"毕红运附耳低语。

六

一辆桑塔纳轿车风驰电掣般开来，停在了工棚门口，石如金与毕红运夫妇一前一后走下车，公安局副局长和小田等干警正等得着急，工棚临时做了收拾，石如金同毕红运坐稳，公安局副局长瞟了毕红运一眼说："哟，民政局长也来出现场？"

石如金听出了弦外之音，赶紧表白："今天红运同志是以官方身份来此地的。白洁是残疾人典型，民政局长来是正常的。"

毕红运又接了一句："不只代表官方，也有私人成分在里面。"

石如金不解地看着毕红运。公安局副局长则敏感地问："什么私人成分？"

"我和白洁存在着特殊关系。"毕红运点到为止。

公安局副局长不再深问："好，不管官方私方，我们欢迎毕局长指导。小田，你汇报一下案情。"

小田讲过案情，递上一封信："这是白洁交来的凭据，以此证明皮箱属于她。"

石如金看完信后交与毕红运看，二人会意地点点头。石如金按预定想法说："我看这样吧，小田带陈大憨领我们去看现场，留下毕红运同志与白洁谈话，弄清皮箱的来龙去脉。"

石副市长这样说，也就这样办了。于是，工棚中只剩下白洁和毕红运。她二人好久没有这样单独在一起交谈了，但白洁想到毕红运在办厂过程中的多次刁难，心头充满厌恶情绪。

毕红运亲热地拉起白洁的手，亲昵地抚摸着："想我不？"

白洁冷冷地回答："无亲无故的，怎么会想你？！"

"你说错了，如果没有瓜葛，你父亲临死前会写信给我？"

白洁吃了一惊："我父亲生前和你认识？"

毕红运决心速战速决："傻丫头，我就是你的生身之母！"

白洁可真懵了："不，不对，这绝不可能！"

"孩子你看。"毕红运取出白光留下的信。

白洁看完，止不住双手发抖，怎么，自己日思夜想的亲娘就在眼前？毕红运亦泪湿双眸，摩挲着白洁的秀发："小洁，妈的心肝呀！"

白洁一头扑进毕红运的怀里，叫了一声妈，便呜呜哭起来。泪水像两道小溪，哭声倾诉着她多少年的委屈。

毕红运怕耽误正事，过了一会儿就劝道："别哭了，孩子，往后就好了，一切有妈做主，一切有妈为你安排，妈再也不让你受屈了。"

白洁感受到了母爱的温暖，深情地依恋着毕红运："妈，爸爸死得好苦。"

"是啊，我本想对你父亲好些，可是石如金他多心，我也没奈何。"毕红运话锋一转，开始接触实质，"你爸也真是，有一皮箱珠宝干嘛不早拿出来，何苦让你遭罪。"

话头提到皮箱上，白洁也想起这面临的问题："妈，这皮箱本来是爸爸留下的，您要给女儿做主呀。"

"这不成问题，你有父亲遗书为证，别人赖也赖不去。"毕红运直接提出自己最关心的问题，"小洁，这一箱珠宝到手后，你打算怎么使用？"

白洁马上说:"筹办玛瑙厂缺少资金,这正好可解燃眉之急。"

"小洁呀,你年岁不小了,腿脚又不好,不能不考虑后路呀。妈将珠宝代你保存起来,日后不单能卖上好价钱,而且换外汇也不难。"

"妈,办厂急等用钱,全厂残疾工人都眼巴巴等着呢!"

"这个不难,妈说句话,让你继父下个令,通知有关单位扶持福利纸盒厂,你不用花一分钱,工厂就可以重新开张了。"

"不,我这样想,肖倩和刘明为了残疾人事业都捐出了所有存款,我这箱珠宝也应该为残疾人谋福利。"

"傻丫头,不能只图一时虚名,那样你会后悔一辈子的。这年头,谁不千方百计积累钱财?你自己应理直气壮得到的财产,怎能往外送呢!"

"妈,人不该太自私。你是党员又是局长,怎能这样教育女儿。"

毕红运忍住不悦:"好,我理解你的心情,珠宝让你拿出一半做贡献,另一半我为你存起来,以备将来应急。"

"妈,我一点也不留。"

毕红运原以为白洁会俯首听命,谁料竟无半点希望,怎不生恼:"你这样固执,要是妈不帮你,这皮箱也不一定就能断给你。"

这时,石如金等人从现场返回,二人的谈话也就中断了。为了实施毕红运的计划,石如金已经以话引话,同公安局副局长基本取得了一致看法。

副局长边走边说:"既然证据表明宝箱是白光留下的遗产,就应该交与白洁。"

可是,石如金走进工棚,发现毕红运满脸不高兴,知道发财梦受挫了。他马上变换了口气对副局长说:"这皮箱暂时不能给她,还要进一步核实。"

白洁一听此言,想起过去石如金对自己的刁难,多少气和恨,都涌上心头:"你凭什么扣住我的东西!"

石如金微微冷笑:"事情不那么简单,按规定,地下埋藏的一切文物金银，均属国家所有。"

"你！"白洁不得不向毕红运求助："妈，你应该说句公道话。"

"涉及国家政策，我怎好说三道四。"

一旁的陈大憨实在忍不下去了，气愤不过，挥动木棒朝石如金打去，石如金猝不及防，被打得头破血流栽倒在地。

七

市临时拘留所原本是孔庙，这是开展"严打"之后因罪犯人数激增而改建的。这里三进院落，共有几十间房舍，由于年久失修，油漆剥落，门窗残破，关押的都是些赌博、小偷小摸、斗殴、酗酒等罪状轻微者。陈大憨被送到这里，是公安局副局长特意关照的。要依石如金的意思，非把陈大憨送进死刑监号不可。

白洁由肖倩陪同，买了些食品来探视。因为这里人犯不多，拘留所很清静。被森森古松环绕的孔庙，给人半是幽雅半是恐怖之感。

接待室只有一名二十多岁的武警，双脚搭在办公桌上，叼着烟卷正在看小说。白洁和肖倩进门，他眼皮也没抬就抛过一句话来："今天不是会见日子。"

白洁手里捏着"尚方宝剑"，将纸条递过去："同志，有领导批条。"

"对，是副局长。"

武警照旧看他的小说："就是中央主席写条也不管用！"

白洁递纸条的手尴尬地停在半空，进也不是退也不是。她多么希望立刻见到陈大憨啊，可是……

肖倩瞧见武警又续上一支香烟，显然这人烟瘾很重，瞥一眼牌子，只是很普通的香烟。她灵机一动，把手伸进提兜中，里面有一条花高价买来的云烟，她取出两盒，扔在了武警面前："同志，换一支抽。"

两盒云烟进入武警视线，他不由自主放下小说拿起烟，抠出一支点燃，吸了一口说："不错！人说一云二茶三中华，名不虚传。"说着，将两盒云烟划拉进抽屉中。这才正眼看着白洁和肖倩，喷着烟圈说："你们是远道来的，今天还要赶回去，所以必须在今天会见，对吧？"

白洁忙说："不，我们就住在城里……"

武警不悦地打断她："你这个人，没看过《水浒》吗？林冲要想免杀威棒，就得说大病未愈。给你，就写远道坐了三天火车赶来的，填上。"武警递过来会见登记簿。

白洁还在犯糊涂，肖倩已经明白，掏笔填写上了。"这才对呢，只有这样写才符合探视规定，你们才能在今天见到亲友。"武警收起登记本问，"见谁？"

"陈大憨。"肖倩代答。

武警重又坐好："陈大憨刚才正在淘厕所。你们别皱眉头，这算是上等待遇了，比憋在号子里强多了。"

陈大憨进屋见到白洁和肖倩，确实激动了："你们这样快来看我，我……"他热泪滚下两腮。

白洁安慰他说："你别担心，石如金伤得并不重，你顶多也就拘留半个月。"

"我真后悔，为什么没一棒子打死他！打残废也好！我宁可偿命，省得他再干缺德事！"陈大憨拳头捏得咯咯响。

武警一下子跳起来，像哥伦布发现新大陆一样打量着陈大憨："把副市长打伤的原来是你！为什么不早说！"

肖倩带着敌意问："早知他是打伤市长的凶手，你就要收拾他了？"

武警从抽屉里拿出那两盒云烟，塞到陈大憨的衣兜里："哥们儿，好样的！敢打石市长，当代大侠！来，抽我的。"他又取出一盒外国烟，抽出一支递过去："再尝尝这'万宝路'。"同时将打火机按着了。

陈大憨有点手足无措："这？"

肖倩笑了："你不怕犯错误？"

"嗨！这一亩三分地是我说了算。这年头，老百姓糊弄当官的事多了。"武警就自顾眉飞色舞地说个不停。

一辆北京吉普警车驶进大门，公安局副局长和一名警察走下车来。白洁对副局长怀有感激之心，便上前打开车门，肖倩立刻猜到：一定是陈大憨要无罪释放了。

副局长脸上毫无表情，他避开白洁和肖倩的目光，面对武警说："上级决定，陈大憨立即转押北山监狱。"

"什么！"白洁、肖倩、武警三人都大吃一惊。武警反应最为强烈，咆哮着质问："凭什么？"

副局长叹了口气："石副市长认定陈大憨犯有杀人未遂罪，坚持要从重惩处。"

陈大憨被押走了，白洁吓得晕倒了。

八

白洁完全陷入了绝望境地。纸盒厂停产，玛瑙厂办不成，陈大憨入狱，她最倚重的柴俊，说是去为工厂另谋生路，却数日不见影踪。真正是山穷水尽了。她想到了死，对，一死百了，一切烦恼都不复存在了。她拿过那瓶安眠药，把剩下的几十粒倒在了掌心。

忽然背后伸过一只手，将药粒全都打撒到地上。

白洁这才发觉有人到了身后。她转过身，脸上立刻现出厌恶的神色："你来做什么！"

来者是郑乃仁，他倒是一片真情："白洁，死是怯懦的表现。"

"你！"白洁对于郑乃仁没有丝毫感激之意。她想到自己同毕红运的母女关系，又想到郑乃仁同毕红运的肮脏关系，止不住心头作呕。"我不需要任何人的保护，"她叫道，"而且也不是没有人关心。肖倩、刘明、李小白、柴俊……谁也不像你人面兽心！"

"白洁，你看错人了，柴俊欺骗了你，他不是好人！"

白洁对柴俊印象最好，听了郑乃仁的话更是反感："你为标榜自己，就不惜诋毁别人，实在卑鄙！"她抛出手中药瓶向郑乃仁打去。

郑乃仁用手一搪，手背被砸得青肿。"白洁，你别急，我告诉你一个秘密。"

"我不听，你滚！"白洁抓起笤帚胡抡乱打，将郑乃仁赶出了房门，然后闩上了门闩。

白洁隔窗望见郑乃仁垂头丧气地走了，一死了之的意念又跃上心头。她蹲下身，逐一捡起安眠药粒，数了数尚有七十多粒，估计仍足以置人于死地。她倒了一杯白开水，单等水温了就一口吞下。人之将死，思想感情是极为复杂的。她望着杯口袅袅上升的热气，千头万绪、酸甜苦辣一起涌上心头。越想心越烦乱，越烦乱，就越觉得还是死了清静。想到这儿，她把心一横，正要举杯吞药，屋门突然擂鼓般地响起来。

"白洁，开门，快开门！"门外有人急促地喊。

白洁不肯开门，尚在犹豫，窗户已被木棍砸开。隋芳跳了进来，上前抱住白洁："唉呀！你怎么出此下策！"

归根结底，人还是依恋尘世的，白洁此刻俯在隋芳胸前，只是呜呜地哭个不止。隋芳容她哭够了，扶起她的头来为她拭泪："就冲这天仙似的容貌，你也不能轻易去死呀！俗话说，不图打鱼还图浑水呢。对，你就叫那个石如金干眼馋，让他也活得不舒服！"

白洁被触到伤心处，又哀哀涕泣起来："隋姐，我的命好苦呀！"

"苦，谁的命全是甜？菲律宾的马科斯夫人不也背井离乡了吗？古语说苦尽甜来，宁可苦熬也不能死。要不是郑乃仁给我送信儿及时，晚来一步，还得找救护车送你上医院抢救，又是洗胃又是滴液，还要闹得满城风雨。真得感谢郑乃仁呢！"

"他是怀有不良用心！"白洁难以再唤醒对郑乃仁的感情。

正说着，一辆日本"海狮"旅行车轻快地驶入，稳稳停在院心。车门打开，先后走下几个人。他们是市对台办主任、侨联主席和统战部部长。三人站立等候，又一位雍容华贵的女士款款步下车来。她的服饰和气质显然与众不同，一看便知是海外来的贵妇人。

统战部长先到门前："白洁同志在吗？有客人来看你。"

白洁不明就里，擦干眼泪迎出来："请问，你们是……"

那贵妇早已注视到她，一双凤眼上下不住打量，又走近来拉起她的手："你是小洁，白光的女儿？"

"是的。"白洁感到奇怪，"您是？"

"孩子，我是你姑妈呀！"

"姑妈？"白洁一时怔住了，举目细看，记起父亲告诉过的话，说姑妈的左眉间有一颗美人痣。看到了！她无限欣喜地拉住贵妇人的手，"姑妈！我太想您了！"

姑妈眼角潮湿，爱抚地搂住白洁的腰肢。她们似乎忘记了别人的存在，久久地依偎在一起。

九

萋萋青草掩着一丘黄土，哀哀曲柳伴着地下孤魂，这就是白光长眠之处。白洁引着姑妈白萤，由那三位部门负责人陪同，来到坟前凭吊。珠泪滴洒，纸钱飘飞，寄无穷哀思。白萤取出一千元现款，交与身后的常振山："烦请村长代为募选工匠，为家兄重整阴宅。"

常振山连连点头："一定抓紧办妥，保证让夫人满意。"

白萤又走向围观的村民："哪位是陈大嫂？"

陈大嫂应声走出："夫人，我就是。"

"听小洁说欠你家二千元的债，今天我如数奉还。"白萤递过一沓崭新的人民币。

陈大嫂没接钱，而是跪倒在地："夫人，我不要钱，只求您一件事。"

"不要这样，有话站起来说。"

陈大嫂哪肯起身："夫人，我儿子只因为抱打不平，就被投入牢房，求您救他一命。"

白萤问统战部长："是小洁说的陈大憨吗？"

"夫人放心，"统战部长忙说，"这事我们已反映给主要领导，陈大憨很快就可出狱。"

"你听见了，可以放心了。"白萤扶起陈大嫂，"钱收下，你儿子也不会出事的。"

面包车在鸡爪村人万分羡慕的目光中离去，中午返回市里。百花宾馆来了个身为巨商大贾的海外侨胞，上上下下都传开了。经过统战部长试探，得知白萤有意在家乡投资的信息后，就更加引起各级领导的重视，他们决心利用好这个引进外资的机会。这天中午，市党政领导出面，在百花宾馆设宴为白萤洗尘，堪称是破格招待的。

宴会开始前，市长与白萤亲切会见，市长首先致辞："夫人在海外白手起家，事业兴旺发达，家乡人民为您祝福，更热诚欢迎夫人参与家乡的建设。我们将按政策给予特别优惠，提供一切方便。"

白萤举杯答道："为家乡的建设效力是每一个海外游子应尽之责。我虽无包、霍、曾巨富之财力，但同样有一颗爱国的赤子之心。只是对国内政策还不知底，比如说陈大憨事件。"

市长接过话来："这里存在个别干部滥用权力以言代法的问题，对陈大憨的处理，最重也就是批评教育，夫人放心，我们还是有错必纠的，市政法委已经下令释放他了。"

白萤点点头:"还有我留给白光的一箱珠宝,本来无可争议地属于白洁,可是竟横生枝节。"

"这个问题也已经解决,珠宝箱可以完璧归赵了。"市长示意毕红运,"毕局长,请把箱子交与夫人吧。"

毕红运是以白洁生母的身份出席宴会的。当她获悉白萤已五十二岁,简直不敢相信自己的眼睛。这可能吗?看模样人人都会认为她仅有三十几岁,体态丰满,风韵不减,分明还是妩媚可人的少妇呢。平时,毕红运听惯了人们对自己显得年轻的赞誉,此时与白萤对比之下,未免自觉相形见绌。毕红运满脸堆笑走过去:"夫人,请您过目。"

白萤将珠宝箱放在身边茶几上,当众打开,略一翻弄,立刻皱起柳眉:"不对,这并非完璧,而是半璧了。"

"怎么?"市长大为不悦地看着公安局副局长,"有人动过珠宝箱吗?"副局长说:"我敢肯定,珠宝箱到了公安局后,就一直锁在保险柜中,不曾有人打开过。"副局长又问白萤:"夫人,相隔十多年了,您会不会记错?"

"我相信自己的记忆。这不是缺少一件两件,而是整整缺少半箱。"白萤显得很急躁,"这是有人做了手脚,请公安局务必给我全数追回。"

副局长近前看看,箱内珠宝只有一半。他相信了白萤的说法:"夫人,我们立即调查。"

市长也安慰说:"请夫人宽心,失物一定能如数找回的。"

本来应是欢快愉悦的宴会,此刻,却被压抑的气氛罩住了。

十

舒适的居住环境,可口的美味佳肴,热情周到的服务,都难以消除白萤的焦躁与不安。她把凉丝丝甜沁沁的麦饭石饮料易拉罐狠狠一蹾:"小洁，你去问公安局，已经三天了，他们究竟能不能破案！"

白洁知道公安局副局长面临着白萤和市长的双重压力，急得嘴唇都烧出了一串大泡。她说："姑妈，昨晚我刚去过。侦破组的同志比我们还急，正想方设法……"

"别替他们解释。"白萤显得极不耐烦，"你去转达我的意思，如果到今晚案情仍无眉目，我就要公开悬赏。"

"姑妈，您腰缠万贯，丢失半箱珠宝对您不过九牛一毛，为何这样看重又如此急迫呢？"白洁的疑问，也正是渤海市领导及公安部门的疑问。

白萤似乎被问住了。她沉吟一下才说："悬赏有何不可？大陆追捕二王，公安部不也重金悬赏过吗？"其实，她这是所答非所问。

这时，有人叩响了房门，白洁走过去问："哪位？"同时拉开门一看，面前站着郑乃仁，白洁的脸色立刻转了阴："你来干什么？"

"我来求见白夫人。"郑乃仁说着就往里走。

白洁拦住不让："夫人今天不会客。"

"不，我很高兴见到他！"白萤已经走到了门边，她对郑乃仁表现出异乎寻常的热情。

白洁不得不让开了，但脸色愈加阴沉："郑乃仁，你自重些，不要老是缠着我！"

"你们之间有成见？"白萤眯起那双丹凤眼。

"她对我有误会。"郑乃仁又回敬一句，"请原谅，我今天是来拜会夫人的。"

白萤拉他在长沙发里坐下，满面春风地问："郑先生登门，必有所见教。"

"夫人，我是来通报半箱珠宝的消息的。"

"怎么！你有线索？"白萤的神情是喜上加惊。

郑乃仁一本正经地说："我可以让你的半箱珠宝失而复得。"

"哎呀，你真是幸运的天使！"白萤亲热地拉起郑乃仁的手，"我一定重重犒赏你。有什么要求，随便提！"

郑乃仁见白萤如此慷慨，便说："既然夫人如此宽厚待人，我也就提条要求。"

"尽管说，只要不像佘太君要彩礼那样苛刻，我没有不应的。"白萤仍亲亲热热握着郑乃仁的手。

郑乃仁发觉白洁在一旁的冷峻的目光，便稍稍用力抽出手来："我希望夫人能帮助白洁，把残疾人福利工厂办成。"

"你何必为别人着想呢？"白萤不禁有点吃惊。

"夫人，您有所不知。白洁为使残疾人自食其力，创办工厂安排残疾人就业实在是太难了，您运用声望和财力，完全可以帮她解决问题。"

"放心好了，这正是我决心办成的事。嗯，你为你自己提点要求吧。"

"我什么也不要，白洁所做的一切，难道不全是为别人着想吗？"郑乃仁好像很有感慨，"如果人人都像白洁这样为别人着想，这个世界不就真正充满了爱吗！"

"你真是个理想主义者。"白萤哈哈一笑，"那么，现在请把半箱珠宝的去向告诉我吧。"

郑乃仁站起身："夫人，请跟我走。"

白萤有包租的轿车，不久，三人就乘车由郑乃仁指点来到了福利纸盒厂。

白洁不悦地问："怎么领到这里来？"

"因为珠宝在此。"

"你胡说！"白洁生气了，"难道我这里是窝赃之处？"

郑乃仁一不生气二不答话，而是领先走进纸盒厂办公室，白萤有些难以置信："珠宝真藏在这里？"

"还是让事实做出回答。"郑乃仁说着搬起一把椅子，放在办公桌上，一跃而上，伸手推开纤维板顶棚。

白萤自言自语："这真是个很保险的所在，一人掩藏万人难寻呀。"她又叮嘱郑乃仁："千万拿好，一件也别丢下。"

白洁直瞪瞪盯着郑乃仁，心中满是疑团。好一阵子，不见郑乃仁拿出手来，只见他额头冒汗，脸色惨白。

白萤催促道："郑先生，怎么还不取下来？"

郑乃仁无力地垂下一只空手："晚了一步，珠宝被转移了。"

白萤没想到是场空欢喜，顿时没了笑模样："郑先生，你该不是开玩笑吧！"

"我怎么会呢！"郑乃仁垂头丧气地下来了。

白洁冷嘲热讽地说："你故弄玄虚，搞什么鬼名堂！"

郑乃仁急于解释："我亲眼看到柴俊把珠宝藏入顶棚的。"

"柴俊？"白洁大感意外，"这决不可能！"

忽然外面响起一阵杂沓忙乱的脚步声，公安局副局长带领侦破组五名成员匆匆来到，看神情像是发生了什么重大事情。

十一

公安局副局长颇感意外："你们也在这里？"

"案子破了？珠宝找到了？"白萤的口气很冷。

"有了重大线索。"副局长耐心通报情况，"我们昨天在赌场抓获的聚赌者中，有一个绰号'加里森'的惯犯。据他供认，纸盒厂的柴俊直接参与了盗取珠宝箱案件。"

郑乃仁高兴地喊了起来："怎么样，我没说谎吧！"

"可是，那个'加里森'说，珠宝箱当时就被陈大憨抢走了。"副局长又说。

"我亲眼看见柴俊往房子顶棚上藏珠宝。"郑乃仁说。

"也许柴俊趁机做了手脚，"副局长分析，"找到他，自然水落石出。"

"晚了，珠宝已被转移，柴俊也不知去向。"白萤失望加不满，"看来罪犯比公安局还高一筹呢！"

"请夫人放心，我们一定能擒到罪犯，追回失物。"副局长用步话机下达命令，"各巡逻小组紧急出发，分区域搜索，内控所有交通通道……"

一张无形的法网，迅速在全市张开。上百双警惕的眼睛，扫视着每一个可疑的角落。可是，一天过去了，夕阳已经吻红了海水，柴俊还是杳无影踪。

有的公安人员泄气了："没希望了，柴俊一定逃之夭夭了。"

"不可能，"副局长坚信自己的判断，"'加里森'的老婆说上午九点柴俊曾去过她家，就说明柴俊还未走出封锁线。"

跨斗摩托以中速又来到海滨。这里一侧是老港，一侧是正在建设中的新港。由于对外开放速度很快，老港中停泊着几艘外轮。为了能有所发现，副局长让摩托车离开海滨公路，在地势复杂的沙石、树丛、礁滩间穿行。

一个干警说："我的天，颠得真够劲。停一下，我去撒泡尿。"说着，他跃下摩托小跑着奔进树丛。

副局长取出一支烟来，他有这么个习惯，据说吸烟能有助于思索。刚点燃，树丛里突然传来了喊声。

"快来呀！"传来干警急促的呼叫声。

副局长等反应极快，都飞身跃下扑向树丛，在奔跑中都把武器握在手里。副局长当先跑入："有什么情况？"

干警用手一指："看！"

众人发现，树丛中隐藏着一辆三轮机动车，而且车体上特意加盖了许多树枝，若不是来到近前是很难发现的。

民警说："这是柴俊乘的机动三轮车。"

"估计柴俊就在附近,全面搜索。"公安局副局长下了命令。

树丛密不透风,蚊虫扑面,枝条划脸。侦破组成员全都热汗淋漓。他们找遍了树丛,仍未发现人迹。

副局长说:"柴俊不会走远,再扩大范围搜一搜。"

侦破组渐渐搜寻到礁滩,这里离海更近了,涛声清晰入耳。"看!"一干警又有新发现。

三块礁石中间,横放着一双木拐,还有一小堆香蕉皮和面包纸。

干警兴奋地说:"柴俊曾经隐身在这儿。"

副局长拣起一块香蕉皮:"还是新鲜的。这说明人离开不久,循足迹追踪。"

他们从礁滩一直追到老港码头货场,足迹不见了。这里杂乱堆放着许多空木箱,隔道一人高的铁丝网,里边是散货码头,一艘巴拿马货轮泊靠在岸,正在装船。

一个干警提出怀疑:"罪犯会不会混上了外轮?"

"有这种可能。"副局长分析道,"在白天他不能通过这道铁丝网,一定是隐身在空木箱中等待晚上行动。"

同志们开始分头对空木箱进行检查。副局长经过观察,踢翻了一只倒扣在地的木箱,果然,柴俊正坐在地上……

"站起来!"副局长发出命令。

"我,下肢瘫痪。"

"别想再装了,你的戏该收场了!"干警过去揪住脖领子把他给拎了起来,甩手丢在了一边。

柴俊身下是一只黑色手提包。副局长打开检查,里面是近万元现金,喝问他:"哪来的钱?"

"我,做生意赚的。"

副局长冷笑一声:"是在隋芳家盗窃的残疾人集资款!"

柴俊浑身一震:"不,不,我这腿脚怎能登高爬窗作案!"

"就是这一点蒙蔽了我们的眼睛,使得你险些逃脱,你是个假瘫子!"

"我,我……"柴俊已无话可说。

"把珠宝交出来!"副局长威严地喝道。

"什么珠宝,我不知道。"

"柴俊,你是个明白人,坦白从宽抗拒从严,这八个字不是白说的。你如果立刻交出全部赃物,还有可能得到从宽处理。"副局长的话掷地有声。

柴俊指点,侦破组在沙滩上挖出了柴俊埋藏的手提包。打开拉链,珠光宝气辉映着水天相接处绚丽的落霞。

十二

康宁玛瑙玉器厂开业了,而且格外红火,三百多名残疾人得到了妥善安置。聋哑人破料磨球,肢残人穿珠串,盲人装盒,弱智人搬运原料和成品,总之是各得其所。古语说时势造英雄,改革的大潮也使白洁长上了商品经济的翅膀。她不满足于现状,不断拓宽生产领域,产品由玛瑙项链一种,又先后增加烟嘴、手镯、戒指、健身球、围棋子等十几项。附带就要兴办选料厂、包装盒厂……大有滚雪球之势,一副方兴未艾的喜人景象。

由于连续半个月的紧张操劳,近来,白洁的跛腿隐隐作痛,走起路来越显吃力。这天上午,她正在车间安排生产,业务员肖倩请她回办公室:"厂长,有人找。"

白洁擦着汗水走进房门,办公桌边站起一个男同志,先做自我介绍:"我是残联的。"

白洁上前握手:"欢迎,请坐。"没想到对方不握手,只是一只秃手掌。

"我也是残疾人。"他不无骄傲地说,"现在,社会上谁还敢歧视我们?像你取得的成就,健康人也办不到。市残联决定总结你的事迹,上报省残联和全国残联，并决定补选你为市残联主席团委员。请你先填写这张登记表，然后抽出半天时间我们仔细谈一谈。"

白洁手捧登记表正在看，又有两个同志走进来。

"白洁同志，我是团市委的。"

"我是市青联的。"

"你带领广大残疾青年白手起家创办工厂，事迹感人，团市委决定授予你新长征突击手标兵称号，请你填好这张登记表。"

"市青联决定增补你为常务委员并推荐你参加全国青联代表大会，请填写这两份登记表。"

白洁正在愕然不知如何回答，一个记者匆匆走进，对准她先抢拍了一个镜头："白洁，市报编委会决定，拿出一定篇幅版面，对你的事迹做详细的宣传报道，先写长篇通讯，这任务被我抢来了，你可得好好配合。"

记者尚未说完，市妇联又来人了："白洁同志，你是我们妇女的骄傲，市妇联决定授予你'三八'红旗手光荣称号……"

"我是市体改委的。"一个中年男子又走进来，"白洁同志，你在办福利工厂方面闯出了一条改革新路，我们决定总结你的经验……"

电视台记者挤上来，录像机对准白洁："同志们请让开，我们要为白洁拍专题片。"

市文联当然也不甘落后，来了一位作家："白洁同志，我们决定写歌颂你的报告文学。"

市政协闻风而动，来人忙插上前说："白洁同志，你以伤残之身，做出了巨大贡献，我们决定增补你为市政协委员。"

五讲四美三热爱办公室也派人来说，白洁就是我们市的张海迪，准备请她到大礼堂为全市各界一千多名代表做报告。

市委宣传部新闻处长是最后到的，一见这纷乱场面，便举臂大声说："大家静一静，白洁没长三头六臂，又不会分身法，总得一个个接待呀。我看这样吧，今天归新闻处了，我们要为市、省写材料。至于以后的顺序，由白洁同志自己安排。白洁同志，你看可以不？"

白洁咬住了下嘴唇："我看，你们最好把我碎尸万段。"

"你们把她生吃活吞算了！"随着话音，毕红运走了进来。"看看，这成个什么样子了！当初我们小洁处在困难时刻，何曾见你们雪中送炭？她处处被卡受制，逼得她几次欲寻短见。如今听说市委、市政府要发布向她学习的决定，你们就全部糊上来了，都想把成绩算在自己的账上，不感到羞愧吗？前后两相对照，今天这趋之若鹜的样子，真是莫大的讽刺！"

众皆惶然，也都感到他们这锦上添花的壮举的确有些滑稽。

毕红运走近白洁："孩子，别理他们，听妈的。你这福利工厂，归咱民政局口才是正理呢！"

"我，我哪个口也不归，我是个体经营者。"

"嘻嘻！这才是莫大的讽刺。"有人憋不住笑出声。

"傻话！残疾人就是归民政局管嘛！"毕红运亲热地说，"归这个口，妈还能亏了你！局党委刚开过紧急会议，决定吸收你加入中国共产党。"

"啊！"白洁怔住了。

"小洁，入党是一个人获得了政治生命，妈祝贺你！"

"可我，还没写过申请呢！"

"这没关系，你已经用行动填写了合格的申请书。"毕红运把志愿书放在白洁面前，"来，现在就填，记住，妈是你入党介绍人之一。"

众皆哗然，议论纷纷。

白洁感到惶惑、茫然、窒息，简直是哭笑不得。

十三

一阵颠鸾倒凤之后，郑乃仁无力地躺在床上。白莹得到了满足，却是格外精神。自白萤回大陆之后，这两人已经勾搭成奸了。

白萤在郑乃仁脸上狠狠亲了一口："你令我非常满意，真是我心中的王子。"

郑乃仁苦笑一下，说不清心中是什么滋味。自己充任的角色，与武则天宠幸的张氏兄弟何异？身边的女人已经五十多岁了，尽管她不乏美艳，然而这是爱情吗？这是金钱与肉体的交易，自己充其量不过是个男妓罢了。但是郑乃仁也有所图，并不觉得自己可悲。

"我知道你在国内很不得志。"白萤又亲了他一口，"我决定带你去泰国定居。"

"当真？"郑乃仁死死盯住她那摄人魂魄的丹凤眼。在二十世纪八十年代，出国可以说是最令人垂涎的壮举，出国这一步当然是他求之不得的。他想从白萤的眼神中辨别真伪："你不会是骗我？"

"你使我达到情爱交融的高峰，我怎么能舍得你呢！"其实白萤心里很清楚，她这强烈的情欲、要求无度的欢娱，用不了一年郑乃仁就得油尽灯枯，到时她就要再觅如意郎君了。

郑乃仁也有他的如意算盘：只要出国后就设法离开这个淫心如炽的妈妈辈女人，决不拴在她的裤腰带上。凭自己的聪明，说不定就会成为曾××。他将头搁在白萤胸脯上："我愿意永远为你服侍枕席。"

"我的乖孩子。"白萤甜滋滋地笑了。

郑乃仁看看手表："快十一点了，我该走了。太晚了服务员会怀疑的。"

"好的。"白萤也有一件事要办，"明早六点再来我这儿，老规矩。"

郑乃仁悄悄走了，豪华的套间内只剩白萤自己了。她从时刻不离身边的手提箱中，又取出了这尊小小的金佛，是她从白洁的珠宝箱中取出来做"纪念"的。柔和的灯光下，金佛闪烁着黄金特有的炫目色彩。白萤呆呆瞧着它出神，眼前模糊起来，逝去的往事如梦再现……

二十年前的泰国曼谷郊区，一座阴森森的古老庄园内。

庄园的主人——六十五岁的陈守德，已是病势垂危奄奄一息。他表面上经营着橡胶园，实则暗地里做着毒品生意，虽然比不上毒品大王们豪富，但也攒下了一份可观的家产，眼看就要辞别人世了，他单独召见了心爱的宠妾——白萤。他告诉白萤，在瑞士银行有一笔秘密存款，算是他生前对她最后的疼爱表示。然后又拿过一只小皮箱，里面装满珠宝玉器，还有这尊金铸的释迦牟尼佛像。陈守德告诉白萤，1949年当他以地主身份逃离大陆时，弟弟陈守礼恐他在国外手头拮据，便将陈家祖传的这尊小金佛送给了兄长，而他一直未舍得变卖。如今他自觉不久要离开人世了，便恳请白萤回国，将金佛物归原主送还弟弟。他再三叮嘱，箱内其他珠宝都可私藏，唯独这尊金佛一定要交到陈守礼手中。白萤在病床前发誓，一定不负使命，并准备等陈守德度过最后时刻办完丧事即回国。可是陈守德坚持让白萤趁他未死之前离开，因为他担心，一旦他双眼一闭，白萤就很难带走这只皮箱了。在这种情况下，白萤匆匆登上了飞往北京的班机。

在回国前，白萤也曾听到关于"文化大革命"的可怖传闻，但她不相信会如此。待踏上国土身临实际，才意识到这场运动的史无前例。陈守礼已毙命于"红色风暴"，家属亦受到无产阶级专政的管制。面对这种现状，白萤想到陈守礼已经死去，如果把珠宝箱带回曼谷，定被大老婆夺取。因此，在北京临上飞机前夕，她把珠宝留给了胞弟白光。

事物发展往往出人意料。当白萤回到曼谷，陈守德竟然并未亡故，而且精神体力俱佳。陈守德迫不及待询问金佛的下落，白萤急切之间谎称被造反派没收了。那时的中国，遍地是"司令"，她料到陈守德纵有疑问也无法追查。可是她又万万没料到，事情又发生了戏剧性的变化。当陈守德听说金佛已不知下落时，似乎受到了极为强烈的刺激，竟然又突发脑血栓，一下子瘫倒了。此后，陈守德就缠绵于病榻不死也不活。白萤耐不住青春之火的烧灼，免不了与别人幽会偷情。转眼，二十年过去，白萤已成为陈守德的存活的唯一夫人,而陈守德在苦熬了二十年后,终究免不了要去地藏菩萨那里报到。临死前,他用颤抖的手,写下了一个关于金佛的隐秘:"金佛腹中藏宝图。"白萤又是万万没想到,这尊金佛的价值竟超过它自身的千百倍。于是这才促使她在陈守德死后再次回国。令她高兴的是,金佛完好无损地回到了手中,但是令她忧烦的是,下一步计划如何实施呢?

白萤面对金佛,久久地苦思,苦想……

十四

白萤在毕红运陪同下视察玛瑙厂,看到的是一派热火朝天生机勃勃的劳动景象。近二百人挤在一处,车间已容纳不下,院中搭了几个简易棚,有的堆放原料和半成品,有的作为临时车间,使原本就狭小的院子,走进几个人都难以转身。郑乃仁为白萤提着经理箱,时刻不离左右。俗话说,奴随主贵,白萤已经把郑乃仁打扮起来,他穿着入时,高昂着头挺着胸,一副旁若无人的模样,心中颇有几分得意。面前这三个女人,一位身为副局长;一位是海外巨富;一位是跛脚仙子美貌冠全市。他似乎领悟到一个人生哲理,美貌并非女人制胜男子的专利,瞧自己这个美男子,不也同样可用美色去降服女人吗?

毕红运此刻心中有点酸溜溜的,她满怀醋意地瞥一眼郑乃仁,不无讽喻地说:"小郑,你可是一步登天了,要尽心周到地服侍白萤夫人哪!"

"多谢局长关照,我这也算是应了《智取威虎山》中的一句话,'改换门庭,步步高升'。"郑乃仁有意要刺激白洁,又说:"白厂长,你说呢?"

白洁看得出郑乃仁又以色相取悦姑妈,愈加视他可鄙,因此不予理睬,而是请示姑妈:"董事长,已经出了一批成品。仓库很小,都堆满了,恰好有几家外贸部门和工艺品公司来联系收购,是否可以……"

"不卖,"白萤不等她说完,就断然拒绝,"肥水不流外人田。玛瑙饰品是国际市场热门货,我在曼谷和台北都有经销公司,就是从采矿、选矿、加工,直到产品包装、运输、销售,全部自成体系。"

郑乃仁卖弄地接一句:"也就是玛瑙托拉斯。"

毕红运赞叹地说:"真是个雄心勃勃的宏伟计划!"

"所以我要另选厂址,希望得到政府的帮助。"

"我看这不成问题。"毕红运当即表态,"为三资企业提供最大方便已是国策。夫人选中了哪里,只管提出来商量。"

"好,时间就是金钱,烦请毕局长同我一起乘车踏勘。"

轿车在市内兜着圈子,有几处闲置土地,毕红运认为很好,交通、水电等条件俱佳,但白萤就是不同意。当汽车驶经郊区一处菜地时,白萤示意停车。下车后她眺望一下附近那座几近坍颓的辽塔,语气肯定地说:"我选定这里建设公司。"

毕红运感到为难:"如今菜田面积日渐缩小,为保证蔬菜供应,市人大已做出过决议,不准再征用菜地了。"

"毕局长,投资环境必须使投资者满意。如果贵市有困难,我准备应邀去大连经济开发区。"

"夫人夫人,你不要急,"毕红运赶紧说,"我向市长汇报,想来是可以作为特殊情况处理的。"

当天,毕红运就向市长做了汇报。市里当然不肯把几亿美元投资推出去,便立即批准同意了。

副市长石如金却有些疑问,私下里问毕红运:"白萤为什么坚持要在那里建厂,是否另有所图呢?"

毕红运不以为然:"白萤对我说,她不是共产党人,所以对风水甚为重视。她说那里依山面海,是块发达之地。"

石如金点点头,但仍然将信将疑。

改革年代,涉及外资的项目,又是市长亲自过问,因此征地拆迁工作相当顺利，仅几天时间就已办理完毕。白莹似乎是为了报答陈大憨对白洁的关照，未经过招标，就把这个使所有施工队垂涎的建筑工程交给了陈大憨。

鸡爪沟工程队在建筑工地拉开了战场，白莹不辞辛苦亲自坐镇指挥。挖地基本上是技术员指导的事，可白莹坚持要听她的，哪里挖哪里不挖，挖多深，都要由她决定。陈大憨对此不理解不放心也不满意："董事长，你这工程一无图纸二不设计，这也不符合施工程序呀。"

"这是临时性简易建设，用不着那么费事，现在急等落成使用，效率就是金钱。就这么干，听我的。"

陈大憨没说的了，只有听从白莹的指挥。工地上还有几间搬迁户留下的空房子，白洁租用了一辆汽车，把城内玛瑙厂里的成品全都拉了过来，存放在这些空房子中。这样，首先缓解了玛瑙厂用房的紧张状况，白洁感到非常满意。当然，白洁无论如何也想不到，白莹所做的一切都是精心策划的。

西逝的残阳，给古老的辽塔披上了一层耀眼的光辉。白莹别出心裁，在工地内的草地上支起了一顶旅游帐篷。她与郑乃仁野炊后，目睹夜幕缓缓垂落。夜风轻拂，田野像诗像梦一般恬静。

郑乃仁耳听夜鸟的叫声，未免有些心悸："董事长，你把更夫打发走了，这旷野荒郊，来了坏人怎么办？"他起身要点亮那盏电石灯。

白莹按他坐下："别动，别破坏这童话般美妙的意境。这是大自然的纯情美。"

"我看不出美在哪里。"

"这要靠心灵来体味。"白莹拉他躺在怀中，"我的乖乖，不要动，听我为你讲故事。有一个美丽的传说……"

"有人！"郑乃仁一跃蹦了起来。

十五

夜空无月,大地一片漆黑。郑乃仁走出帐篷绕了一圈,哪有人的踪影!

白萤见他一无所获,悬着的心放了下来,嗔爱责备说:"你别大惊小怪的!"

"真是一场虚惊?"郑乃仁仍在察看。

白萤拉他坐下:"听我接着讲。"

于是,在这迷人的夏夜,郑乃仁听到了一个奇特的传奇故事。

一千年前的辽代,这里隶属于上京道懿州。辽代末年,天祚帝荒淫无道,致使兵连祸结。占据江北的女真人日渐强大,并在完颜阿骨打带领下建立了金国,不断南移,逼近了辽都上京。天祚帝弃城逃走,将宫廷珠宝装满一百辆毡车和一百峰骆驼。途中,雁翎公主劝父皇在此凭借集天下勤王兵马和有利地形,抗御金兵决一死战,以扭转败局。天祚帝不甘心亡国,在公主的鼓励下,调集了二十万大军,统称怨军,布防于蒺藜山一线。可当十几万金兵迫近,即将决战之际,天祚帝却信心顿失,担心战败被俘,坚持又要避往西京云州。雁翎公主拦马哭谏,但天祚帝逃心已定,将指挥权交与了雁翎。为了安抚极力主战的雁翎公主,天祚帝忍痛割爱,将大辽国宝"金八音"赏赐给雁翎。这金八音乃辽代开国皇帝耶律阿保机亲自监制,由八种乐器组成,是为金镈、石磬、丝瑟、竹箫、匏笙、土埙、革鼗、木柷。"金八音"则是高手匠人用纯金依这八种乐器形状仿制的工艺品,饰以各色宝石、珍珠、翡翠、玛瑙,精美绝伦,为辽朝历代国君钟爱,只在"柴册礼"登基大典时请出来陈列一次,因此被视为大辽第一国宝。

天祚帝的车骑远去了,雁翎公主手抚金八音惨然泪下。国如覆亡,国宝何用!她在军前宣布,若此战获胜,将金八音分别犒赏八营统帅。然而,怨军新组的乌合之众,方与金兵交仗,便全线溃败了,雁翎公主战死殉国,懿州城也毁于战火，金八音也就不知下落了。

人事沧桑多少载，物换星移几度秋。千年后，在古战场的土地上，耸立起一座城市。城内有一户陈姓财主，弟兄二人名叫陈守德和陈守礼。解放前夕，兵荒马乱，陈守德害怕共产党来了会清算他，便劝陈守礼一起逃到国外。但陈守礼舍不得房地田产，不肯同行，将祖传的一尊金佛交与哥哥陈守德，兄弟就算分割了家产。陈守德在泰国定居后靠贩毒发了家。一次，他偶然间失手，把金佛掉落在地上，不料佛头与佛身分离，才知佛身是空的。继而他又发现佛身内塞有一块布卷，取出后抖开一看，是一块一尺见方的黄绫，上面画着图写着字，待他仔细一看，惊得目瞪口呆。原来，图上标定陈家一地下密室的方位，文字说明告知，密室内藏有辽代国宝金八音。陈守德估计，这一定是陈家先祖哪一代猝死，未及告知下代这金八音的秘密，所以后代只知金佛而不知金佛腹中的藏宝图。至于金八音如何落入陈家，那就不得而知了。陈守德不愿让弟弟陈守礼得到金八音，但他也一直没有机会和办法把金八音弄出国。直到二十年前病危，他才让其夫人白萤回国，把金佛带给陈守礼，而仍不说明内藏金八音的秘密。他想，这样总可传留给陈家的后代。当时，白萤谎称金佛被没收下落不明。不久前，陈守德临近咽气，他不愿这秘密和他一同死去，在已不能说话的情况下，给白萤写了一纸字柬，留下这样一句话：金佛腹中藏宝图。这无疑对白萤产生了极大的诱惑力，她于是才又回国来，不惜代价收回了金佛。

郑乃仁几乎听入迷了。白萤已经住嘴不说，他仍在出神发呆。

白萤轻轻推他一下说："你丢魂了？"

郑乃仁紧握住她的手："你在这儿征地施工原来是为了金八音！"

"你还算聪明。"

"你要拉着我一起犯罪？"

"我这是给你泼天富贵。"白萤一双星眸直视着他，"金八音到了国外，其价值是无法计算的，我们就可以跻身于亿万富豪的行列，可以随意尽情享受人世间的一切了。"

"金八音能属于我们吗？"

十六

白萤和郑乃仁一番密谋之后，电石灯下，白萤取出金佛腹内的藏宝图，郑乃仁迫不及待凑过去看。只见图正中画着一个宝塔，有一虚线相连，指明地下埋宝之处，旁边写着：塔南一百步，斜对老松树，地下七尺五，便是藏宝处。

郑乃仁按图指示，从塔下起步整整数了一百，恰好到了地基沟前。再一看，西南方向果然有株古松，再低头看，地沟已挖下两米多深。他不禁叹服地对白萤说："原来你已经利用挖地沟做好了一切准备。"

"这就叫深谋远虑。如果不是基建施工，随便在这菜地里掘坑能行吗？"白萤递给他铁锹，"下去吧，该你卖力气了。"

郑乃仁只挖下去一尺深，便见出现一块石板。"找到洞口了！"

白萤跳下沟，和郑乃仁一起掀开石板。

电石灯探下去一照，砖砌的地洞内，石板架上整齐地排列着世上罕见的金八音。二人小心翼翼搬上来，重新盖好石板再埋上土，地沟又恢复了原状。然后，二人将金八音运进帐篷，关好门，这才在灯下仔细端详。八件镶满红绿宝石的纯金乐器，虽然埋在地下达千年之久，仍然是璀璨夺目，熠熠生辉，闪烁着奇光异彩。特别是这八件乐器，形状各异，造型别致，使人为辽代工艺匠人的丰富想象力拍案叫绝。这些精美工艺品，确实无法用金钱来衡量其价值。未见到金八音之前，白萤虽也曾竭力想象它的珍贵，但无论如何也想象不到金八音竟是这样令人痴迷陶醉。她激情难抑，情不自禁地逐一亲吻着金八音。

郑乃仁也呆了，有生以来他何曾见过这样令人眼花缭乱的宝贝！透过金八音放射出的瑰丽光圈，他仿佛看到了自己在异国腰缠万贯的富豪形象。啊，时来运转，我郑乃仁将要跻身上流社会了！

白萤首先定心收神："别发愣了，去把装玛瑙工艺品的空纸箱取来，我们抓紧装箱。"

郑乃仁拉开帐篷门正要出去，一个黑影堵在门口，吓得他惊叫一声退了几步。

"真是做贼心虚，怕什么？"黑影挤进了帐篷。

郑乃仁认出来者："你，秦昌！你来干什么？"

"问得多么可笑！我是记者，来采访呀！"秦昌原意是来伺机偷看，不料竟撞破这一天大秘密。

白萤以身挡住他的视线："你深更半夜来，非奸即盗！我要报告公安机关，你就得坐牢。识相点，快离开这里！"

秦昌冷笑道："报告公安局，只怕你没这个勇气。我已经得知了金八音的秘密。"他举起带闪光灯的相机，白光频闪，接连拍下了几幅照片。

郑乃仁气得要夺照相机，白萤拦住他问秦昌："你想怎么样？去报告吗？"

"这对我好处太小，无非得点奖金，不值得。"秦昌诡谲地一笑。

"你要多少钱？"白萤掏出一千块。

"哄小孩子吗！"秦昌冷笑一声，"咱们不必转弯抹角，我实话实说，只要这国宝的八分之一。"

"你痴心妄想！"白萤气得粉脸变红，"这是我家祖传遗产，国家无权干预。你这竹杠敲得太狠了。"

"这种国宝文物只能归国家所有。你想运走，就得堵住我的嘴。"

"不管怎么说，想染指金八音你办不到，这是完整的一套。"白萤突然用钢笔指向秦昌的胸脯，"我这是无声手枪，送你去见上帝！"

秦昌仍是冷笑："出了人命案，公安局自会全力侦破，那么你这金八音的美梦也就做不成了。"

白萤气馁了，把钢笔收起来："我们谈判好吗，你可以开个价。"

"我要一百万美元，你现在拿得出吗？"秦昌右手搭上一件金八音，"还是现实些，你给我一件，却能保住另外七件。"

白萤别无良策，只得忍痛割爱："好吧，依你，不过你可不能走漏风声。"

"这不用担心，如稍有泄露，我这八分之一不是也得拱手交出吗？"秦昌将一件金八音装进纸箱捆扎好，提起来闪出了帐篷。

郑乃仁忍着气送秦昌到铁丝网大门，打开锁把门拉开一道缝："哼！你真该像进来时一样，从剪坏的铁丝网下爬出去！"

"哥们，别说风凉话了。你还不是依附在女人的胯下？我们的人格都不算高，彼此彼此。"秦昌走出了铁丝网。

树后忽然有个黑影一闪，秦昌立刻警觉地抱紧纸箱："谁？"

黑影一急绊倒在地。秦昌过去一把拉起来，令他大为意外，竟是瞎子刘明。

刘明麻搭着大眼皮，仄耳细听似乎在辨识声音："你是秦记者？半夜三更你来做啥？"

"我，我来采访。"秦昌抓住刘明不放，"说，你在这儿瞎转什么？"

"瞎走，睡了觉，我老婆肖魂偷偷起来走出了家，我想她莫不是有了外遇？就跟着脚步声跟踪，谁知让我跟丢了。"刘明另一只手也拉住秦昌，"这回，你送我回家吧。"说着，他的手无意中摸到了纸箱上。

秦昌一惊，使劲甩开刘明："滚开，我没时间侍候你！"他快步奔到附近树丛推出自行车，一溜烟骑走了。

可是他二人谁也没想到，还有个人趴在树丛中，把方才的情景全看在了眼里。

十七

　　肖魂在屋中急得团团转："白洁，刘明双目失明，走了多半夜，说不定掉进沟里跌进海里出事了。"

　　"不会的，刘明鬼精鬼灵。"白洁口中安慰，心中也满是担忧。

　　哐啷！门被撞开，刘明回来了。肖魂惊喜地扶住他："哎呀，我的活祖宗，你瞎撞到哪里去了！把人都急死了！"

　　刘明显然赶路很急，仍在喘气："我发现了一个天大的秘密。"

　　接着，他绘声绘色地讲了他的见闻。

　　白洁怀疑地说："不对呀，刘明，你双目失明怎么看见的？"

　　"我，"刘明怔了一下，"我耳朵灵，是听来的。"

　　"不对，你刚才明明说扒开帐篷往里看。"

　　刘明已知失言难再掩饰，只得支支吾吾地承认："我，我并未完全失明，还有零点几的视力。"

　　肖魂又喜又惊："闹半天你是装瞎！"

　　"不错，我的双眼还通路，所以我曾经发现郑乃仁见不得人的丑事，就在你丢失两千元钱的那天中午，他进过办公室。"

　　"你为什么不早说？"

　　"他是毕红运的红人。谁能相信一个瞎子的证词？"

　　白洁也恍然大悟："那天早晨，大树上的人也是你。"

　　"我惊扰了郑乃仁的好事。"

　　白洁不无感激："若不是你，我就上当吃亏了。"

　　"郑乃仁，十足的伪君子！"刘明满含义愤，"他不顾年龄相差二十多岁，先与毕红运不清不白，又与白萤勾搭连环，无耻至极！"

　　白洁感到心在绞痛，毕红运是生身母亲，白萤又是亲姑妈。

"更有甚者，他们竟要盗走国宝金八音！"刘明把暗中所见从头讲了一遍。

白洁和肖魂几乎听呆了。少顷，白洁坚决地说："这样无价的国宝，决不能让它流失国外！我这就去向姑妈讲明道理，劝她改变主意。你二人去找陈大憨，随后也赶到那里去！"

"找大憨帮助打架吗？"刘明笑着问。

"不，陈大憨是陈守礼之子，他才是合法继承人。"

白洁与刘明和肖魂分手，骑车直奔工地。这时，天已经放亮了。郑乃仁打开帐篷门，白洁见他面容憔悴，显然是一夜未睡。

"我找姑姑。"白洁正眼也不看他，快步走进帐篷。但她立刻一愣神，刘明所说的装有金八音的纸箱竟一个也不见了！

白萤披上衬衣，从行军床上坐起来问："小洁，什么事？"

"姑妈，我早早赶来，是想说说金八音的事。"

"你，怎么知道金八音？"随后进来的郑乃仁未免惊慌。

"你这个孩子，今天犯了哪门子邪，吃错药了怎的！看你乱七八糟说些什么呀。"白萤是打定主意不认账了。

"想抵赖吗？办不到！"刘明在帐篷外突然接过话头，接着和肖魂、陈大憨走进来。

"你是什么人？"白萤惊问。

"我是证人！"刘明说，"昨天夜里，我亲眼看见你们挖出了金八音。"

"你？"郑乃仁狂笑两声，"做梦吧，你是瞎子！"

"他不瞎，他还能看见！"肖魂说。

"姑妈！"白洁恳求道，"我们要讲中国人的良心。而且金八音也不属于你，陈大憨就是陈守礼的儿子。"

陈大憨跨前一步道："按法律我是第一继承人。"

白萤只是冷笑："你们的话使我越听越糊涂。"

刘明也冷笑一声："尊贵的夫人，你以为将金八音转移，我们就没法了？其实这是你一厢情愿，金八音肯定是混在了出口商品箱中，我们只要逐一打开查看，总会找到的。"

这番话使白萤如遭了当头一棒，她忘了吸烟，失去了坦然的风度，怔了许久，终于无力地开口了："我佩服你们的精明，赞赏你们的爱国义举，对比之下我简直无地自容。秘密既然暴露，金八音肯定运不走了，我决定接受你们的劝告，把国宝献给国家。"

白洁大喜过望："姑妈，你真好！"

刘明感到突然："夫人说的是真心话？"

"唉！"白萤叹口气道，"我不这样做又能如何呢？对了，我还要告诉你们，金八音被秦昌讹诈拿走了一件，要报告政府追回，不然金八音就缺一而憾了。"

肖魂不禁脱口称赞："夫人，您真是明白人！"

"我是想通了，不过，大憨是否同意献宝？"

"我郑重声明，金八音无代价地献给国家。"陈大憨立即回答。

"好，我们取得一致意见就好。"白萤像突然想起了什么，"看我，忘记招待客人了。你们一大早来，我们先简单吃些早点吧。"

"这，"刘明婉辞，"夫人别麻烦了。"

白萤已动手了，她打开煤油炉，取出一袋高级豆乳粉，在每只杯里还加了一小块方糖，麻利地用开水冲化。"别客气，喝了后我们一起把金八音送到市政府。"

心里高兴，人人的胃口都好，白洁、刘明、陈大憨、肖魂全都端起杯子就喝。白萤则喝得很慢，郑乃仁发觉白萤丢来一个眼色，喝了一口便停下了。很快，白洁感到一阵恶心："肖魂，我有点不舒服。"

"我也觉得不对劲。"肖魂也捂住了心口。

陈大憨和刘明也都头晕了，刘明意识到了什么："我们上当了！"

不一刻，他们四人全都软绵绵地倒下了。

十八

郑乃仁的思想感情,经历了急剧的大起大落,从亢奋到失望,如今又目睹白洁等四人倒下,他的心又被极度的惊悸揪紧了,他有些口吃地指责白萤:"你怎能这样!"

"小傻瓜,难道我们坐以待毙不成?"白萤在他腮上亲了一口,"你生气的时候更好看。"

郑乃仁烦躁地推开她:"你还有这份闲心!完了,杀人偿命,这四条人命我是跳到黄河也洗不清了。"

白萤扑哧一笑:"我的小傻瓜,他们只是被麻醉了,死不了。"

"真的!"郑乃仁又是一阵兴奋,"可是……他们醒来一报告,我们还是跑不掉。"

"等他们醒来,早已上了外轮,那可就是我们的天下了。"

"你想把他们带走,可怎么把他们带上船哪?"

白萤不枉同陈守德一起生活过多年,黑社会的手段耳濡目染,这点事当然难不住她:"去找四个大号纸箱来。"

郑乃仁奉命找来四个纸箱,在白萤指挥下,逐一将四个失去知觉的人装进里边,再捆好包装绳,又在装白洁的箱子上挖了几个气孔。

郑乃仁问:"这三个没留气孔的呢?"

白萤冷冷地说:"这三位就只有听天由命了。"

"那会憋死的!"

白萤冷笑一声:"那样,陈大憨就可以到阴曹地府找陈守德、陈守礼继承家产去了。"

郑乃仁没再说话,他觉得白萤太心狠了。

"别站着,赶快抬到货箱堆里,以免引起怀疑。"

郑乃仁和白萤吃力地抬起一只箱子，撞开帐篷门。"啊！"两人同时一惊，箱子失手坠地。只见石如金、毕红运、秦昌站在门前。

石如金诙谐地说："二位还是魔术师，会变大活人。"

半天，白萤才明白过来，她手指秦昌怒斥："你背信弃义！"

秦昌叹了口气："我也是没奈何，昨天晚上我们的一切，全被石市长的公子石化银看到眼里了。"

毕红运满脸堆笑迎上前来："白夫人，这件事可愿意私了？"

白萤喜出望外，没想到还有转机："好，你开个价。"

"三件金八音。"

"不行，你们的胃口太大了。"

石如金对白萤说："你还剩四件嘛，运到国外可就发了，总比一件都拿不走好吧。而且，我可以保证你平安登上外轮。"

毕红运也连声催促："夫人，这是看在亲属面上。我们也要担风险呢！"

"如果夫人不同意，那就只好去公安局了。"秦昌也在一旁帮腔。

事已至此，白萤还能怎么办，只好说："好吧，我们达成协议。"

毕红运喜上眉梢："你快找出三件金八音交我，那四件你立即装货上船。"

郑乃仁按白萤吩咐，去货堆中找来三个纸箱。石如金逐一验看，确认是金八音，赶紧再封好，对白萤说："我们把这三件先拿走……"

突然帐篷门开了，石化银走了进来。毕红运吃了一惊，忙问："小银，你不是在家睡觉吗，怎么又来了？"

石化银有些不自然地说："我睡不着，前思后想，觉得还是应该去公安局。"

在场的人听了这一声都被吓住了。

公安局副局长和几个公安干警出现在门口："我们听说发现了国宝金八音，都急于先睹为快呢！"

白萤双眼盯住石如金:"石市长,这事你得做主!"

石如金心里就别提多窝火了,挺好的一盘棋全让儿子给砸了,他恨不能立即把儿子掐死,但如今只有先忍下这口气,先把自己择出来:"副局长同志来得正好,我已搜出其中三件,你们继续进行,一定要让金八音完好无缺地回到人民手中。"

"石市长好健忘,方才说的话可是有耳共闻!"白萤仍欲抓住这棵救命稻草。

石如金说假话毫不脸红:"我方才那是一种策略。"

白萤明白石如金要溜了,她愤愤地说:"市长先生,我若落空,你也休想脱干净!"她又转向公安局副局长,"我郑重告诉阁下,祖传财产是受法律保护的,任何人不得侵犯。"

"夫人,"副局长客气地回答,"国家规定,地下的一切文物均属国家所有。"

"我这是私人财产。"

"金八音乃辽代宫廷至宝,夫人家族并非契丹皇室后代,你的证据不足呀!"

白萤理屈词穷:"我,我要向世界控告你们的土匪行径!"

"夫人不该控告自己吗?"副局长用手拍拍纸箱,里面传出了白洁苏醒后轻轻的呻吟声。他又指示民警:"把人都放出来。"

白洁、陈大憨、刘明、肖魂等四人都双腿发软,勉强站立起来。这时其他干警已将金八音找来,七件乐器一字排开。白洁无力地说:"还差一件。"

副局长鹰隼一般的目光逼视秦昌:"该怎样做,你明白。"

"我交,我交出来。"秦昌的声音低得像蚊子叫。

一轮金灿灿的朝阳一跃浮上了云天,金八音辉映着旭日的红辉,闪烁出炫目的异彩。白洁的眼前晃动着七彩光圈,幻化出各种图景。

太阳升起来了,越升越高。天是那么蓝,阳光是那么辉煌。

中篇小说

双美图

一

铜盘似的一轮明月，从天边冉冉升起，县委副书记聂守忠家的三合院里，洒满了清凉的银辉。菱形的花坛，砖砌的甬道，枝叶茂密的葡萄架，以及站在架下的孔娜，都仿佛披上一层淡雅的轻纱。屋内无人，尚未开灯，庭院里静极了。只有墙脚下的蛐蛐发出有规律的叫声，还有微风拂动葡萄枝叶时的"飒飒"声。孔娜一动不动，似乎陶醉沉溺在富有诗意的静谧之中。月光如水，透过葡萄架，在她身上投下了许多闪烁跳动的光影。她的心头，也跳跃着无数变幻不定的光斑。此刻，这个月光下亭亭玉立的舞蹈演员，正在为自己的婚姻大事憧憬畅想。

孔娜哪里知道，一个黑影已悄悄从厕所中闪出，在背后接近了她，并且伸出了罪恶的黑手。就在这一瞬间，孔娜恰好转过身，她猛然发现一个黑影扑来，如同《天鹅湖》中的妖怪，孔娜"啊"地惊叫一声，黑影已将她扑倒。一股令人作呕的酒气，混合着臭牙花子的气息，喷向孔娜的面门。黑影用身体压住孔娜，不容她喊第二声，便迅速将一方毛巾手帕塞入孔娜口中。可是黑影万万没想到，孔娜狠狠一口，几乎把他的食指和中指咬断，黑影不由自主地叫了一声。十指连心，他是真疼啊！孔娜感到，牙齿已碰到了骨头，口腔里留下几滴苦咸的黏液，很可能是血。搏斗中，孔娜想辨认一下歹徒的面目，但是，黑影连头带脸蒙一条女人用的黑纱巾，休想看清他的长相。黑影抽回被咬伤的右手一愣神的工夫，孔娜猛地用双手一推，黑影没提防跌个后仰。孔娜学舞蹈练的基本功此刻也用上了，她一个鲤鱼打挺跳起来，并且大喊一声："来人哪！抓坏蛋呀！"黑影几乎同时跳起，本想二番再把孔娜按倒，但是做贼心虚，孔娜一喊，他急慌慌夺门逃跑了。

孔娜见歹徒逃走，急忙过去关上院门，用身体紧紧靠住。这会儿，她似乎把全部力气都用尽了。她现在自己都难以理解，方才怎么会有那么大的力量和勇气。

孔娜想，这歹徒是谁呢？竟敢到县委书记院中作案？而且又是刚刚入夜不久，这真是胆大包天了！她打算到派出所报案，手触到门拉手又停下了。心想，报案后传扬出去，难免满城风雨，添枝加叶。人们若给你增加一些情节，你便浑身是口也分辨不清。那样一来，聂品超怎会相信自己，婚姻大事十有八九就可能告吹。孔娜权衡利弊，觉得还是隐忍不发为妙，因为她好不容易才找上了这个百分之百满意的对象，无论如何不能出偏差呀！

孔娜是县文工团的舞蹈演员，论年岁，刚二十许，堪称妙龄，也正是演员的黄金时代。论相貌，这个在旅顺口长大的滨海姑娘，在有五万多人口的西辽县城里，可算是百花丛中的一朵牡丹。论演技，她是省舞蹈艺术学校的高才生，未毕业就被借到了省歌舞团。在省歌舞团出访亚、非、欧回国后，于首都的汇报演出中，她大显身手并崭露头角，使得许多舞蹈界的老前辈都刮目相看。发表在省报的一篇评论文章，称她为"舞坛上正在升起的一颗新星"。正当她暗暗发誓，要在全国舞坛夺魁，争取成为举世瞩目的舞星时，"命运"却同她开了个玩笑。由于上级决定选派优秀演员，加强这个全省唯一的县级文工团，她竟然来到了这偏僻的西辽县。她虽然不情愿不安心，但随着时间的推移，她也只好认命，安于这既成事实了。

在这里，只有一点可使孔娜得到慰藉。她是文工团板上钉钉的第一主演，是至高无上的艺术权威，不论是县委领导，还是一般同志，都得对她高看一眼。这使她得到了某种程度的满足，但是，青春年华不可回避的麻烦，却深深地缠绕了她。由于孔娜惊人的美丽，便自然成了许多未婚男人的追求目标。她经常会接到相识或不相识青年男子寄来的求爱信。写情书者，有工人、店员、教师、机关干部、青年军官，也有她的同行。信上的语言有真挚的，热辣的，缠绵的，直率的，赤裸的，还有竟是令人肉麻的。对于这雪片般飞来的求爱信，她有两种感受：一是感到满足，她为自己能使这么多男人倾倒而得意。基于这种心理状态，她倒愿意看到更多的求爱书束，以得到精神上的刺激与安慰。与此同时她又感到厌烦，她讨厌所有求爱者，认为这些人全是癞蛤蟆想吃天鹅肉。基于这种心理状态，她把成打的求爱信撕碎，诅咒写信者手指头全长疔疮，再也不能拿笔。

孔娜的心情是复杂的，她好比是一枝初绽的鲜花，既希望有数不清的蜂蝶围着她翩飞，又不愿真有一只蜜蜂随便落上花心，采食那甘美的花蜜。对于男朋友，她心中有一把条件极为苛刻的标尺。按这把标尺，就是在沈阳和大连，也得费力地挑挑拣拣，何况西辽县这个与北沙坨子相连的穷乡僻壤。按孔娜的想法和愿望，男方必须是大学生，也在文化宣传部门工作，和她能有共同语言。他长得必须英俊，举止要风流潇洒、落落大方，年龄不能大过她五岁。其父母要在社会上有一定地位，又没有家庭负担，而且还要有一笔数目可观的存款，以便结婚蜜月时能带她周游全国，婚后也有充裕的经济条件。随着时间的推移，她对于在西辽县交男朋友已经绝望了。可是，就在不久以前，一个完全合乎她要求的青年男子，竟然出现在她的面前。

那是在"五一"晚会上，孔娜在表演她最拿手的"霓裳羽衣舞"后，在暴风雨般的掌声中回到后台卸妆。突然刺眼的镁光灯一闪，刚巧把袒胸赤膊的她摄入了镜头。孔娜十分恼火，想狠狠地训斥对方几句，并要回胶卷销毁。当她怒冲冲站起来，看清面前站的人时，不禁有些惊呆了，真好像哥伦布发现了新大陆一样。站在面前的，是一位俊秀文雅的青年，孔娜禁不住把对方从上到下仔细打量了一番。只见他中等身材，不胖不瘦。上方下圆粉中透红的一张脸，眉毛黑而不重，状如柳叶一般。一双眼睛大而有神，仿佛两颗明星在眼窝里闪光。嘴呈新月形向上弯起，使得他脸上总是浮着微笑。穿一身刚刚在大城市试销的咖啡色经编西装，足蹬最新款式的男半高跟皮鞋。他满面春风，仪表非俗，举止大方，风度翩翩。孔娜不由想起了古代的美男潘安、宋玉、曹子建……还想起了电影明星王心刚……

"孔娜同志，您好！"对方见她许久不语，先开了口。

孔娜被对方的问候唤醒，感到有些难为情，她把目光移开："同志，您认识我？"

"当然。"对方用充满赞美之情的语调，彬彬有礼地说："您是全省著名的青年舞蹈艺术家，我国舞坛一颗璀璨耀眼的新星，我怎能不认识呢？"

对方不仅谈吐有致，而且又给予她那么高的评价，孔娜感到心头热乎乎的。

对方不等孔娜开口又接下去说："我在沈阳看过您主演的《天鹅湖》，您演出五场，我整整看了四场，其中有一场因为学校团委开会我才没看上，至今尚觉遗憾。看您的演出，真是一种极大的艺术享受。您的表演明快、流畅、优美、自然，可以说是炉火纯青，天衣无缝，登峰造极，达到了最高的艺术境界。任凭是什么观众，只要一看您的演出，就必然会被迷上。"

孔娜觉得自己脸上的温度开始升高，对方的语言，就像一滴滴蜜糖融入她的心田。她感激地报以甜蜜的一笑，嘴里不得不谦逊几句："您太过奖了，我跳得不好。"

"不，观众是最公正的评论家，您应该接受观众的衷心赞誉。我觉得，如果说您是粉碎'四人帮'以后，在文艺春天里开放的一朵最美丽的奇葩，也当之无愧。我认为，把《辞海》中所有最好的形容词全奉献给您，也不足以形容您卓越艺术才华的万分之一。"

"您的话我实在不敢当。"孔娜眼中闪烁着兴奋喜悦的光彩。

对方见这些话获得了孔娜的好感，越发说开了："方才，我有幸欣赏您表演的'霓裳羽衣舞'，您那优美舞姿所产生的意境，使我仿佛如唐明皇置身广寒月宫，饮着桂花美酒，在观赏嫦娥轻舒广袖。"

孔娜脱口说道："您简直是在作诗。"

"我还要写评介文章。"他有意透露说，"在您演出时，我已从不同角度给您拍下多幅剧照，这些很快就会在县报上发表。同时我还准备写一篇全面评介您的文章，除在县报发表外，还要争取在省报和《舞蹈》杂志上刊登出来。所以我想全面系统地了解一下您，需要同您做几次深入细致的交谈。"

"您是？"孔娜想，这人容貌出众，而且文采飞扬，不知做何工作，家庭情况怎样。

孔娜一问，对方从容不迫地取出一个蓝皮证件，在她面前展开："我叫聂品超，是县报记者。"

"啊，原来您是记者！"孔娜脸上笑开了花。

"孔娜同志，您有时间吗？"

"有！有！"孔娜忙不迭地答应，"您要采访，什么时候都行，谈多长时间都可以。"

"那，我们现在就谈谈好吗？"聂品超试探着问，"这里太嘈杂，我们到外面边走边谈。"

"好的。"孔娜愉快地同意了，"请稍候片刻，我换好衣服。"

聂品超点燃一支烟，慢慢吸起来，边偷眼打量换装的孔娜。明亮的灯光下，孔娜修长的身段越发显得苗条。乌黑闪亮的短发，柔软而又天然弯曲。粉白的前额上，似乱非乱地蓬散着刘海。再加上那双弯弯秀眉下，晶如点漆顾盼撩人的美目，端庄的鼻子，红润的小嘴和一口整齐洁白的牙齿。光洁的脸蛋上，不时浮现两个笑窝。上身换上了雪白的薄如蝉翼的半透明提花丝的确良半袖衫，十分合身得体。下身是刚过膝盖的湖蓝色涤纶绸短裙，使她更增添了几分妩媚。短裙下裸露的一双小腿，和手臂一样白皙。她的脚上，是一双浅棕色半高跟皮凉鞋。六公分高的后跟，使她那丰满的胸部也越发显得突出。聂品超觉得，上妆的孔娜动人，卸妆的孔娜更动人。他简直难以自持了，幸好这时孔娜已经打扮完毕，他们并肩一起走出了剧场。

西辽县的五月，正是春浓时节。杨柳在清爽的夜风中，舞动着新绿的枝条，一坛鲜花和满坪碧草，散发出沁人心脾的芳香。两个人各揣心腹事默默无言地走了一程，来到街心花园的条椅上坐下。

还是聂品超先开口："小孔，你不是在省歌舞团吗？怎么到了这里呢？"

"别说了，"孔娜显然还有满腹牢骚，"打倒'四人帮'后，省委决定恢复西辽县文工团，并要求从省里选派优秀演员加强充实，就把我调到了这个不毛之地。"

"原来是这样。"聂品超略一思索说，"小孔，凭你的水平，在省里不说数一数二，也是名列前茅。到这里是可惜一些，但事物都是一分为二的，来西辽县有不利的一面,也存在有利的一面。省团里群英荟萃,名家辈出,论资格你很难排到前面,当主演的机会恐怕很少。而在这里,你则是帅旗一面,鹤立鸡群,沙石中越显明珠的光辉,野花丛里方知牡丹的华贵。在这里谁也没资格也不配与你竞争,入党、当劳模、当代表等项荣誉你唾手可得。总的来看,到这里还是利多于弊。"

孔娜嫣然一笑:"你真会说话。"

"我对你是畅所欲言,不隐瞒观点。"聂品超显得非常近乎,好像他们是无话不谈的老相识。

孔娜终于忍不住问起了他的身世:"小聂,你是什么时候到县报社的,过去我怎么一直没见过你?"

"我到报社上班才一个星期,你当然不认识我了。"聂品超告诉她,"我是在'文革'期间,被选送到辽大中文系的工农兵大学生。去年毕业分配到广宁县一个公社中学当语文教师,在穷山沟里可吃了不少苦头。幸亏妈妈劝通了爸爸,才把我调回这里,安排到县报社当了记者。"

"这么说你爸爸好有本事呀。"孔娜急切地想知道聂品超的家庭情况。

聂品超欲扬故抑地说:"能有啥本事,不过是个七品知县。"

孔娜双眼一亮:"啊!县委聂副书记是你父亲!"

"什么书记不书记,就是聂守忠同志吧!"

这一夜,孔娜失眠了。聂品超的形象,在她脑海里怎么也赶不走了。这是个百分之百符合她选择对象标尺的人,而聂品超对她也是一见钟情,倾心爱慕。从此,他们就确立了恋爱关系,而且像入伏的天气一样越来越热,确实已达到了白热程度。

今天下班前,孔娜接到聂品超的电话,约她晚饭后到聂家相见,然后一起去电影公司看内部放映的外国故事片。孔娜七点钟准时来到这里,只有聂品超的妹妹聂品晶一人在家。

聂品晶今年二十四岁,年初才到县城派出所当民警。她知道孔娜与哥哥的关系已发展到相当程度,已经把孔娜当嫂子对待了。孔娜一来,她热情地让座沏茶还觉不够,又让孔娜先给照看一下门户,她抓起一个网袋上街去买水果。

月光如水,清辉似银,花影轻摇,微风阵阵。孔娜一个人伫立在庭院中,不由想起上星期晚上发生的那件事。聂品超与她在河边花园漫步流连,当绕到一处僻静的树丛中时,聂品超突然把她紧紧抱住了,而且迅即把手伸进了她的胸衣……对于这种迅雷不及掩耳式的突然袭击,孔娜真是不知如何是好了。她感到惊慌,又感到一种生理上的满足。但姑娘的自尊心终于驱使她从聂品超的怀抱中挣脱出来。她的心跳得厉害,脸和耳朵都发烧,并且不敢看聂品超,仿佛是她做了什么见不得人的事。

聂品超心头洋溢着胜利的喜悦,他轻轻抚摩着孔娜柔嫩的手说:"我们结婚吧!今年国庆节,旅行结婚。"

这个要求又是提得太突然了,孔娜一时间又不知该如何回答。

聂品超进一步说:"我们从大连乘船,经水路去上海,再到杭州、苏州、无锡、镇江、南京,然后从北京返回,我保证让你度过最愉快最幸福的蜜月。"

在聂品超一再催促下,孔娜含羞回答说:"我给妈妈写封信,把你的照片寄去,要是妈妈不反对,那就……"

如今,信已发出一个星期,母亲为何还未回信呢?但孔娜相信,她为母亲挑了个称心如意的乘龙快婿,母亲一定会同意。

花香浓如酒,月上柳梢头。孔娜在遐想中不觉心驰神往,恍如与聂品超荡舟西子湖上,携手剑池虎丘,漫步莫愁湖边,偎傍鼋头渚畔……谁知,就在这时,不知从哪里冒出来一个歹徒,不但打破了这美妙的意境,而且她还几乎吃了大亏。孔娜靠在院门上,过了好一阵依然惊魂难定。她越想越害怕,似乎随时都会再发生新的危险,她觉得应该闩上院门,这样才会保险。可是,她刚把身体挪开还未推上门闩,就有一个蓬头垢面的男人突然闯了进来。孔娜吓得惊叫一声,一个后仰坐在了地上。

二

闯进来的人个头不高,头发乱蓬蓬的,好像从未认真梳理过。五官很平常,脸也似乎没洗净,乍一看像是四十开外的人。其实他才三十岁,是县锅炉厂的锅炉工,这从他穿的那身沾满煤灰的工作服上可以得到证明。他见孔娜吓得摔倒在地,感到自己冒失了,有些手足无措,想上去扶又不敢,脸憋得通红:"你,没跌坏吧?"

孔娜定定神,看这人像个憨厚老实的农民,显得很拘谨,不像为非作歹的坏人,心中稳定不少,站起来问:"你,干什么?找谁?"

锅炉工名叫辛爱国,往院里走了几步,他见孔娜怀有戒心地往后退,就自觉停下了:"我找卫馆长。"

"卫馆长?"孔娜想起来,聂品超的母亲卫芝,是县图书馆馆长,就说,"她不在。"

辛爱国见对方如临大敌严阵以待的样子,沉吟一下说:"好吧,我等一下再来。"说罢转身走出去,并随手带上了院门。孔娜松了一口气,紧绷的心弦松弛下来,看看手表,已经七点一刻,不由暗暗埋怨起聂品超。约别人前来,自己倒不照面了,真气人!他到哪里去了呢?

"丁零零"一阵清脆的自行车铃声,由远而近响到门前。随即院门被推开,聂品超推着自行车,神情略显慌张地进了院子。他见孔娜迎上来,便急忙定定神温存地问:"小孔,等急了吧!"

孔娜故意赌气说:"你和哪个漂亮姑娘轧马路去了!"

聂品超正在支车子,听此话怔了一下,立刻又晃晃头,笑眯眯地说:"你可真逗,开这样的玩笑。你想想,这西辽县七十万人口里有谁能比上你一个角,难道你对自己的美丽还有怀疑吗?"

孔娜满意地笑了："那可不见得，我听说玉器厂有个姑娘都长绝了，说是天下无双，人们都叫她'玉观音'。"

聂品超眨眨眼睛："这可是个新闻，我还是头一次听说。不过我不相信，传言往往添枝加叶。"

"无风不起浪，都说她长得好，就准错不了，有时间我非去看看她不可。"

"我看没必要浪费这个时间，她在离城十里路的一条山沟里。闻名不必见面，见面准差一半。何苦跑那个冤枉腿呢。"

"哎，小聂，"孔娜听出了漏洞，"你不是头次听我说起'玉观音'吗，怎么知道她在十里外的山沟呢？"

"你呀，"聂品超打个沉，拉孔娜到窗前的藤椅上坐下，"火石沟是西辽县玛瑙玉石主要产区，玉器厂在那儿设了收购点和选料车间，咱们在街上总也没见过这个'玉观音'，她就准在那里。"

"反正早晚我要见识见识这个美人。"孔娜没再细想聂品超的话，因为他们彼此爱得很深，是用不着多心的。

聂品超这时看见了地上那方毛巾手帕："哎，谁掉的？"他起身要去拾。

孔娜抢先一步捡起来装进衣兜："是我的。"

"太粗俗了！"聂品超摇摇头，"你怎么用这种手帕呢，不用'鲛绡'，起码也得是乔其纱的。"

"这样的手帕吸汗。"孔娜遮掩说，她不愿让聂品超知道刚才发生的事情，以免越说越多越讲不清。孔娜说着，忽然发现聂品超头上起了杏大的一个包，中间还破了皮，好像是什么打的，忙关心地问："小聂，你这是怎么了？"

"噢，说起来真气人。"聂品超掏出手帕擦拭头上的汗珠。

孔娜一眼望见，聂品超手中是一块崭新的粉红色纱帕，四周是金线描的云牙边,图案是一个身着绿色运动衣的女子体操运动员。虽然手帕并不像服装鞋袜,并无严格的男女之分,但这样鲜艳的手帕显然是女同志用合适。孔娜好奇地问:"小聂,哪来的手绢?太好看了。"

聂品超发觉掏错了手帕,要收回去已来不及,便含糊其辞地说:"好看吗?我就喜欢用最新产品,我不知道你这样喜欢,已经弄脏了,不然送给你。"说罢,又装进兜里。

"还是说说你额头上这个包吧?"孔娜疼爱地望着那个红肿疙瘩。

"噢,"聂品超略停一下说,"有篇稿子明天要见报,我一直忙到晚七点,怕你着急骑车紧往回赶,只顾赶路,不提防从胡同里飞出一颗石子,正好打在这里,可把我气坏了。准是谁家的孩子乱打弹弓,要打在眼睛上不就糟了。"

孔娜一听也替他后怕:"多危险,我给你擦点红药水吧。"

"不必了,过一会儿自然会消肿。"

"那你快吃饭吧,电影是几点的?票搞到了?"

"那还有错,"聂品超把两张票放在孔娜手里,"八点开演,来得及。"

院门口又响起人声脚步声,两扇蓝漆木板门被推开,县委副书记聂守忠和爱人卫芝一起进来了。

聂守忠今年五十岁了,他中等个,身体还结实。可能是因为太操心,抬头纹很深很密,头发也已过早地发白了。他是土生土长的游击干部,解放后从公安局副局长、法院院长,一直升到分管政法的县委副书记。几乎成年和案情打交道,再加上这些年一直大抓阶级斗争,把他锻炼成为一个不苟言笑十分严肃的人。他穿着很朴素,上身是一件蓝斜纹布吊兜干部服,下身是青斜纹布制服裤子,脚上是一双礼服呢圆口皮底布鞋。

对比之下,卫芝与他就太不协调了。卫芝虽然已经四十七岁,却比实际年龄年轻得多。从背后乍一看,很容易错认为她是二十多岁的年轻小媳妇。看面目,也不过是三十六七岁的人。卫芝年轻时是个村妇救会长,战争岁月里和男子汉一样摸爬滚打风吹雨淋，倒像是个铁姑娘。解放后条件变了，环境好了，卫芝也逐渐白胖起来，不但学会了用名牌化妆品，皮肤也细腻了。县委副书记的夫人，本身又是图书馆馆长，穿的不能太土气，至少得随上流。于是，布料换成了毛料，革履取代了布鞋。前些日子，在她的好朋友白贞丽的劝说下，又把头发烫了两个大弯。聂守忠认为，卫芝做的这些，全是资产阶级生活方式。在卫芝买毛料服、皮鞋和烫发时，他都大张旗鼓地干涉过。但是，这个全县第二号人物聂副书记，却每次都得在老婆面前缴械投降，屈服于卫芝的既成事实。图书馆的同志，曾经半开玩笑地说过卫芝："卫大姐，你这身打扮，和你姑娘聂品晶换换正好，小晶穿的太素了，你又穿的太艳了。"图书馆的党支部书记，也是个女同志，也曾以老大姐的身份劝说过："卫芝，我们都是领导，应给同志们树立个艰苦朴素的榜样。"对于同志们的话，卫芝的回答是："小晶一朵花才开，穿好的还在后头呢。等'四化'实现，穿什么有什么。我们受了半辈子苦，该享受享受了。再不抢着穿几件，过几年就是老太婆了。"对于支书的话，她的回答是："现在打倒了'四人帮'，人民喜洋洋，我们不能再做苦行僧了。穿戴打扮好点，也是大好形势的体现。再说，国家生产这些消费品，不就是为了让我们用吗？我们多买多穿，还是对'四化'的支援呢。"其实，卫芝并没有这么高的"理论水平"，她这些话全是从白贞丽那里批发来的。

看见聂守忠和卫芝回来，聂品超和孔娜全都站起来。聂品超上前接过父亲的车子："爸爸，您又开会了。"

卫芝兴冲冲地告诉他说："妈和你爸爸，被你舅舅请去吃晚饭了。"

聂守忠似乎不大高兴："生拉硬拽，简直是绑架。"

"怎么？十二个菜还给你吃出不是啦？"卫芝当即还击，"我弟弟高攀你了？摆什么架子！"

"你！"聂守忠看看孔娜不作声了，其实就是争吵下去，他也注定要败北。

孔娜上前打个招呼："聂书记，伯母。"

卫芝看见孔娜，从心里往外高兴。她觉得孔娜与儿子是天下最理想的一对。她对此很是骄傲，西辽县委十三名常委中，谁家的儿子能比得了聂品超？谁家的儿媳妇又能比得上孔娜！她亲亲热热地拉住孔娜的手："小娜，来多久了？吃晚饭没？怎么在院里坐着，走，进屋。"边说，边拉孔娜走进上房。

四间正房里，东面两间是聂守忠在家的办公室，还兼书房和会客室。聂品超抢在头里，拉开电灯开关。两支四十瓦日光灯，把屋子照得雪亮。室内是红砖铺地，白灰抹墙，白灰顶棚。靠东墙，是长排摆放的立柜和书架。北墙前是一张大写字台，上面是台灯和电话机。桌后，是一把沙发靠背转椅。屋内还有一对单人沙发，一对双人沙发，以及茶几、花盆等。这些都是卫芝精心设计的，聂守忠认为太奢侈了，但也无可奈何。只有一样聂书记总算胜利了，那就是在北墙上，卫芝要挂杭州织锦，而聂守忠拧着劲用图钉贴上了西辽县地图。

四个人进屋刚坐下，有个人闷声不响地随后跟了进来，有几分胆怯地站在门口。

卫芝一见此人，不由眉头紧皱，把他挡在门外，说："哎，你怎么又跟到我家了？"

孔娜认出，就是方才来找过卫芝的那人。

辛爱国不太自然，但话语却极诚恳："卫馆长，我实在太需要这些书了，您就借给我吧！"

"你这个人真怪，神经病怎么的！我说不行就不行。"

辛爱国继续恳求："卫馆长，这项设计我都搞几年了，早就需要这些国外科技资料，过去被封存，现在应该让它发挥作用了。"

"你想捣乱哪！借书要有借书证嘛。"

"我不是不想办证，厂里不给开介绍信。"

"那就怨不得我了，凭证借书，凭介绍信办证，这是制度，谁也不能例外。"

"卫馆长，您能不能和我厂卫书记说说……"

"你直劲啰嗦什么！"卫芝生气地站起，"请你自觉一点，不要妨害我们的家庭生活。"

这分明是逐客令，辛爱国摇摇头，叹息一声，默默地走了。

直到辛爱国走出大门，卫芝才坐下，但依然怒气不息："这人真是不知进退！"

孔娜有些不解："伯母，他搞什么设计，追到家里来借书。"

"异想天开呗！"卫芝说，"他是锅炉厂里烧锅炉的，却要设计什么新式锅炉，真是自不量力。"

聂守忠插嘴问："他是锅炉厂的？办借书证是好事，卫红为什么不给他开介绍信？"这位副书记对小舅子素无好感。

"你不了解情况。"卫芝白了丈夫一眼，"他叫辛爱国，是反属你知道吗？"

"反属？怎么个反属？"

"卫红吃饭时和你说的那个女的，就是他妈，是现行反革命吴芬，你当法院院长时判的。他爹是历史反革命，你当公安局副局长时抓的。像这样双料反革命的后代，还搞什么设计，不搞破坏就谢天谢地了。"

"啊，吴芬那个案件，法庭不是正在复查吗，有可能改正。"

"什么！你真要丧失立场吗？"卫芝对于聂守忠方才在卫红家的态度本来就不满，如今又勾了起来，"你敢给反对毛主席的人平反，你就是反革命！"

"你！"聂守忠知道与卫芝争执也无益，就不作声了。

聂品超对父母的争吵极为反感，他看看表，已七点半钟，便站起来说：

"妈,爸,我和小孔看电影去了。"

卫芝高兴地说:"去吧,去吧,不过别回来太晚,听你妹妹说,近来治安不大好。哎,你妹妹怎么还没回来?"

孔娜答:"她上街去买水果,已去好久了。"

"这丫头太爱管闲事,说不定又给谁家送迷路孩子,或给谁家送丢失物品去了。"卫芝担心地说,"我就怕她和流氓集团闹别扭,姑娘家的别再吃亏。"

正说着,聂品晶风风火火地跑进了院子:"妈,你们快出来,有坏人跑进了咱家!"

屋内的人都吃了一惊,急忙奔出房。只见一个黑影顺耳房上了东厢房,聂品晶毫不放松,也随后上了耳房。

卫芝急得跳脚大喊:"小晶,你下来!"

黑影从厢房跳了下去,聂品晶不顾一切地也追下房去,卫芝的喊叫,她就同没听见一样。

孔娜焦虑地说:"小聂,你妹妹只身一人当心她吃亏,我们快去帮忙吧。"

聂品超摇摇头:"用不着,我们去也是白搭,小晶……"刚说到此,就听墙外"叭"地响了一枪。

三

枪声一响,孔娜、卫芝、聂守忠全都急步跑到门外,只有聂品超不慌不忙四平八稳地走出来。待他们出来,只见一个黑影在前飞跑,聂品晶手握短枪又追下去了。

月明风轻,河水潺潺。聂品晶一直追到镇外小河边,那个黑影真的连影都不见了。她扶住桥栏停下歇口气,摘下帽子擦去头上的汗水,心里不住盘算刚刚发生的事。那个黑影难道真的是他？

方才，聂品晶手提网袋走出家门，来到附近一家食品水果店。工作责任心和习惯，使她先在稍远处停步，用民警应有的敏锐目光向水果店门前望去。临街的货床上摆满了瓜果梨桃，前面挤满了男女顾客。聂品晶双眼像扫描器一样从头一扫，一个瘦高的青年人立刻引起了她的注意。这个顾客戴一副又黑又大的墨镜，几乎遮住半个脸。头上的前进帽压得很低，帽檐与眼镜已经拥抱在一起了。他在人群中挨挤着，左手举着两角钱，右手垂在腿边。按他的身体条件，完全可以很快挤到前面把东西买到手，但他却不往前去，而是不时回头张望一眼。聂品晶观察片刻，猛然认出这个青年好像是他！这可能吗？他已被送去劳动教养了。聂品晶慢慢靠近，想仔细辨认一下，戴墨镜者似乎发觉了，突然抽身离开。聂品晶顾不得买水果了，随后跟上。前面的人越走越快，聂品晶越跟越紧。离开了大街，拐入小巷，戴墨镜者撒腿就跑，聂品晶拔步就追。那人为了甩掉聂品晶，发现一家院门虚掩，便一闪身进了院子。谁知他竟钻进了聂家庭院，聂品晶从院心追到房上，又不顾危险跳下房追赶。戴墨镜者刚从地上站起，就被凌空跳下的聂品晶扑住。那人急了，伸手去夺聂品晶手握的枪。因为枪顶着火，聂品晶不觉向天打了一枪。这一枪把那人吓坏了，那人狠命甩开聂品晶，再次发疯般飞跑。聂品晶虽然全力紧追，怎奈黑影腿快如风，聂品晶越落越远，来到小河桥头时，黑影早已不知去向。

聂品晶干民警工作已快一年了。这一年，她从坚决不想干这工作，到爱上这工作，确实经历了一个过程。去年，县里决定招收两名女民警，这消息一传出，西辽县一些上层头面人物，便立刻四处活动。试想，在就业困难的情况下，女民警这一职业，对于女青年和她们的家长，该多么有诱惑力呀！然而竞争是要有条件的。卫芝靠聂守忠身为主管政法的县委副书记，轻而易举地抢到了头名，并且安排女儿当了内勤户籍民警，这真是又有权又有闲优中选优的工作。然而聂品晶偏偏不想干，她望着妈妈递过来的民警制服不肯穿。她说:"人家背后议论说这是走后门,裙带关系,以权谋私。"卫芝可不在乎什么"人言可畏",对女儿说:"管那些呢,背后骂皇上,只当听不见。"头两个月,聂品晶的工作是在稀里糊涂中度过的。她实在不安于屋内的清闲,就向领导要求调转,干了外勤。她跟着有经验的老同志一起,逐渐熟悉了本职工作。当她抓住盗窃犯,把手表钱款送到失主手里时;当她不辞辛苦,把迷路儿童送回家时……她体会到了群众对人民警察的真诚爱戴。她开始明白了民警工作与人民的血肉关系,以及在"四化"建设中的作用,她知道了帽上国徽的分量有多重。她深深爱上了民警工作,甚至迷上了这个工作。现在,她决心不顾风险把情况摸清。如果那黑影真的是他,就要设法弄清他逃出劳动教养所的原因。如果不是他,那就尽快通报同志们,镇内出现了新情况,是否从外地流窜来的新的盗窃集团?聂品晶拿定主意,便顺着公路过桥,一直向郊区走去。

红旗大队第三生产队,北距县城三里路,南距火车站一里路,是个不城不乡的城边子地区。在一片参差错落的社员宅院中,有一个最为破烂不堪的农家小院。两间"矮趴趴"的小房全是用土堆的,房山和后墙的泥皮大都剥落了,坑坑包包一块一片的好像长了秃疮。由于年久失修风吹水泡,墙脚都已收根了。如同一个气息奄奄的老人,摇摇晃晃地歪在那里,随时都有倒下的危险。土打的院墙,好像一千年前的古迹遗址,这里倒一段,那里堆一截,残缺不全有不如无。院墙下,房顶上,都长满了一尺多高的杂草。如果屋内不点着一只二十五瓦的昏黄电灯,这里很可能被人认为是《聊斋》里描写的狐鬼出没的荒凉所在。这里就是"双料反革命"子女辛爱国的家,住在一起的,还有他二十七岁的弟弟辛爱民、二十二岁的妹妹辛爱党。

这两间房,是一个社员在十多年以前住的,后来这个社员盖了新房,本打算把它拆毁,恰逢辛爱国兄妹三人的母亲被抓,他们被造反派扫地出门,好说歹说以每月五元租金的价格,租下了这两间房存身。别看这两间房外表其貌不扬，屋内却别有洞天，是另一番景象，外间屋是厨房，也是辛爱国、辛爱民哥俩的卧室。屋内虽不算整齐洁净，也并不杂乱无章。最显眼的是，炕上地下都挤满了自制的书架。这些书架，有的用木板条钉成，有的用细木杆绑扎，厚薄大小不一的各种书籍，把所有的书架全都挤满，甚至窗台、炕梢和房笆上，也都堆放和塞上了书籍。书，最大限度地占据了这一间房极为有限的空间。如果你把这些书信手翻一翻，会发现其中有精装的，有布面的，有烫金封皮的，也有缺皮少页的。尽管封面装帧五花八门，内容却是划一的，全是科技书刊。说起来，这些书也是打倒"四人帮"后重见天日和近来增购的。一九七六年十月以前，主人可没有这个胆量展览它们。

　　里屋，是妹妹爱党的住处，年轻姑娘谁不爱美呢？就是在逆境中，爱党也宁可从嘴里省下钱来，用在穿着和环境布置上。有人说，有钱就能干净，这话虽有一定道理，但并不全对。你看，爱党没有充裕的经济条件，她确实下了力量费了苦心。没有顶棚，她经过琢磨用铁线拉成棚架，先糊上报纸。然后再糊上"蝶恋花"图案的鲜艳花纸。土墙坑洼不平，糊纸很难粘上，哪怕是再好的白面糨子，糊了不久就会翘下来。爱党经过反复试验，居然用高粱米汤，把报纸牢牢粘在了墙上。然后又糊上了立体几何方块图形的花纸，不亚于高级饭店宾馆的贴墙布，使小屋焕然一新。屋地上虽然没有一件像样的家具，但是那一对她父母结婚时置办的旧衣箱，被她擦拭得明洁光亮，甚至显得有些古色古香。那把很旧的硬木椅子，铺上爱党亲手绣制的"丹凤朝阳"坐垫，顿时身价百倍。土炕也被她精心粘糊过，花布拼成的炕单铺在上面，显得别具特色。被面枕头是那样干净，以至于你用十倍的放大镜，也难以找到一个黑点。由于经济条件限制，流行的时装、漂亮的款式与她几乎是绝缘的。现在她上身穿的蓝地碎花棉布半袖衫，还是妈妈的呢，这还是"苏联花布真正好，大哥买来给大嫂"那个年头的产品，稍微富裕些的家庭，不把它当抹布，也早用它打袼褙了。她下身穿的，是玉器厂发的劳动服裤子。这是一种混纺织品，穿在身上被风一吹也哆哆嗦嗦的，但是它易出皱纹也压不住裤线。好美的爱党可不嫌麻烦，她每天晚上临睡前，不管多晚多累，也要把她这唯一的礼服"料子裤"熨烫一遍。没钱有没钱的办法，她把头号大搪瓷缸子倒上开水，在裤子上推来推去。很快，皱纹熨平了，裤线也有了。这个办法比电熨斗也毫不逊色。她脚上，更是极为普通的平底塑料凉鞋。在的确良、涤纶已经普及的今天，在连衣裙、高跟鞋大为流行的时候，哪个姑娘不想享受这现代物质文明呀。辛爱党何尝不是梦寐以求要得到这些，然而"命运"没有赋予她这个条件。只有一点，辛爱党是足以引为骄傲的，这就是美丽的容貌。这不是有钱人能够买到的，也不是无钱都能具有的。她的身段、头发、眉毛、眼睛、鼻子和嘴，无不生得尽善尽美无可挑剔，有人说她恰似玉立在长江三峡千姿百态的神女峰，无论正面看、背后瞧、两侧瞅，还是远望近观，无时不美无时不媚。她秀美无双肤如凝脂，平时很少说笑，在工厂总是闷声不响地干活，恰似美玉雕成的神像，因而，人们都叫她"玉观音"。她的穿戴应该说是最落后最土的了，然而每当她走在街上，便立刻成为人们注意的中心。在毛料、涤纶编织的百花园中，她恰似枝红杏出墙，使人耳目一新。那老掉牙的花布和劳动裤一穿到她身上，仿佛都变成了孔雀的羽毛、嫦娥的彩裙。有的年轻姑娘竟然模仿爱党的穿着，也制作了一身服装，结果是不伦不类，形同东施效颦。

　　劳累了一天的爱党，今晚似乎格外有精神。端庄秀丽的脸上，闪耀着幸福的光彩。她手拿一双还贴着商标的鸭蛋青色锦纶丝袜，反复端详把玩，就像除夕夜小孩子把新衣服贴在胸前，等待着试新一样，有一种难以掩饰的高兴。她还不时摸摸自己粉嫩的脸蛋，甚至对着镜子张望，好像脸上隐藏着什么看不见的秘密。辛爱党很兴奋，在她二十二年多灾多难、苦甜相间的生活道路上，已经掀开了新的一页，初恋使她心中充满了甜蜜。她觉得自己已经乘上了五彩的锦船，前途阳光普照，光辉灿烂，很快就会抵达幸福的彼岸。

爱党心灵手巧，如果加以培养，定会成为出色的玉雕工。可她父母都是反革命，她又是临时工，当然不配和其他姑娘小伙平起平坐共同学徒，只能在车间干些下手活。前天，她正在切割大块玉石，听同志们议论说县报记者来厂采访，她也没太往心里去，照常干活儿。她把一块翠绿带有红色的玛瑙玉切好后，送往雕刻车间。一进屋，就看见厂党支部书记正陪着一风度翩翩的青年男子看这看那，边看边品评，那青年不时拍下一张张照片。她猜，这人一定是记者了，不觉多看了几眼。心中不禁说，真不愧是记者，长得真帅，真有风度，这辈子要能搞这样一个对象，也算没白活了。这时，记者已发现了她，大概是工作性质决定，使记者的目光特别敏锐吧。

记者一眼就看出，面前这个青年女工具有惊人的美。她的出现，不但使车间内所有青年女工都相形见绌，就连那成排的经过精心雕琢的玉石仕女，也顿失光彩。记者手中的镁光灯一闪，抢下了爱党捧玉凝视的一个镜头。

在工厂休息室，爱党奉命为记者端茶送水，记者趁机和她攀谈起来，经过交谈，爱党才知道这个记者还有很硬的后台，是县委副书记之子，名叫聂品超。记者对她十分热情客气，言谈话语中，隐隐透露出对她有所好感。爱党对自己的美丽并不怀疑，可是一想到父母，想到自己的工作和其他条件，就不敢心存幻想了。

第二天，记者又来到玉器厂，说是请领导看看昨日拍摄的几幅照片，并从中选取两幅见报。聂品超提出要发表爱党捧玉那幅，厂党支部书记不同意，并且介绍了辛爱党的政治背景。聂品超思索一下，也没再坚持。但是他把这幅放大为六寸的照片，送给了又来当招待员的爱党，并且趁无人在场的机会，送给她一张电影票。

爱党手里攥着票，心口儿"突突"像小兔直蹦。聂品超走后，她躲到一个无人的角落，打开已被汗水浸湿的电影票一看，是晚上五点整的。这张电影票揣在兜里，如千斤重石压在她心头。整个下午，她就像失魂落魄一样，干活丢三落四，几次受到班长的训斥。好不容易盼到五点下班了，厂里没有会，车间主任偏偏要开班后会。在十五分钟的演说里，车间主任不点名地批评了她。会后，爱党用毛巾擦擦脸，用手指拢拢头发，扫去身上的尘土，心情急切又有些胆怯地赶到电影院。

电影已经开演了，里面漆黑一片，爱党凭记忆摸到十三排，发现二号四号两个位子全空着呢，她恍如突然失脚坠楼，若有所失无精打采地坐在四号位子上。银幕上放映的是什么画面，她完全不知道。只觉得巴黎圣母院那古老的教堂，在她心头投下了巨大的阴影。正在失望中，突然觉得有人坐在了身边。爱党又喜又怕扭头一看，黑暗中现出了她所盼望的那张脸。

聂品超两颗明亮的眼睛在闪光，微笑着向她点点头："你来了。"

爱党不知道如何回答，只是不知所措地"啊"了一声。

电影在放映着，曲折的情节吸引了全场观众，而爱党却始终定不下心来。她暗问自己，难道这就是恋爱吗？

聂品超可比她老练多了，随着剧情的发展，不时挨近爱党，低声谈着见解，并有意无意地卖弄他的知识。什么远景、中景、近景呀，什么推镜头、拉镜头、摇镜头呀，什么俯摄、仰摄、空镜头呀，什么特写镜头和蒙太奇呀，以及中外电影的特点，本片的缺欠和不足，无不说得头头是道，显得无所不知，无所不晓。爱党从内心里佩服他的博学多才，同时，基于女孩子本能的羞怯和自尊心，不得不时时躲避对方似乎是无意靠过来的身躯。

这时，银幕上出现了一个惊险场面，聂品超突然抓住爱党一只手："小辛，你看！"爱党哪里还顾得看，当自己的手被握住的刹那，一种异样的感觉迅速在全身扩展，只觉得遍体软绵绵。这是为什么？这该怎么办？把手抽出来吧，她又下不了决心。默许吧，会不会被人看轻，以为自己是轻浮女子。内心虽然矛盾着，但她那小巧玲珑的手，却始终被聂品超握着，抚摩着。电影快要终场了，聂品超才放开她的手。她觉得心头如释重负，然而，聂品超在她耳边又轻轻说了一句话，使辛爱党陷入更大的惶恐和不安中。

四

聂品超对爱党说："我在河边小树林等你。"说完，他便先走了。辛爱党听了此言，心中又喜又忧，喜的是聂品超果然对自己一见钟情，忧的是他方才已经动了手，万一再有进一步的举动怎么办？可是担心终究敌不过对聂品超的爱恋，聂品超走后几分钟，爱党不等银幕上出现再见字样，也急忙提前退场了。不知为什么，她害怕灯亮后看到熟人，出了电影院，她也是低着头走路，有认识的应该打招呼的人，她都装作看不见，躲闪而过。直到出城过了小桥后，她的步子才慢下来。

干河滩边有一片柳林，枝繁叶茂恰似青纱屏障。爱党怀着忐忑不安的心情走进林内，柳荫深处聂品超笑盈盈地等待着，身旁立着一辆崭新的"凤凰"车。

"小辛，来，坐这儿谈谈。"聂品超先打招呼，并且掏出一方手帕铺在地上先坐下了。

爱党迟疑一下，慢慢地不言不语走了过去。

"坐呀，小辛。"聂品超拍拍身边的草地亲昵地说。

绿草如茵，就像绒毯一样。爱党顺从地坐在聂品超身边，觉得如同坐在沙发上一样舒服。但是她本能地与对方保持些距离，并且把脸扭向一边。

辛爱党的处女防线，在久经战场的聂品超看来，是不堪一击的。他熟练地稍一挪动，就挨在了爱党身边，很自然地拉起爱党的手，温存地摩挲着："小辛，我让你到这里来，你一定知道为了什么。"

"我不清楚。"爱党扭着脸，低着头。

"小辛，因为我爱你！"聂品超用舞台上话剧演员那样动人的语调说。

爱的字眼，对爱党来说，虽然是意料之中的，甚至是渴望的。但是，这毕竟来得太快太突然了！难道恋爱竟是这样一帆风顺吗？爱党未免有些犹疑了。

"小辛，你听见了吗？我爱你！"他用力握一下爱党的手。

爱党终于控制不住转过脸来，她看见了那张俊秀的面庞，那喷射赤热光芒的眼睛。这不正是自己梦寐以求的意中人吗？怎么事到临头反而胆怯了呢？两人此刻挨得很近，她可以清楚地嗅到从聂品超身上散发出来的头油和雪花膏香味。如果真能委身此人，自己的前途和幸福不就全有保障了吗！爱党脸红耳热心跳，有点难为情地问："你说的是真话？"

"小辛，我毫不掩饰，你的美丽征服了我！我曾经见过多少漂亮姑娘，从没有人像你这样，深深打动了我的心！"

"我？"爱党猛然想到自己的身世和处境，不禁摇摇头，"这是不可能的，你是县委书记之子，是记者，而我呢？我！"

"你父母犯过错误，对吧？你是临时工，对吧？这些我全知道。"聂品超慷慨激昂地说，"这些和我们的爱情又有什么关系呢！你父母的错误，不能算在你头上。一个人不能选择出身，但可以选择生活道路，党的政策是重在表现嘛。我爱你就是爱你，是不受任何因素影响的，也是任何人无权干预的。小辛，我们一定会幸福的！"

爱党真没有想到，聂品超爱自己爱得这么深，心又是那么豁朗善良，既不嫌弃她的父母，又不嫌弃她的工作。双眼不由自主罩上了一层泪花，感激地说："你的心真好！"

"小辛，你看。"聂品超掏出一双崭新的锦纶丝袜塞到爱党手里，"这是我送给你的，喜欢吗？"

爱党脚上的袜子还是前年买的呢，现在她打算攒钱买块手表，所以脚上的袜子都掉色抽丝了，她也没舍得买双新的。这双新袜子虽说值不了几个钱，但毕竟体现了对方的情意呀，她轻轻点了下头："嗯。"

"小辛，你也应该送我一件纪念品呀。"

这话提醒了爱党。她想起自己看过的古典戏曲中，男女定情都互赠礼物以为表记。可是自己也没准备呀，这礼物并非一般，它在一生中有重要意义呀。爱党急得头上冒出了汗，她伸手掏出手帕想要擦汗，聂品超却一把将手帕夺过去："谢谢你，小辛，这是你的'香罗帕'，我一定时刻不离带在身边。"

聂品超越是多情，爱党越是不放心。她把袜子放在脚上比了比说："小聂，我总觉得配不上你。"

"你怎么还说这些呢！"聂品超打断她的话，"你的美丽是无懈可击的，虽然你身上没有锦衣美服，但你的美丽反倒越发诱人！就像苏东坡所说'欲把西湖比西子，淡妆浓抹总相宜'，你总是美丽的！永远是美丽的！"

爱党听出了神，毫无顾忌地望着他那张迷人的脸。

"小辛，我发誓叫你最最幸福！"聂品超见自己的话博得了爱党的好感，便继续发挥他的口才，"你应该穿上最流行的新式服装，你应该使用最高级的化妆品，只有你才配享用这些。凭你的容貌和天资，决不应该在玉器厂埋没一生。我要把你调到文艺部门，让你的美丽青春，放射出最耀眼的光华！"

聂品超答应要给予的，全是爱党日思夜想无路可得的。聂品超是县太爷之子，决不是说空话，这些肯定可以轻易做到，她感到幸福已经来到了身边："小聂，真的?!"

"怎么会假呢，因为我实实在在地在爱你呀！"聂品超顺势拥抱了爱党，用不久前才吻过孔娜的嘴，又在爱党的唇上腮上狂吻起来。爱党如醉如痴，非梦非醒，她那白净红润的脸上，第一次留下了一个男人亲吻的印记。

聂品超沉浸在得意之中，正准备继续扩大战果，突然不知何处飞来一颗石子，刚好打在他额头上，立刻肿起青杏大小的一个包。他腾地跳了起来，厉声喝问："谁!"无人应声，四处看看，也不见人影。心中诧异，口中叨念说："真是怪事。"这一石子使他胆怯了，不敢对爱党再有过分举动了，他多少有点扫兴地与爱党分了手。

但是，这次幽会却给爱党留下了美好的记忆。她对着镜子正甜蜜地回想，忽然窗户被推开了，一个人"呼"地跳进来。爱党简直吓呆了，吃惊地往后躲着。

跳窗人摘下墨镜，露出了他的庐山真面目，亲热地叫了一声："妹妹!"

爱党定定神，转惊为喜："是二哥!"

跳窗人正是她二哥辛爱民。"妹妹，大哥呢?"辛爱民喝了半瓢凉水后，又回里屋问。

"还没回来。"

"哼！他还在搞那个锅炉设计？不知愁!"爱民对他哥哥的行动显然不满。

爱党忽然想起，她二哥因为打伤人和有偷盗行为，被送去劳动教养，怎么不到十天就回来了？忙问："你是逃跑出来的？"

"妹妹，你别管我咋回来，先看看这个。"辛爱民一掀上衣，从腰间解下一条涤纶女裤，掷到爱党怀里，"你试试。"

爱党把裤子捧在手里于灯下细看，银灰色的裤子滑软挺爽，式样美观，正合季节，商标标明是上海产品。她心里别提有多高兴了，自己看见别人穿涤纶裤子曾是多么羡慕呀！只是因为一条二十元左右，自己买不起，而望洋兴叹，如今自己终于也有了，明天就穿它上班。

爱民站在一旁，嘴角叼着一支大雪茄，用脚尖敲着点说："怎么样，二哥够意思吧！你看大哥，成天就知道锅炉。爹妈没了，他不知疼妹妹，反倒妹妹养活他，勒紧裤带攒钱给他买书……"

爱民只顾滔滔不绝说下去，爱党忽地醒过闷来："二哥，你，这裤子？"

"妹妹你放心，是我花钱买的，不信你掏掏右边裤兜，里面有发货票。"

爱党将信将疑地伸手一掏，果然摸出张发货票，而抬头上清清楚楚写着辛爱民。她手拿发票沉思一会儿："二哥，那钱呢？"

爱民一笑："妹妹，你以为我是偷的吗？告诉你，这是哥哥学雷锋做好事，别人为感谢我给的钱。"

"学雷锋？做好事？"爱党实在难以相信。

爱民这时看见了炕上那双锦纶丝袜，突然问："妹妹，这双袜子哪来的？是不是那个姓聂的小子给你的？"

"二哥，你？"爱党好不奇怪，心想他怎么会知道呢？

"妹妹，你别发怔，你告诉我，他是不是姓聂？"

爱党越发难以理解，但是她点点头。

"哼！我看着像他嘛。"爱民逼近几步，"妹妹你说他和你在树林里干什么？"

爱党脸颊羞红，忙用手捂住，跳着脚说："二哥，你，你怎么知道的？"

"我怎么，我全看见了，我还赏他一石子呢！"

"石头是你打的？"

"这是轻的，先给他敲敲警钟，厉害的还在后头呢！"

"二哥，你不能这样！"

爱民眼中闪射着怒火："妹妹，我不许你和他搞对象！宁可当一辈子老姑娘，也不嫁给他。"

"二哥，你不能破坏我的幸福！"

"幸福！"爱民几乎在咆哮了，"他会给你幸福？我的好妹妹，你知道不知道，我们家和聂家有不共戴天之仇！"

"你说什么！难道妈妈被打成反革命与他家有关？"

"妹妹，那两个姓卫的，一个是他妈，一个是他舅舅。"

"啊！"爱党简直惊呆了。

"妹妹，你就死了这条心吧！"爱民说着把那双袜子拾起来，掏出打火机，打着火就烧。

爱党看见袜子烧着了，扑上去就抢，等她抢到手把火弄灭，两只袜子的脚尖已经烧没了。爱党心中百感交集，难言是什么滋味。此刻要是扑在妈妈的怀抱中，畅畅快快地哭一场该有多好呀！可是妈妈还在狱中啊。清泉一样的泪水顺着她秀丽的面颊，无声地流下。

"嗒、嗒、嗒"，有人敲响了房门："有人吗？"

他们这个家，向来门庭冷落。是谁在夜间来访？爱党忍住泪问："谁？"

"我。"

似乎是居民组长的声音，爱党急忙擦净眼泪，故意又问："你是谁？"

"我是组长！"声音里透着不耐烦了。

爱党一听，吃惊地回头看看哥哥。爱民也有一点慌，眼珠乱转在打主意。

"快开门哪！"门外在催促。

爱党为难地看着哥哥，意思是怎么办？爱民一挥手，示意去开门。爱党只好走出里屋，来到外屋门前，定了定神，打开了门。

门一开，居民组长领着聂品晶走进来。

"你们，有事？"爱党神色不安地问。

"没什么大事。"居民组长边说边同聂品晶一起走进里屋。爱党跟了进来，才发觉哥哥已经不见了，这才放点心。

"你们请坐。"爱党留心察看着对方的神色。

居民组长是个四十多岁的家庭妇女，由于十年"文化大革命"的锻炼，阶级斗争观念很强。她对辛家原本没有好感，此刻更严肃了："辛爱党，这是派出所民警聂同志，来到你们家了解一个情况。党的政策是坦白从宽，抗拒从严……"

聂品晶听组长说得太严厉了，忙微笑着接过话来："小辛同志，你不要紧张，我是想打听一下，你哥哥回来没有？"

"我哥哥？"爱党在考虑该如何回答。

组长不耐烦地指示："问的是你二哥，偷东西打人的那个。"

爱党觉得比人打个耳光还难受，哽咽着说："他，他不是被送教养了吗？"

"他跑回来了！"组长怒气冲冲，"快把他交出来，对你可以宽大处理。"

爱党摇摇头。

组长一拍桌子："你还想包庇他吗？"

爱党头也不抬，心里痛苦极了，但是默不作声。

组长又要发火，聂品晶拦住她说："小辛同志，我来了解你哥哥的情况，是为了有效地帮助他。如果没回来那就算了，回来了就告诉我，以免他再犯错误。"

爱党抬头看看聂品晶，觉得这个女民警的话不但温和，而且很近情理。

聂品晶见爱党就是不开口，心中已猜到几分，对组长说："我们走吧。"并同送到门口的爱党握别："打扰你了，小辛同志。"

组长有些不满意地同聂品晶走了。

爱党闩上门回到里屋，爱民又从窗外跳了进来。不待爱党开口他就说："妹妹，你知道这个女警察是谁吗？她和姓聂的那小子是一家。上次就是她领人抓的我，这次我刚回来她就又盯上了，而且追到家来，真是死对头！我非得教训教训她，出口气不可！"说着，又跳窗出去了。

爱党忙劝阻："二哥，你可别再闯祸了！"她追到窗下，辛爱民已跳出院墙豁不见了。

五

　　电影只不过看了个开头，孔娜和聂品超就退了出来。孔娜认为影片艺术性不高，感到索然无味，又嫌里面太热，汗酸气熏人，就提议出去散步。聂品超正愁难以畅所欲言，当然乐得服从。

　　西辽县城南门外，可算是县城的风景区。从县城南门到火车站，四华里长的柏油路两旁绿树成荫。水满沙平的细河，从东向西蜿蜒而过。河北岸公路东侧，是占地数十亩的河溪公园，这时游人不多，天一黑就关门。园中的假山石桥花木亭阁，在月色中朦胧可辨。夜风中，不时飘来一阵阵鲜花的幽香。聂品超挽着孔娜，沿着公园的铁栅栏围墙，悠闲地漫步。路灯大都在孩子们的弹弓下寿终正寝了，使月色显得分外迷人。两人走上细河大桥，只见潺潺的河水，闪耀着月辉粼光，似银龙缓缓蠕动。从沈阳开往赤峰的快车刚刚过去，公路上出现了三三两两下车的旅客。孔娜抽出胳膊，与聂品超保持些距离。人流刚过去，聂品超就又凑了过来。

　　孔娜觉得自己完全征服了聂品超，她感到一种满足，故意粗俗地说："你呀，真没出息！"

　　"小孔，真挚的爱情是直率的，大胆的，不加掩饰的，因而也是最美好的。"

　　"美好，我看今晚的月色倒是很美好。"孔娜仰头望望冰轮高悬的皎月，银河横斜繁星璀璨的广漠夜空，"每当我看见正圆的明月，总不免想起古代赞美明月的诗词。小聂，你猜猜我此刻想起了哪首诗？"

　　聂品超略一思索："一定是苏轼的《水调歌头》，'明月几时有，把酒问青天'……"

　　"不对。"

　　"怎么不对，'但愿人长久，千里共婵娟'多么美好的愿望，多么符合我们此刻的心情。"

"去你的,你顶坏不过了,我让你猜诗,你为什么猜词。"孔娜颇有感触地说,"我是'抬头望明月,低头思故乡'。"

聂品超接过话:"我明白了,你是盼望伯母的回信,放心,伯母一定会同意我们俩的婚事。"

"没羞!你的脸皮有多厚。"孔娜娇嗔地拍了他一巴掌。

两个人有说有笑,不觉来到了火车站广场。聂品超不喜欢这里的光明,返身又往回走。快到南门附近,他的肚子"咕咕"直叫起来。

孔娜想起聂品超没吃晚饭:"你呀,饿着肚子轧马路,现在它向你抗议呢。"

"没关系,"聂品超挺挺腰板,"和你在一起,就把饥饿忘记了,秀色可餐嘛。"

"狗嘴吐不出象牙,你就没一句好话!"孔娜这话是温情脉脉说的。她看看南门道旁的夜间售货窗口又说,"你等一下,我去给你买些糕点。"

聂品超望着孔娜飘然而去的倩影,暗暗得意,孔娜注定要落入自己的怀抱,而同时还可以和辛爱党周旋。当然,结婚手续要和孔娜办,而辛爱党呢,只要她不觉察,权且这样挂着钩。一旦她发现,谅她也不敢怎样。冲她的社会关系和地位,她也只能磕掉门牙往肚里咽。聂品超正自得意,从附近突然转出一个戴墨镜的人。这人怪不怪,又宽又平的大道他不走,偏偏晃晃荡荡直冲他走来。聂品超看对方的架势,猜想必是个酒鬼,就又往道边让了一下,可醉鬼还是向他直撞过来。就像鱼雷追踪舰船一样,聂品超往哪躲,他就往哪冲,终于"砰"的一声,撞到聂品超身上,聂品超就觉得和压道车相撞一样,浑身酸痛,眼冒金星,肋条骨差点断了好几根。不等聂品超站稳,醉鬼又发起了第二次攻击。"砰"!又撞了一下。聂品超立脚不稳,往后闪了两步,靠在树身才未跌倒。不容他缓过气来,醉鬼运足力气,"砰"一下又撞在他身上。这一下撞得结实,前有人后有树前后夹攻，把聂品超撞得懵头转向。可是，醉鬼的心里却是明白的。

戴墨镜的醉鬼是辛爱民，他根本没喝酒，醉酒是装的。方才，他从家中出来，想追上聂品晶伺机报复一下，追了一程竟没发现，却看见聂品超同一个女的携手而来。看他们那亲热样子，分明是一对情人。爱民想起聂品超与妹妹在柳林中相会的情景，心中顿时怒火升腾，暗骂，这个混蛋！不过一个多小时前，他和妹妹海誓山盟的，一转眼的工夫，又和别人挎上胳膊了。这个花花公子，他安的什么心！此刻，十年前的一段往事，不觉涌上心头。

辛爱民与聂品超，是初中时的同班同学，而且都是班干部。聂品超因为老子是官当了班长，辛爱民则由于体育好被选为体育委员。辛爱民当班干部，聂品超是坚决反对的。理由冠冕堂皇，他说辛爱民的父亲是历史反革命，而反革命子女怎能当班干部呢！但是班主任老师考虑到班级的荣誉，如果不调动起辛爱民的积极性，那么在全校运动会和篮球比赛中，他们班就得不到好名次，所以还是坚持让辛爱民当了体育委员。谁知，事情就坏在这上面。

为了迎接全校运动会，班级的体育代表队要起早贪黑进行训练。辛爱民是体育委员，自然就当起了教练。体育队中有个女同学叫钟青，体形健美容貌秀丽，同学们背地里都叫她"校花"。聂品超那年虽然才十六岁，可是在对异性的追求上却过早地成熟了。他以团支委和班长的名义，经常找钟青谈话，说是要帮助钟青入团。钟青是个天真活泼的女孩子，当然想不到聂品超心怀不良。由于钟青对体育很爱好，平素和辛爱民接触也较多，聂品超对此就很不以为然。如今因为搞体育训练，辛爱民与钟青更是朝夕相处、接触频繁。聂品超看在眼里恨在心上，他便向老师打小报告，说辛爱民与钟青过于密切影响不好。老师对男女同学的接触本来就很敏感，聂品超又说得活灵活现，不由他不信。第二天早晨老师去看训练，碰巧赶上钟青跳高把脚崴了，辛爱民正给钟青揉脚脖子。老师一见，对聂品超的汇报更加确信无疑，当即决定让钟青离开体育队。钟青不理解，辛爱民莫名其妙，同学们也都糊涂，都要求留下钟青，老师为防患于未然断然拒绝。大家免不了对此纷纷猜测，聂品超为了搞臭辛爱民，有意无意放出风来。结果不几日间，辛爱民与钟青关系不正常一说，便满城风雨尽人皆知了。钟青经受不住这舆论上真假难分的轩然大波，被迫转学回到了原籍广宁县。这样一来，似乎越发验证了聂品超的话，辛爱民便成了众矢之的。课堂上下，操场内外，到处有人指着他的脊梁说长道短。辛爱民实在难以忍受了，就在一天课间操时，当众痛打了聂品超，打得他鼻青脸肿，辛爱民还不肯罢手，直到老师赶来强行拉开为止。这一下辛爱民可闯了祸，这还了得，历史反革命的儿子，竟敢毒打革命干部的子女，当天就被拉到全校大会上批判。在当了十几天活靶子之后，辛爱民便被学校开除了。

　　这件事，是辛爱民认识人生的开始。当年，他父亲作为历史反革命被捕时，他还小，还不懂人生是怎么回事。他母亲被定为右派分子时，他是小学生，他认为母亲是罪有应得，他应该划清界限。而他自己被批斗和开除，却在他心灵中打下了更深的或许是永生难平的烙印。怎么社会上还存在着陷害和被屈呀？辛爱民百思不得其解。如今，他亲眼看见聂品超在骗取妹妹的纯真爱情，又怎能压抑住这满腔怒火呢！当然，今日的辛爱民并非当年可比，用他自己的话说，是久闯江湖的人了，他不想再干蠢事，于是就装作醉酒，权且教训一下仇人，先出出胸中的闷气。

　　辛爱民的举动，被一个在路旁歇脚的人看见了。这是个五十岁左右的妇女，剪着短发，穿一身深灰色涤卡衣服，看样子是刚下火车的，她脚旁是两个装得鼓鼓溜溜的大旅行袋。她在树旁一块石头上坐着歇息，见聂品超被醉汉撞得走投无路，站起来干涉说："你这个小伙子，就是喝醉了也不能总撞人哪。"

　　辛爱民哪里听她的，照旧狠命撞击，聂品超痛得直"哎哟！"孔娜买了一包蛋糕转回，见状跑着赶来。

这时，那女同志伸手来拉辛爱民："小伙子，你别这样，他快受不住啦。"

辛爱民对这个局外人插杠子很反感："狗咬耗子，多管闲事！"

聂品超趁机跑开了，辛爱民转身去追。那妇女拉住了他的后衣襟："算了，干嘛非穷追到底呀。"

辛爱民着急，唯恐聂品超溜走，顺势倒踢一脚，背后的妇女，"哎哟"一声，手捂肚子坐在地上起不来了。

孔娜一见忙说："小聂，快，那个女同志被踢伤了，我们送她去医院。"

聂品超赶紧拉住她说："别管了，那小子是流氓醉鬼，你过去会吃亏的。"

"那个女同志是因为帮助你才挨了一脚，我们眼看着不管，这怎么行呢？"

"管不了那些，这年头还是顾自己要紧。"

辛爱民把身后的妇女踢倒后，也觉得过火了。回转身去扶她，并想问问伤着没有。一低头看清她的面貌后，双手不觉缩了回来。是她！辛爱民怕被她认出，一狠心赶紧转过身。当看见聂品超同那个漂亮姑娘，在二十米外处争论什么，越发气上加火。心说，姓聂的，要不因为你，我也不会误伤这位大婶。他也顾不得装醉了，"噌噌噌"几步就奔到了聂品超面前，伸手抓住聂品超的脖领子。孔娜一惊，吓得手中蛋糕掉在地上，情不自禁地喊起来："快来人啦！"

孔娜的呼救，惊动了在夜间售货窗口买东西的几个人，他们不约而同向这里奔来。有个三十岁左右的青年跑在最前面，他来到近前便抓住了辛爱民的右手。辛爱民一急，伸左手掏出一把匕首，雪亮的刀尖在月色下闪光。聂品超一见，魂都吓飞了，心说这里非流血不可，好汉不吃眼前亏，三十六计走为上。他趁着辛爱民注意力转移的当儿，拉孔娜一把，转身撒腿就跑。孔娜想，别人为他见义勇为，他怎能见危而逃呢。她紧喊两声：

"小聂，小聂。"想让聂品超停下，无奈聂品超逃命心切，只作没听见，很快就跑远没影了。孔娜不觉对聂品超产生了反感。

聂品超一溜，辛爱民对阻拦他的人更加来气，举起匕首说："我叫你不分黑白就帮横，看老子给你放点血！"当匕首就要刺中那人手背时，辛爱民猛然认清，管闲事的人竟是他大哥辛爱国。不由得愣了神，手也在空中停下了。就在这时，辛爱国举拳猛击他的手腕，辛爱民把握不住，匕首"哗啷"一声落地，辛爱民面对兄长难以下手，聂品超也跑了，又围上三四个人，他一顿脚回身便走，有两个人想追，但辛爱民很快跃入树丛中就不见了。

辛爱国从地上捡起匕首："我们快看看那女同志吧！"

那妇女蹲在地上，手捂肚子还没站起身来。辛爱国走近关心地问："大婶，怎么样？不要紧吧。"

孔娜关切地上前扶她："同志，要不要送你去医院？"

那妇女听孔娜说话，抬头一看挺身站起来："小娜！"

孔娜几乎惊呆了，她简直不敢相信自己的眼睛："妈妈！妈妈！您怎么来了？怎么不提前给我写封信，我好接你。"

"我只你这么一个宝贝闺女，你搞对象单凭看相片，我能放心吗？正好我神经官能症犯了，休半个月病假，所以就来了。"孔娜母亲钟妈妈说着，腹部又疼得她一咧嘴，赶紧又用手捂。

孔娜十分着急："妈，我送您上医院吧。"

钟妈妈摇摇头："用不着，找个地方躺一会儿就好了。"

孔娜想了想说："妈，那就到我宿舍去吧，我扶您走。"

钟妈妈看见辛爱国还关切地站在一旁，想起他奋不顾身相救的情景，提醒孔娜："你怎么不谢谢这位同志就要走。"

孔娜只顾母亲了，这才想起辛爱国是第一个应她呼救跑来帮助的，急忙上前致谢："同志……"她仔细一看，记起曾在聂家见过这人，顿一下又说:"是你!谢谢你的帮助!"此刻,在孔娜眼中,辛爱国那一身油污的工作服,也比过去受看了,当然也不再担心他是小偷了。

"不,不,不用谢。"辛爱国被看得有些发窘,他虽然活到了三十岁,却很少同陌生青年女子有只言片语的交谈。

孔娜想,这人可真怪有趣的。方才面对匕首他简直生死不怕,而同自己说句话竟这样手足无措。她冲辛爱国笑笑,转身去扶母亲。钟妈妈依然感到腹部阵阵作痛,直腰困难,孔娜吃力地扶着母亲向前走去。

"提包,提包。"辛爱国在背后喊道。

孔娜回身来取,一见两个大提包立刻犯难了。这两个提包足有四十斤,自己要提起来必然很吃力,又怎么挽扶母亲呢?

辛爱国看出了孔娜的难处:"同志,我帮你送去吧。"

孔娜高兴地说:"那敢情好了,只是叫你受累……"

"这算不了什么。"辛爱国见孔娜同意了,拎起提包跟在后面。把她们一直送到宿舍,辛爱国放下提包转身就走。

钟妈妈哪里肯放,急叫女儿拦住。她打开提包,取出从家中带来的毛虾皮、大海米、咸干鱼……左一包右一包,非要送给辛爱国不可。辛爱国不肯收,钟妈妈和孔娜全都不依,推让了好一阵,辛爱国说:"小孔同志,如果你们一定要谢,我有件事情想请您帮忙。这件事要是解决了,比你们谢我金银珠宝都贵重千百倍,我还要重重向您表示感谢。"

孔娜听得心中没底,暗想,他要求帮助的是什么事呢?

六

孔娜想,不论如何应帮助他解决困难,就说:"小辛,需要我做什么你尽管提出来。"

"我在卫馆长家曾经见过您,看来你们一定很熟悉,我想请您帮忙借到这些资料。"辛爱国把一张纸单交给孔娜,上面开列着所需图书的名字。

孔娜看看书名,全是科技书籍,其中还有外文的。她不禁想起了卫芝的话,疑信参半地问:"你借这些书做什么?"

辛爱国有点腼腆地说:"我想设计一种新型锅炉。"

"你搞新产品设计?你是自己想的?什么样的锅炉?"

话开了头,辛爱国也就不觉难为情了,因为他不仅深爱自己的事业,而且充满必胜的信念:"就是以煤矸石为主要燃料的消烟除尘沸腾炉。小孔同志,我们这里是全国有名的煤炭工业基地,人们对节煤节能还没有足够认识。现在,不论是露天矿排土段,还是各矿井坑口附近,都堆满了山样的煤矸石。这种新型锅炉如果搞成了,不仅能变废为宝,给国家节约大量宝贵的燃料资源,而且还能大大降低我们这里的环境污染程度。"

孔娜对于这里的烟尘危害和触目皆是的矸石山,同大多数群众一样,也是感触颇深的。她早晨穿一件雪白的衬衣,到中午就像长了满身雀斑,布满了黑点。辛爱国要办的,确是一件利国利民的好事。可是,就凭他一个烧锅炉的能成吗?她有些惊奇地问:"小辛,就你自己吗?领导支持吗?"

"有几个同志本来尽力帮助我,但由于我厂卫书记在大会上点名批评我,并且说谁要再和我在一起胡闹,就是破坏生产和干扰'四化',以后就没人敢沾我的边了。因为我父亲是历史反革命,母亲是现行反革命,有理也说不清。"

孔娜越发吃惊地睁大眼睛,重新仔细打量一下面前这个老实巴交的青年:"怎么?你父母都是……那你的处境肯定不会好。不招灾惹祸都难保安生,你怎么还异想天开干这个呢?"

"小孔,你说的是有一定道理。我在厂里是低人一等的,从打'文化大革命'开始,只要一抓阶级斗争,我就非是活靶子不可。但是,现在打倒'四人帮'了,我想,形势总会发生一些变化的。党中央提出搞四个现代化,这是多么壮丽的前景呀!我是个青年人,不过才三十岁,总应该力争为'四化'多做些贡献！我并不想出人头地，捞取什么名利地位。我本身是个锅炉工，就想在锅炉上做做文章，好为人民、为社会造福。我认为这一选择是正确的，所以我有决心坚持不懈地走下去。铁杵能磨针，我总有一天会成功的。"

孔娜没想到，这个衣不惊人貌不出众的青年，竟有这样高的精神境界，这样远大的理想抱负。她被辛爱国的决心感动了，再加上出于感谢方才的帮助，孔娜深表支持地说："你放心，这些书我一定设法为你借到，以后有什么困难需要我帮助，尽管找我，我一定尽全力。"

"小孔同志，谢谢你！"辛爱国似乎从孔娜的支持中获得了力量，他多么需要社会的支持呀！哪怕是家庭、亲友和同志，在口头上给予道义和精神上的支持。他接着说，"只要把这些资料借到，就是对我最大的支持和帮助，我什么时候找你取书呢？"

孔娜想了想说："时间不好定，我知道你急用，这样吧，借到了我立刻给你送去。"

"这如何使得，还是我来取吧。"

"不要客气了，把地址告诉我，以免耽误你设计。"

辛爱国把住址写给孔娜，正打算走，聂品晶和聂品超一起来了。不待孔娜开口，聂品超便指着钟妈妈对妹妹说："就是这个女同志遭到拦路抢劫。"

聂品晶表情很严肃，她问："同志，罪犯手中是拿着刀吗？"

"是把匕首。"辛爱国代钟妈妈回答，并将夺过来的短刀放在前面小桌上。

钟妈妈看见匕首，好像受到了震动。她抢在聂品晶前面，把匕首拿了过来。看了看那红色胶布缠成的刀把，迫不及待地问辛爱国："那小伙子用的是这把刀？"

辛爱国不知钟妈妈为何对这把匕首突然发生了兴趣，说："是的，这没错。"

"那么说，这个人会是他？"钟妈妈眼望匕首凝思着。

聂品晶听出了缝隙："同志，这个拦路行凶的罪犯你认识？"

钟妈妈看看聂品晶一身的民警打扮，说："同志，实事求是地讲，那个青年人不是拦路抢劫。"

"啊？"聂品晶望一眼哥哥又问钟妈妈，"那么经过是怎样的呢？"

钟妈妈把经过讲述了一遍，然后指着聂品超说："那个小伙子好像和他有仇。"

聂品超双手一摊："真是怪事，我和那个醉鬼素不相识呀。"

聂品晶关心这把刀的来历，又问钟妈妈："同志，听您的口气，您好像认识这把匕首？"

钟妈妈面对匕首又端详一阵，接着讲述了认识这把匕首的过程。

钟妈妈乘火车从大连到西辽县，要在沈阳北站转车，在候车室等车时，她不放心裤兜里的钱，不时用手摸摸，恐怕被小偷偷去。裤兜里面是她省吃俭用积攒下的四百元钱，准备给女儿买辆自行车、买块手表。哪知道她越是这样摸越危险，她的动作等于告诉小偷，这儿有钱。这时，候车室内跑进一个疯子，在屋地上又唱又跳，招引得候车旅客都围过去看热闹。钟妈妈不敢离开手提包，双手把着站起来观望。就在这工夫，一个挨在她身边的中年妇女，已经用刀划破了她的裤子，并且用手指夹出了钱包。这个女扒手的动作也算精湛了，前后不过三秒钟的时间，就顺利地把钱弄到手了，钟妈妈竟毫无察觉。女贼暗自得意，把手顺势往裤兜里一插，转身就走。不料，一个戴大墨镜的人挡住了她的去路。这正是从劳教所逃出来的辛爱民，女贼方才所做全被他看在了眼里。辛爱民偷窃时，有一个约束自己的规定，就是偷公不偷私。当然，这也是强盗的逻辑，不过这个说起来，也还有一段小小的插曲。

辛爱民被学校开除后，不久母亲因现行反革命罪被投入了监狱，他们兄妹三人成了无父母疼爱的孤儿。虽然他大哥有时能去矸石山捡煤卖些钱，但要养活三个人实在办不到。辛爱民不愿叫哥哥为他承受心理和经济上的重担，背着哥哥找条小麻袋也去捡煤。好不容易捡了七八十斤，在回来的路上，却被两个手拿木棒臂佩红袖标的煤矿红卫兵抓住了。那些人用棍棒敲打着他们六七个半大小子，让他们把"偷"来的煤送到一个庭院里，那里已经堆了十几吨块煤。第二天，第三天，辛爱民他们又落得了同样下场。第一次他被抓住时，觉得脸上发烧，抬不起头来，虽然这是凭力气冒危险从矸子石中一块一块捡来的，但这总是国家财产哪！红卫兵说你是偷的，也是有道理的。第三次被抓到后，当他们把煤倒在大堆中时看见一辆汽车刚好装完煤，那两个红卫兵把一百多元煤钱笑嘻嘻分了，辛爱民恍然大悟，原来被人欺骗了。如果说自己捡煤是小偷，那么这些红卫兵则是大偷，是明火执仗的强盗。他一气之下，用煤块狠狠砸了两个红卫兵，凭着他的灵活和百米速度跑掉了。但是，两个红卫兵从与他一块捡煤的小伙伴口中逼出了地址，找上门来算账。辛爱民吓得不敢回家了，便在外流浪，而他哥哥则被罚款五十元才算完事。

辛爱民在外流浪几天后，才知道吃饭是人生第一件大事。这天，他饿得实在忍受不住，无力地坐在细河桥头一根电线杆下。这里是交通道口，附近有很多做小买卖的。其中有个卖鸡蛋的老太太，两篮子鸡蛋大约二百多个，每个一角八分。转眼卖了三十几元钱，只剩下二十多个鸡蛋就卖完。老太太把卖的钱小心翼翼包好，正往兜里揣时，又来了一个买鸡蛋的。她忙着答对买主，一急就把钱装串了，钱包落在地上还不觉得。辛爱民在一旁看得真切，他肚子"咕咕"叫，嗓子眼直冒酸水，看着老太太的钱包，不觉就动心了。急忙凑过去蹲在跟前，假意问鸡蛋的价钱，暗中把钱包捡起来。钱到手，辛爱民急忙离开桥头，到火车站旁找个背静无人处，数一数共是三十六元九角钱，里面还有十斤粮票。他把九角零钱取出，到东站饭店吃了三大碗榨菜面。吃饱了，但是心里却还是不落底，那个老太太现在不知怎么样了，他实在难以放心。又信步走回桥头，离老远就见围了一群人，他急忙挤进去，一看就呆住了。原来那个老太太正呼天抢地地向大家哭诉呢，老太太说，她孙子得病住院没有钱，邻居们东家凑十个西家凑二十个，才算借了这二百多个鸡蛋，卖了钱等着给孙子治病，如今不知哪个挨千刀的贼把钱偷去了，叫我可怎么办哪！老太太的话句句如针刺着辛爱民的心，他脸上红一阵白一阵，想上前把钱还给老太太，又没有这个勇气。老太太哭了一阵，感到无望了，如疯如痴般跑上桥，众人惊愕地跟在后面。老太太手扶桥栏叫了一声天，呼了一声地，喊了一声小孙子，便一头扑下河去。此时正值夏汛，细河水有一人多深，老太太在波涛里一会儿沉下一会儿浮起。辛爱民猛然意识到，是自己害了老太太。他也顾不得脱衣服了，一个猛子扎到河里，经过一番努力，终于把老太太救了上来，辛爱民流着眼泪把钱还给了老太太。从此，他得出这样一个错误结论，不到饿肚子时不偷，饿死也不偷个人的。实在无奈时偷公家一些，如同牛身上拔根毛。有时他得手后有了钱，遇见讨饭的，常常是三元五元地周济。这次在沈阳北站，他凭自己的经验，早看出那妇女十有八九是贼，就暗中注意上了。钟妈妈的钱被女贼偷去，他不禁想起了老太太跳河的情景，便挺身迎上去，拦住女贼的去路。

女贼以为对方是同路人要分赃，低低地说："哥们，跟我走，有你的好处。"并且向辛爱民甜甜一笑，飞了个媚眼。

辛爱民冰冷着面孔伸出右手："识相点，赶快拿过来！"

女贼把眼一瞪，要来横的，想起钱在身上，在此闹翻于己不利，就想夺路逃跑。这时钟妈妈一摸兜，发觉钱丢了，大惊失色喊起来："我的钱被偷了！"

辛爱民见女贼不说话光打主意，厉声道："怎么，还叫我费事吗？"

女贼脸上带笑："好说，好说，江湖之上皆兄弟也！"她猛地抽出一把匕首，向辛爱民面门刺来。只要辛爱民一躲，她就可夺路而逃。

辛爱民早有防备，侧身躲闪的同时，飞起一脚把匕首踢落。女贼也倒在钟妈妈脚下，她一个鲤鱼打挺跃起，躲在了钟妈妈身后。辛爱民紧逼不放："快把偷的钱交出来！"

女贼也不答话，双手抱定钟妈妈用力一推，直向辛爱民撞来。辛爱民急忙扶住钟妈妈。女贼趁机跑出了候车室。辛爱民哪肯放走她，紧追下去。钟妈妈捡起匕首，心神不安地等着。过了大约几分钟，辛爱民手拿夺回的钱转回，递给钟妈妈："大婶，您看看钱对不？"

钟妈妈打开一数，四百元分文不差，高兴地连声说："对，对。"又问，"那个女小偷呢？"

"她见我紧追不放，把钱交出来跑了。"

钟妈妈为了感谢辛爱民，抽出两张十元大票，硬是塞进他的兜里。辛爱民身无分文，见钟妈妈诚心实意，也就没十分拒绝，收下了二十元钱。这时开始检票了，钟妈妈把匕首交给爱民就进站上车了。

钟妈妈讲述完说："这把匕首我认识，没错。"

聂品晶听完，接过匕首来看看，不由也想到了辛爱民，她决定带着这把匕首立刻回派出所向领导报告，对辛爱国说："同志，这把匕首我拿去，如果需要了解情况我再找你。"

"好，我叫辛爱国，在县锅炉厂工作。"

"噢，你是辛爱民的哥哥。"

"对。"

"那太好了，以后有时间我要和你仔细谈谈。"

辛爱国不知道女民警是何用意，点点头说："好的，需要我提供的情况，我一定如实汇报。"

聂品晶走了，聂品超走近孔娜关心地问："小孔，方才没吓着你呀？"

孔娜不满地烧他一句："我不像你，兔子胆！"

聂品超自我解嘲地一笑："你呀，学得嘴这么尖刻。"

孔娜冷笑一下没搭理他。

聂品超没话找话，看着钟妈妈问："小孔，是你把这个女同志领到宿舍的？"

"女同志？"孔娜白他一眼没好气地说："这是我妈！"

"啊！"聂品超一下可惊呆了，"小孔，真的？"

"妈还有假的！"

聂品超想起方才自己逃跑的情景，知道孔娜一定生气了，忙解释说："小孔，方才我实在不知道是伯母，要知道无论如何也不会……"

"不是我妈你就应该怕死逃跑呀？我妈是为了救你！"孔娜又硬硬顶他一句。

钟妈妈听了多时，看出了门道："小娜，这就是你信上提到的男朋友吧？"

聂品超忙说："对，伯母，我是孔娜的对象。"

辛爱国见他们说起私事，自己本来就急着回家，便告辞说："大婶，小孔同志，你们谈吧，我走了。"

"哎，你把东西带上呀！"孔娜见辛爱国什么也不拿，急忙上前拉住他，把这些海物纸包，一个劲往他怀里塞。聂品超在一旁看着，心里很不是滋味。

辛爱国仍然拒绝，并提议说："把这些东西给小聂同志吧。"

孔娜与辛爱国还在你推我让，聂品超看不下去了："小孔，他不要就算了，你这是何苦呢，看他满身是灰，把你的衣服全都蹭脏了。"

"你说什么！"孔娜狠狠瞪了聂品超一眼。

辛爱国把纸包一股脑儿扔到桌上，看着聂品超说："我身上是脏，但我自认为，我的灵魂是纯洁的！"说完，他飞一般跑走了。不管孔娜如何呼叫，他连头也没回。

聂品超感到有些不妥，他拦住孔娜："走就走吧，何必还喊他，这种人没知识。"

孔娜只觉气满胸膛,手指着聂品超竟一时说不出话来:"你!你……"

聂品超想扭转孔娜母女的印象,讨好说:"小孔,把伯母接到我家住吧,条件总比这里强。"

"你,你给我滚出去!"

"怎么,你?"聂品超从来未见孔娜发这么大的火。

孔娜不想再听聂品超唠叨了,她连推带搡把张口结舌的聂品超推了出去,随之"砰"的一声关上房门,并且上了闩。一气之下把聂品超赶出去了,孔娜突然感到了无限空虚,说不上她是后悔还是委屈,她扑到母亲怀里放声哭起来。

七

县锅炉厂党总支书记兼厂长卫红,心绪烦乱地坐在办公室里,一支接一支地抽烟。一连抽了十三支,烟屁股烟灰塞满了烟灰缸,可他仍在皱着眉头吞云吐雾。形势已经是非常清楚了,被他亲手打成现行反革命的吴芬,就要平反出狱了。前前后后不过十天光景,法院就派人来过三次。看来今番是很难再蒙骗下去了,法院的工作人员似乎决心很大,大有不弄个水落石出誓不罢休之意。近来,为了阻止所谓的吴芬翻案,可以说他是费尽了心机。但是,潮流和形势确实非人力所能逆转。大势所趋人心所向,任凭卫红有再大本事,能翻手为云覆手为雨,在当前的政治气候中,也是无能为力的。前天,他也曾借请吃晚饭的机会,把全县主管政法工作的书记找来,在姐姐的配合下,向这位当权的姐夫进了忠言。他先以小舅子的身份告诫说,现行反革命吴芬是十五年徒刑,是姐夫亲口宣判的。如果让吴芬翻案就是姐夫自己否定自己,那就等于承认自己犯了错误,这样一来在今后县委班子调整时,就有被对立面踩下去的危险。可是聂守忠毫不考虑个人名誉与得失，他说看复查结果，如判错就应纠正，吴芬若真被屈含冤，就要平反昭雪。聂守忠表示，决不能为顾全他自己的面子而知错不改。卫红见劝说无效，又以基层党组织身份，郑重向聂副书记提出忠告，吴芬案件是他卫红一手呈报的，铁证如山，不容置疑，而且强调指明，吴芬的罪行是恶毒攻击伟大领袖毛主席，反"四人帮"可以平反，反对毛主席的就是猴年马月也不能平反。谁胆敢这样做，决没有好下场。这些帮气十足、用造反派脾气说出来的带有威胁性的话，倒是使聂守忠稍许慎重一些，他心中说，案件一定要弄得清清楚楚才签字。因而对卫红答道，具体案件要做具体分析，如果吴芬真反毛主席，那就不能平反，但是如果案情有出入，那就要实事求是了。这一手也未奏效，卫红越发忧心忡忡，因为如果吴芬平反成为现实，他就要丢官罢职。对于事态的严重性，他心中很清楚。他自己做过的事，不能不使他自己提心吊胆。

卫红原名叫卫富贵，"文化大革命"开始后，在那股时兴的改名风中，为了表示与四旧彻底决裂，他就改叫了卫东彪。顾名思义不言而喻，就是保卫毛主席和那个副统帅的意思。可是一九七一年"九·一三"，那个副统帅葬身温都尔汗，他又急忙把名改叫卫红了。

"文化大革命"前，卫红是县锅炉厂以工代干的供销员。由于职业的关系，他走南闯北很有见识，很善于察言观色看风使舵。"文化大革命"的红色风暴一刮，他就像废纸一样随风而起，凭着他善于投机的过人本领，很快成了全县工业系统造反派的头头，建立革委会时，捞了根不小的稻草，当上了县革委常委。据说，人的野心、欲望和胆量，是与权力的增长成正比例的，这句话，在卫红身上确实有所验证。在他刚刚成为锅炉厂造反派头头时，他还没敢放开手脚，而在成了全县工业系统造反兵团司令后，他的胆量就无限膨胀了。

那时，县锅炉厂有个文书叫路婷，是个秀美无双的上海姑娘。卫红在当采购员时，就对路婷垂涎三尺，只是自知并非匹配，暗中害单相思罢了。

风云变幻，一夜之间他摇身一变成了在全县声名赫赫的司令，真是鸟枪换炮，张张嘴地动山摇。他想，这下子总该得偿夙愿了。在一个风狂雨骤的晚上，他突然闯进了路婷的单身宿舍。

路婷见卫红闯来，慌慌张张把一个小皮包装入箱子里。卫红一见，阶级斗争嗅觉顿时灵敏起来，不觉起了疑心。他不容路婷上锁，一步奔过去，揭开箱盖夺下皮包。把拉链打开一看，他的眼睛顿时就花了，里面全是钱！数了数，成捆的十元大票有许多捆，共十万元！原来，路婷伯父在南洋文莱是个橡胶园主，路婷幼年曾过继给伯父，所以伯父经常从国外给她汇款来。这些钱，是她平时积攒下的。看到这笔巨款，卫红心中"噼里啪啦"飞速地打开了算盘，此刻，贪财的意念，已超过了好色的邪心。他眼珠一瞪，说路婷是特务，这笔钱是特务活动经费，路婷哪里肯服，上前去夺皮包，猛地一拉一扯，皮包扣在地上，成沓的钱也滚落出来。卫红把心一狠，一拳打过去，正中路婷头部，路婷哼了一声倒下。卫红想，一不做二不休，他扯下电灯线，拧下灯泡，把灯头塞到路婷手指上。立刻，电流从路婷身上通过，很快，这个善良的姑娘就含冤而死。

也许是鬼使神差，吴芬偏偏这时来了。她是因为女儿爱党得了急病，来找路婷借钱的。门已推开，脚已迈进门槛，卫红把灯头触到路婷手上的情景她已看见，要走也来不及了。卫红喝住吴芬，告诉她说路婷是外国特务，畏罪触电自杀，要她作为第一个见证人，立即向锅炉厂革委会报告。并且威胁吴芬，如敢泄露秘密胡说，一家四口就休想活命！卫红把地上的钱收进皮包拎走了，吴芬为了三个孩子的生存，犹豫了一会儿，只得违心地去报告。这件事当然很快就过去了，有谁会去怀疑响当当的造反英雄卫红呢。但卫红对吴芬却难以放心，唯恐吴芬会在某天早晨坏了他的事，因此，他才又要阴谋把吴芬打成了现行反革命。

在那欲加之罪何患无辞的年月里，身为县革委会常委的卫红，要给历史反革命家属又是右派的吴芬加点罪名，还不是易如反掌？由卫红授意整理的，使吴芬成为现行反革命的材料中，给吴芬列举的主要"罪状"有五条。其一，吴芬家糊墙时，曾把墙上的报纸扯下来，上面有毛主席像，被吴芬扯坏想投进火炉烧毁，被革命群众发现。其二，有一次吴芬写检查时，竟把敬祝领袖万寿无疆写成万寿无寿。其三，有一次吴芬在大会做检查时，把"革命无罪，造反有理"，念成"革命有罪，造反无理"。其四，毛主席诞辰那天，人们说毛主席是永远不落的红太阳，而吴芬说外面阴天。第五条更严重，吴芬三个孩子，原名叫爱仁爱义爱礼，是封资修的意识，破"四旧"时她给孩子改名，改成了爱国爱民爱党，不细心就会被她蒙骗过去，连起来一念，原来是爱国民党。这还了得，真是居心叵测，反动透顶。有这五条之一就足够了，吴芬这顶现行反革命帽子便牢牢戴上了，并且判处了十五年徒刑。如今，吴芬竟然要平反出狱了，卫红怎能不着急呢！

一盒烟抽光了，也未起到镇静提神作用。他心绪烦乱地站起身，信步走出办公室，下班的时间早过了，夜幕已经悄悄降下来。工厂院内静悄悄的，大门口那盏四十瓦的门灯已经亮起，发出暗黄的光。卫红觉得，他就像那门灯一样，从辉煌耀眼的二百度，减到了昏黄的四十度，门灯换小，是因为节电，而他从县工交办主任宝座跌下直落三级，则是因为打倒了"四人帮"，他们这帮造反干部不吃香了。如果吴芬真的平反了，只要把当年的真相一抖搂，他不但有丢官罢职的可能，恐怕还有蹲大狱的危险。他心里明白，这是人命呀！这可不是武斗中死人可以推托，这可真就是图财害命呀！

卫红倒背手在院内信步走着，忽然发现锅炉房里还亮着灯光，心说，是谁还没走？莫非是吴芬儿子辛爱国？遂加快脚步直奔锅炉房。

锅炉房里，辛爱国坐着一只放倒的木方凳，趴在床板上，正专心致志地修改那幅锅炉设计图。前天，孔娜给他送来了渴望已久的几本参考书，虽然他要借的书没能一下子全部弄到，但这几本就解决了大问题。他编著的《锅炉的改造与保养》一书，已历时五年之久了。这部三十余万字，并附有几十份图纸的技术书，本来早该完成了，只因缺少有关资料，致使有几份设计图至今未能画出来。如今有了这些书，今晚开开夜车，争取在十二点以前，把这份图画好。明天孔娜把另外几本书借来，到星期日这本书就能完稿了。即将到来的胜利激励着他，没吃晚饭他也不觉饿。他实在是太专心，以至于卫红站在他身后也不知晓。

"辛爱国！"卫红站了一分钟，见辛爱国似乎不理他，气上加怒，抽冷子喊了一声。

辛爱国被吓一跳，回身见是卫红，越发有些慌张，急忙把图纸和书稿收拢起来，掩在身后，站起来说："卫书记，有事？"

"下班不回家，你在厂里搞什么名堂？"

"卫书记，我，学习学习。"

卫红用眼睛斜了一下辛爱国，把床板上的书稿、图纸和参考书全抄起来，信手翻着问："这是什么？"

"这，我想写一本关于锅炉的书。"

卫红吃惊地哼了一声，拍拍参考书又问："这是从哪儿弄的？"

"我，托人借的。"

"好你个辛爱国，竟敢和党组织唱对台戏。我不给你开介绍信，你挖门子掏洞去借书。不务正业，设计什么新式锅炉写什么书，想借此一鸣惊人，一步登天吗？你显然是对社会主义无产阶级专政不满，我让你写！"他打开锅炉门，就要把书稿投进去。

炉膛里虽然没火了，但辛爱国还是上前挡住了："卫书记，你不能烧，这是我五年的心血呀！"

卫红见没火又缩回手："你以为我真烧，这是你的罪证！我要拿去让有关部门看看，这就是阶级斗争的新动向！"

"看吧！"辛爱国坦然地说，"我辛辛苦苦写了五年，为的是社会主义建设，难道这也犯法？"

"你写了五年？"卫红把这话玩味了一番，忽然问，"你就是在这里，在这样的条件下写出来的？"

"这条件对于我已经是天堂了。"

"好！"卫红得意地一翻眼珠，"你每天下班后都在锅炉房不走，背着领导搞名堂，按每晚浪费一度电计算，一年就是三百六十五度，五年就是一千八百度。每度电九分，计合人民币一百六十二元整，浪费生产用电的罪行暂且不论，这电费必须如数交齐，限你三天时间。"

"卫书记，你，太不讲理了！"

"我没加倍罚款就是照顾你。"卫红说完往外就走。

辛爱国追出来："你把书稿还给我！"

"还想拿回去，除非是做梦了。"

辛爱国一直跟到卫红办公室，卫红打开卷柜，把书稿锁了进去，对辛爱国说："你回去写检查，明天交给我。"

"我不写！"

"三天内不交检查，我就停止你的工作，停职期间不发工资！"卫红冷冷地说，"还有，电费必须尽快交齐。"

"我不交！"

"那不怕，我告诉会计，扣你的工资。"

辛爱国气得浑身发抖："你，你还是共产党的干部吗！……"

卫红在转椅上晃了两个圈："在锅炉厂这一亩三分地里，我就是党，党就是我！"

辛爱国知道，和卫红是有理也讲不通的。他咬咬牙，气愤地转身出去，脚步沉重地走出了工厂大门。

辛爱国回到家时，他的弟弟爱民和妹妹爱党正在争论着什么。爱民见哥哥回来，怕哥哥追问行踪，逼自己去投案，趁哥哥进屋前跳窗出去躲起来了。

辛爱党见大哥回来，赶忙把饭端来。可是辛爱国坐在椅子上，对那热气腾腾的饭菜看也不看一眼，只是闷声不语想心事。

辛爱党发觉哥哥神色不对，关心地问："大哥，你这是怎么了？"

辛爱国心中盘算该如何从卫红手里要回书稿，妹妹问了几次也没应声。后来辛爱党一再追问，他才把方才的经过说了一遍。辛爱国说罢，也拿定了主意，他决定去找县委副书记聂守忠。他明白，由于父母的关系，他是属于有理没处讲的那一种人，有谁敢为反革命子女说话呀！而据复查母亲案情的法院同志讲，主管政法的聂副书记，趋向同意为母亲平反，因此，他决定去找聂书记碰碰运气。当然，他知道卫红与聂书记的关系，但是别无他路可走，只有试试看了。

辛爱党见哥哥要走，忙上前拦住："大哥，你不吃饭又忙着要去哪里？"

"我得赶快想办法要出书稿。"

"大哥，你别急，先吃晚饭嘛。"辛爱党迟疑一下说，"你的书稿，我帮你要。"

"你有办法？"

"我求朋友。"

"朋友！是谁？卫红他是有意和我找碴，恐怕一般人说情说不通。"

"我试试，会有希望的。"

"妹妹，你的什么朋友？做什么工作？"辛爱国这时才注意到妹妹打扮得焕然一新，顿时醒悟过来，"是男朋友吧？"

"嗯。"辛爱党含羞地点点头。

妹妹有了男朋友，做兄长的当然高兴，但又难免不放心："妹妹，他叫什么名字？在哪个单位工作？"

"是县报记者聂品超。"辛爱党有点炫耀地又加了一句，"他是县委聂副书记的儿子。"

辛爱国并未像爱党预料的那样高兴，他沉默了，看着妹妹摇摇头，但是没有言语。

八

辛爱党见哥哥沉默不语，又进一步说："大哥，卫红是他舅父，他出面求情，一定能把书稿要回。"

"妹妹，你太单纯了。"辛爱国忧心忡忡地说，"你不知他舅舅陷害了母亲吗？"

"这和他有什么关系呢？小聂说，这都是历史造成的，不应该让某个人负责任，更不能让他负责任。"

辛爱国沉思片刻："这话也许是对的，但卫红若确实是在历史潮流中无意伤害了妈妈，现在已经打倒'四人帮'，他为什么还这样对待我呢？"

"他也许会慢慢转变态度的，总得有个认识过程嘛。"

辛爱国摇摇头："不管怎么说，你与聂品超交朋友不合适。你应有自知之明，他是有权有势的县委书记之子，你却是双料反革命之女，怎么能够结合呢？"

"我们的社会地位是天地相差，门不当户不对，但是大哥不知，小聂是没有门第观念的，他是真正爱我的。"

"妹妹，请原谅哥哥直言，也许你的美丽打动了他，使他对你一见钟情。但是，比你美丽的姑娘也大有人在，而你的条件只怕是最没竞争力的。谁敢保证他不见异思迁喜新厌旧，依哥哥看，你挑那老实巴交的工人谈一个，比啥都强。"

"大哥，你叫我谈个工人，那我就永无出头之日了。"辛爱党止不住直抒情怀，"自从咱父母先后被判刑，我们兄妹在社会上都见人矮三分。入党入团上大学参军这些好事，都没有我们的份。我们在社会上看尽了白眼，熬了这些年又怎么样呢？我还是连一件腈纶衫也穿不上，要想抬头就只有这一条路了。小聂父亲是县委书记，我们结合，不但我在人前可以扬眉吐气了，你们的社会地位也会大大改善。我们也有了靠山后台，在社会上再也不受气了。大哥，我说的对吗？"

辛爱国叹了口气："妹妹呀，攀龙附凤是无能的，更是可耻的！我们应该有志气，靠自己的刻苦勤奋闯出一条路来。千万不能目光短浅，去追求庸俗的幸福和地位。"

"奋斗？"辛爱党显然没信心，"大哥，你奋斗了多少年，你还不刻苦吗？可是你得到了什么呢？没有成功和欢乐，得到的只是打击、讥讽和非难。现在，就连你那毫无希望的书稿和图纸也被没收了！"

"'四人帮'被打倒了，我相信这种局面很快就会改变。"

"很快？揪出'四人帮'都一年多了，卫红不还是当书记，而且稳如泰山。大哥，你那条奋斗的路走不通。我结婚后，一定让小聂给你换个好工作，不再当那臭锅炉工了。"

"什么！臭锅炉工？"辛爱国想到妹妹多年得不到父母疼爱，才把火气硬压下去，"妹妹，看来你已经决定了，别说我当哥哥的，就是父母也没有干涉你的权利。我只是规劝你要慎重地做出抉择，不然，你会后悔的。"辛爱国本来就很沉重的心情更加沉重了，他更加无心吃饭了，闷闷不乐地走了。

辛爱国刚走，辛爱民就又翻窗进来。方才的谈话，他在窗外听得一清二楚。他和大哥观点相同："妹妹，你别再和姓聂的来往了，更不能去求他。"

"二哥，那书稿和图纸，是大哥五年的心血呀！"

"我知道，你别求那个姓聂的，我想办法把书稿弄回来。"辛爱民说罢，匆匆离去。

辛爱党巴不得他们快走，她赶紧对着镜子又向脸上淡淡涂了一层粉，拢拢头，用手抻抻二哥给买的新涤纶裤子，经过一番认真的修饰，她感到已尽善尽美了。望望桌上那只已快二十岁的闹表，时针指向七点五十五分，离约会时间只差五分钟了，应该走了。她拿起锁头刚要出门，外面传来了问话声："小辛在家吗？"

"谁呀？请进。"

不等辛爱党迎出，孔娜手提一个鲜艳的花塑料袋已经飘然而进，上次孔娜来送书，恰值辛爱党不在，如今两人见面四目相对，不由被对方的美丽惊呆了。两个人如果不是亲眼看见，怎么也不会相信世界上竟有这样美丽动人的姑娘。如果说辛爱党是"白玉观音"，孔娜则分明是"月里嫦娥"。

惊呆了足有一分钟，辛爱党才想起来打招呼："同志，你找谁？"

"我给辛爱国同志送书。"

"啊！你是孔娜姐姐。"辛爱党上前握住了她的手。

"那你一定是爱党了。"孔娜笑着赞美说，"怪不得叫'玉观音'，你长得太美了。"

"孔姐，干嘛初次见面就作践人，我看你长得算天下第一了。"

爱党忙让座，又忙着给孔娜倒水。孔娜从兜里取出两本砖头一样厚的参考书，让爱党转交给辛爱国。孔娜因为爱党容貌秀丽，很想和她深谈一番，就便从侧面了解一下爱国的身世和性格。不知为什么，自从那晚与辛爱国相识后，她心里总是放不下，总想多知道一些辛爱国的情况。孔娜拉着辛爱党的手，亲亲热热地说着话，可是辛爱党好像魂不守舍，常常是答非所问，并且不时扭头看桌上的闹表。孔娜见状问："爱党，你有事吧？"

辛爱党早已急得坐立不安了，只是不好启齿，见孔娜问她忙说："啊，是，有点事。"

孔娜见爱党的神态，早已猜出几分："是有约会吧？啊？"

辛爱党不好意思地低下了头："孔姐。"

"好,第几根电线杆子?告诉我,你的朋友是干什么的?爱党,就凭你这个容貌,可得好好挑拣拣哪,条件要高一点。"

辛爱党红着脸,内心有几分得意,脸上露出难为情。

孔娜站起身:"准把你急坏了,快走吧,去晚了看你的心上人飞了。"

辛爱党拉灭电灯,锁上门:"孔姐,我送你。"

二人边说边走,来到小桥头,辛爱党站住不动了:"孔姐,你慢走,有时间还来。"

孔娜明白了:"啊,你们在这里约会吧。爱党妹妹,你真会做顺水人情。"孔娜又打趣几句,便与辛爱党分手了。刚走出十几米,看见有个人影一闪进了柳树林,乍一看时没在意,细一回味,觉得那人好像聂品超。想到此,孔娜又摇摇头,心说不可能,聂品超下午给自己来电话告诉说,他到市报社办事,今晚可能不回来。孔娜怀着疑虑的心情回头一看,辛爱党也一闪进了小树林。她明白了,原来是辛爱党的男朋友,自己方才是眼花了。虽然有了答案,她心里还是画着问号走了。

尽管月光透过树隙射进来,小树林里还是怪黑的。辛爱党有些胆怯,聂品超一阵风似的迎上来,并迅速地把她拥抱在怀,哪里容她挣扎推托。聂品超像火山爆发一样的热情,醉人的甜言蜜语,已然把爱党的心融化了。她周身软绵绵,一点力气也没有了。

聂品超把爱党抱起来轻轻放在地上,在她耳边说:"小辛,碧草如茵,月圆花好,莫要辜负这良宵美景吧!"

"小聂,这样做是犯法的,万一有,有了孩子怎么办?"

"你放心,我很快会和父母说好,我们很快就去登记,最迟也不过十月一。"

"真的?"辛爱党仰望着聂品超那两只贼亮的眼睛。

"我决不骗你,要是说谎,天打五雷轰!"

辛爱党满足了,相信了。纯真的姑娘,就这样把最宝贵的贞洁,轻易地给予了人。

再说辛爱民，他离家之后直奔锅炉厂，越后墙进去，一直摸到前院。成排的办公室，有一间亮着灯，他来到窗前想看看虚实，但厚厚的窗帘挡个严严实实，他一看门口的木牌上写着书记室，心想，大哥的书稿和设计图就在这里，越发要把屋内看个明白。他想了想，爬上窗前的洋槐树，从窗户上边的亮处向里看去，室内的情景尽收眼底。

辛爱民认出，屋内那人正是卫红，只见他把卷柜一个暗锁打开，刚要拉门，手又像触电似的停住了。他站在那里想了一会儿，忽然又飞快地开门出来，四望无人。在门外站了有一分钟，才又进去把门闩死。二番来到卷柜前打开门，从里面拽出一个小皮包，放在写字台上。打开拉链，从里面取出十沓崭新的十元人民币。卫东把钱放在手心里掂量着，眼中闪耀出兴奋、贪婪和胆怯的光彩。

这十万元现金，十年来成了他一块心病。放在家里，怕自己的儿子卫革命摸着影。他怎么也忘不了，在他儿子卫革命还是十七岁的小将时，就把自己箱子底的五百元钱连窝端走，和哥们儿弟兄一起肥吃肥喝了，因此他才一直把这十万元巨款藏在办公室。不知什么原因，隔些时日他要不看看这笔钱就不放心，好像钱会飞走似的。

卫红把钱端详了几分钟，似乎满足了心理需求，才又重新放回去。然后拉灭电灯，走出来锁上房门。刚要回家，忽见顺着车间墙根溜过来一个人，卫红断定准是小偷，便悄悄跟在后面。只见那人直奔财会室，用刀剜开窗户，双手把钢筋拉弯钻进屋中，卫红想喊门卫一起来抓贼，忽然觉得这小偷像他儿子卫革命。他怕看错，悄悄贴近窗前一看，果然不差，正是他儿子在作案。此刻，卫革命已撬开出纳员的抽屉，里边仅有二十九元钱，卫革命连同硬币也全揣进兜里。

卫红在屋外暗骂，混蛋王八蛋，你就是偷也要找好目标呀。为这二十九元钱犯得上吗！这时，他已自动为儿子担负起放风警戒的任务，直到儿子走了为止。

卫红见儿子平安离去，便也想尽快回家，好装作不知。树上的辛爱民，这时却改变了主意，他想自己来要书稿和设计图是理直气壮的事，何必鬼鬼祟祟地偷呢？想到这里，他飞身跳下树来，拦住卫红去路。

卫红吃了一惊："什么人？"

辛爱民开门见山："我是辛爱国的弟弟，找你要哥哥的书稿和设计图。"

"要设计图？"卫红把眼一瞪，"你从哪里来的？我看你分明是贼！"

"贼倒是有，但不是我！"辛爱民冷冷地回敬了一句。

卫红想，难道儿子干的事被他看见了？不免有些胆虚："不是贼就好，书稿和设计图，你要不去，被党总支没收了。"

辛爱民想起这些年卫红对他一家的迫害，从腰中抽出刀来："姓卫的，少废话，到底给不给？"

卫红不觉退后半步："怎么，你想行凶？反革命子女要翻天吗？"

辛爱民本来就强压怒火，卫红的话更勾起他心中仇恨："姓卫的，你害得我们一家四分五散，今天我先报了这个仇吧！"辛爱民刀子举起，卫红便吓颓了。但是，刀子并未落下来。爱民觉得与卫红换命不合算，应先把东西要出来。就用刀尖在卫红左臂划个口子："姓卫的，痛快地把书稿设计图给我，不然，我就给你放血！"

卫红想，好汉不吃眼前亏，真要较量起来，别说送命，受伤也犯不上。先把他支走了，然后再算总账。卫红在刀子的逼使下，回到办公室，把书稿和设计图乖乖地交了出来。

辛爱民抽下茶几上的台布，把东西包好："姓卫的，咱们不算完！"说罢，昂然离去。

卫红瘫在椅子里怔了好一会儿，忽然有了主意，他想，向公安部门报告，就说辛爱民来财会室盗窃，偷去现金，又抢走书稿，自己遇见与之搏斗受伤，这样不但可以把辛爱民送进大狱，还能给自己儿子开脱。卫红越想越得意，立即摇起电话，要通了派出所。

九

今天是星期日，街上的行人摩肩接踵拥挤不堪。聂品晶骑着自行车，不停地按着铃，穿过人空往肉类食品店奔去。家中今天要招待客人，母亲要她快去快回，因为还要等她掌勺呢。要说煎煎炒炒，做几个过油的好菜，这些年聂品晶还真锻炼出来了，与饭店里二级厨师的手艺也相差无几。今早，哥哥聂品超说了不少好话，要她一定把这桌八菜一汤的宴席调配好，保证客人高兴满意。

聂品超因何这样积极呢？今天的客人是孔娜母女。那天晚上，孔娜一气之下把聂品超赶走，自己则伤心地哭了起来。钟妈妈通过与聂品超的短暂接触，对女儿搞的这个对象未免拿不定主意了。要论个头长相风度，聂品超也算得美男子了，和女儿倒也般配。工作好，家庭条件更是没得说。就是品质差点，别人为救他而受伤，他却只顾自己逃命。把女儿给这样的人，将来万一有个急难险事，他还不是只顾自己呀！在此事上他如此自私，难保在其他事情上不损人利己。钟妈妈觉得聂品超这个人靠不住。

孔娜的心情也是矛盾的。对于聂品超极端自私的行为，她确实很生气，同辛爱国相比，前者未免太可鄙了。就此把关系斩断吗？她却又丢不开。虽然相处时间不长，但是感情已经很深了。况且如果告吹，像聂品超这样的容貌、工作和家庭条件的男子，在西辽县恐难找出第二个了。自己年龄也不算小了，咳！真愁人。

聂品超也有他自己的算盘。他觉得，胡扯鬼混下去终非长久之计，漂亮姑娘再多，也只能娶一个做妻子。辛爱党虽然很美，但社会地位太低，母亲会反对不说，自己在人前也抬不起头来。而娶孔娜这样的舞蹈演员做正式妻子，也算是最理想了。因此，他决定主动积极地去扭转孔娜的印象。

被孔娜赶走的第二天，聂品超一早就来到孔娜的宿舍，态度诚恳地做了检讨。对钟妈妈更是格外热情，口不离伯母，嘴甜得流蜜。他还特意请来两名医生，为钟妈妈检查身体，证实未伤着筋骨内脏。又搞来一堆名贵补药，连同糕点、糖果和罐头食品，几乎把钟妈妈包围起来。此后，聂品超早午晚一天三遍必来请安问候。几天过去，聂品超的殷勤，就使孔娜的态度由犹豫不定而改变了，钟妈妈更是被孝敬得坐立不安。母女二人想，杀人不过头点地，聂品超一时错了，认识了也就可以了。因此，当聂品超把卫芝搬来，邀她母女二人去家赴宴，并正式举行订婚仪式时，孔娜母女也就高高兴兴地答应了。

要依卫芝的主意，今天好好热闹一番，开他三四桌席，把县委常委和至亲好友全都请来，叫大家看看，自己的儿子和媳妇是全县的人杰花魁。由于聂守忠坚决反对，才把规模缩小了，并且退了厨师，改由聂品晶做菜。

且说聂品晶为了安排中午的饭菜，来到食品店采购。因为是星期日，店里顾客盈门。柜台前，买熟食的排成了长队。聂品晶走过去站在了队尾。排了一阵，前面只有两三个人了，她开始算计都买什么，买多少。这时，一个留长发戴墨镜穿花格衫的青年，用手扒拉着别人挤到前边。他大概已经喝多了，舌头都硬了："给我再、再来十瓶啤酒、五斤小肚、两三斤香肠。"

此刻，正轮到一个女青年买货，她面前摆着五瓶啤酒和一斤酱肉，打算再买一斤牛肚。加塞的"花格衫"说是无意又像有意地用胳膊肘一顶她的乳房，就霸占了地方。女青年十分气恼："你干什么！排队去，流氓。"

"花格衫"扭过身："什么！你说我流氓？那我就流个氓叫你看看！"说着，便往女青年脸上伸手。女青年闪身躲开，他却就势把五瓶啤酒全抱起来，晃晃荡荡就走。

"你站住！"聂品晶挺身上前挡住他。

"你想管闲事!""花格衫"醉眼乜斜,脚下不稳。

聂品晶这时认出他来:"你是卫革命?"

"就是卫大爷又怎么样?大丈夫行不更名坐不改姓。"卫革命已有七分醉,哪里认清面前是他表姐聂品晶,还晃晃荡荡说着流氓话,"在这西辽县里,提起我卫大爷谁个不知,哪个不晓?如雷贯耳,皓月当空,高山点灯名头大,大海栽花有根底!识时务者,陪大爷去喝三杯!"

聂品晶气得不知如何是好,上前一把扯住卫革命:"光天化日之下,岂容你耍流氓,走,上派出所!"她用力一拽,卫革命身不由己向前栽了一下,怀里的啤酒掉落了一瓶,在水泥地上跌个粉碎。

同卫革命一起喝酒的同伙,把腰一叉来到聂品晶面前:"我们哥们儿今天与你井水不犯河水,识相点,少管闲事,不然别说赶机会给你脸上画十字。"

聂品晶哪怕威胁,严厉地说:"你们是一伙的,那就一起上派出所!"

同伙上来帮忙,卫革命似乎有了仗势:"哥们,没工夫和她废话,干脆赏她一瓶啤酒喝。"说着,手拎一个啤酒瓶,狠狠砸向聂品晶。

在一旁看了多时的辛爱民,再也忍耐不住了。他冲上去用胳膊挡开啤酒瓶,大声喝道:"你们老实点!"

卫革命发疯似的又甩过来一瓶啤酒,辛爱民闪身躲过,飞起一脚把卫革命踢翻在地。不料,卫革命的同伙暗下毒手从后面扎来一刀,正刺在辛爱民腿部,鲜血顿时流下。辛爱民腿上带着刀子,忍住疼痛转身来抓卫革命的同伙。那小子看聂品晶掏出了手枪,见势不妙夺路要逃,辛爱民抄起一只凳子打去,砸在后背把他打倒。这时众人一拥上前,七手八脚把卫革命及其同伙按住,从商店找出两根绳子绑了起来。聂品晶给所里打了电话,告诉同志们来把两个小流氓带走,她则招呼两个年轻力壮的小伙子,帮助把辛爱民送进了医院。

经过消毒包扎,辛爱民被送进了病房。聂品晶也不管家里开席不开席了，一直守候在辛爱民身边。本来这些天她一直在设法弄清辛爱民的行踪，以便把辛爱民缉拿归案。她没想到辛爱民会奋不顾身勇斗二流氓，以致流血负伤。从这番表现，聂品晶感到辛爱民是可以教育的，决定趁此机会做好思想工作，动员辛爱民交代过去的罪行，特别是在锅炉厂抢劫的经过。

通过这一阵子的接触了解，辛爱民对聂品晶的印象也大大好转了。他见聂品晶态度诚恳，便把自己从劳动教养所逃出后，在沈阳北站为钟妈妈夺回失款，回到西辽县为何要向聂品超寻衅，以及在锅炉厂看到的一切，详详细细从头到尾说了一遍。聂品晶听后，感到这才算对辛爱民有了真正的了解。聂品晶告诉他，锅炉厂发案后，县公安局曾在现场取下指纹和足迹。经过鉴别，证明财会室与卫红办公室做案是两个人，而卫红却一口咬定只是辛爱民一人。如今，辛爱民提供了新情况，聂品晶决定立即去公安局汇报，以便迅速查明案情。

辛爱民问："你真的去为我辩解？那你舅舅可怎么下台呀？"

"我是人民警察，打击犯罪，保护人民是我的责任。别说舅舅，就是亲生父母犯罪我也不能包庇。"

"好，聂同志，我再向你报告一个情况。"辛爱民对聂品晶完全相信了，又把看见卫红摆弄巨款的情况说了出来。

聂品晶感到这个情况更重要，她对辛爱民说："我要立即报告局领导，马上采取措施，以防卫红把钱转移。"

聂品晶来到公安局，把情况一说，局领导十分高兴。原来，复查吴芬案情的同志，经过长期的谈心和做思想工作，使吴芬相信党真的要为她平反了，她于不久前向组织提供了所有情况，其中也包括路婷之死的真相。有关领导对此非常重视，因为吴芬所说如果属实，卫红就是图财害命的杀人凶手。如今，这笔巨款有了下落，就更加证实了吴芬的话。公安局领导当即做了相应布置。

这时，派出所来电话报告说，通过对卫革命的审问，他已供认了历来的作案罪行，锅炉厂一案已对上了指纹和足迹。他还供认自己曾想到聂书记家去偷窃，在院中欲强奸孔娜未遂。聂品晶没想到还有这一情节，暗暗埋怨孔娜不及时报案。

辛爱民的怀疑被解除了，聂品晶向领导提出，辛爱民虽属潜逃，但两次见义勇为，应该宽大处理。局领导说，不仅是宽大，而且要表扬，惩罚不是目的，只是手段。我们对一切愿意悔过自新的失足青年，都要伸出温暖的手。局领导还决定，辛爱民是为抓坏人而受伤的，住院期间所有费用全部由公安局承担。待伤愈后，再建议劳动部门安排适当工作。

党对辛爱民的关怀和温暖，使聂品晶也很受感动。她从公安局出来，给辛爱民买了些水果和罐头，路过新华书店，又进去用买肉的钱为辛爱民买了几本书。聂品晶赶到医院，把书送给辛爱民："给，我送给你的，住院期间你好看。"

"我还住院吗？"

"当然要住，把伤养好。"

辛爱民沉吟了一会儿："我不住了，你已经花了很多钱，我能挺。干脆你把我送回劳动教养所，反正早晚也得去，不如早去。"

"小辛，你想错了，你勇斗歹徒负伤，已经证明你愿意改正过去的错误。"她把公安局领导的话细致地复述了一遍。

辛爱民从床上呼地坐了起来："聂同志，真能给我安排工作？"

"你应该相信党，党相信你会同昨天的错误决裂。"

辛爱民不觉热泪盈眶："聂同志，我一定挺起胸膛，在党指引的人生道路上走下去！"聂品晶点点头鼓励说："我相信，你的青春也会闪耀出金子般的光彩！"

辛爱民把聂品晶给的书全抱起来贴在胸前："我一定努力，把逝去的时间夺回来。"

聂品晶发自内心地笑了，她感到，这比抓到一个小偷还要快活。

十

聂品晶久久不归，卫芝在家中早就等急了。孔娜母女已按预定时间，在上午十点来到，可聂守忠也还没有回家。幸亏卫红来了，才算救了卫芝的驾，由他陪着钟妈妈谈天说地。卫芝可以腾出身子到厨房看看火，拨弄拨弄菜，做一些力所能及的准备工作，眼瞅着已十一点多了，聂品晶还是没有影子，卫芝就打发聂品超上街去找。小聂一走，孔娜觉得无聊，懒得听卫红那七百年谷子八百年糠的胡吹乱扯，也信步出去到街上走走。

这时，聂守忠匆匆回来，而且脸色不大好看，卫芝可不管那些，劈头盖脸就是一顿训斥："我说你死哪儿去了，家里有客人你不知道哇！别说是县委书记，官再大也得有个星期礼拜呀！家里丢下我自己，顾东顾不了西，你可倒好，出去躲心静。"

"卫芝同志，我有重要工作。"聂守忠沉着脸坐下了。

"你……"

卫芝刚要发火，卫红丢给她一个眼色："姐姐，姐夫是公事，当然要先公后私了。"

卫芝看看钟妈妈，压下火气说："好，等客人走了我再跟你算账。"

"姐夫，方才又开常委会了？"卫红想探听点风声。

聂守忠白了他一眼："没有，是公安局找我研究一个案情。"

"又出了什么大案，星期日都不休息？"

"案子是不小，等会儿你就知道了。"聂守忠斜他一眼接着说，"卫红，你厂辛爱国搞锅炉改造写了一本书，这件事你怎么看？"

"啊，他那本什么书稿还有设计图，被他弟弟持刀抢走，至今下落不明。"

"书稿没丢了，辛爱国给我送来了。"

"那好，千万不能再给他，要没收。"

"我已送到市科协了。"

"姐夫，你这是何苦，反革命子女，一个烧锅炉的，还能干出对国家有利的事？"

"可是，市科协请有关专家教授鉴定书稿和设计图纸后，认为很有价值，市科协已推荐到工业出版社建议出版此书。"

卫红一惊，但很快就冷笑着说："我就不信他能写出有用的书来，你们这样卖力地为反革命子女吹捧，也不怕丧失阶级立场！"

聂守忠也冷笑一声："过去，我的立场是有些问题，那是因为我被蒙住了眼睛，没有分清敌我，现在，我总算开始明白了。"

卫红还想进几句忠言，但聂品超兄妹一起回来了，他只好暂且收起话题。

卫芝一见女儿，不由火冒三丈："我的小祖奶奶，你跑哪儿显魂去了，家里急得都火上房了，你这才野回来。"

"妈，我破案去了。"

"破案，破案，还要不要吃饭？快去做菜。"卫芝一伸手，"肉呢？给我，我去切。"

"没买。"

"什么！没买，我叫你玩去了？"

"不是告诉你，我破案去了。"聂品晶干脆不理卫芝了，走近聂守忠，"爸爸，我给你说件事。"

聂守忠说："小晶，爸爸知道了，爸爸已经同意了公安局的决定。"

聂品晶高兴地点点头："那么公安局很快就会来人的。"

"对，要不了多久。"

卫红和聂品超在一旁听着好不纳闷，卫红尤其不安，心里有些发毛。

门外传来两个女子的说笑声，是孔娜挽着辛爱党进来了。原来孔娜在街上遇到了辛爱党，便把她拉来，让她作为自己的陪客。辛爱党推辞不掉，答应说看看就走。可是，她一进院子，就把聂品超吓坏了。这可真是万万想不到的事情。按他的想法，同孔娜订婚他不告诉辛爱党，直到与孔娜结婚后，再和她断绝来往，那时，孔娜已和自己结婚，难以挽回，声张吧，姑娘的心理都是怕羞，况且自己父亲是县委书记，她自知奈何不得，必然是哑巴吃黄连，有苦说不出，这件事也就自消自灭了，可是，她和孔娜怎么一起来了？岂不要露馅，这可怎么办呢？

孔娜怎知其中奥妙，她热情地做介绍："小辛，这就是我的男朋友聂品超，县报社记者。"

这突然的打击，对于辛爱党来说，真不亚于五雷轰顶，一时间她竟呆住了，眼不转，身不动，浑身的血液都似乎凝结了。

孔娜没有注意到辛爱党的神色突变，还给聂品超做着介绍："小聂，看，这就是全县闻名的'玉观音'，我的好朋友。"

聂品超经过短暂的思虑，已经有了主意，他故作镇静地说："啊，欢迎，欢迎。"

孔娜这时才发现辛爱党怔怔地站在那里，如同不出气的泥胎，好生诧异："小辛，你怎么了？"辛爱党还是不语，她上前扳着肩膀摇晃着呼唤，"小辛，小辛，你到底怎么了？难道中风了？"

聂品超想趁机把辛爱党弄走，忙说："那就赶快送医院吧。"

"不，我为什么去医院！"辛爱党好像才缓过气来，她用既怨恨又忧伤的目光盯着聂品超，直看得聂品超低下头，心虚地后退了几步。

孔娜觉出其中似有文章："小辛，你们好像认识？"

辛爱党再也控制不住了，一头扑到孔娜怀里放声大哭："孔姐，叫我可怎么说呀！"

辛爱党这一哭，众人都莫名其妙。聂守忠不愧是老干部，他方才冷眼旁观，发觉聂品超神色不对，向女儿说："小晶，你和小孔先把小辛扶到屋里，劝劝她，问问她为什么这样伤心。"

聂品超怕事情败露，试图阻止："爸爸，我们家今天要宴请客人，她的神经似乎不正常，在这儿哭哭啼啼多不好，要不然我把她送回家去吧。"

聂守忠冷冷地说："不必。"

聂品晶也看出点名堂，上前同孔娜一起，把辛爱党扶进自己的房中。

站在一旁的卫芝很不高兴："今天这是怎么了？大喜的日子净出差错，照这样，饭还能吃吗！"

这时，又有人敲响了院门，卫芝没好气地问："谁呀？直劲敲啥！"

"请问，这是聂书记家吗？"

"是，你有啥事？"

院门推开，走进一个年轻姑娘，模样怪俊的，挺热的天，穿了一件又肥又大的蓝布褂子。聂品超一见此人，直吓得三魂走了二魂，急忙闪身躲到葡萄架后。

卫芝从未见过这个女子，冷冷地问："你找谁？"

"我找聂品超。"

她刚说到这儿，钟妈妈忽然站起来奔过去："你，你不是小青吗？"

姑娘也很惊讶，定神细看才认出来："二姑妈，是您！您怎么在这里呀？"

"一两句话怎能说得清，"钟妈妈喊道，"小娜，小娜，你表姐来了，快来见。"

孔娜闻声出来，看着这姑娘有点发愣，她们姐妹还是十年前见过一面。钟妈妈却不然，前年春节还在娘家见过这姑娘。她把女儿拉过来："还愣着干啥，这是你表姐钟青，她比你大三岁。"

姐妹俩亲热地拉起手，孔娜奇怪地问："表姐，你不是在广宁县农村吗？到这儿做什么？"

钟青已经显身子了，尽管她穿了宽大衣服，却瞒不过钟妈妈的眼睛。

钟妈妈不由纳闷地问:"小青,你都结婚了,我怎么一点信儿也不知道?"

"二姑妈,您别生气,"钟青不知怎么说,"我,我谁也没告诉呢。"

"那,你到这儿来有事?"孔娜问。

"我来找聂品超。"

孔娜一惊:"找他!什么事?"

"他大学一毕业,就分配到我们那里当教师,中学时我们是同班同学,所以我们就好了。"

"啊?"孔娜尽量保持镇静,"这么说你们已经登记结婚了?"

"还没有,他答应我十月一登记。"钟青叹口气说,"可是他调走后一封信也不给我写,我的身子越来越大,没办法才来找他。"

"原来是这样!"孔娜终于支持不住了,身子一软,倒在母亲怀里。

聂守忠旁观者清,已经明白了发生的事情,他一拍桌子厉声叫道:"品超,你给我出来!"

聂品超畏畏缩缩挪蹭过来。

"你说,这是怎回事?"

聂品超晃晃头:"我不知道。"

钟青急切地扯住钟妈妈:"二姑妈,表妹怎么了?"

钟妈妈气恨交加:"孩子,聂品超今天要同你表妹订婚!"

钟青似乎不十分奇怪,她一步步逼向聂品超,从心底发出控诉:"聂品超!你,你成天纠缠我,说不尽甜言蜜语,表不完山盟海誓,你骗了我的身子,更骗了我的心,你还想骗别人,难道就不怕王法吗!"

聂品超机械地往后躲着:"我,我没有。"

"你还想抵赖吗!"钟青从兜里掏出一沓信摔到他脸上,"这白纸黑字你能抵赖吗!"

这时,聂品晶扶着辛爱党从屋内走出,她满脸怒气:"哥哥,你对小辛怎么交代?你说!"

聂品超只是下意识地往人身后躲，禁不住泪如雨下。

卫芝也已明白了七八分，她心疼地一拍大腿："哎呀品超，这究竟是怎么了！"

"你养的好儿子，你惯的好结果！"聂守忠气咻咻。

聂品晶从心里憎恨这样的哥哥，她跨前一步："聂品超，你玩弄女性，流氓成性，已构成犯罪，应该受到法律制裁。"

聂守忠点点头："小晶说的对！"

聂品超见父亲表态，可真慌神了，他扑通跪下："爸爸，你不能呀，以后我再也不敢了！"

卫芝更急于为儿子开脱："老聂，孩子认错了也就行了，你可不能胡来呀！"

"卫芝同志，我问你，假如钟青和爱党是你亲生女儿，你又该怎样？将心比心，我们是共产党员、领导干部，更要带头执法守法，不能护短哪！"聂守忠叹了口气说，"这都是你娇惯的结果，当然我也有责任，不但害了别人，也害了我们自己。"

卫芝被丈夫问得无言以对，看见儿子的可怜样，禁不住抽抽搭搭哭了起来。

卫红对聂守忠的做法很不以为然："姐夫，你这是何必呢？拿屎盆子往自己头上扣，有道是虎毒不食子嘛。"

"卫红，不要贩卖你那套破烂货了。这些年，'四人帮'把神圣的法律全都践踏了，这种现象必须改正了！"聂守忠狠狠瞪了他一眼，"法律，从来就是六亲不认！"

一阵摩托车声响传来，很快有两个公安人员走进院子。他们走到聂守忠面前："聂书记。"

聂守忠点点头坚定地说："你们执行任务吧。"

公安人员立刻转向卫红，亮出拘捕证："卫红，你被捕了。"

"什么！你们搞错了吧?"

"不会错，请看这上面清清楚楚写着你的大名。"

"你们凭什么拘捕我，我要抗议!"卫红转向聂守忠，"姐夫，这是怎回事?"

聂守忠对公安人员说："叫他看看罪证。"

公安人员把小皮包拿到卫红面前，打开拉链，露出里面的巨款："没想到吧?"

卫红的头耷拉下来，心中说："完了!"

中篇小说

港姐和她的黑仆人

一

从锦州开来的快车到站了,很快,检票口就涌出了下车的人流。其中,有一位风流俊俏、穿着入时、打扮异样的妙龄女郎,立刻引起了史刚的注意。

昨天,富兴镇派出所接到一封来自香港的揭发信。内容是这样的:

祖国公安机关:香港光华百货公司经理甄顺之女甄妮,声称偕夫洪斌回家乡富兴观光,他们实为台湾特务,怀有不可告人的目的,务请提防。同胞大江敬上为解开这个谜，县公安局做了相应部署，而侦破就选中了青年民警史刚。

此刻，史刚站在那女郎附近冷眼打量，猜测她是不是甄妮？如是，为何不见她丈夫洪斌？而是带着一个胖大的黑人仆妇？史刚见女郎跳上一辆马车，也以搭客身份坐了上去。

马车响着清脆的铃声，沿着平坦的柏油路，向县城轻快地跑去。路两旁林荫葱郁，青纱如织，和风徐徐，扑面送来馥郁花香。女郎眉开眼笑自我陶醉地说："啊！我仿佛成了伊丽莎白二世！"

史刚乘机搭讪："请问小姐芳名？"

"不敢当，甄妮。"

史刚又转向那黑人仆妇："您是非洲人吧？"

仆妇直直看着他却未作声。

甄妮接过话："对不起，我的女仆吉姆是个哑人。"

"噢。"史刚若有所思，又漫不经心地问，"小姐这次回内地，是观光？还是探亲、访友、投资？"

甄妮嫣然一笑，回答得圆滑而且又得体："也许是兼而有之。"

很快，马车驶进县城，停在了设备较好的振东酒家门前。史刚付了车钱扬长而去，甄妮办了住宿登记，由服务员送进204房间。

当服务员回到服务室，史刚由经理陪同已等在房中。

"这是派出所的史刚同志。"经理告诉她，"组织要求你密切注意两位港客的一举一动，有什么反常现象及时汇报。"

"要有分寸，不能被客人看出来。"史刚又嘱咐了一句。

服务员点点头，完全领会了意图："放心，我会做好的。"

"你现在就去看看，她们在做什么。"

经理递过暖瓶说："去送水。"

服务员手拎着热水瓶，到了204室门前，指示牌现出"请勿打扰"四个字。她思忖一下，正要转身离去，房门拉开，甄妮露出半边身子，面带不悦："你为什么站在这儿？"

"对不起，我来送水。"

甄妮显然不欢迎服务员进房，伸出一只手："给我。"

服务员在递壶的当儿，向房中扫视一眼，看见那黑人仆妇吉姆，正四仰八叉地躺在床上吸烟，回到服务室把情况一说，史刚和经理都顿起疑团。她们为何不让服务员入室？仆妇吉姆为何大躺大卧，反而是身为主人的小姐开门接水？史刚叮嘱一定加强监视。

第二天史刚一来，经理就急切地告诉他："有两个情况，服务员凌晨经过204房时，似乎听到室内有男人说话。"

"这倒是怪事。"史刚分析，"莫非有敌人夜间进去接头？"

"不对呀，"经理又说，"服务员时刻盯住房门，天亮进去送水一看，房间只有甄妮和吉姆。"

"敌人会不会从窗户出入房间呢？"史刚又做了分析。

"除非如此。"经理没根据排除这种可能。

史刚接着问："另个情况呢？"

"服务员送水时，甄妮询问公主庙怎么走，不知是何用意。"

史刚立刻向所长吕元伟做了电话汇报。吕所长当即指示史刚，要寸步不离盯住客人。

可是史刚跟了一天一无所获。是敌人狡猾呢？还是揭发信有假，这两位港客根本并非特务？他前思后想，回到家一夜也未睡好，第二天清早便又去到振东酒家。

经理一见史刚忙不迭地说："怪事！怪事！昨夜一点，服务员又听见204室有男人说话，我闻报赶去，也恍惚听到几句。"

"你应该采取相应措施。"

"我怕重犯前夜错误，当即让服务员看门，亲自盯住窗户，眼都不敢眨。天亮后我让服务员进房查看，谁料里面仍是她主仆两人，难道特务有隐身术？"

情况确实费解。为尽快弄清两名港客真实身份，上级决定改迂回战术为正面出击。

二

八点过后，县外事办公室来了两个人。一个是外办主任金雨，另位是年纪二十许的女子。史刚见她纱裙透亮，双肩裸露，便有几分不悦。

金雨介绍说："这是我们外办干事梅雪玉。"

梅雪玉手拎纱裙下摆，飘然站起，说了句日本流行的礼貌用语："请多关照。"

史刚皱了一下眉头。

金雨是个急性人："港胞住在多少号，我们就去见面。"

史刚忍不住说："金主任，梅雪玉同志这身着装，是否不够严肃？"

"警察同志，外事活动不能太土气。"梅雪玉顶了一句。

史刚仍是面对金雨："能否换个人？"

金雨苦笑一下："外办全部人马都在你跟前，要接触，又都是女港胞，只能由小梅奉陪到底了。"

史刚无可奈何，叹口气说："小梅同志，这次任务可不寻常呀。"

"领导交代过，我都记下了，不就是提高警惕，发现问题，搞好服务，增进友谊……"

"好了，"史刚不耐烦地打断她，"你可以去了，有情况同我随时联系。"

经理领着外办主任金雨和干事梅雪玉走进204房间，甄妮热情相迎，并让吉姆摆上苹果、蜜桔、香蕉、巧克力："请随便用点。"

"谢谢!"梅雪玉马上大大方方剥开一根香蕉。

金雨斜她一眼,然后对甄妮说:"我们刚刚获悉小姐到来,来晚了,请多原谅。"

"金主任过谦了,倒是我们本该早去外办联系,由于旅途疲累,便未及拜访。"

"不知小姐此行是公务还是私游?需要我们做什么敬请直言。"

梅雪玉对于金雨说什么根本没有听,而是注目打量甄妮的服饰与发型,脸上流露出羡慕的表情。吉姆对她也显出热情,不等她香蕉吃尽,又送上一只蜜桔。

那边,甄妮不慌不忙地回答:"这次回国是公私兼顾,一是有人委托我寻访亲属,二是家父欲为故乡'四化'尽点绵薄之力,让我看看什么项目适合投资。"

"我们一定全力协助。"金雨说,"甄小姐父女想法若能实现,无疑是有利于桑梓的一件好事。"

"有政府支持,我想一定会不虚此行。"

金雨又问:"不知令尊何时离开这里的?亲友总还会有,只要提出线索,就不愁找不到。"

"很遗憾,家父甄顺七岁即为孤儿,并无三亲六故,十岁外出流浪,十五岁进入香港,学徒打短工,受尽了人间苦,逐渐才有了一点资本,做起了百货生意。"

金雨只好又问:"甄小姐为谁寻访亲友呢?"

"是家父当年的一个朋友要找妻子,也许早就不在人世了。"甄妮显然不愿深谈。

金雨想起领导指示,为不使对方反感,就打住不问了:"好,小梅同志留下协助你,有什么困难只管对她说。"

甄妮急忙推辞:"这如何使得,外办工作繁忙。"

"这正是我们分内工作，不必介意。"按事先布置，金雨留下梅雪玉走了。

甄妮明白拒绝反为不美，金雨和经理一走，她就笑眯眯地走了过去："梅同志，以后你就要受累了。"

"能为小姐服务．我感到万分荣幸。"她这话是发自内心的。

甄妮慢闪秋波打量着她："你太美了，真是楚楚动人，亭亭玉立，简直无可挑剔。"

梅雪玉被夸得红霞扑面："小姐过奖，我比不上你。"

"不，你很像一位明星，像胡蝶？像周璇？对了，你分明是阮玲玉。"

梅雪玉却脸红着说："人都说我像王熙凤。"

"对，"甄妮顺嘴恭维，"比起那位辣美人，你更胜她一筹。"

一直站在附近的吉姆，也对梅雪玉竖起了拇指。

这时，甄妮推开吉姆，叹口气说："梅同志，美中不足，你这乳罩质地太差了，而你又穿着透明连衫裙。"说着便从皮箱中取出个新乳罩，"这是今年在巴黎流行的最新款式，地道法国货，在香港也难买到。"

梅雪玉拿着便觉爱不释手："初次见面，这……"

"一点小意思。"甄妮催促，"快换上吧。"

"那，我就愧受了。"梅雪玉走进卫生间，刚刚解开身上乳罩，一个人影闪进来，吓得她赶紧双手抱胸，回头看见是吉姆站在身后。

甄妮进来把吉姆赶出去，帮梅雪玉换好新乳罩。梅雪玉忍不住说："小姐干嘛带这样粗丑的黑人仆妇，简直大煞风景。"

"她是有些毛手毛脚，不过可取之处更多。"

"我看不出。"

"她粗壮有力气，对我忠实，不必担心拐财逃匿。"

当甄妮说到吉姆是哑子时，梅雪玉不觉若有所思，方才她似乎听见甄妮与吉姆在低声耳语。

甄妮看出她走神:"梅同志,你怎么了?"

"我想,该如何谢你。"梅雪玉信口搪塞。

"不值得谢,太微薄了。"甄妮又夸奖说,"佛是金装,人是衣装,三分人才,七分打扮。换上这乳罩,你就是十分人才了。如同美玉生辉,明珠闪光。"

梅雪玉被夸得有些飘飘然了:"真的?!"

甄妮挽起她的手臂往外走:"梅同志这线条、容貌,若在香港保证走红,压倒所有影、视、歌星。"

"您太过誉了。"

"我说的是事实,若和你比,奚秀兰长得粗,陈美龄又嫌瘦,翁美玲个小又是大板牙,夏梦勉强和你持平,她又戴眼镜……"

说着话,她们已步下楼梯,梅雪玉在陶醉中走出大门。忽然想起自己的任务,不由得挣出胳膊。

"哎呀!不行。"

甄妮怔了一下:"出了什么事?"梅雪玉略为尴尬地一笑:"我的皮包忘在经理室了。"

甄妮眯起杏眼,注视着她的背影,心中若有所思。

三

梅雪玉走进经理室,史刚已等在门内,顾不得埋怨她,递过皮包问:"去哪里?"

"我,不知道。"

"你呀,怎么搞的!"史刚想发火也没用。

"快去吧,注意他们的一言一行。"

梅雪玉回到门前,甄妮盘诘道:"皮包好难找?"

"被放在立柜里，开锁现拿。"出了振东酒家，梅雪玉才想起发问："甄小姐去何处？"

甄妮又挎起了梅雪玉的胳膊。她很清楚，此刻想避开官方耳目根本不可能。面对这种局面，她不由暗暗埋怨父亲。不过，她自信能把梅雪玉控制住，于是就亲切地告诉她说："梅同志，我到公主庙找个人。"

说话间渐渐来到公主庙，九百多年前的辽金战争中，辽国天祚帝女儿雁翎公主曾在此领兵拒敌。后来被金兵火鸽计破城，公主英勇不屈投火自焚。后人敬仰她的品德，便在宫殿废墟上建起了一座庙宇。公主庙如今由寡居的苟李氏李芝和女儿苟桂贤居住。

梅雪玉领先进屋："苟大婶，来人了。"

李芝因脑血栓后遗症而偏瘫，她硬撑着坐起，迟疑地问："你们是？"

"这是从香港来的甄妮小姐。"梅雪玉又介绍说，"我是县外事办的。"甄妮见李芝家境窘困，心中充满了希望，亲热地走过去问："您身体还好吧？"

李芝已经反应过来："小姐，你是不是带来了我丈夫的消息？"

"我正是为此而来。"

"啊！"李芝又惊又喜，"快告诉我，苟祥现在怎么样？"

甄妮从腕挂的小皮夹中取出一物："阿婶，你看这是什么？"

甄妮拿出的是一方直径五公分的玛瑙石印章，"苟祥之印"四字使李芝一眼认出是丈夫之物，她接过印章紧紧握在手心："小姐是怎样得到它的？"

"是家父让我转交给你的。"

"我丈夫的印章，如何到了你手？"

"别急，阿婶，是十年前苟祥阿叔交与家父的。"

"苟祥呢？"

"十年前他就因病去世了。"

"啊！"李芝立刻惊呆，两眼发直。等了三十多年，竟是这样一个令人绝望的消息。她如木雕泥塑般，一动不动。

甄妮知道，梅雪玉在场不能再深说了。她扶李芝躺下："梅同志，她受了刺激，一会儿就好了，明天我再来看她。"然后，领吉姆走了，梅雪玉只好跟着。

她们三人刚出院子，街道主任祝大妈就从柴棚内闪出走进屋去。她是史刚安排的，方才在窗外她听到了屋内的谈话内容。祝大妈见李芝脸颊挂泪，不住叹气，便故作不知问："苟大哥有消息了？"

李芝忍不住，抓住祝大妈双手哭出声来："他，他死了！"

祝大妈拿起枕边图章看了看："是桂贤她爸的？"

李芝点点头："大妹子，我活着还有什么意思。病成这样，丈夫有了死信，女儿关在派出所，我还是死了干净！"

祝大妈宽慰她一番，然后从提兜里掏出一个皮褥子："这是一个人送你的，他对你可关心哩。"

李芝用手往外推："是不是洪志成托你送的！"

"看，一下子被你猜中了。"

"拿走，我不要。"

祝大妈打个沉："不给我一个面子？"

"我死也不要他的东西！"

李芝语气决然。

祝大妈仍然规劝："我觉着你和洪志成倒是挺好的一对，桂贤爹有了死信，你就答应他吧，你有人照顾，我也就放心了。"

"大妹子，我这个病样老样，他对我不是真心。"

"洪志成可是一直关心你，凭良心说，打他刑满释放回来，找我十多次了。"

"他？你可知道，他是醉翁之意不在酒，是另有目的！"

祝大妈立刻咬住话头问："照你看，他是图什么呢？"

李芝意识到说走了嘴，赶紧岔开话头："就我这个瘫瘫巴巴的样子，跟谁过也是累赘，快六十的人了，我只求平安活几年，看到桂贤成家便死也满足了。"

四

祝大妈前脚刚走，洪志成后脚就到了，他年约六十，满头花白短发，刑满释放以后以经营一个废品收购站为生。李芝见他到来，立刻怒从心头起："你出去！"

洪志成面带微笑侧身坐在炕沿上："别这么大火气，要当心身子。听说桂贤爹已经过世，今后我们会美满的。"

李芝讨厌这假惺惺的关心，用被单连头带脸蒙上，干脆不理他。

洪成志仍耐心地说："你应该相信我的诚意，我要娶你并非出于'五讲四美'学雷锋，而是忘不了你的好处。我对你负有责任，应该承担义务，不然良心至死都不能得到宽恕。如果你现在没病，我决不来乞求你的爱。让我们搬到一起住吧，只是为了侍候你方便。"

李芝的头仍然蒙着，但可以看出，她把被单咬入口中，胸膛起伏，肩头耸动，显然在强忍悲声。

洪志成感到大有转机，赶紧趁热打铁："常言说，一日夫妻百日恩，我永远也不会忘记，二十年前的中秋夜，我们并肩携手倚窗望月共同吟唱的一支小曲。"

洪志成轻声哼唱起来……

这歌声，把李芝带回了令她怀念而又伤感的年代。二十年前那个中秋夜，她躺在洪志成怀抱中睡着了。朦胧中听到外屋有响动，她一惊坐起，身边一摸没有洪志成，急忙拉亮电灯大喝一声。洪志成从外屋进来，说是口渴找水喝。但是这一举动,却触动了李芝心病,之后不久,洪志成便锒铛入狱。如今一出来就缠住求婚,使李芝不能不怀疑,是不是自己的秘密被他发现了?她本已发誓不与洪志成结合,但洪志成的话句句动情,使李芝再也控制不住,哭泣出声:"你别唱了,我受不了!"

洪志成轻轻掀开被单,掏出手帕为李芝擦拭泪水,低声下气规劝道:"都是我不好,一下子闪了你二十年,今后我一定加倍对你好,若有二心天地不容!"

"你,你们男人没一个好东西,用着时全说好听的,厌烦了抬脚一蹬。"李芝还是开口了,而且已半是担心半含情。

洪志成岂能看不出来,他慢慢抓起李芝的手,贴在自己刚刚刮过的脸颊上:"你打我几下吧,也出出气。"

"我没工夫。"李芝扭过脸并不抽回手。

洪志成的火力侦察结束,决心发起总攻。缓缓俯下身,吻到了她那有些干裂的嘴唇。李芝的心"砰砰"猛跳起来,有几分慌乱。终于,两人胸贴着胸,彼此可以听到心房的颤动……

这时一个塑料日记本从洪志成衣兜滑落出来,夹着的一张照片恰好掉在李芝手边,洪志成全然不觉,李芝捡起来一看,立刻脸上变色。

洪志成掉出的是一张彩照。一男一女搂着肩膀并坐在双人沙发里。男子油头闪亮,条呢西服敞着怀,露出花衬衣红领带,鼻梁上架了副银边眼镜。李芝一眼认出这是洪志成。再看那女子,鲜艳的体形衫紧箍着丰满的胸,裸露着整个雪白的脖颈,风骚的艳笑在胖脸上现出两个酒窝。李芝更是认得,当年洪志成就是因她入狱,如今是个体酱菜店的老板,人称"赛贵妃"的白曼丽。

洪志成发现已经晚了,李芝把照片一扔:"你给我滚!"

洪志成还试图修补这个漏洞,"这事你听我解释。"

"滚!从今以后你不许再跨进我的家门。"

"桂贤妈，这是刚回来那几天的事，如今我已和她一刀两断了。"

"我不是小孩子。"李芝万分感慨，"苍天有眼，我总算没有铸成大错。"

"难道就无挽回余地了？"

"除非是河水倒流，日从西升，公鸡下蛋，母鸡打鸣。"

眼看已到手的胜利，顷刻化为乌有，洪志成万分懊恼，仍做最后努力："原谅我这一次吧。"他亲热地抓起李芝的手。

李芝就势一抢，"啪！"好一个清脆响亮的耳光。

洪志成手捂着麻辣辣的脸，从牙缝中挤出了几个字："你这样绝情！"

"我好恨，真是一失足成千古恨。恨我二十年前没看清你是个畜生！"李芝气愤已极，又拿起水碗砸向洪志成。

洪志成闪身躲过，怨愤地瞥了李芝一眼，悻悻离去。

李芝禁不住大放悲声："天哪！我为何这般命苦！"她抓过药瓶，将上百片药全倒在手心，意欲一死了之。可是当她想到埋在心底的秘密还没告诉女儿，还没让女儿快活地度过今后的岁月，便又把药装回了小瓶。

五

各种各样的人物频繁在公主庙出入、活动，使县公安局领导更加验证了对案情的判断，同意派出所所长吕元伟向苟桂贤摊牌，抓紧摸清线索，以决定下步行动。

自从发生"六必居"酱菜店失盗事件，苟桂贤为配合公安局引蛇出洞的计划，一直隐身在派出所，对外声称被拘留。近来，她越发惦记母亲，实在待不下去了。这天早饭后，她对吕元伟和史刚二人说："再待下去我准得憋死。"

"着急了？"吕元伟在她对面坐下，"我比你还着急，现在就说说吧。"

"我可以回去了?!"

"我们需要你的支持。"

"还要我做什么?"

"帮助揭开公主庙的秘密。"

苟桂贤眨眨眼睛:"公主庙就那么几间破房子。"

"近来围绕着公主庙发生了几起案件。如今又有香港来客,难道这都是偶然的?"

史刚接过话说:"协助公安部门,也是保护你们自己。"

吕元伟耐心启发:"平时你是否遇到过反常现象?"

吕元伟一问,使苟桂贤想起一件事。半个月前一天晚上,苟桂贤不小心把母亲的枕头划破,荞麦皮都撒了出来,她找来针线要缝,但母亲无论如何不让,尽管偏瘫了,还是自己吃力地给缝上了,联想起这个枕头又黑又脏,几年来母亲一直不让她拆洗,这枕头里莫不是有什么秘密?

吕元伟、史刚听后,商议了一个巧妙的办法,决定弄个明白。

正说着,振东酒家经理来电话报告甄妮六点三十分出去散步,至今未归,早饭都没吃,去向不明。紧接着史刚胸前的报话器响了,在公主庙外监视的民警报告,甄妮进入苟家,迟迟不见出来。

史刚问:"所长,怎么办?"

吕元伟稍加思索:"立即执行我们的计划。"

史刚发动了三轮摩托,吕元伟和女民警小郑坐上,当即出发。但,他们还是晚了一步。

今天早晨,甄妮一反睡懒觉的惯例,六点一过就起床了,独自一人趿着拖鞋漫步踱出了酒店大门,服务员见她未带吉姆只是散步,就没有在意。甄妮来到酒店后的草甸子,显得十分活泼愉快。其实她时刻未忘此行的使命,她明白,如果此行成功,她将会跻身于香港上流社会,过上挥金如土的生活。反之,尽管香港是个繁华的不夜天堂,她也要坠入黑暗的地狱。

服务员进屋了,她便飞快地进入树丛,然后急步奔向公主庙。

"阿婶,我今天独自来,是想把苟祥叔的真实情况告诉你。"甄妮一进庙便诡秘地说。

李芝急切地问道:"苟祥他到底怎么样了?"

"苟祥叔叫那边黑社会的人抓去了。"

"黑社会?他没有死!"

"没有死。昨天我是为骗过监视我的人,才那样说的。"

"那怎么办?"

"只要阿婶交出金元宝,苟祥叔就可脱险。"

李芝心有所悟,原来主意打在金元宝身上。眼下这位甄妮小姐并不是善人,于是一推三不知。甄妮扑哧一笑:"大婶何苦这样,苟祥大叔至今穷愁潦倒,靠做苦力为生,你若助我成功,我就可以让他自由,回内地你们重新团聚,你若拒绝我,岂不是害了苟大叔性命。"

李芝没有答话,在权衡利弊。

"大婶,你听苟大叔说几句话。"甄妮取出个微型收录机,放出录音:

"李芝我妻,我落入黑社会之手,度日如年,他们意在公主庙金元宝……"

外边响起摩托车马达声,甄妮赶紧关掉录音机收好,小声威胁说:"苟大婶,如我有什么一差二错,苟大叔就休想活命了!"

很快,吕元伟和医生打扮的女民警小郑走进来。李芝和甄妮,神态都不大自然,倒是吕元伟先开口了,他注视着甄妮道:"请问小姐?"

甄妮微微一躬,笑盈盈递过来一张名片:"请看。"

吕元伟看后:"原来是甄小姐,失敬,失敬。但不知小姐一大早来这里有何公干?想必对这公主庙感兴趣?"

甄妮见吕元伟话中有话,冷静道:"家父意欲在故乡投资建一现代化游乐场,类似美国的迪士尼乐园,这公主庙一带地处近郊,又有古塔古庙,倒是个理想所在。"

"这计划若能实现，倒是一件大好事。"

"凡事只要竭尽努力去做，总会成功。"甄妮充满自信，"看来同志们有公务，我不便打扰，再见。"

吕元伟板起面孔："小姐请留步。"

"还有何见教？"

"我想知道，方才你们都说了些什么？"

"你问她好了。"甄妮一指李芝。

李芝心想，若说出甄妮真面目，不独苟祥性命难保，保守了三十多年的秘密也将化为乌有，于是说了谎话："甄妮小姐是询问公主庙的历史……"

高度紧张的甄妮，这才把心放下。

吕元伟顺势说："原来甄小姐有意修复公主庙。"

"不错。"甄妮得理不让人，"所长先生对此也感兴趣？"

吕元伟决心敲她一下："有几起案件涉及公主庙，所以我不能不关心。"

"噢，是不是对我有什么怀疑？"甄妮以进为退。

"哪里，我们不过是偶然交谈几句。"

"与我无关，那就告辞了。"

甄妮走了，李芝的不满也忍不住了："你们搞什么名堂？想把桂贤关到哪年？是不是存心要把我逼死！"

"很快就会水落石出。"吕元伟耐心地安抚说，"我找来个医生，给您检查一下身体。"

再说甄离开公主庙，对同吕元伟的接触总是难以放心，她感到了这次完成使命的紧迫性，快步如飞来到振东酒家204房间，谁知，门锁着，她敲了几下，等有两分钟仍无回音，又用力敲门，不耐烦地叫道："吉姆。"

一阵凌乱慌促的脚步声之后，吉姆才把屋门打开。甄妮一眼望见梅雪玉坐在沙发中，略觉几分诧异："小梅同志，你在这儿？"

梅雪玉有些局促不安："上班了，我来照顾你呀。"

甄妮猛一回头，发现吉姆正向梅雪玉打手势，心中顿起疑团："你二人搞什么名堂？"

梅雪玉的脸腾地红到脖子根："甄小姐，你这是什么意思？"

甄妮感到失言，赶紧改口："梅同志别在意，我是信口说几句笑话。"

梅雪玉为摆脱这难堪处境故意说："看来小姐与吉姆有事，我在场多有不便，立即回避就是。"

梅雪玉失魂落魄一样回到家，躺在床上，透窗而入的阳光，映得玉腕上的金镯闪闪耀眼。

"小玉，哪来的金镯子？"

梅雪玉这才发现母亲白曼丽不知何时已站在面前，慌乱之中顺嘴答道："朋友给的。"

"这个朋友好大方哟，这么重的金镯子至少要值几千元，好阔的朋友呀！"白曼丽重新审视着女儿，"这个朋友姓甚名谁，和你是什么交情？"

"他……"

"快说，到底是怎么回事？"

梅雪玉默默无言，方才在振东酒家那番奇遇，又在眼前重现。

今晨八点，梅雪玉准时来到振东酒家204房间，出乎意料甄妮竟不在。

吉姆是超乎寻常的热情，又是倒茶，又是拿糖，又是端水果，并且冲她直举大拇指。

梅雪玉明白这是夸她貌美，心头格外舒服。"不，我比不上甄小姐。"她举起两个拇指："甄小姐是这个。"

这时，吉姆起身去了卫生间，很快里面传来"哗哗"的水声，吉姆重又回来，以手势招梅雪玉进去，卫生间里热气蒸腾，原来是吉姆正往浴盆中放热水。吉姆用手做个脱衣姿势,把梅雪玉推到浴盆前。梅雪玉开始明白,吉姆是请她洗浴。心想这两天正愁身上汗气味太重,这样高级的浴盆,又有淋浴喷头,为什么不享用。她高兴地点点头,并用手势示意吉姆退出。但是此番吉姆忽然不明白了,无论怎样示她也不出去,而且突然把房门闩死。

"梅小姐,我们也算是有情千里来相会吧。"

"啊!"梅雪玉大吃一惊,哑巴吉姆不但说话了,而且还是男子声音,"你是什么人?"

"实不相瞒,我是香港光华地产公司经理洪斌,也是甄妮的丈夫。"

"你,要干什么?"

"梅小姐绝顶聪明,我不说你也明白,想你和做一场露水夫妻。"

"想强奸我,你敢……"梅雪玉未说下去就声音变软了,原来一把弹簧刀已逼到了胸前。

"梅小姐请看。"洪斌伸开左手,一只沉甸甸的金镯子又呈现在眼前,"二者你任选其一。"

尖刀寒光闪,镯子金光闪,梅雪玉不觉拿起了金镯子,洪斌脸上现出得意的狞笑……

梅雪玉含羞对母亲讲完经过,然后说:"妈,我不能吃这个哑巴亏,现在就去告他,公安局准把他抓起来。"

"可这样做对你有什么好处?"白曼丽自有她的人生哲学,"你已经破身,覆水难收,告发他,金镯子就要上交,岂不更亏。他是香港阔商,这回非狠狠敲他一下子不可!"

梅雪玉领会了母亲的意图:"让他交出一笔巨款。"

"对!"白曼丽信心十足,"把柄在我们手中,哪怕他奸猾刁顽。今晚你就把他勾来,在我家便于行事……"

中篇小说·港姐和她的黑仆人 317

六

当晚八点，夜色方浓，梅雪玉精心梳妆巧打扮，便要去振东酒家。岂料梅雪玉这个钓饵尚未出门，两条大鱼竟送到了面前。

白曼丽见甄妮夫妇主动来到，料想对方也非省油的灯，她关好房门沉下脸来，用手一指假吉姆真洪斌的鼻子："你干的好事！"

甄妮含笑走过来："阿姨息怒，我们特来赔礼道歉。"对于洪斌的作为，甄妮气得七窍生烟，但只有先想法平息下来，才能不影响此行的使命。

"道歉？没那么简单！"

甄妮已事先决定洪斌唱黑脸，他还是黑人仆妇打扮，绷着脸接过话："不简单又怎么样？"

"还我的黄花闺女！不然老娘和你没完！"

"阿姨不要发火，生米煮成熟饭，木已成舟，岂能复原。"甄妮仍赔笑脸，"可否用金银赎罪呢？"

这正中白曼丽下怀，但她不肯轻易买账："我女儿的贞操，纵是万金也难换。"

"那我就连你都宰！"洪斌拿出匕首。

"你敢！"白曼丽挺胸迎了上去。

洪斌举起刀："狗急跳墙，我让你开开眼。"

甄妮拦住凶相毕露的洪斌，说："阿姨，谈正经的，私了这件事，你要多少钱？"

白曼丽深知漫天要价的道理："港币十万。"

"你也不怕牙疼，"洪斌又举起刀，"我宁可去坐牢，大不了三年两载。"

白曼丽最怕这种局面，抓了人她就一个铜板也得不到，但表面上又不能软下来:"好啊,咱们拉着手去公安局,谁害怕谁是王八蛋!"

甄妮取出两条金项链:"阿姨,别一口咬定十万,给你这个怎么样?"

白曼丽伸手去拿:"我戴上试试。"

"慢!"洪斌拦住问,"你是否认可了?"

白曼丽嘴一撇:"武大郎摸天王脑门,差得远呢。"

甄妮含笑问:"阿姨还想要什么?"

"先把金镯子配成对。"

"一只金镯子,这好说。"甄妮试着抛出钓饵,"阿姨若能帮忙找个人,不敢说金山,金砖都可任你搬。"

"谁?"

"洪志成。"

白曼丽母女都惊愕地"啊"了一声。

洪斌问:"看来你们认识?"

"岂止认识,是老熟人了。"白曼丽显出得意来。

甄妮赶紧说:"烦请找他来与我们相见。"

"拿来。"白曼丽手伸向项链。

甄妮故意迟疑一下:"好,给你。"

白曼丽欣赏片刻后收起:"金镯子尚未配对呢。"

"这样吧,"甄妮建议,"找来洪志成,我们一手人一手货。"

"不行,常言说,船家不打过河钱。"

甄妮犹豫一会儿,还是做了让步,又取出一只金镯子:"全依你,什么时候同洪志成见面?"

白曼丽收起金镯子:"明天晚上,还在这里,还是这个时间。"

"好,我们一言为定。"

甄妮和洪斌走了,白曼丽母女二人迫不及待在灯下看起镯子和项链。突然,梅雪玉全都抓在手里。

白曼丽瞪起杏眼："给我！"

"这是我用身体换来的，理应归我。"

"没门儿，为这几件金饰，我费尽心机说干嘴，说什么也不能给你。"白曼丽说着便动手来抢。

梅雪玉情急中使出了杀手锏："你再不松手，明天我就把你和洪志成那见不得人的关系公之于众。"

"你！我的好女儿。"白曼丽不觉松开手。

梅雪玉抽身就走，打算回自己房间，刚一开门发现有个黑影站在门外，吓得失声惊叫："妈呀，看！"

"住口。"洪志成挤进来，回手闩上门。

"两个港客的话，我全都听见了。"洪志成似乎心事重重。

"你说怎么办？"白曼丽问，"他们找你，是不是为公主庙的埋藏？"

"这还用问？"洪志成已想好主意，"我不见他们，而且我们一定要早下手，抢在前面。"

梅雪玉听了一会儿不感兴趣，起步欲走，洪志成拦住她问："小玉，你不想发财？"

"我才不跟你冒险，有了这几件金饰，够我用几十年了。"

洪志成冷笑几声："你高兴得太早了，那是假的。"

洪志成见梅雪玉不信他的话，又说："你还是少见识，如今香港仿造金饰惯会鱼目混珠。其实不过是镀金工艺高超罢了。"边说边点燃打火机，将金项链放在火上，很快，被烧之处不见了黄金光泽，只剩下黑乎乎一片。"真金不怕火炼！这是什么！"

梅雪玉感到受了愚弄，"我去找他算账！"

"犯不上和他费周折，"洪志成劝说道，"只要你听我的话，保证叫你腰缠万贯。"

"漏风的嘴还想吹牛皮，"梅雪玉轻蔑地一笑，"要有钱你也不至于这个损样！"

"不信，问你妈。"

白曼丽明白，洪志成下步棋非用女儿不可，就接话加以证实，"不错，你洪大伯掌握着一个秘密，数不清的金银财宝，就在公主庙里。"

1965年春节，洪志成接到他兄长洪志发从香港发来的一封信，内容是：

> 一别十七载，鱼沉雁杳，然手足之情，相会常在梦中。兄有一事在心，今特信告。离家前夕，在公主庙后殿东间，为兄偶然掘得辽代雁翎公主墓室，随葬金元宝难以计数。其入口在距离东墙一丈处，上有青石覆盖。兄未及处理，就被国军抓了离乡。弟见字望用心计暗中取出，兄派人协助你设法运来香港以共享用。

洪志成接信后，知公主庙现为李芝住宅，就伪善地骗取李芝的爱情，以达到盗取金元宝之目的。谁料他未及下手，便因奸污女学生事发而入狱。二十年来，他像冬眠的毒蛇一样蛰伏，刚一释放，就急不可待地要把金元宝弄到手。他渴求这批金元宝，甚于在大漠中希冀清泉，因此才又不惜费尽心机去骗李芝。谁知又意外暴露了他与白曼丽的马脚，致使功亏一篑。而两名港客又天外飞来，这分明是洪志发所派，他感到必须抓紧行动了。而下一步行动，就要借助梅雪玉一臂之力。

梅雪玉获悉公主庙真有金元宝，就像赌徒看见骰子，决心拼死一搏："要我出力可以，事成后怎么分？"

洪志成何等奸狡，不给甜头谁肯卖命："我们三个人，三一三十一。"

"好，要我做什么请吩咐。"

洪志成暗暗得意，这只骄傲的小天鹅，不过三言两语，便成了掌中鸽子。他压低声音说："明天，你如此这般……"

七

早晨八点刚过，吕元伟就赶到了派出所。史刚等人立刻围了上来，七嘴八舌地问："所长，局里有什么指示？"

"指示没有，不过我想给同志们讲个故事。"

史刚立刻敏感道："该不是与案情无关吧？"

"听完后你们自己判断吧。"吕元伟思忖一下，娓娓讲来。

公元一一一七年深秋，大辽国上京道的徽州境内，已是百草凋零，万木枯萎，一片肃杀景象。城北的蒺藜山下，辽军与入侵的金兵对垒，眼见得难以抵挡，夜色迷茫，疏星和眉月的微光，淡映着公主府的亭台楼榭，也照出了府内一派忙乱景象。重病半年之久的公主，挣扎着叫来总管太监，命令他们引路来到金元宝室。她看见满库的奇珍异宝，闪耀着七彩霞光。公主又命总管找来可靠卫兵，禁绝闲杂人等，将金元宝装入养鱼缸和铜锅内，整整装了九缸十八锅，就埋在了公主府后园宝塔的南北两侧。公主则在一幅金缕珍珠幔上，用宝石为记标明埋藏方位。这幅金缕珍珠幔，长六尺，宽三尺，经纬共用九百九十条金线穿连，缀有九千九百九十颗珍珠，乃是宋室贡品。天祚帝将此物转赠公主，夏天不论多么炎热，盖上它便顿觉凉爽，堪称稀世奇珍。公主将一颗杏子大的夜明珠镶在中间，作为宝塔的标志，九颗红宝石和十八颗蓝宝石，则分别标明了九缸、十八锅金元宝的埋藏位置，做完这些，公主也力气耗尽，颓然倒下。待在前线御敌的驸马闻报赶回，公主已气绝多时。徽州城破在即，驸马只得就在后园将公主草草下葬。公主生前最心爱之物金缕珍珠幔便覆在公主身上，同时，驸马府内的古玩、玉器也全都塞入墓穴中。天明城破，驸马和总管、卫兵全在混战中丧生，徽州城也全都毁于战火，公主府成了一片瓦砾，这些金宝就长眠于地下。后来便流传下来四句偈语，说什么：塔倒二里半，砸死骑驴汉，九缸十八锅，不在南坡在北坡。

听完故事，史刚等更加明白了，原来公主庙的秘密就是这批稀世珍宝。他们表示，哪怕公主庙地下只是一件文物，也不能让罪犯染指，更不允许流落海外。就在这时，梅雪玉来电话报告，甄妮和吉姆要乘上午十点的火车去山海关，说是要到堰塞湖和北戴河玩两天。

难道罪犯得手要溜走？不可能，他们日夜在监视之中，并无得手迹象，那么是打退堂鼓了？还是虚晃一枪？吕元伟想，无论怎样都不能掉以轻心，决定派史刚跟踪监视。

史刚扮成大学生模样，与甄妮等三人坐在同一车厢。车到锦州，停车十二分，甄妮与梅雪玉到站台散步，吉姆留在座席上看东西。甄妮在站台买了两袋杏子，一只烧鸡，还有包子、麻花、五香花生米、多味瓜子……梅雪玉帮忙也拿不过来，这时开车铃响过一会儿了，甄妮向吉姆一招手。列车已经启动，吉姆爬下车窗跳到站台，随即列车开始加速。史刚这才猛醒，方才是甄妮为摆脱跟踪而搞的把戏。他赶紧抬高车窗，纵身跳下。跟出检票口，见他们进了站前旅社，史刚出示证件开房间住在了他们隔壁。尚未坐稳，房门便被叩响，打开一看，竟是梅雪玉。

史刚开门一看是梅雪玉，迎面便问："小梅，你怎么才来同我联系？"

"脱不开身。"

"为什么在锦州下车？"

"甄妮说是漏车，我想可能是发现了你。"

史刚一听就急了："那么甄妮会不会趁机甩脱你？"

"不会吧。"

这时，服务员来报信："史刚同志，那香港小姐出去了。"

"果然如此。"史刚吩咐梅雪玉，"跟上去。"

两人追到出租汽车站，调度说甄妮雇车到笔架山去了。史刚赶紧租车，告诉司机快速行驶。往往事与愿违，越急越不顺当。一路上不是吃红灯，就是被拦在火车道口,要不然就是交通堵塞。好不容易到了笔架山,把停车场找遍,哪里有甄妮坐的车。史刚暗暗埋怨自己,显然又上当了,耽误了宝贵的时间。甄妮怎会暴露真实去向呢?史刚对司机亮出身份说明情况:"司机同志,请加速开往富兴县。"

"可以,不过一百多公里,油不够。"司机说,"得去加油。"

史刚虽然着急也无可奈何,等司机加完油,这才奔上去往富兴县的公路。

此刻,锦富公路上,一辆出租小汽车正轻快地行驶。开车的是年约三十的青年司机,由于被崇洋媚外思想所侵蚀,尽管载的并非金发碧眼的洋人,而仅仅是港客,他就觉得身份大为提高,何况乘客又是位千娇百媚的小姐,司机显得格外精神。

甄妮一反常规,和司机并排坐在了前面。而身为仆妇的吉姆,却以主人身份坐在了后排。从一上车,甄妮就不住嘴地同司机说笑,身体也渐渐靠了过去。司机感受到了她身上散发的幽幽的脂粉香味,以及她口鼻呼出的沁脾温馨气息,委实有点陶醉飘然。

甄妮取出一块包装精美的糖果,亲手剥开送到司机唇边,娇滴滴地说:"请尝尝,这是英国王妃戴安娜最爱吃的。"

呈现在司机面前的,是一张如花似玉的俏脸,妩媚多情的甜笑,销魂摄魄的眼睛。司机惬意地张开嘴,在糖块送入口中的一刹那,他伸出舌头趁机舔了一下那玉葱般的纤指。甄妮非但没有嗔怪,反而嫣然笑出声来。司机更美了,心神飘荡地想,都说香港小姐对男女私情非常随便,看来这位靓女对自己显然有意,要没有那个黑货坐在后边,现在非得先亲上一口。看着想着,甄妮的笑脸渐渐模糊起来。他竭力想抬起眼皮,但却难以办到了。

甄妮紧靠过去,伸手把住方向盘:"你累了,休息一会儿,让我替你开一程。"

司机感受到了那富有弹性的柔软躯体挤靠的惬意，双手像面条一样垂下，头一歪便如醉酒般沉沉睡去。路两旁是一人多高的玉米地，甄妮将车靠边停下。洪斌下车拉开司机车门，看看前后无人，夹起司机丢在玉米地深处，然后迅速跳上车。

甄妮冷笑一声："让他做美梦去吧，明天早晨会醒来的。"

洪斌回去看看拖司机进玉米地时并没留下什么痕迹，便吩咐甄妮："快开，时速一百公里。"

甄妮加大油门，小汽车飞速向前。她点燃一支香烟问："洪志成要我们到山海关会面，你为什么决定中途返回？"

"道理很简单，"洪斌答，"他是调虎离山。"

"他把我们支走，好独吞金元宝。"

"不只如此，他是想一箭双雕。"

甄妮明白了："让我们分散吸引公安人员注意力，为他盗宝带来方便。"

洪斌冷笑一声："可他错打了算盘，不交出金元宝，就别想活命！"

甄妮心头不由猛一打颤，怎么！洪斌有杀人夺宝之念？洪志成是他亲叔父呀。她暗生感叹，看来金钱真是万恶之源！

汽车正飞速行驶，夜幕降临业已进入富兴县界。前面是一处急转弯，有个一米见方的石头横在路面，刹车躲避已来不及，"咚"一声撞个正着。小汽车顿时翻倒，四个轮子朝天。

洪斌未受什么损伤，爬出来一看，甄妮满脸是血歪在驾驶座上，业已重伤昏迷。洪斌心中急速拨拉着算盘，现在拦车去抢救，甄妮或许能脱险，但是二人可能就得双双落入罗网。怎么办？只要金元宝到手，再找十个比甄妮年轻漂亮的也不难。洪斌打定主意，将甄妮的手表、戒指、项链和皮夹全收过来，一闪身进了高粱地，斜刺里往公主庙方向疾行。

大约一刻钟后，史刚乘坐的出租汽车来到了出事地点。在车祸现场，他最先想到的是救人。史刚赶紧将甄妮抱出来，弄得身上沾满了血污。甄妮哼了一下，发出了微弱的声音："史同志，你何必救我？"

史刚见她头部还在流血，赶紧做临时包扎，同时发问："这车祸是怎样发生的？"

"怪我自己，撞在了石头上。"

"她又昏过去了！"司机惊叫起来。

史刚想，还是救人要紧，抱起甄妮上车对司机说："快，直开县人民医院。"

史刚上了车，才发觉梅雪玉不在车上，急忙下车招呼。可是喊了几遍仍不见答应，回头望望哪有梅雪玉踪影。救人要紧，他也顾不得多想了，告诉司机立即开车。

八

今晚五点，祝大妈将苟桂贤领回家。

李芝一见女儿回来，激动得一鼓劲挺身坐起："孩子，把你放了，不走了？"

苟桂贤紧走几步扶住母亲："妈，派出所已调查清楚，那是坏人诬陷。"

"共产党是青天哪！"李芝万分感慨。

祝大妈又告诉说："政府对你们的生活很关心，街道决定成立废品收购站，桂贤很快就可以上班了。"

"这敢情好了！"李芝又兴奋又感动。

祝大妈接着说："街道研究后认为，公主庙房屋宽敞，又有院子，决定把收购站建在这里。"

"啊！"李芝不由一惊。

祝大妈按照派出所的部署继续说："为了照顾你的身体，决定分给你两间新房，明后天就可以搬过去了。"

"不！"李芝立时拒绝，"我住这儿挺好，已经习惯了。"

"这里太潮湿，光线不好，对你身体不利。"

"那，新房我住不起。"

"房租由街道补助。"

李芝没的可说了，她望着房子发呆。

祝大妈问："你好像有什么心事？"

"不，啊，俗话说，熟土难离，在这儿总算住了三十多年。"

"留恋旧房，人之常情。"祝大妈有意催促，"说搬就搬，让桂贤收拾归拢一下吧，以免到时候手忙脚乱。"

祝大妈走后，苟桂贤按吕元伟的叮嘱，试探母亲道："妈，咱家有啥可收拾的，到时候行李卷一夹，把您一背，就算人走家搬。"

"让你说个容易，破家值万贯。"李芝打个沉又说，"孩子，有件事等晚上夜深人静时妈慢慢告诉你。"

苟桂贤心中暗喜："妈，啥事现在不能说？"

"别急，等天黑以后闩上门告诉你。"

三十七年前那段令人惊心动魄的往事，又清晰地在李芝心头浮现。

一九四八年初春，解放的炮声如滚滚春雷震撼富兴大地。县城内人心惶惶，有钱人纷纷收拾埋藏金银细软，北关保长洪志发也打算挖窖隐藏财物。当时，公主庙被他霸占做仓房，他就让手下保丁苟祥及其妻子李芝，在公主庙后殿开挖。苟祥夫妇挖下二尺余，竟撬出一块石板，露出一个洞口。

苟祥大为惊诧："我们莫不是挖到了古代的窖藏？"

李芝推测："也许是座古墓。"

"下去看看，说不定会有意外收获。"

李芝一把拉住丈夫："大凡古墓，为防被盗，都装有暗器机关，不得冒失。"

"总得下去看个明白。"苟祥心急了，"是福不是祸，是祸躲不过，大胆干，没危险。也许我们像古人探地穴那样，得到宝贝或者天书呢。"

李芝也不死心，小心翼翼下到洞里。九级石阶之后便到了平地，苟祥手持一把铁锹在前，李芝手擎蜡烛在后，顺石砌甬路走出两丈远，又进入一个拱门，来到宽敞的地厅。正中是一堆朽烂的棺木，四周有许多罐子、坛子，当烛光照进那些坛坛罐罐时，两人不禁全都惊呆了，里面装满了金元宝、银元宝、珍珠、宝石及各种首饰，令人眼花缭乱。

李芝猜测道："这准是雁翎公主墓。"

"没错！"苟祥说，"看看棺材里还有什么。"他用铁锹把烂棺朽木一铲，奇迹立刻出现了，白骨堆上，光芒闪闪，正中一颗杏大的夜明珠和无数红绿宝石交相辉映，五彩斑斓。

"宝贝！宝贝！"苟祥兴奋地喊起来。

"瞎叫什么，"李芝比他冷静，"趁保长不在，我们快把金元宝运走。"

"对，对。"

"我先上去看看，把大门顶死。"李芝快步钻出洞口。

这时，静夜中传来一个人哼小曲的声音。一听是个公鸭嗓，李芝立刻辨出是洪志发，赶紧冲墓穴里喊道："快上来，保长回来了。"

苟祥刚跑一步，又返身抓住那颗夜明珠，抓起那件金缕珍珠幔，卷巴卷巴塞进怀中。跑上来后将石板压上洞口，四周掩上浮土。未及进一步掩盖，洪志发已走了进来。

洪志发看见石板，也觉诧异。他让苟祥夫妇揭开，举着一支蜡烛走了下去。

眼看到手的金元宝要被保长霸占，苟祥腾起一个念头："把保长干掉！"他举了举铁锹。

李芝摇摇头:"我们不能图财害命呀,能否发财乃是天意,命中没有不能强求。"

"那,怎么办?"

"装不知道。"

说话间,洪志发已经上来了,他极力掩饰兴奋,装出无所谓的样子:"丧气,不知谁过去挖的菜窖,除了毒臭味,什么也没有。"

苟祥、李芝没言语。

洪志发打量一下他二人的表情说:"该你俩省劲,不用再挖了,等风声紧了往下搬东西就行。"

苟祥虽然不甘心,也只有离开。李芝心中明白,今天深夜洪志发一定会暗中做手脚,将金元宝偷运转移。二人就住在后院东配殿,进屋后苟祥关好门挡严窗帘,从怀中扯出金缕珍珠幔,送到李芝面前:"你看!"

李芝又惊又喜:"你什么时候拿的。"

"顺手牵羊,我就揣在了怀里。"

两人将这件宝物展放在炕上。灯光下看得真切,就越觉珍贵,李芝发现右上角有银线绣的三个字:藏宝图。忙问丈夫:"这是什么意思?"

苟祥不以为然:"还用问,它就是宝物嘛。"李芝仔细观察暗暗揣摩,突然一拍巴掌:"有了!"

苟祥突听妻子叫声"有了",忙问:"有什么事?"

"这夜明珠和红蓝宝石分明就是传说中九缸十八锅金元宝埋藏的方位……"

"对,不错。"苟祥这才恍然大悟,"让洪志发像老鼠一样去墓穴中搬运吧,我们得到的将是他的上百倍!"

正说着,前院忽然传来嘈杂的人声,李芝侧耳细听。

"痛快点,赶上你的大车立刻随军出发!"这是国民党军一个连长在高声命令。

洪志发在求情:"长官,我是保长,对党国一向忠心耿耿,请高抬贵手免了我的差事。"

"放屁,军令如山,不想活了就别去。"

"长官,这是点小意思。"

"少来这套,团长等着要车,这年头钱有什么用。"

洪志发知道不出车不行了:"长官,我的保丁苟祥会赶车,让他也去。"

苟祥听见这话慌了,对李芝说:"这该死的保长,他把我往死路上推呀,跟国民党一走,说不定天南海北,而且枪炮无眼……"

话未说完,洪志发已来到,拍着门招呼:"苟祥起来,国军把咱们大车号上了,让马上随军出发呢。"

夫妻相对无言。

"苟祥,快点,长官在等着呢。"洪志发又催促了一遍。

"这下完了!"苟祥抱住妻子哭了起来,"说不定我们从此就要……"

李芝捂住他的嘴:"男子汉大丈夫,别说背兴丧气话。出去精明点,躲着枪子炮弹,瞅准机会就跑回来。"李芝抄起剪刀,将金缕珍珠幔一剪两段塞给丈夫半幅。

"李芝,这多可惜,还要照它挖宝呢。"

"混人!没有命金元宝有啥用。"李芝叮嘱,"出门在外,知道啥时候用钱,必要时用它买条生路。"

国军来砸门,夫妻只得洒泪分别,谁知丈夫竟一去不返。以后,这公主庙就只剩李芝一人居住。解放后,由于她是保丁之妻,丈夫又跟国民党走了,政治上一直难以抬头,所以她始终没敢把金元宝取出来兑换。粉碎"四人帮",三中全会后,她仍不放心,还处于观望状态,如今祝大妈让她搬家,她感到了问题的迫切性,觉得应该告诉女儿了。

九

晚八点多，李芝把女儿叫到近前，将藏在心头三十多年的秘密，从头至尾倾诉出来，但关于金缕珍珠幔，她却只字未提。

苟桂贤都听出神了，这破烂公主庙里竟埋藏着许多金银珠宝。她听后不禁问："妈，怎不早点说出来献给国家呀。"

"傻丫头，妈不是留给你，为你过上好日子吗？"

"我们现在的生活不是很好嘛。"苟桂贤告诉母亲，"再说，国家早有规定，地下的文物宝藏，都是国家财产。"

"国家不说理！"

"是您不说理。若是我家祖传，国家绝不干涉，而这公主墓不同……"

"别说了，你是团员宁可受穷也要进步，我不干！"

"妈，您常说不义之财不可贪。"

"我一没偷二不抢，怎算不义？"

"这些金元宝总不是我们劳动挣来的……"

母女二人尚在争论，房门被敲响："收电费查表。"

苟桂贤打开门，来人竟背着门进屋把门闩死，猛地转过身，竟是个老太太。

苟桂贤大为奇怪："你是什么人？"

老太太噔噔噔走进里屋："真的认不出？"

苟桂贤这才认出来："你是洪志成！"

李芝感到惊惧："你这身打扮，意欲何为？"

洪志成嘿嘿一笑："凭我们的交情，你会不知道？"

"洪志成，就你这德性，今生休想和我结合！"

"也不撒泡尿照照你的影，当仆妇我都不要。"

洪志成冷笑几声："过去我不过为金元宝而同你逢场作戏。"

"你！"李芝气极，抓起茶碗打过去。

苟桂贤趁机向门口运动，洪志成抽出手枪一指："别动！背过手来。"

"你休想，我决不会让你得逞！"

"你可以当刘胡兰，但是你这瘫妈未必不要命！"洪志成狞笑着说，"要不要试试我这无声手枪。"

苟桂贤愣神的工夫，洪志成猛扑过来，扭住她的双臂，用鞋带绑住双腕。接着，又如法炮制，绑了李芝后用破布堵了苟桂贤的嘴。洪志成深知时间宝贵，赶紧来到外屋，目测好方位，挥镐抡锹，铲去浮土，掀开石板，洞口出现在面前。他拿出手电筒，推着苟桂贤下了地洞口走下墓道，到了棺室，让她面墙而站："不许动一下，否则就要你命！"

手电筒的光柱照到了成缸的金元宝，洪志成抑制住兴奋，从腰间迅速解下四个旅行袋，用最快的速度抢装金元宝。四袋装满，他便逐一提上洞口。

苟桂贤眼见洪志成装走四袋金元宝，不顾一切追上来。洪志成一发狠，用脚将她踢下石阶，又抱起李芝扔进地洞里，这时房门被敲响了。洪志成寻思片刻，拉开房门，然后退在一边。街道主任祝大妈推门而入，尚未站稳，洪志成便在她背后顶上手枪："不许动！"同时用左手闩上屋门。

祝大妈背后被枪逼着，未能转身，却听出是洪志成，从容警告："你这是犯罪！"

"我知道。"

"快放下枪，还可宽大处理。"

洪志成却不买账，以枪威逼，将祝大妈也反绑双手，推下墓道，盖上了青石板。然后拿起菜刀奔向后墙，不消几分钟，就撬开水缸大的一个洞口。

房后两丈多远，便是一片玉米地，洪志成先抱起一个旅行袋，爬出墙洞，钻进玉米地放在深处。回头又送去第二个，第三个。当他拿着第四个旅行袋，刚钻出墙洞，脖领便给人揪住了："你干的好事！"

洪志成想抬头看看是谁，头被按下，而且被拖进了玉米地。这时那男人用尖刀指向他的鼻子："洪志成，你好毒的心计，把我们调虎离山，你在这里下手！"

洪志成这才认出是假吉姆真洪斌："何必这样动怒，把这一袋金元宝全都给你也就是了。"

洪斌扯开拉链，确认果是金元宝，心中分外得意，这真是得来全不费工夫。洪志成趁洪斌不注意，一头扎进玉米地深处不见了。洪斌要的是金元宝，哪管洪志成溜走，他抱起这袋金元宝，直向火车站奔去。

隐伏在附近的洪志成，几乎笑出声来。又等待一会儿，确信四处无人绝对安全了，他提起一袋金元宝，奔向正北百米处的废弃电井房。相距十几步停下，轻轻拍了三掌，很快回了三下，白曼丽飘闪过来。洪志成让她原地看守，很快返身取来第二袋。可是当他返身去拿第三袋时，第三袋竟然不见了。前面传来刮碰玉米叶子的声音。洪志成循声追去，认出是梅雪玉吃力地抱着旅行袋。他绕到前边拦住去路："小梅，放下。"

"你闪开，这袋归我了，你早就说过，三一三十一。"

洪志成笑着往前凑："好说，只要你答应我，金元宝全给你。"

"放屁！"梅雪玉发出警告，"你敢胡来，我就呼救，宁可都让警察抓去。"

"好，小梅，咱们各行方便。"洪志成只好退走。

梅雪玉好不容易就要走出高粱地，一不小心被绊倒，有个黑影将她狠狠压在地上。

脸对脸，梅雪玉认了出来："吉姆，不，洪斌！"

原来洪斌就在这儿休息观望动静，他得意地说："又一袋金元宝送到我手，外搭一个小美人。"

梅雪玉见状撒娇说:"洪斌,咱俩好一回,这袋金元宝给我吧。"

"办不到!"洪斌伸手扯她的衣服。"你住手!我喊人了。"梅雪玉想起对付洪志成的办法。

但是,这一招非但不灵了,还起了反作用。洪斌一急,双手如铁钳扼住了她的喉咙,梅雪玉立刻胸膛憋闷,想求饶发不出声音,脸色渐渐变青,终于失去知觉。

夜风"沙沙"吹过玉米地,梅雪玉身体一阵动,像是从噩梦中醒来,她明白了是洪斌心慌侥幸没把她扼死,挣扎着站起,往家走。

十

墓穴被盖上石板,伸手不见五指真如同十八层地狱。李芝万分悔恨:"这金元宝我为什么不献给政府,结果反被坏人抢去!"

苟桂贤吐出堵口布:"妈,洪志成跑不了,派出所已布下天罗地网!"

苟桂贤用牙咬开祝大妈绑绳,祝大妈又为她解开,两人推开石板,扶上李芝。一见后墙挖了洞,苟桂贤让祝大妈照顾母亲,她钻出后墙去追洪志成。

苟桂贤出了玉米地,进了高粱地,走出四五里,哪有罪犯影子。她并不泄气,又走一程,眼看要走出这片高粱地,前面就是火车站货场了。无意间她看到货场有个奇怪的身影,只见他从货车下爬了上去。苟桂贤立刻意识到,莫不是洪志成?此时,汽笛拉响,列车蠕动,苟桂贤心说不好,拔步飞跑,待到近前,火车已加速。这工夫容不得丝毫犹豫,她想起铁道游击队的壮举,看准扶手往上一跳,恰好抓住,用力爬上货车车顶,一跃落在车厢里,原来里面却是洪斌。

洪斌一惊,手按旅行袋:"什么人?"

"哑巴也会说话了?"苟桂贤命令,"交出兜子,赶快自首!"

洪斌欺她是女的，突然抄起一块木板砸来，苟桂贤闪身躲开，与洪斌在车厢里周旋。渐渐火车驶入一个小站，苟桂贤在车上疾呼，车站发出停车信号，列车刹车停下，洪斌束手就擒。

洪斌落网，两袋金元宝被缴获，可是洪志成和另两袋金元宝却不知去向。吕元伟感到奇怪，公路、铁路、大路、小路全都封锁了，难道他能上天入地不成？经过分析，吕元伟果断地决定，搜查白曼丽的家——"六必居"酱菜店。

吕元伟、史刚等人来到院门，里面上着闩，翻墙而入打开院门进去，各屋查遍却是空无一人，查到仓房，史刚却有了发现："看，桔子皮。"

民警小张不以为然："有什么奇怪，吃桔子剥桔子皮，不吃桔子不剥皮。"

吕元伟拾起几片，观察片刻后说："这桔皮很新鲜，像刚刚剥下来的。"

史刚接下去说："这说明刚刚有人在这里。"

"重新搜查。"吕元伟做出决定。

可是，全都认真查遍，除了几只空木箱外，别说活人，连耗子也没一只，史刚也泄气了。

吕元伟见搜查没有着落，又做出一个大胆的分析："会不会有地下室？"

史刚受到启发，奔到东北墙角，挪开那几只箱子，下面的水泥地有裂缝，像缸口一样呈不规则的圆形，用刀伸进缝中去撬，似乎动了一下，再撬又不动了，于是他操起墙边一把大锤砸几锤后，水泥被砸碎，又一锤砸下，里面传出了一个女人的声音："别砸了。"

吕元伟命令："出来！"

掀起被砸烂的盖子，下面是一张办公桌大小的地洞，白曼丽、梅雪玉、洪志成三人挤在一处，此刻只有乖乖爬上来，两袋金宝被史刚逐一提上来。

第二天，吕元伟和县文物所的一些同志，来到公主墓清理古墓。

李芝拉住吕元伟的手说："吕所长，现在我算明白了，还有个秘密要告诉你们。"

吕元伟、苟桂贤相视会心地一笑。

未及说下去，外办主任金雨，领进来一个年近花甲的华侨老人，他进屋里连呼："李芝，李芝！"

李芝睁大惊疑的双眼："你？"

"我是苟祥啊！"

李芝认出来果是丈夫，不禁悲喜交集："该死的，你还知道回来！"

"我，我被黑社会控制，好不容易才逃出来。"

吕元伟上前握手："我想，那封化名大江的信，一定是你所写。"

"对，黑社会无孔不入，我不敢用真名。"苟祥掏出那半幅金缕珍珠幔，捧到李芝面前，"它应该完整了。"那细如发丝的金缕，那颗颗红蓝宝石，都闪出耀眼光芒，在场人无不惊羡称奇，李芝慢慢转回身，掀起炕席，又取下一块炕坯。掏出个布包，抖开又是半幅金缕珍珠幔，对在一起恰好合二而一。

文物所的同志连声赞叹："这些稀世珍宝，价值连城啊！"

苟桂贤调皮地问："妈，您是不是从枕头里转移出来的？"

"知道了还问。"李芝看着苟祥说："你看，这宝物？"

"当然是献给国家。"苟桂贤抢着说。

苟祥点头："李芝，孩子说的对。"

李芝双手托起金缕珍珠幔，郑重地交给了吕元伟。

发掘开始了，考古人员每一锹下去都非常小心，在场人员几乎都屏住了呼吸。土坑越挖越大。已有一丈多深，四个考古人员抬上了一口二尺高的养鱼缸，揭去石板，满满一缸金锭闪耀出灿灿金光，辉映着蓝天丽日。